王秀梅／著

微幸福时代

Wei xingfu Shidai

百花洲文艺出版社

1

安然一看电话是她姐安平来的，头皮就有点发紧。近段时间安平总跟她叨叨姐夫彭凯歌外遇的事儿，搞得她耳朵都有了过敏反应，一听安平的声音就耳鸣。

其实，所谓外遇的说法并没什么真凭实据，一切都来自安平的直觉。当然，安平能举出一堆例子来说明自己的直觉，无非就是彭凯歌跟她越来越没话了；越来越不着家了；忽然又多了个手机，号码是她不知道的；接电话时会跟对方说"我等一下再打给你这样的话。"

安然开始还有一套一套的安慰话，后来就觉得烦了。她不说话，安平就嫌她没有同情心，她就自嘲说自己是一只垃圾桶，还是优质的，不锈钢的，让她姐别指望一只垃圾桶兢兢业业吃着垃圾的同时，还能腾出嘴巴来说安慰的话。"这年头，大家都在做各种各样有意义的事，你想找个人倾诉，多难啊！别没良心了。"

安平一边埋怨安然没有同情心，一边却还依赖着她，总渴望从她这儿得到声援，最好是实质性的指导意见。但安然岂是个能给安平拿出实质性意见的人？她对婚姻蔑视到了不可想象的地步，最瞧不起那些在婚姻里死去活来的女人。

这次安平倒没劈头盖脸地往她这里扔垃圾，只说了一句话："快开车到魁星楼隧道来，帮我抓老彭。"言简意赅到了让安然觉得新鲜的地步。

在去魁星楼隧道的路上，安然共接到安平三个电话，问她到哪儿了。接到第三个的时候，安然说："我的姐啊，我是从开发区往魁星楼隧道那儿去的，正在从西到东横贯整个烟台市呢！还有，你是不是以为我骑着一枚导弹啊？再说了，你一个人就不能抓老彭了？"

安平说："我一个人……不行。不行不行。"

安然说："怎么不行了？你是正室啊！上去左右开弓给那小三一顿耳刮子，把她扇晕了，再踹上两脚，理直气壮一点。不用怕，现场的人民群众都会站在你这一边的。"

其实说归说，安然也知道，她姐还真来不了这一套。真要站在人家眼前了，挨耳刮子的八成是她姐，就更别提踹上两脚，那恐怕只能在梦里实施一下了。

横贯整个烟台市，安然终于在魁星楼隧道斜对面一家名叫"蒙餐"的酒店门口，见到一个有点像是安平的女人。要不是这女人叫她，她真不敢肯定这个脖子上拥堵着一条大围巾、头上戴着一顶绒线帽、脸上架着一副超宽大墨镜的女人是她姐。

"你这尊容……要吓死人啊？"安然上下打量她姐，笑得直不起腰来，"哦，看出来了，私家侦探。"

"去你的，我都快冻成冰棍了。"

安平看到安然以后，有点热泪盈眶的意思。其实她比安然整整大一轮，算得上两代人了，但无论心理素质还是混世智慧，她处处落于下风，因此就不得不把这个妹妹供在精神导师的位置上。"精神导师"这顶高帽子是安然自己给自己戴的，出于自尊，安平口头上并不认可。

"让你变成冰棍的老彭去哪了？"安然看快五十岁的姐眼泪花花的，怜悯之心顿起。

"在里面，"安平指指蒙餐那两个熠熠发光的大字，"和一个女的。"

安然拉着安平就往酒店走，安平挣扎着："干吗？"

安然说："抓人啊！你不是让我来帮你抓老彭吗？"

安平两脚扒在地上往后使劲："我看了，这就是家饭店。你说，咱去抓两个吃饭的人……是不是证据不太够？"

"你这不是挺明智的嘛！看来我平日没白教导你。他老彭不就是跟一个女的在一家饭店吃饭吗，又不是上床，你犯得着把自己冻成一根冰棍吗？要是我，早就进来吃点热饭暖和暖和了。老彭那么能挣，可不是让你在一家饭店门口徘徊的。走走，咱们进去吃饭。"

这家名叫"蒙餐"的饭店据说是蒙古人开的，安然看了半天，觉得服务生没一个长得像蒙古人，倒是点餐柜里那些大大小小的羊腿透着十足的蒙古相。在这大冷的天里，还十足地让人生起饕餮之心。

　　"我在外面冻成那样，他俩倒好，在里面烤着炭吃羊腿！"看到羊腿，安平的气又上来了。她和安然坐在一个小包厢里，脸对脸守着一盆热气腾腾的炭火，上面架着一只正在往下滴油的羊腿。

　　"怨谁？老彭又不是不给你钱花。"安然左手拿叉右手拿刀，瞅准羊腿上一块肥硕的地方，开始削。

　　"熟了吗？"安平将信将疑地探头过来看看："还有血丝呢！"

　　安然津津有味地边吃边说："老辈人还茹毛饮血呢。姐啊，你就是一个循规蹈矩之人，这样活着没劲。要潇洒一点。比如说老彭，他想干什么，你就让他干去。你四十八了，老彭五十了。一个打拼了大半辈子的男人，他得多累，得有多少委屈？眼见着快变成一个秃顶、掉牙、驼背、没人要的糟老头子了。就算他有个什么风流韵事，不也是垂死挣扎？你抱着怜悯之心和豁达之心，不就完了？反正财产都是你和你儿子的。何况，他就是跟个女的一起吃饭，你总不能把所有跟他吃饭的女的都当成小三吧？"

　　"难道他变成一个没人要的糟老头子，我就不会变成一个没人要的糟老太？你看，你看我这白头发，我这老年斑。"安平一听安然那番话，不干了，又捋头发又伸手的，把那些快变成糟老太太的迹象展示给安然看。

　　"所以，你得注意保养。我跟你说过几亿遍了。咱不是为了吸引老彭，是为了对得起自己。"

　　两人吃着说着，安平穿上黑大衣，说要去洗手间。安然问："去洗手间干吗穿大衣？"安平说："外面冷。"

　　安然在包厢里左等右等，也不见安平回来，心想那是个整天就认识菜场和家的女人，别在花花世界里把自己弄丢了，就出来找。饭店格局很特别，包厢一个挨一个，走廊百转千回，像迷宫。安然转了两条走廊，才发现安平正鬼鬼祟祟地贴在一个包厢门口，超宽大墨镜也戴上了。

　　原来安平上洗手间是幌子，找老彭才是真的。她坐在那儿羊腿没吃几口，到处看，越看越对老彭跟别的女人在这里享受生活感到愤然。这家饭店也挺有趣，说不上是不是为了把包厢搞得像蒙古包，门口都挂了半截珠帘，没有门。结果安平转来转去，就在这间包厢珠帘下面看见老彭的小腿和脚了。她家男人的小腿和脚，她自然认得。

没一掀珠帘闯进去掌掴那对贱人，并不说明平日里安然的指导教育出了成效，只是因为安平胆怯了。她是这样一个女人，平时在老彭面前也时不时上来一股"二"劲，让人觉得这是个什么事都干得出来的女人，真的事到临头，胆子比老鼠还小。

安然也过去把耳朵贴在门边听。就听到她姐夫老彭在跟一个女的说话，老彭夸赞那女的："刀法这么利落，有外科大夫的风范。"

女的说："我要是当外科大夫，绝对是港城第一刀。"

老彭说："你要是当了外科大夫，那我怎么办。"

女的说："你还当你的彭总啊。跟别的女人在这里吃烤羊腿。"

老彭说："别的女人没意思。"

女的说："我有意思啊？"

老彭说："有意思。"

女的说："哪里有意思？"

老彭说："哪里都有意思。"

女的说："有人告诉我，什么都可以信，就是不能信男人这张嘴。"

老彭说："谁告诉你的？"

女的说："都这么说。"

老彭说："但我信你的嘴。小横嘴，小竖嘴，都信。"

就听那女人扑哧一声笑了，又哎哟一声。老彭赶紧问："怎么了？"

女的说："都怪你，割着手了。"

老彭说："快过来我看看。刚夸你像外科大夫呢，真不禁夸。"

安然义无反顾地把她姐拽离了这是非之地。安平边挣扎边问："小横嘴小竖嘴是什么意思？"

安然说："姐啊，你不是真这么单纯吧？小横嘴是上面的，小竖嘴是下面的。"

安平还懵懵懂懂的："下面的？哪下面的？"

刚问完，安平自己就醒悟过来了，气得脸煞白。安然怎么拽都拽不住了，就见她姐黑衣翻飞，女侠一样返回那间包厢，珠帘哗啦一掀，人就进去了。

安然跟进去后，就见她姐已经把削羊腿的刀操在手里，那刀又细又长又扁，隔着桌子就能把它捅进小贱人的肚子里。老彭和那女的都被这个突然闯入的黑衣人弄蒙了，时长大约二十秒。之后还是那女的先反应过来，就见她很松弛地往后靠了靠，淡定地问："想干吗？"

"你说我想干吗？你这个破坏别人家庭的女人！我今天就试试谁能当港城一把刀！"安平哆嗦着声音，把刀夸张地伸了伸。

"大姐，把你墨镜摘下来，还有那围脖、帽子，太难看了，丢彭总的脸。"那女的边说边拿起刀慢悠悠地削羊腿。她这不按常理出牌的姿态，一下子把安平打败了。安平眼巴巴地看了眼安然，意思是：接下来怎么办？

还能怎么办？安然是不希望安平这样亮相的，她了解自己的姐，更了解如今的女孩子。但她又不能在这种场合对她姐说，看看吧，这就是鲁莽行事的后果。她看了眼自己的姐夫，说："老彭，该你上场了吧？"

老彭阴着脸。

安然说："老彭，今天是情人节，你阴着个脸干什么？三个女人围着你转，应该乐得屁颠屁颠的才对。"

老彭说："安然，你就别添乱了。"

安然摊摊手，说："乱吗？你就不如这位，看人家心理素质多好。还有，手法的确可跟外科大夫一比，这羊腿修理得真叫漂亮。你没看我跟我姐那只，让我俩左一刀右一刀割得像五马分尸，惨不忍睹。"

那女的接上话茬说："要不要坐下来，我给你露两手。"

安然说："等你大婚时，我去你家做客，你想露多少手都行。这次就免了吧。"

那女的淡淡一笑，说："你是不是想听我说，我要嫁给彭总，或者，我不嫁给彭总？你想听哪一个？"

安然说："果然厉害。你多大？八零后还是九零后？"

女的说："八零后。准确说，是八五后。有什么问题吗？"

安然说："我一个姐们是研究社会学的，她们普遍认为，八零后是垮掉的一代、愚昧的一代、自私的一代、叛逆的一代、没责任心的一代。当然,这是宽容一些的评价,坊间说法是什么你知道吗?"

女的说:"愿闻其详。"

安然说:"他们说——什么八零后,不就是一帮孙子么!",又说:"我说了你别不高兴,因为你代表不了全体八零后。你就当你跟我一样,是七零后。"

女的却面不改色,轻描淡写地说:"孔德要是听到这些说法,会很不高兴的。"

安然不假思索地问了一句话,就这一句,彻底把她自己从上风位置摔了下来:"谁是孔德?"

女的慢悠悠地说:"社会学之父。"

站在一边紧张观战的彭凯歌给安然解了围:"都坐下,我给你们介绍一下。"

安平看一眼安然,安然说:"坐下吧,都是自己人。"

彭凯歌给三个女人介绍:"这是我们公司新来的副总,巫红豆。这是我爱人安平、小姨子安然。"

巫红豆放下刀叉,做出一副要握手的架势。安平把脸扭向一边,鼻子里哼了一声。安然说:"我冬天不爱跟人握手,特别爱起静电,我怕电着你。你是哪个巫?"

巫红豆说:"巫山的巫。"

安然说:"哦,巫婆的巫。《圣经》里有一段提到对巫婆的惩罚,不知你想不想听?"

巫红豆说:"还是我背给你听吧。巫师和巫婆都该死,人们必须用石头砸死他们,然后将罪恶的血泼在他们身上。"

安然很夸张地上下打量几眼巫红豆,说:"没有盲区啊!"

巫红豆很谦虚地说:"过奖了。"

安然又把脸扭向彭凯歌,说:"老彭,你这副总哪是人啊——简直不是人,是神仙。你从哪挖来的?"

彭凯歌息事宁人地说:"吃羊腿吧。你们在哪间?要不要去把刀叉拿过来?"

安平早就坐不住了，两条腿在桌子底下一个劲抖动，说："安然，咱们走。"

彭凯歌说："等会儿，吃完了一起走吧。"

安平终于按捺不住了，说："往哪走？彭凯歌我告诉你，今天晚上你爱去哪就去哪，老娘以后不伺候你了！"

说完，怒气冲冲就往外走。走了两步，又返身回来，把围巾从脖子上解下来，气急败坏地扔到炭盆里。彭凯歌说："你干什么啊安平？"

安平说："这围巾丢你的脸，干脆烧了，给你们加点火。"

彭凯歌一边手忙脚乱地拿茶壶往炭盆里倒水，一边说："有没有点消防观念？"

安平说："你是大老板，有钱，烧了饭店，赔就是了。"

姐妹两人红脸白脸乱唱一气，出了饭店，都有些气闷。安平把墨镜绒线帽黑大衣一起扔进了停车场一个垃圾箱里，只穿一件羊毛衫，钻进安然车子里。安然说："不当私家侦探了？说实话吧，你穿这身行头跟踪老彭有多久了？"

安平说："半个多月了。"

安然说："行啊，挺有主见的嘛！刚才怎么没敢动手啊？"

安平说："彭湃还没结婚呢，我不能那么早就去过牢狱生活。"

安然说："呵呵，还很有前瞻意识呢。"

安平说："你就别讽刺我了，我都快气死了。你说，下一步怎么办？"

安然说："你冲进去之前，没想想下一步怎么办啊？冲动是魔鬼。"

安平说："要是你老公跟别的女人说什么小横嘴小竖嘴的，你不往里冲啊？"

安然说："不能这么比方，这个世界上没有假如。因为我压根不找老公。即便找了，也不找那样的。"

安平说："你到底什么意思啊？跟谁一帮的？"

安然说："当然跟你一帮的了！不过，姐啊，那个什么巫红豆是个角色，我看你这次是碰上硬茬了。说实话，连我都有点佩服那小死妮子。你说，男人怎么可能不爱这样的女人？年轻，漂亮，聪明，气质好，知道社会学鼻祖，知道《圣经》，天知道她还知道什么！我这张嘴厉害吧，但在她那里，每说一句都得掂量着，一不留神哪句不经脑子溜出来了，就是漏洞！你看出来没，她有四两拨千斤的本事哪！"

安平忽然两手捧住脸，呜呜地哭起来了。这样一个要命的晚上，也确实把这女人快折磨疯了。安然把暖风开到最大，抱着纸巾盒旁边伺候着，说："姐，你这羊毛衫也该扔了。穿多少年了？有没有十年？"

安平猛然把头抬起来，说："安然，带我去买衣服，我靠！"

这句话把安然吓住了，她知道安平上来一阵有那么一股子"二"劲，但那是一种大咧咧没心眼子的"二"，可不是现在这样子。不过想一想，这样也好，安平该重新打量这个世界、换另外一种活法了。

在寒冷的情人节之夜，姐妹两个驱车直奔振华商场。商场晚上九点半关门，她们俩八点钟进去的，倒数第一和倒数第二离开，而且是在保安的再三规劝之下。除了收获了一大堆衣服，俩人还收获了一大把将要枯萎的红玫瑰。一来，几乎每件商品都搭送一支红玫瑰，二来，情人节购物的高峰期已经过去，红玫瑰再不可着劲发送，就真要往垃圾桶扔了。

安平小心翼翼地拿着那把红玫瑰，安然却不屑一顾。安平说："你闻闻，香着呢。"

安然说："姐啊，真可怜。难道老彭从没送过你红玫瑰？"

安平撇撇嘴，说："靠。我也就只有在商场花巨额人民币让人家搭送的份儿。"

安然说："我敢打赌，老彭的车里肯定放着一大束红玫瑰，当然不是打算送给你的，是送给那巫红豆的。等把巫红豆送回家，车子停在楼下，老彭情意绵绵把红玫瑰捧在手里，单膝下跪……"

安平呸呸冲地上吐两口，说："成心气我是吧？"

安然说："姐啊，不是气你，是要让你正视现实。要依我这个性，一秒钟都不耽搁就跟老彭分割财产，走人。但你不是我，你不能这么干。你现在要做的，一是正视现实，二是淡定，三还是淡定。你不是没把他们捉奸在床吗，只是听人家说了两句关于嘴的暧昧话。两人在一起吃饭，还喝了酒，说点这样的话太正常了。所以，你就当他们什么事也没有，听见没？否则你就失去了主动权。你快五十了，婚姻这盘棋下了大半辈子了，不宜推倒了重新开局。只是，你需要换一种下法。"

"怎么换?"

"就从这堆新衣服开始啊!你以后要干的事多着呢,比方,家里雇个保姆,最不济也雇个钟点工,把自己彻底解放出来,去干点有意义的事。"

"什么叫有意义的事?"

"多着呢,比方,减肥、美容、购物、遛狗。"

安平叹口气:"你就别拿我开心了。"

安然也知道,让她这个一辈子循规蹈矩的姐骤然接受这么多陌生元素,会让她严重找不着北的。

安平是十点钟回家的,安然把她送到楼下就返回去了,说不宜掺和,让她自己审时度势,毕竟是他们家内部矛盾。"但是警告你啊,不许再动凶器。都是年过半百的人,手脚不利索了,一哆嗦真在哪拉条口子,有多少血经得住流啊?"安然怕她姐上来那股子劲,真把两人伤着了。

彭凯歌比安平回来得早,正坐在沙发上拿着遥控器换频道。安平进门把大大小小的袋子放在地板上,彭凯歌问:"买衣服了?给谁买的?"

安平说:"我自己!"

彭凯歌说:"这么多?"

安平说:"嫌多?花你几个钱这么心疼?"

彭凯歌说:"你就不会好好说话?"

安平说:"跟谁?跟你好好说话?你配?"

安平把袋子一踢,过来站在彭凯歌面前,两手叉腰:"彭凯歌,你跟那巫什么到底什么关系?"

彭凯歌说:"同事关系。"

安平说:"同事关系……什么小横嘴小竖嘴,都什么意思?"

彭凯歌问:"安平,你跟踪我多久了?"

安平说:"你别管这个!是问你我还是我问你?"

彭凯歌说:"都年过半百的人了,儿子都有女朋友了,你不觉得你在没事找事吗?"

安平围着沙发转圈圈:"谁在没事找事?啊?我整天在家给你们当老妈子,

你却在外面跟烂女人啃羊腿，还横嘴竖嘴的！"

彭凯歌说："我那就是夸她能说会道，你别想歪了！她自从来到公司，帮我拉了几个大客户了，我请她吃顿饭过分吗？这都是生意上的事，你掺和什么？要不你别在家当老妈子了，你到公司来帮我，我把她辞了！"

安平傻眼了。她想，我还真让安然说中了，被动了。这都什么事啊，错了的这么理直气壮，没错的反倒像有一身的不是。安平哪有本事出去帮彭凯歌？当初彭凯歌艰难创业的时候，就是一个人在人才市场乱转，拿着公司营业执照，连个招聘台都没有，硬是这样说动了两个小伙子跟他一起白手起家的。这二十年下来，安平连公司到底在做什么生意都不知道。

真是人穷气短，马瘦人欺。安平让一肚子的话憋着，又不知道怎么表达，只好拼尽全力嚷了一句："彭凯歌，我要和你离婚！"

她这一嚷，把老太太嚷出来了。彭凯歌他妈齐桂花，七十多了，耳不聋眼不花，但夜里睡觉瓷实，据说拿一面锣在耳朵边敲都敲不醒。当然这是老太太自己吹的，没人拿一面锣在她耳朵边敲敲试试，谁也不敢在一个七十多的老太太身上冒那个险。

齐桂花是个很有责任心同时有点乐天派的老太太，整天以维持家庭安定团结为己任，精明，但心眼不坏。和整天大咧咧没什么心眼的安平搭档做婆媳，倒也相得益彰，几十年下来，处得还算融洽。他们彭家，彭凯歌两口子和彭湃都住二楼，只有她自己住一楼。老太太趿拉着拖鞋，披着一件羊毛开衫，站在门口问："谁要离婚？"

彭凯歌赶紧从沙发上站起来，朝安平使了个眼色，说："我们谈论一个朋友的事呢。"

几十年的夫妻做下来，有时候语言真是多余的。安平一看彭凯歌的眼色，就知道眼下要跟他合伙糊弄老太太了。齐桂花整天乐呵呵的，没别的老太太那些老年病，但不管怎么说也是七十多的人了，彭凯歌又称得上是个孝子，两人平时还是尽量宠着老太太。

所以安平只好拿出她那大咧咧的劲，对齐桂花说："不好好睡觉，您起来干吗呢，深更半夜的，不听话。"

齐桂花说："我上洗手间不行啊？"

安平说："老人就是尿频。"

她们婆媳俩平时说话就这个风格，不了解的会以为婆媳不和，家里人都知道，这两人就享受这种拌嘴的乐趣。似乎不拌嘴倒显得生分。

齐桂花走到洗手间门口又站住了，回身问："哪个朋友要离婚？"

安平把她往洗手间推："哎呀您真爱操心，老彭朋友那么多，您才认识几个呀？"

让齐桂花这么一掺和，战争被迫中断。而且齐桂花在洗手间里磨蹭好半天才出来，搞得安平也没了斗志。她和安然两人吃羊腿的时候还每人喝了一瓶青岛啤酒，这点酒，对安平这个没酒量的人来说，能撑到十点多，已经差不多是极限了。

但是安平没上楼，睡到了一楼客房。

2

一大早，戈美丽就打来电话，要把安加戈送过来让安平帮忙带两天。

他们老安家兄妹三个，老大安平，老二安志，老三安然。安志和媳妇戈美丽都是上班族，平时免不了出个差加个班什么的，偶尔碰上两人都忙，儿子安加戈就得享受寄养的待遇。老安两口子早在安志还没大学毕业就都去世了，戈美丽父母在乡下，指望不上，所以通常安加戈就寄养在大姑安平那里。安平比安志大十岁，某种程度上也有点"老姐比母"的意思。安加戈三个月大的时候开始，就隔三差五往安平这里送，如今小家伙已经五岁了，堪称安平家的一名编外成员了。

戈美丽七点就把安加戈送了过来。她要赶八点半的火车去济南，到局里开会报报表。安平问她："安志也出差了？"

戈美丽说："去天津了，他们同学聚会。真是，混了十多年，还是个小科员，怎么好意思去见人。"

安平说："美丽，我不同意你这观点。社会主义社会只有分工不同，没有高低之分。小科员怎么了，小科员对国家就没贡献了？"

戈美丽说："姐你说得太宏观了。"

安平说："怎么，你姐我天生就这么素质高，高瞻远瞩！"

这个时候彭凯歌从楼上下来了，说："美丽，你姐到更年期了，一张嘴吐出来的就是子弹。"

安平本来就是跟戈美丽瞎叨叨，她这人，跟自己婆婆都这么叨叨，大家都听惯了，隔几天不听反而不是个滋味。彭凯歌本也无意刺激安平，只是随口一说，甚至带点讨好的意思。安平却不买账，一张脸都快甩到墙上去了，说："我更年期？你也好不到哪里去！让那些妖里妖气的年轻女人哄着，就以为自己是花季少年呢？明天一觉醒来就变成一个秃顶、掉牙、驼背、没人要的糟老头子了！"

安平把安然教训她的那些语词都照搬过来了，加上自己的演绎，听起来还挺有水准的，自己骂完了都觉得解气。

戈美丽不知道他们家头天晚上发生的战争，还没心没肺地说："姐啊，据说中年婚姻容易出现危机，姐夫又是成功男人，你得把姐夫看好了。"

安平说："看？怎么看？你们家安志要是动个歪心眼什么的，你能看得住？男人没一个好东西。成功男人就更别提了。"

戈美丽说："谁说男人没好东西？咱家男人不都挺好的吗？看我姐夫，还有我们家安志。我们家安志就是事业上没出息，没别的毛病。他要是敢有什么花花事，看我怎么修理他。"

安平和戈美丽提到安志的那两句，都是当玩笑说的，没想到却一语成谶了。安平家的风波还没正式闹起来呢，安志家先闹起来了。经过是这样的：安志去天津之前告诉戈美丽他们同学聚会定在情人节晚上，他2月15号中午坐北京到烟台的火车返回，16号早上六点半到烟台。戈美丽是15号下午到的济南，16号早上七点多，她打安志的电话，关机。打到安平家一问，安平说安志没去接安加戈。

那几天小加戈感冒了，戈美丽给他往幼儿园请了假，偷偷带到办公室一天，第二天送到了安平家。16号是星期五，安志的假期一直请到了下周一，戈美丽满心希望安志16号能带小加戈一天，她16号上午开会报了报表，下午两点的火车，晚上也能赶回来。结果安志不但没赶回来，手机还关机，好像人间蒸发了一样。

在局里开会的时候戈美丽脑子里一直在开小差，中间偷偷跑出来，在洗手间又打了一次安志的电话，还是关机，就打给安志的同学倪平平，问她在哪儿。倪平平说烟台呢，戈美丽很奇怪，问她："你没去天津？不是同学聚会吗？"

倪平平说："本来是要去的，临时突然有事，没去成。安志回来没？"

戈美丽说："打电话就是问你这事的，安志本来说今天早上到家，可不但人没到，电话也关机了。"

倪平平在电话那头饶有意味地笑两声："说不定正跟同桌的你叙旧情哪。"

倪平平说是安志的同学,但跟戈美丽的关系更近一些。当年戈美丽跟安志谈恋爱的时候,倪平平还没有男朋友,整天跟他俩混在一起玩。戈美丽和安志结婚后,倪平平一到周末就去他们家蹭饭。他们两人那时候在城乡结合部租了一间十平米的小厢房,又做卧室又做客厅还做厨房,倪平平也不管他们方不方便,整天赖在那里。有一次她神神秘秘地在包里装了一张毛片,把安志撵出去,跟戈美丽两人在床上坐着看。一看到那个身材特别惹火的男主角现身,她们就夸张地缩着脖子尖叫,搞得房东大爷在外面敲门,以为发生了什么暴力事件。

后来安志知道她俩撵他出去,原来是在偷偷看毛片,曾取笑她们搞同性恋。倪平平教育安志说:"懂吗,这就叫死党。"

现在倪平平早就不在安志和戈美丽他们单位混了,事实证明她虽然跟戈美丽是死党,性格上却跟戈美丽南辕北辙。戈美丽安于现状,倪平平却时刻有一颗动荡不安之心。她跟戈美丽和安志一样大,三十八岁,却已经离了两次婚,每次都分到了不大不小的一笔财产,目前正跟第三任男友谈婚论嫁。你也不知道她每天都在忙什么,反正她就是在当安志和戈美丽同事的那一年工作过,以后就专职当不大不小的阔太。其实要说到阔太,安平才最有资格,但偏偏安平对此懵懵懂懂像个傻子,整天把自己等同于普通家庭劳动妇女。

对安志这位时刻向世界展示昂扬斗志的同学倪平平,戈美丽早就无话可说了,但这不妨碍她们的死党关系,因此也不妨碍倪平平把安志那些陈芝麻烂谷子的旧事抖搂给她听。

其实倪平平抖搂安志的旧事,并不是因为她和戈美丽是死党,只是不小心没管住嘴,嘟噜出来那么一句。既然嘟噜出来一句,想收回去那是不可能的,一来不是倪平平的性格,二来,戈美丽也不能答应。

所以倪平平干脆也没用戈美丽多么穷追,就供出了安志那位"同桌的你"。此人姓毛,单名一个橘,拼起来就叫毛橘——这是倪平平原汁原味的描述。此外还有如下描述:"名叫毛橘,人也长得水汁汁的,男人们都想啊呜呜咬上两口。这毛同学当年可是学校里的一枝花,眼梢成天挂在脑壳顶上。你们家安志也堪称学校里的风云人物了,粉丝成群,可人家毛橘照样不买账。他俩坐过同桌,你们家安志暗恋了毛橘三年呢!"

戈美丽说:"倪平平!这些事为什么你拖到今天才告诉我?这是死党应该有

的姿态吗？"

倪平平说："那都是些旧事了嘛！再说了，暗恋毛橘的男生也多了去了，你们家安志还算理智型的，只是偷偷暗恋，兴许人家毛橘根本就不知道呢。你们家安志毕竟也是公众人物，他得保持自己的公众形象，要是向全世界宣布他暗恋毛橘，粉丝们都不答应了，怎么办？"

"我怎么听着你们那儿像文艺圈，不像大学啊？安志不像大学生，倒像个艺人。"戈美丽又好气又好笑。

"你以为呢！安志歌唱得好吧？年轻时很有型有款呢，外号小郭富城。一到有联欢会的时候，你们家安志的粉丝就在台下高喊：城城，我们爱你！毕业的时候他唱那首《我是不是该安静地走开》，哭倒了一片女生。"

"得了吧，倪平平，照你这么一形容，安志底子应该很好啊，怎么现在看着哪哪都没一点郭富城的影子呢？百分之百一个中层偏下小市民。还粉丝呢，面粉吧！"

戈美丽替安志分辩："什么男人也架不住整天在你们那种单位低眉哈眼地熬日子，架不住整天骑着辆破烂自行车混迹于普通老百姓之中啊！你给他弄辆宝马开着，给他个一官半职当着，他要是不光芒万丈，我死给你看。"

饶是倪平平把安志夸成一朵花，戈美丽也不相信那被描述的男人是自己老公安志。安志歌唱得好吗？戈美丽只记得他俩谈恋爱时，安志自告奋勇给她献过歌，她也没觉得有人家郭富城的风范啊！

总之倪平平的这些夸赞，戈美丽都觉得好笑。还有，她现在急于知道安志是不是跟那个毛同桌在一起。"平平，你帮我问问，他们聚会到底散了没有。"

倪平平无可奈何地说："那你先挂了吧，我找找班长的电话。都怨我这张嘴，一下子没兜住。安志回来还不定怎么骂我呢。"

结果，倪平平从班长那里得到的消息是，聚会在情人节那天夜里就结束了，第二天，大家屁滚尿流地纷纷把自己送到机场和火车站了。

"安志呢？"戈美丽问。

"班长没特别说到安志，那肯定也是屁滚尿流地赶车去了呗。"

"你怎么不问问啊？"

"你傻啊？我要是一问，班长就知道安志没回来了。要真是跟毛同桌在一起，这不就露馅了？安志的公众形象怎么办？"

"什么公众形象！你们那昔日的小郭富城，如今是一个很快就要秃顶、掉牙、驼背、没人要的糟老头子了，你就别整天沉浸在往日时光中了好不好？你再打电话，问问到底怎么回事，是死是活得有个音信吧？要不直接打给那什么橘子！"

戈美丽把昨天早上在安平家听到的那套语词也用上了。

倪平平笑得不行了，说："人家叫毛橘，毛橘！毛绒绒的橘子！我还跟你说，我不知道毛橘的电话。我那时候跟姓毛的不合。她眼珠子整天顶在脑壳上，我看见她就讨厌。我俩吵过架，一毕业就相忘于江湖了。我觉得你也不必过于神经质，说不定安志临时与那几个昔日老铁相邀去别处玩了呢，他可是有两个吃饭都恨不得用一双筷子的老铁。但我真不知道那两个老铁的电话，毕竟都毕业十五年了。"

戈美丽关于毛同桌的纠结，一直持续到下午安平来电话。当时戈美丽正在返回烟台的火车上，安平来电话，说加戈有点发烧。戈美丽嘱咐安平，烧到38度就赶紧吃退烧药。加戈三岁以前在乡下姥姥家住过一段时间，那时候戈美丽产假结束要上班，不得不把加戈送到乡下。有一次加戈夜里发烧，老人睡得实，药给吃晚了，烧到了惊厥。此后只要一发烧，戈美丽和安志就高度警觉，两人整夜不敢睡觉。

安平的电话让戈美丽纠结的重心得到转移，就在这时候，该死的安志来短信了：已上车，明早到家，给我烧好洗澡水。

戈美丽气不打一处来，马上回复道：半道跳进黄河里洗去吧！

安志死皮赖脸又回了过来：黄河水太浑。

戈美丽回复说：比你干净！

想必安志从戈美丽的短信里嗅到了火药味，马上识趣起来，不发短信了。戈美丽也懒得理他，一颗心都纠结在儿子身上，不停发短信问安平情况怎么样了。到晚上九点多的时候，安平告诉她，加戈烧到39度，不敢耽搁，已经去医院挂上吊瓶了。

戈美丽再急，也不能腋下生翅从车窗里飞出去，只能把时间交给火车。偏偏在快到烟台的时候还停车了，播音室送出一个懒洋洋的声音，让旅客们不要下车，是临时停车。戈美丽跑到车厢连接处，听有人议论说前面出事了。

总之车到烟台，已经快到半夜了。戈美丽打个车直奔毓璜顶医院儿科注射室，安平和彭湃两人都在。安平说："我的祖宗，你可回来了！"

小加戈已经睡着了，戈美丽鼻子一酸，流下泪来。安平又凶巴巴地安慰戈美丽："哭什么哭，不就是发个烧吗，一点不淡定。"

彭湃在一旁笑起来，说："妈，您就是个变色龙，今天一下午加一晚上您淡定了吗？像只没头苍蝇一样。舅妈，您不知道，我妈已经说了，将来我有了儿子不许让她带，她受不了这精神折磨。您说怎么办？都是您害的，将来您得帮我带。"

戈美丽给逗笑了，说："刚有女朋友就想儿子？太猴急了吧？"

彭湃说："得吧。让你们家小加戈闹的，我也不敢有孩子了。这一下午加一晚上，好家伙，一会儿烧一会儿退的，全家人都围着他转，我将来可没这闲工夫。"

其实彭湃只比戈美丽小十三岁。戈美丽三十八，彭湃二十五。他们老安家这辈分和年龄还真是不搭调，老大安平比老二安志大了整整十岁。这都赖当铁道兵的老安，生了个安平，又过了足足十年，才给媳妇肚子里播上第二个种子。倒是安然和安志只差两岁，那时候老安已经工伤回了烟台，不再天南海北地漂了。安平这一辈人年龄差得大，偏偏安平生孩子太早，安志生孩子又太晚，他们姐弟俩分别在二十出头和三十出头生了各自的孩子，这一下就把下一辈的年龄差距拉得越发大了。种种原因造成如今的局面：安平比戈美丽这个弟媳大十岁，戈美丽这个舅妈只比彭湃大十三岁，彭湃和安加戈这两个表兄弟更雷，相差整整二十岁。还有个未婚的安然呢，虽说她整天自诩不婚族，但即便假设她明天结婚，年底生孩子，那小家伙也比彭湃这个大表哥要小二十五岁。

老安家这不上不下的辈分关系，曾经让戈美丽很不适应，尤其是跟安志谈恋爱的时候，彭湃都发育成一个粗门大嗓的小伙子了。而她那时候还总觉得自己是个女孩子，每次彭湃叫她舅妈，她就脸红。

当然现在她已经不觉得难为情了。奔四的中年女人了。似乎一挨到中年这俩字，什么都不足以让一个女人感到难为情了。

安加戈直到接近凌晨一点才挂完水，彭湃开车先把戈美丽和安加戈送回家，才拉着安平回家。戈美丽不敢睡，拿着根体温计，时不时地给加戈量体温。三点钟的时候，小加戈又烧到了38度，吃了退烧药，出了一身汗，退了烧。早上六点多，又烧到38度。安志回家的时候，戈美丽简直要虚脱了。

"怎么回事？挂了水跟没挂一个样！医生们都是干什么吃的！"戈美丽有点歇斯底里地冲安志嚷嚷，仿佛安志是医生似的。

安志安慰戈美丽："别急别急，加戈五岁了，又不是第一次发烧，哪次不得个三天两天的才能好？你就是心理素质差。"

"我怎么心理素质差了？他是我儿子，这么烧，把脑子烧坏了怎么办？"

"从生下来到现在，加戈也发了几十回烧了，还有一次都惊厥了，脑子不也没坏？还挺聪明的呢。你看谁家孩子妈像你一样，不是坐病房里号啕大哭，就是寻死觅活的。"

加戈第一次发烧的时候只有半岁，医生给他往头上扎针，加戈蹬着腿哭，戈美丽也哭，而且哭得比加戈凶多了，号啕大哭，整个输液室的人都为之侧目。加戈一岁多的时候，脚底长了个血管瘤，医生说要手术做掉，戈美丽几乎崩溃了，差点自己先去自杀。如安志说的那样，加戈在长到五岁这期间，还有过发烧N次的经历，但戈美丽一点都没在千锤百炼下变得勇敢一些，反倒越来越脆弱了。

在戈美丽的坚持下，七点半他们一家三口已经置身于毓璜顶医院了。医院八点上班，但七点半时他们挂上的号也一直排到了十点钟。戈美丽脸上阴云密布。最后的结果是，医生告诉他们，加戈赶上了这波以反复发烧为主要症状的流行感冒。戈美丽尽量控制着情绪，问医生为什么输液不管用，医生说，输液的目的只是消炎，并不是退烧。

戈美丽不敢对医生发火，出来就把气撒在安志身上，对他颐指气使的，一会让他用杯子凉点热水，一会让他去给加戈买玩具，一会让他去买午饭。吃饭的时候，加戈吐了，戈美丽又嫌安志没脑子，买的这是什么破饭。

加戈临床一个小朋友的姥姥实在看不下去了，数落戈美丽："真是身在福中不知福啊，这样的男人，上哪找去？"

戈美丽说："阿姨，您不知道怎么回事。他这是心里有鬼。"

老阿姨说："对自己老婆孩子好到这样，能有什么鬼？"

戈美丽张了张嘴，把一肚子的话又咽回去了，心想，我跟一个素不相识的老阿姨有什么可说的呀，她知道什么呀！她懂这个世界是怎么回事吗！

不可避免的争吵发生在当天夜里，确切地说，是第二天凌晨。按照惯例，小加戈感冒发烧的时候，戈美丽和安志每人轮值半夜。但通常安志轮值的那半夜，也都是戈美丽在守着，原因是，安志守着守着就把自己守睡着了。这天晚上安志故伎重演，戈美丽老账新账合并在一起，跟他干上了。

这天晚上他们俩的分工是戈美丽上半夜，安志下半夜。凌晨一点多，戈美丽把安志叫醒，让他好好值班。她实在是撑不住了，但睡到四点钟还是不踏实地醒了过来，发现安志半靠在床头上睡得正香。戈美丽气不打一处来，拿起床头柜上的一本书就拍在安志脸上。

安志给自己辩解，说："这两天基本没怎么睡，实在太困了。"

戈美丽说："谁睡了？我从昨天晚上，不对，应该是前天早上，到刚才，就没合过眼，你算算多长时间了？我就不困吗？我怎么还能坚持，你为什么就不能坚持？"

安志说："科学不都证实了吗，女人的抗压能力比男人强。"

戈美丽又拿起一本书，摔在安志脸上，说："不要脸！"

戈美丽扔在安志脸上的第一本书是《小说月报》，比较轻薄，没什么杀伤力，因此当第二本比《小说月报》体积明显小很多的书飞过来的时候，安志完全没调动起警惕性。但马上他就为此付出了代价，只觉得鼻梁被砸中了，还划过一阵火辣辣的疼，像被指甲挠着了一样。

他把这本掉到地板上的书捡起来，说："精装本啊，怪不得像砖头一样。戈美丽，你太不会过日子了，就这封皮，得有一公分厚了吧？起码比简装的要贵上十块钱。"

"粗，俗，粗俗。"戈美丽听到他这番话后的态度，比听到有人放屁还难以忍受。

"我说得不对吗？难道简装的就不能看？"

"精装书利于长久保存！我看完了还得留给儿子呢！"

"长久？你能保存多久？不就是比简装的迟两天变成一撮土吗？照我看，倒是比简装的更适合当武器。"安志边说边看看书名，"《我弥留之际》，什么意思啊，就是我要死了的意思吧？外国人写的？至于吗，看个外国人写的书，就有资格说别人粗俗了？你什么时候也写本书给我看看？学了半天中文，整天光说不练，没说服力。"

安志的话戳到戈美丽的痛处了。她是鲁东大学中文系毕业的，如今却在一家国企里管档案，上班时跟一些文件、荣誉证书、影像资料待在一起，下班后跟家和家务待在一起，时时有顾影自怜之感。听安志这么一说，戈美丽把顾影自怜上升到了怨天尤人："我要不是在懵懂无知的时候把自己过早陷入俗世生活，至于像现在这样一事无成吗？当年我浑身每一个细胞都充满文学气质，现在呢，每一个毛孔都散发着柴米油盐气！"

"不就是上大学的时候发表过一篇文章吗？在《烟台晚报》上，五百来字？"安志在跟戈美丽谈恋爱的时候，提到这件事简直荣耀得要死，现在早就见怪不怪了。

"《烟台晚报》怎么了，五百来字怎么了？你上《烟台晚报》发表十个字给我看看！"

"那还不容易？我去登个寻人启事，哪只十来个字啊！"

安志还打算调侃呢，却觉得鼻梁上有条虫子在缓慢地爬，他一巴掌拍上去，发现是血，调侃之心顿无，爬起来就去找镜子。

"戈美丽，我不就是出了个差，累个半死，睡了会觉吗？你至于下此狠手吗？是不是想把我一家伙砸到弥留之际？"安志在镜子跟前边照边说。

戈美丽哼了一声说："出差？搞清楚好不好，同学聚会也算出差？领导批给你出差费吗？"

安志说："对对，你那才是出差。不就是出个差吗，一天发给你十三块钱出差费，至于这么优越吗？搞得像范冰冰去戛纳似的。范冰冰去趟戛纳，回来也不至于对自己家人大打出手吧！"

"安志！你别给我油嘴滑舌的！你以为你这样，就能蒙混过关是不是？只能是欲盖弥彰！"

"盖什么呀，彰什么呀，不就是学中文的吗。"

安志这人平时没别的毛病，就一张嘴贫得要死。恋爱时这是个优点，居家过日子就很不幸地转化成缺点了，关键时候不但不能熄火，反而火上浇油。他们老安家兄妹三个，个个长了一张不饶人的嘴，又各有各的风格。老大安平的刀子嘴是大大咧咧型的，老二安志是拿不到台面上的油滑型，相比而言，只有老三安然还算得上智慧型。

戈美丽不跟安志斗嘴皮子功夫，直截了当地兴师问罪："我觉得，你没完没了在那照镜子很没意思，该说说你为什么没按时回家了吧。"

安志假装没听见戈美丽的话，继续围绕他那张脸做文章："你的粉底霜哪去了？我得抹点那玩意儿，把伤口掩饰掩饰。"

"姓安的！"戈美丽忍无可忍了："你为什么16号早上没到家？干什么去了？"

"聚会呀！不是跟你汇报了吗？"

"不是14号晚上吃完饭就结束了吗？你15号不坐车回来，跑哪去了？你能给我个解释吗？"

"同学聚会，哪有那么条分缕析的？安排14号晚上结束，但大家一高兴，喝高了，再多玩一天，犯法啊？"

"哦，多玩了一天。"戈美丽抱着胳膊，"都去哪玩了，跟谁啊？"

"还能去哪，就在天津呗。跟班长他们。班长就是天津人，东道主。"

"你们班就班长是东道主？还有别人吧？"

"当然了，还有一个，共两个。"

"那个是谁呀？男的女的？"

"说了你也不认识。对了，我给你们带了麻花，香着呢。知道天津名吃都有什么吗？"

"不知道。"戈美丽脸上挂着冷笑，两臂交叉，一副看你表演的样子。

安志也不知是没看出来，还是看出来了却装傻，反正他不看戈美丽的脸，继续往下表演："不知道啊？不可能吧？狗不理包子知道不？"

"不知道。"

"耳朵眼炸糕？十八街麻花？都不知道？真是孤陋寡闻。这么说，你也不知道狗不理包子的由来了？还有，包子上一共有多少个褶，就更不知道了吧？"

戈美丽说："安志，你累不累？"

安志说："累！累死了，就想睡觉。"

戈美丽说："那你能再给我个解释吗，为什么16号那天手机关机？"

安志说："没电了呗。"

戈美丽说："你就不能给我个不这么大众化的答案？"

安志一脸无辜地说："都怪那手机，它太大众化了。"

戈美丽差点没憋住把毛同桌搬出来，这个关键时候，倪平平来电话了。

3

倪平平的电话，让戈美丽把关于毛同桌的疑问暂时搁置了几天。她一拨通戈美丽的电话就说："美丽，安志回来了没？老规矩，1或者2。"

"老规矩"是倪平平发明的。她和戈美丽的电话暗语有好几套，适用于各种不同场合，其中多用于她跟各色男友周旋的时候。

戈美丽答："1。"

倪平平说："你没提姓毛的吧？"

戈美丽说："2。"

倪平平一听，就知道戈美丽还没提毛橘的事，在电话里松了一口气，说："我就怕你提那事。听我的，先别提啊，不是我怕你们家安志骂我，主要是现在咱们不知道真相，随便乱提容易被动。在不知道真相的情况下，还是宜静不宜动。"

戈美丽说："行，我知道了。"

安志假装漫不经心地问："谁啊，这么一大早，才六点钟就来电话，倪平平吧？"

戈美丽说："你怎么知道是倪平平？难道就不会有别人在一大早给我来电话？"

安志说："除了加戈姥爷姥姥，你们科长，王娜，倪平平，还有谁会在早上六点给你打电话？找不出来呀。你社交圈子太小了。"

安志说得倒是实情，早上六点这个时间给戈美丽打电话的，算起来，也就那么几个人。加戈姥爷姥姥年纪大了，睡眠少，动不动就一大早打电话来，说件完全不值当这么早打电话说的小事；科长早上打电话，通常是临时安排什么工作；王娜是和戈美丽一个科的同事，早上打电话一般是让戈美丽代为请假，或是有事去不了了，跟她串通个口供什么的；再就是倪平平了，不分时候打电话是死党的特权。

"不过，你们说什么呢，1啊2啊的？像黑道行话。"

"你管呢。"戈美丽已经决定听倪平平的，暂时不提毛同桌的事，就偃旗息鼓了，拿着体温计去给加戈量体温。

安加戈这次感冒挺骇人，光发烧就持续了五天。输液室里一派生意兴隆的局面，一张床上有时躺两个孩子。好像这场感冒病毒就是专门给安志打掩护来的，戈美丽白天晚上地照顾加戈，也分不出精力去追究安志15号和16号那两天的动向。

就在安志以为已经蒙混过关的时候，毛同桌却往已经差不多平静的湖水里扔了一粒小石子，霎时又搅起了微澜。

事情看起来是出在他们家的移动座机上，究其实，还是出在安志自己身上。移动座机是戈美丽在王娜的鼓动下去移动公司申请的，戈美丽主要是冲着它可以绑定三个亲情号码、每月免费拨打三百分钟、电话机免费赠送这些优惠政策去的。对于她们这种工薪家庭来说，此类优惠政策的确诱人。戈美丽是在安志出发去天津那天把移动座机拿回家的，安志回来后，戈美丽只简单告诉他，她已把他们两口子、加戈姥爷这三个号码绑定了亲情号，以后只要拿这电话拨此三个号码，不超过三百分钟都是免费，拿它拨打别的电话，资费也比手机套餐便宜。

两人处在半冷战状态，戈美丽就没详细介绍这个移动座机的其他功能，安志还以为就是个普通座机呢。结果他有天手机没电了，就用移动座机给毛橘打了个电话。毛橘接完电话后，见是另外一个号码，还以为也是安志的，就把这号码也存上了。两天后，她给这号码发了三条短信，也活该安志不幸，短信让戈美丽看到了。

那天戈美丽他们科长不在家，她就跟王娜打了声招呼，偷偷早退去幼儿园接加戈。因为家里没老人帮忙，加戈总是幼儿园里最后几个被接走的孩子之一，所以只要单位有空子可钻，戈美丽绝对会钻的。好在档案管理科是他们单位最不重要的一个科，办公室也不在主楼里，离领导远，而且没安摄像头，她早退一会儿还是安全的。安志的办公室在主楼，相对就不那么自由。

戈美丽把加戈接回家，放下包就去给安志打电话，打算告诉他已接回了加戈，结果就发现了那三条未读短信。翻开一看，一条比一条长，缠绵中透着浪漫，肺差点给气炸。

第一条：一旦归为臣虏，沈腰潘鬓消磨。

第二条：原来可以这样，爱的能力在复苏。顺服，有着瘫倒在一个人脚下的愿望。

第三条：感谢上帝。没有他的允许，一片树叶都不会落下。这样好的爱，全是他的允许。我们在母腹中，他便已经为我们数算着相遇的日子。

戈美丽是学中文的，虽然婚后十年她成了个不折不扣的家庭妇女，至少底子还在那里。这三条短信，尤其是第一条，她还是知道出处的，对方居然把这样一句亡国词用得如此儿女情长，简直叫她嫉妒得要命。

所以安志回家以后就看到了这样一副场景：戈美丽冷着脸坐在沙发上，两臂环抱；加戈拿着一个蛋黄派狼吞虎咽。

安志一看就知道出了状况，因为戈美丽平时最反感加戈在吃饭之前吃零食，总是一边管着他的嘴，一边以冲锋陷阵的速度做晚饭。显然，出现在安志面前的场景，不是他们家这个时间段应该有的场景。安志虽然和毛橘没什么实质性的事情，但心里多少还是有点鬼的，所以，从天津回来后，就格外注意戈美丽的脸色。当下，见戈美丽一张脸阴云密布，安志快速思考了一下，决定采取老一套，装疯卖傻。他把外套挂到衣帽架上，边往厨房走边问："老板娘，晚饭吃什么？"

戈美丽好像就等着他这句话，马上说："吃你个鬼！"

加戈从回家后就分外寂寞，这时候像只小耗子一样跟进厨房，说："妈妈生气了。"

安志悄声问："为什么？"

加戈摇摇头："不知道。妈妈看了电话就生气了。"

安志快速让脑子进入思考，但不知道为什么电话会让戈美丽生气。他压根就不知道那玩意能像手机一样收发短信。

戈美丽在沙发上叫："安志，你过来！"

安志边往客厅走边小声对加戈说："儿子，将来你长大后要像老爸一样勇敢，兵来将挡水来土掩，能和稀泥就和稀泥，活不了了再说，知道不？女人都头发长见识短，没办法，不能跟她们一般见识。"

安志不打算跟戈美丽一般见识，戈美丽可打算跟安志见识见识。她冷若冰霜地问安志："知道李煜吗？"

安志说："不知道，干吗的？"

戈美丽说："干吗的，反正不是蒸狗不理包子的。"

安志说："炸耳朵眼炸糕的？"

戈美丽说："你去一趟天津，难道就温习了一下狗不理包子和耳朵眼炸糕，没学学唐诗宋词什么的？"

安志做出一副老实状，说："没。你又不是不知道，我是个粗人。"

戈美丽清清嗓子，开始背给安志听："一旦归为臣虏，沈腰潘鬓消磨。最是仓皇辞庙日，教坊犹奏别离歌。垂泪对宫娥。"背完了，问："知道什么意思吗？"

安志老老实实地说："学生不知。"

戈美丽说："沈腰，指的是沈约的腰，那人腰很细；潘鬓，指的是潘岳的鬓，他年纪不到四十，哦，也就是咱们这个年龄，两鬓就出现了白发。李煜借这两个人，描写一个人憔悴消瘦，鬓边变白。"

"哦。那俩人都是古人吧？我看看我是不是也变成潘鬓了。"安志又跑到梳妆台那里照镜子。

戈美丽说："有人给你发了几条短信，其中有一条，引用了李煜的沈腰潘鬓那两句。"

"是吗？没有啊！我可不认识你们这些文人。"安志从包里拿出手机，翻开，装模作样地看收件箱。其实他装模作样只是策略，此刻脑子正在飞快转圈，心想，难道是毛橘给我发了短信，被戈美丽用网上宣传的那些软件截获了？不可能啊，明明手机上没有这样的短信啊！

戈美丽朝电视机旁边的移动座机努努嘴，说："那上面呢，自己看吧。"

安志一听这话，马上明白了，忍不住在心里痛骂了自己两句，猪，蠢猪！那玩意既然是手机号码，当然也应该能收发短信了！我干吗用它给毛橘打电话呀！活该！

事情到了如此地步，安志也不得不硬着头皮过去看电话机。他赫然看到那玩意上面有一个短信按键，简直恨不得拿那玩意儿照脑袋来上两下。

安志硬着头皮翻看了那三条短信，决定还是采取老一套，装疯卖傻，咬牙抵赖。他说："这谁发的呀，看这文绉绉的措辞，像是你们文学圈里的人。"

"谁们文学圈？"戈美丽保持冷若冰霜的脸色，不疾不徐地问。

"你们文学圈啊！"

"你什么时候承认过我是个文人了？不过就是在《烟台晚报》上发了篇五百来字的小品文，我怎么敢自称文人，你抬举我了。发短信那位才是文人呢。作家吧？"

"我从不认识什么作家，肯定是发给你的。"

"没人给我发这么暧昧的短信。再说了，我社交圈子那么小，一共就有那么几个人会给我来电话发短信，你不是都知道吗？"

戈美丽把安志揶揄她社交圈子小的话也用上了。

"那就是发错了。一定是发错了。"安志顺着戈美丽的话说："移动公司那网络也不知怎么搞的，我有一天收到条短信，说，老地方见。我回复了一条，老地方在哪？对方回过来说，怎么回事，忘了？我说，忘了。对方说，真讨厌。后来你猜是谁发的短信？我对桌，曹雪那丫头片子。奇怪极了，她又发了一条，在我眼皮子底下发的，我亲眼看她是发给了另外一个叫王强的混账号码，结果不知道怎么回事，还是到了我手机上！你说怪不怪？我们俩研究了半天，最后，把我的号码从她手机上删了，才好了。"

戈美丽冷眼看着安志："编，继续编。"

安志急赤白脸地辩解："不是编的，是真的！不信明天你去单位打电话问曹雪。"

戈美丽又不疾不徐地说："问问也不是不可以。不过，我现在想告诉你，发这几条短信的号码来自天津，对方是个女的，你想知道她叫什么吗？毛橘。毛主席的毛，橘子的橘。你知道毛主席的《沁园春·长沙》吗？"

安志一脸无辜状："不知道。惭愧。"

戈美丽说："你们家毛橘还真是会取名字。"

安志说："她父母取的，又不是自己取的。"

戈美丽说："哦，她父母这么有学问啊，干吗的？"

安志在嘴里使劲咬了一下舌头，暗骂自己蠢猪。即便这样，也得继续抵赖，能抵赖到什么地步，看造化吧。安志说："谁的名字不是父母给取的？我，安志，是加戈爷爷取的；你，戈美丽，加戈姥爷取的，虽然有点俗；安加戈，你取的。我得说，这名字挺好，一点都不俗。那个什么毛橘，肯定也是她父母给取的，我说得难道有错？"

"安志！你不觉得此时此刻不是你油嘴滑舌的时候吗？告诉你，我照那个号码拨回去了，并跟你那毛橘同学聊了一会儿天。你还说什么？"

"你的意思是，这号码是毛橘的？我同学毛橘？不会吧？我还以为你刚才毛橘毛橘的，是在开玩笑呢。"

"哼，你就是煮熟的鸭子，鸭子死了嘴还硬着。你去天津同学聚会都干了什么见不得人的事，我全知道了，从现在开始，给你十五分钟时间自己辩护一下。"

其实戈美丽根本就没回拨那个号码，她只是上网百度了一下号码归属，一看是天津，就猜是毛橘的。但安志不知道啊，戈美丽冷若冰霜的脸，加上那三条要命的短信，不由得他有什么怀疑。结果，让戈美丽一唬，安志就把他15号和16号两天在天津的事吞吞吐吐说了出来。

事情是这样的：安志他们班一共有两个天津同学，一个是班长，另一个就是毛橘。此次同学聚会，他们两人就成为理所应该的组织者。在14号最后的晚餐过后，大概零点左右，毛橘忽然给安志来了个电话，让安志救救她，声称自己吞药了。安志打车赶到毛橘家，见毛橘果真是吞了一瓶子安眠药。

"这完全是突发事件。你说，要是你遇到这种事情，你能拂袖而去吗？"安志把自己形容得很仗义，像梁山好汉似的。

"我就不明白了，她毛橘吞药，干吗不给你们班长打电话，却给你打？"

"你想啊，我们班就她和班长是天津人，两人虽说不在一个单位，但还是一个系统的，这种事情，让班长知道了，三传两传，不就传到单位上了？她还怎么混？她给我打电话时就说，让我一个人去，千万保密。多可怜。"

"那她干吗不给其他同学打电话？"

"这我就不知道了。也许她觉得我们曾经同桌一场，比别的同学关系近一些吧。这我真不知道。"

"你可以知道。"

"我真不知道。"

"真不知道？非让我说出来是吧？你们当初在学校里就很暧昧！"

"没有的事！我可是清清白白，没谈过恋爱的啊！"

"难道你敢说，在学校时，你没暗恋毛橘？"

"没。真没。"

戈美丽拿一种能杀死人的眼神看安志，安志说："你怎么这么看我，天儿本来就冷。"

戈美丽说："我在看一个撒谎的人。"

安志说："你非要杜撰，说我暗恋她，那就暗恋吧。暗恋有什么呀，什么实际行为都没有，只是一种思想活动而已。你不会对这个还吃醋吧？"

"我吃醋？"戈美丽冷笑一下，"我对你这样一个满嘴谎话的人，还谈得上吃醋？真抬举自己。"

"我发誓，我所说的句句是真！你不都跟毛橘聊过了吗，我就不信她会说出第二个版本来。"

"毛橘为什么自杀？"

"不就是夫妻关系紧张嘛，还能因为什么。得了，我就跟你说了吧，你也不是外人。据毛橘所说，她老公是个醋坛子，就跟《不要和陌生人说话》里那男的差不多。那男的叫什么来着，冯远征演的那个？"

"安嘉和。"戈美丽面无表情。

"对对，安嘉和。毛橘说，她老公就是从看了《不要和陌生人说话》以后，忽然跟那安嘉和学会了对老婆施暴。那几天毛橘张罗同学聚会，她老公不乐意了，14号晚上又动手打了她。"

"他打了你们毛橘以后，跑哪去了？"

"我哪知道啊。可能是畏罪潜逃了吧。混账王八蛋，算他命大，那天他要是敢出现在我眼前，不把他揍出屎来，我就不姓安。咦，我怎么跟安嘉和那混账一个姓呢？但你放心，我虽然跟他一个姓，品行绝对跟他不是一个档次。"

"毛橘是你什么人啊？听你这口气，好像你是她娘家人一样。"

"同学也算是娘家人吧。混账王八羔子，我认识毛橘的时候，他算哪根葱啊？"

安志只顾义愤填膺地过英雄瘾呢，思路没拽住，越跑越远，越跑越不对路。戈美丽冷眼打量他，说："姓安的，你比那安嘉和也好不到哪里去，只不过一个硬暴力，一个软暴力而已。你现在是不是该跟我解释一下，你们那毛橘同学这三条短信的含义？"

"含义？你不都解释了吗，沈约的腰，潘岳的鬓。"

"好，那你可不可以再解释一下，什么叫爱的能力在复苏，什么叫顺服，她有瘫倒在谁脚下的愿望；她的上帝允许她跟谁有这么好的爱，就像上帝允许树叶落下一样？"

"我是真的不知道啊！你们文人就爱拿这种调调说话，一开口就是诗什么的。没准后面那两条短信也是诗呢。我对天发誓，我回来以后，就是用那鬼玩意给毛橘打了个电话，问一下情况。当时她只住了一天院就回家了，要按医生的意思，至少要住院输液几天，安眠药对脑部和心脏功能都会有影响。出于人道主义精神嘛，我也应该给她打个电话问候一下，你说是不是？"

其实安志大部分话都是真的，除了有所隐瞒的一部分。14号晚上在最后的晚餐上他和其他同学一样都喝了不少，否则也不会豪气十足地对着毛橘拍胸脯说要把人家老公大卸八块。他把毛橘送到医院后，说了很多大卸八块那样的话，并且，他不仅说了大卸八块那样的话，还说了另外一些不血腥的、温情的话，这些话他当然不能和戈美丽交代了。事后他在返回烟台的火车上仔细回忆了一下，他大概是把自己暗恋毛橘那三年没说出来的话一次性全都释放出来了，就像给青春时光一个补偿似的。

其实在火车上安志想了又想，还是懊悔不迭的，把过去那些未表达出来的意思都表达出来，又有何益呢？究竟是在补偿自己还是在补偿时光？只能说，一切都是在稀里糊涂的状态下行进的，一切都跟醉意有关。当然，也不排除他为了给毛橘一些活下去的情感动力。但这压根就不能跟戈美丽说。

戈美丽还是找到了那个漏洞："毛橘住了一天院就回家了，就是说，她15号晚上就回家了，那你呢？15号晚上你在哪？"

"在毛橘家。她刚洗了胃，身边不能没人啊。她老公畏罪潜逃，她又不想让任何人知道，你说，我总不能任由她自生自灭吧？救人救到底嘛。但我们什么也没干，真的！"

戈美丽冷笑一声："哼哼，你别指望我追问你那天夜里的事情，你以为我傻吗？你会跟我说实话？无论你干了什么，都是死无对证，我问也是白问。"

戈美丽这话说得很正确，安志差点就要说加十分了。他那天晚上的确是对毛橘百般怜惜，只是没发生实质关系而已。毛橘倒是有那个意思，安志控制住了。他多想骄傲地把这事说给戈美丽听啊，可惜啊，不能说。非但不能说，那个晚上现在成了一个跳进黄河都洗不清的晚上了，戈美丽一口咬定毛橘不会无缘无故发来那么几条关乎爱情的短信。

安志返回途中发短信让戈美丽烧洗澡水，戈美丽让他半道跳进黄河里洗，没想到一语成谶了。

从这天开始，戈美丽正式跟安志分了居。她说安志睡觉打呼噜，必须分开睡，问加戈愿意跟谁睡，加戈看看安志又看看她，说："我今天跟爸爸睡，明天跟妈妈睡。"

于是，他们家正式进入这样的分居格局：安志小卧室，戈美丽大卧室；安加戈单日子跟安志，双日子跟戈美丽。

分居满一星期后，安志问戈美丽打算多久结束这种日子，戈美丽说："除非我知道16号晚上发生了什么事情。"

安志当然不能跟她承认，那天晚上他和毛橘两人抚今追昔，说了一晚上的情话。戈美丽就宣布分居政策无限期执行，直到她作出正确的、最终的决定为止。

"什么是正确的、最终的决定？能否透露一下？"安志小心翼翼地探问。

戈美丽说："我还没想好。可能是离婚。"

当时安志以为戈美丽在开玩笑。他所认识的戈美丽，虽然在他们认识之前是个学中文的，但婚后这女人迅速跌入世俗生活，漫长的十年下来，已经成为一个没有事业追求，周而复始围着安加戈、他、厨房转圈的不折不扣的良家妇女。而且，戈美丽是个依赖感很重的女人，他们刚结婚那阵，每逢安志要出差，戈美丽提前好几天就睡不踏实，老是做噩梦。安志说，咱家所有窗户都装了防盗网，坏人进不来，你怕什么？戈美丽说，我就是心理上怕。她像传说中那些胆小女人一样，检查床底下，检查衣柜。进了卧室就把门锁上，枕头边放把剪刀，憋尿也忍着，仿佛客厅里匍匐着一堆小鬼。有了加戈后情况好些，但也好不到哪里去，戈美丽动不动就会说，加戈，你听到什么声音没？当然，这只是一个方面，要说明戈美丽对婚姻和丈夫的依赖，能毫不费力地罗列出很多。总之，你从她身上找不到一点点她能背叛这一切、跑出去独立生活的可能性。

所以当三八节那天，戈美丽跟安志说出离婚这两个字的时候，安志还是很自信地觉得她只是说说而已。但是很快安志就发现种种迹象都不像是"说说而已"，首先，戈美丽把加戈送走了，准确说，是把他支开了。上午单位搞了个女职工茶话会，下午放假，戈美丽提前把加戈接出来，就送到安平家里了；然后戈美丽正襟端坐在餐桌旁边，桌上摆了一摞信笺，上面放着一支笔，对安志说："你写还是我写？"

安志问："写什么？工作总结？现在不是写那玩意的时候啊！"

戈美丽言简意赅："离婚协议。"

安志说："戈美丽，你不是来真的吧？"

戈美丽说："安志，我是来真的。而且我还要告诉你，我之所以选择三八节跟你摊牌，就是想提醒自己记住，我，戈美丽，一个当了十年家庭劳动妇女的人，辛辛苦苦换来的是什么。"

安志说："有那么严重吗？"

戈美丽说："当然有！我还要告诉你，我就是这么一个认死理的人，你要怪，就怪自己命不好。不过，你还不到四十，虽说已经青春不在了，但勉强算是刚刚进入中年，还有的是选择的机会。"

安志说："你是在说你自己有选择机会吧？"

戈美丽说："随你怎么说。"

4

安志和戈美丽准备离婚的消息迅速在老安家引起轰动，老安家的成员轮番上场对戈美丽展开车轮战，首先上场的是被他们公认为情感专家的安然。

安然把戈美丽约到南大街的凯伦咖啡厅去喝咖啡。她惊愕地发现，戈美丽居然不知道那些条状咖啡糖包是什么东西，更雷的是，她居然用搅拌匙舀咖啡，像喝汤那样，一口一口往嘴里送，把安然惊得自己都差点不知道该怎么喝了。

安然还简单叫了两份牛排，一份蔬菜沙拉。她约戈美丽的时间是下班以后，本就打算边吃晚饭边聊天。但她只考虑到咖啡屋安静一些，压根就没想到戈美丽不会喝咖啡，也不会用刀叉。区区一块牛排把戈美丽忙得不亦乐乎，刀子盘子一个劲打架。

最让安然不能容忍的，还不是戈美丽拿搅拌匙舀咖啡，也不是她拿刀子吭哧去切盘子，而是她打肿脸充胖子那股劲。比如，安然对她说："喂，嫂子，那是搅拌匙，不是汤匙。"戈美丽就说："习惯这样喝咖啡了。别人也没少纠正我，就是改不过来。"安然看她半天也切不下一块肉来，就把自己那边切好的叉到她盘子里，结果她却说："这把刀不好，该磨磨了。这牛肉也不到火候，还生着呢，切不动。"

安然悲哀地看着戈美丽，说："你别装了，承认不会喝咖啡、不会切牛排不就完了？"

戈美丽说："谁说我不会喝咖啡的？三岁小孩都会。不会切牛排？我家厨房大大小小五六把刀呢，哪一把我不用得跟玩似的？"

安然吃不下也喝不下了。她往后一靠，忍不住问戈美丽："我有一事不明，你们这样活着，难道真觉得幸福？"

戈美丽茫然地说："没想过幸福不幸福的问题。"

安然大声说："亏死了！"

戈美丽问："什么亏死了？"

安然说："什么亏死了？这样活着亏死了！"

结果，第一个上场的安然遭到了集体批判。她说："都怪你们！也不想一想，我一个反婚姻分子，你们让我去游说一个对婚姻失望了的女人继续留在婚姻里？这不可笑吗？侮辱我的智商啊！"

他们的家庭会议是在安平家里召开的，安然把她跟戈美丽吃饭的前后过程复述了一遍，正口干舌燥地喝水。安平一把夺下她手里的杯子，说："喝，喝！到外面喝西北风去！说服不了，你也不能火上浇油啊！"

安然说："我怎么火上浇油了？我只不过是站在女性立场上，表达我对她那种活法的愤慨！"

安平说："什么立场，什么愤慨啊？你是女性代言人？谁册封的？"

安然往后躲躲，说："你们这些女人，就不会优雅点吗？唾沫星子都快喷到我脸上了。好，我承认我有辱使命，那你上。"又小声说："你自己都想离呢，我看你怎么上。"

安平说："你别操这个心，她是她，我是我，我们俩情况不一样。"

他们一家人一听戈美丽要和安志离婚，全体都把焦点集中在如何力挽狂澜上，忘了深度探究戈美丽要离婚的原因。安志给他们说的时候是有水分的，比方说，他压根就没提毛橘那三条短信是什么内容，只说毛橘发来三条短信，引用了古代一个什么人写的词，戈美丽不乐意了。安然上场的时候，只顾纠结于戈美丽居然不会喝咖啡不会切牛排，根本就没和她探讨离婚的细节问题，所以，也没带回多少有价值的信息，这就给安平造成了被动。

本来安平觉着自己是有备而来，路上也打好了腹稿，谁知道戈美丽把那三条短信内容抄在一张纸上，拿给她看。她那个脾气，一看这样的短信，马上想到了巫红豆。一想到巫红豆，气就不打一处来，当场就骂上了："和姓巫的一样！都是妖精！"

戈美丽问她："谁是姓巫的？"

安平扇了自己两嘴巴，说："这张欠扇的嘴。"

但她们说着说着，安平又把巫红豆给算上了。她觉得现在这些女人都太妖了，知道社会学，知道孔德，会背《圣经》，会引用古诗词，哪个男人抗拒得了？

最后的结果是，虽然安平没忘了自己的使命，却因为带着强烈的个人情绪，原来打好的腹稿完全没用上，临场发挥的那些话又乱七八糟，毫无效果。比如她劝着劝着就提到了巫红豆："天底下的婚姻都大同小异，一个熊样！谁也别看着谁过得好！还不都在凑合着过？"

戈美丽说："我觉得你和姐夫的婚姻就很成功。"

安平说："成个屁功！你是没看见老彭和那个巫红豆一起啃着羊腿打情骂俏的恶心样！说那些话，可比安志那毛同学发的短信色情多了！我不也照样忍气吞声凑合着过？"

这下轮到戈美丽张口结舌地看安平了。安平又扇了自己两嘴巴，说："这张破嘴。"

安平是在安志家劝说戈美丽的。因为经历了不会喝咖啡和切牛排的尴尬，戈美丽说什么也不同意到外面去吃饭。其实安平比戈美丽也强不到哪里去，她要是带戈美丽出去吃饭，无非也就是永和豆浆、蓝白快餐、京都馅饼这几家快餐店，那熙熙攘攘像赶大集一样的环境，也不适合说话，所以干脆两人就在家包饺子。

幼儿园旁边有个街心公园，是加戈最爱去玩的地方，三月了，天气一天天变暖，安志就带着加戈在街心公园玩，给安平上场的机会。谁知道等他带着加戈回家，迎接他的却是安平的两个大白眼。他瞅个机会偷偷问安平："不顺利？"安平啐了他一口，说："你干那些破事，让人怎么替你打圆场？你姐我可是个有正义感的人，让我把黑的说成白的，我良心上过不去！"

姑嫂俩包饺子的时候，还提到16号晚上的事情了，安平说："我们家安志不会干坏事的，我敢肯定他们是清白的。"戈美丽反问她："那你相信姐夫和巫红豆是清白的吗？"这一句就把安平堵得哑口无言。打死她她也不相信老彭和巫红豆是清白的。只是没抓他们个现行而已。

安平虽然丢给安志两个大白眼，但心里还是向着这个不成器的弟弟。吃完饺子以后她小跑着去厨房夺戈美丽手里的洗碗布，好像做错事的是她一样。戈美丽抢不过，主要是安平这人大咧咧毛糙糙的，怕两人争来抢去摔破了盘子，就让给她了。

安平边卖力洗碗边跟戈美丽商量："美丽，我让安志给你道歉，你说怎么道歉好？跪搓衣板行不行？我保证他做到绝对真诚、绝对老实、绝对忏悔。"

戈美丽说："姐啊，这些都没用。一个撒谎的人跪在你眼前，你能相信他的哪句话？再说了，安志是肯跪搓衣板的人吗？我太了解他了，貌似老实，其实骨头硬着呢，蔫坏着呢。"

安平又想出了个法子："要不，我让他把毛同桌叫来？他们要是没什么事，毛同桌来了，他们大大方方把这事一说明，就行了吧，啊？"

戈美丽说："那他们要是有事呢？"

安平不假思索地说："有事的话，就让他们当面给你道歉！"

戈美丽冷笑一声："真要是有事的话，我要是真能接受道歉的话，现在就接受了，还让姓毛的千里迢迢来干吗呀？再说了，安志是肯做这事的人吗？我太了解他了。"

安平风风火火地把洗碗布一摞，说："我去跟那兔崽子说。"

结果，安志一听安平这提议，也差点扔给她两个大白眼。他说："姐啊，你这出的都是什么馊主意啊？我让毛橘来？毛橘是我什么人，我让她来，她就来？再说了，就算她真是我什么人，我们俩有点那什么小暧昧，我就更不能叫她来了！让一个女人来忍受你们的奚落和白眼，我那样做，算个男人吗？打死我我也不干。还有，跪搓衣板那馊主意你也不许再出了，你弟我好歹也是快四十岁的人了。不就是离个婚吗，我就不信离婚能把我离死，我还真就照样幸福地生活给你们看。"

安平忙活一场，非但没有半点收获，反倒把安志也搞烦了。安然知道这个经过以后，少不了送给安平一顿很有学问的嘲讽，把安平郁闷得要命，不得不去搬彭湃这个备援。

彭湃说："我是晚辈，不适宜对长辈的情感问题评头论足，您还是找我爸去吧。"

老彭当时正看报纸，头也不抬，明确表示拒绝参与到这场游说中来。"任何一份婚姻都是当事人自己的事，冷暖自知，外人不便评论，更不便插手。"

对他这种论调，安平给予了很粗俗不堪的评价："也是，自己都一屁股屎，哪有资格去评判别人。"

当然，她这些不雅之词都是背着彭湃小声对老彭说的。迄今为止彭湃尚不知巫红豆这个妖精的存在。

彭湃呢，这个学画画的年轻人，他拒绝去当说客的理由是："爱情这种东西本来就充满了暂时性和可选择性，难道你们要违背自然规律吗？"

安平反驳他道："你这些高谈阔论敢说给你们家赵宁听吗？"

彭湃说："我们家赵宁和我看法一致。"

安平鼻子里哼了一声："这样的儿媳妇，我得考虑考虑适不适合我这个婆婆。"

彭湃说："您真是搞笑，适合我就行了，干吗还要适合您啊？"

安平说："就你们对待婚姻这态度，我不把关能行吗？今天结了明天离？"

彭湃说："告诉您，我们八零后对待婚姻的态度基本都这样，随时发现不合适随时散伙。订婚了可以退婚，结婚了可以离婚。而且，散买卖不散交情，江湖上再见时绝对是相逢一笑泯恩仇，互相拥抱着说声我想你什么的。"

安平拿手在脸前扇两下，说："离我远点，别污染我纯洁的耳朵。我真是没看错，男人没一个好东西。"

彭湃故意气安平："好像这话是您发明的一样。"

到此为止，该上场的都上场了，不该上场的都没上场，包括加戈的姥爷姥姥、加戈、安志和戈美丽单位的领导同事。不该上场的这些，都是需要严防死守的隐瞒对象。加戈就不用说了，这个五岁的孩子目前尚不具备接受自己爸爸妈妈离婚的任何信息的能力，不用强调，戈美丽和安志意见高度一致；单位那边，由于他们单位是一家国企，各种各样微妙紧张的人事关系和生存危机，也不允许他们两人用闹离婚给自己减分，自然也意见一致，守口如瓶。

最后就剩下加戈姥爷和姥姥了。按照安志的意思，他是很想坐上公共车，跑到那个名叫槐花洲的小镇，把他们当成求援部队。加戈姥爷戈秉尧是当过几年镇长的，虽然早已退居二线，但绝对是宝刀不老，思想政治工作水平和威望都还相当厉害。他们镇的班子竞选，他支持哪一个帮派，哪一个帮派就肯定上台。但是戈美丽把话说得特别狠："告诉你安志，我爸妈年纪大了，受不了刺激，要是你让他们知道咱们离婚的事,别怪我跟你白刀子进去红刀子出来!这辈子我跟你为敌,下辈子我还跟你为敌!"

他们俩在十年前的五一节结婚,安志给戈美丽提了个建议,干脆离婚也选在五一节,这样好记。戈美丽说:"记日子干吗?婚都离了,有必要记吗?难道你每年还想过一下离婚纪念日?离婚日没必要记,结婚日就更没必要记了,从此以后,忘了你是个结过婚和离过婚的人吧,你的生命从此要掀开新的一页了。"

安志酸溜溜地说:"这恐怕是你的内心独白吧?"

戈美丽说:"那又怎样?我活到快四十岁了,居然不会喝咖啡,不会切牛排,让你妹妹笑话和奚落,我难道不应该把生命掀开新的一页吗?"

安志说:"戈美丽,我觉得你仍有情绪。"

戈美丽说:"对,我不应该有情绪。我应该淡定,把我们的关系以一种平和的方式定格。"

安志鼓了两下掌,说:"不愧是学中文的。我声明,此时此刻我的鼓掌完全是由衷的,不带任何不良情绪的。"

事实证明,他们离婚以后,双方只要见了面就是唇枪舌剑,没有一刻不带情绪。所谓的淡定,平和,都只是唾沫星子,转眼就蒸发在空气中了。

接着,他们就正式进入让人头疼的财产分割程序。如果没有山语世家小区那套新房,他们完全不必如此头疼,因为他们两人账面上只有余额两万四千块钱,一分了事,简单的除法运算,都不用计算机。麻烦就麻烦在,他们在三年前买了山语世家一套房。虽然买的时候是开盘价,但还是榨干了两人省吃俭用十年的所有积蓄,并且还从银行贷了二十万块的款。去年秋天,小区各项配套设施全面竣工,业主们纷纷拿到了自己家的钥匙。此后戈美丽和安志没事就去看新房,边看边算计什么时候能攒够装修的钱。等于说,他们现在是有外债的,如何分配债务?卖掉山语世家的新房显然不划算,三年下来,一平米少说也涨了两千块了。

因为这个问题,戈美丽和安志又没少拌嘴。当然任何难题最后都能得到解决,关键时候,他们安家老姐比母的安平替他们摆平了苦恼。她跟老彭说了说,老彭居然同意借给安志二十万,让他把新房装修了。这样,他们的财产分配方案初步定为,房子一人一套,安志现房,戈美丽新房。贷款两人一起还。借老彭的二十万块,安志拍着胸脯说跟戈美丽无关,就当是给她的青春补偿费。儿子加戈名义上跟安志，毕竟是老安家的种，但实际上跟着戈美丽，直到上大学。安志付给戈美丽抚养费。

怎么看，这都是一份不平等条约，单说山语世家的房子，就比他们现住的房子要贵上二十万。这关键时候，还真看出他们老安家人素质高了，安平和安然心里怎么想的不知道，表面上至少都没什么看法。安志呢，还是一副狗改不了吃屎的德行，跟安平说："姐，我现在是一屁股债，死猪不怕开水烫，虱子多了不咬人，你就祈祷哪天我走在街上被一块金子砸中吧，否则，做好我临死前还你钱的思想准备。"

安平说："哼，我都做好你临死也还不上的思想准备了。谁让咱爸妈死得早，谁让老安家就你这么个儿子。反正钱是老彭的，不借白不借。"

安志看起来没受伤，安平倒是受伤了，一连好几天全面罢工，饭不做，衣服不洗，卫生不打扫，整个人恹恹得像病了一样。正好，老彭有个弟弟在上海，老太太齐桂花说想小儿子了，老彭就派了个公司里的员工，把老太太送到了上海小住。不用伺候老太太，安平这工更是罢得没一点压力了。

老彭心思不在她身上，一见她这样，干脆躲着不回来吃。彭湃回来过两次，都是自己款待自己一盒方便面，也不爱回来吃了。安平好像对此没有知觉一样。有天她忽然给安然打个电话，说："我想通了，婚姻就是让人白忙活一场、到最后还欠债的东西。这么忙活，不划算。"

安然说："你别看安志欠债，你就觉得谁婚姻一场都要欠债。比方说你，要是离婚，非但不会欠债，还能分到一大笔财产。但我可不是鼓动你离婚，你不能离。"

安平说："怎么不欠？欠大了。不欠钱，欠情分。一离婚，两人没关系了，那么多年的情分能说没就没了吗？我现在觉得，你不结婚是对的。这一辈子，谁也不欠。你不欠别人，别人也不欠你，死了都能闭上眼。"

安然说："我哥离了个婚，倒把你变成婚姻专家了。你没事吧？"

安平懒洋洋地说："我能有什么事。我这种女人，和戈美丽一样，不会喝咖啡不会切牛排，就会拿筷子吃饭，拿勺子喝汤。戈美丽还能读懂那什么沈腰潘鬓，我连那也不懂。我连横嘴竖嘴什么意思都不知道，简直是行尸走肉。"

安然安慰她姐说："你都快五十了，中年眼见剩个尾巴，奔老年去了，就别琢磨沈腰潘鬓这些高雅之物，也别琢磨横嘴竖嘴那些低俗之物了。我觉得你这都是闲出来的。你像老彭一样满世界折腾，像我哥一样朝九晚五地上班，像我一样没白没黑地开店，你就会觉得自己现在过的是多么应该珍惜的日子。你再想想，彭湃有女朋友了，这就意味着你快当奶奶了，这是人生一大华彩乐章啊！说不定明天彭湃就回来告诉你，他们家赵宁一不小心有了呢……所以啊，你还是抖擞起来向前展望吧！"

当然，这些话根本不足以抚慰安平五味杂陈的心。她也并不是想获得什么抚慰，安然那些话，她听的时候一直在开小差，都不知道对方什么时候挂了电话。

老实说，以前安平活得是很有劲的，虽然内容单调了些，但无损她兴兴头头那股子热情。她每天把二百平米的家从二楼到一楼清扫一遍，然后奔赴菜场和小贩讨价还价，回来跟厨房较劲。其实老彭爷俩在家吃的次数也不多，常常是她和齐桂花两个胃口不大的闲女人守着那一手绝活，然后，她再从彭湃那些甜言蜜语的抚慰中获得幸福感。其实她明明知道儿子那些甜言蜜语只是出于一种道义上的敷衍。

这些日子以来，安平觉得她遇到的事太多了，仿佛正在街上走得好好的，冷不防硬生生遭了几记闷棍似的。似乎晕得找不着北，又似乎猛然清醒了。说不清。刚刚四月份，暖气停了没多长日子，渤海上的冷空气还笼罩着小城，安平却已经觉得热了，有时恨不得把空调打开。

就是在这种情况下，安平重新开始跟踪老彭和巫红豆了。她其实也说不清楚自己这么做意义何在，目的何在，总之就是遏制不住这个念头。她重新去买了一副大墨镜，一个假发套。安平自己是短发，买的假发是长的，波浪大卷，刘海长度也够可以，瀑布一样挂在眉毛处，往上一抬眼，都能触到眼睫毛，搞得她很不舒服。但这样一来，如果只看脖子以上，恐怕老彭甩上两眼三眼都不一定能认出这是自己认识了二十多年的老婆。

老彭公司在二马路一幢高得让安平眼晕的高楼上，具体在几层，安平不知道。她说不清自己是想进去还是不想进去。进去吧，首先她不知道像她这样一个没任何证件的中老年妇女怎么能进得去；不进去吧，难道就这么在街边徘徊？高楼紧邻烟台最繁华的一个十字路口，放眼四顾，到处是高楼大厦，路口西边是一家高档会所，南边是中国银行总行，东边是国家电网。这都是些不适合随便出入的地方。

　　老彭公司所在的大楼对面，有一排临街商业网点，安平不得已，就慢吞吞地去逛店。她那副打扮本身就有点恶俗，加上一直心不在焉地拨拉着那些退回三十岁或许才能穿上的衣服，眼却瞄着大楼，因此收获了不少白眼。后来店里那个白脸大眼、漂亮得让人嫉妒的女孩很刻薄地讽刺了她一句："大妈，本店谢绝参观。"

　　安平过了好几秒钟才反应过来，她上下打量了几眼那女孩，问她："我长得真像你大妈？"

　　女孩白了她一眼："您不买衣服，却在我这东摸西摸的，知道这些衣服都什么料子的吗？"

　　安平又摸了一下手边一件衣服，说："什么料子的，不就人造棉的吗？"

　　女孩切了一声，懒得跟她再说了。安平却不干了："你切什么呀？我长得像你大妈？不要太自作多情了好不好？我要是有你这么妖精的侄女，不打死你才怪。这才几月份啊，腿就露那么多，你是卖衣服还是卖腿呢？"

　　这几句委实太有侮辱性了，把女孩气得脸都红了，却想不出同等低俗的话来回招，只好指着地上一件衣服对安平说："把我衣服都弄地上去了，你知道那衣服多少钱吗？"

　　安平占了上风，优越感不免就跑出来作怪。她趾高气昂地指挥女孩把地上的衣服捡起来："我买了。知道你大爷是干什么的吗？"安平指指对面那幢高楼，"看见那高耸入云的写字楼了没？你大爷、我男人，就是那楼里一家公司的老板！"

　　女孩根本不信她的话，也不太信她真会去买那件掉在地上的吊带衫。但是安平已经把钱包掏出来了，说："麻利点，找个袋子给我装起来。多少钱？"

　　女孩说："五百八。"

　　安平眼珠子都快掉出来了，拎着那件衣服，说："这件只有两根袋子两片布看起来像小孩肚兜一样的东西，五百八？"

　　女孩挑衅地看着安平说："要不要打个电话给我大爷，让他的秘书来送钱？"

　　说实话，安平钱包里还真没带那么多钱。她平时也就是带点买菜的零钱，这次出来目的虽然比买菜重要，但也只是多带了两百块，觉得即使需要打一天车跟踪那两个贱人，在烟台这么个小城市里也够了。没想到跟踪工作尚未展开，就要为此花上一笔冤枉钱。

安平站在那里想了想，决定给老彭打个电话，让他派人来送钱。一来，她不舍得让牢牢占了上风的形势急转而下，二来，凭什么在老彭办公大楼对面要因为五百八十块钱而让一个女孩奚落？这么一想，安平就陡然产生一种怒向胆边生的豪壮，她一把撸下头上的波浪假发，拿下黑超，掏出手机来就给老彭打电话："老彭！我在你对面一家店里买衣服，钱不够了！什么？店名？"她转头凶巴巴地问女孩："店名？"

女孩吓了一跳，说："言言语语。"

安平说："会不会起名啊？"又对着电话说："言言语语！"

这场面真把女孩搞懵了，她看着安平甩在她柜台上的假发和墨镜，问："您不会是便衣吧？"

安平叉着腰在店里踱步，恶狠狠地说："对了，私家便衣！"

5

　　那天，安平最终还是买下了那件看起来像小孩肚兜一样的衣服。她给老彭打电话过后不到十分钟，就来了一位公司里的员工，送给她一个很厚实的信封。

　　信封里多少钱，安平没数。不过，数不数都不重要，重要的是这个让人大开眼界的过程，让女孩再也不敢造次了。安平说："老实了吧？年轻人，要懂得人外有人，天外有天。这世界有多大你知道吗？你才看见几寸天空啊？"

　　她本来还想多教训一下这个胆敢冒犯她的姑娘，却忽然看见巫红豆走了出来，马上抓起柜台上的发套和墨镜，在两秒钟时间内武装完毕，冲杀出去。

　　巫红豆到旁边停车场去开了一辆黑色的小车出来。安平拦了一辆出租跟在后边，一会儿让司机跟紧点，一会儿又让人家拉开点距离，紧张得不得了。当时是下午四点多，巫红豆去了振华商厦的地下超市，相继买了以下物品：两包小护士卫生巾、一板酸奶、一包切片全麦面包、五个桶装奶茶、男女拖鞋各一双。

　　安平用货架做掩护，躲躲闪闪地盯梢巫红豆。为了不致暴露，她推了一辆购物车，也不知道自己都往里扔了什么东西。但最后她还是把巫红豆跟丢了，原因是，她碰着了一个货柜，那货柜上堆着一些促销酱油，还好不是玻璃瓶的，否则后果真难以想象。等她帮人家把酱油瓶都码回到货柜上，巫红豆早结账走人了。

　　安平推着购物车，把刚才扔进去的那些东西都放回货架上，也气哼哼地去拿了两包小护士卫生巾、一板酸奶、一包切片全麦面包、五个桶装奶茶、男女拖鞋各一双。也真是难为安平，在躲躲闪闪的情况下，居然连巫红豆拿的是什么样的拖鞋都观察得那么仔细，要不是碰翻了一堆酱油瓶，她完全算得上一个出色的盯梢者。

回家以后，安平换上那双新买的女式拖鞋，把男式的摆在鞋垫前边。她用力走来走去，仿佛踩的不是拖鞋，而是巫红豆一样。

彭湃不知道他老妈那天深受刺激，六点就回家了，而且进门看也没看就换上鞋垫前面的拖鞋。安平朝他脚一指，叫道："脱下来！"

"您干吗呀，把我吓出个好歹，咱家就绝后了。"彭湃重新换上一双拖鞋，端量换下来的那双，问："有电啊？"

"对，有电！"安平没好气地重重跺两下脚。

彭湃看到她脚上的拖鞋了，夸张地说："哇噻！情侣鞋呀！"说完就耸起鼻子闻来闻去。

安平问他："你闻什么呢，像狗一样。"

彭湃说："我闻闻有没有晚饭可吃。"

闻了半天，又跑到厨房看了两眼，彭湃很失望地转回来，说："不会又要吃方便面吧？"

安平好像没听见彭湃说话，自言自语地说："她会吃什么呢，不会是面包吧？"

彭湃奇怪地问："谁呀？谁吃面包？"

安平不理彭湃，自顾自走到餐桌边坐下，说："儿子，我今晚吃面包，你吃不吃？"

彭湃绝望地看着他妈，说："这要是在美国，我是有权控告您虐待罪的。"

控告虐待罪也吓唬不了安平，这女人现在脑子里一幕幕闪过巫红豆在家到底吃什么的画面，不过都是想象，无法确定。后来她终于绝望地意识到，也许巫红豆正跟老彭在外面吃好的呢，她一个人离开公司，购物，回家，但不意味着老彭就不会在下班后跟她共进晚餐啊！

实际上，老彭那天是跟客户一起吃的晚饭，只不过饭后去巫红豆家喝了一会儿茶。说是巫红豆的家，其实房子是老彭送的。老彭在巫红豆家喝茶，穿的就是巫红豆刚买的新拖鞋，所以当他晚上回家一进门，赫然看到一双刚刚脱下不久的拖鞋，还以为喝醉了，看花眼了。

这时候，安平穿着一双和巫红豆脚上那双一样的拖鞋，不知道从哪冒了出来，无声无息，不像她平时的做派，把老彭吓了一跳。老彭说："走路这么轻，怎么忽然变文静了？"

安平抬起一只脚，晃晃那上面挂着的一只拖鞋，说："鞋好。"

老彭现在只看到两双在巫红豆家看到的拖鞋，不掌握更多的情况，因此不敢随便乱说话，就假装没注意安平给他换了新拖鞋。他换上拖鞋后就往卫生间走，边走边说："我洗个澡。"

在卫生间里，老彭又看到两包小护士卫生巾。他有些搞不明白状况，因为刚才巫红豆也告诉他说"小护士来了"。"小护士来了"是巫红豆和老彭之间的暗语，指代巫红豆来例假了。他本来是想和巫红豆亲热一下的。

老彭好像不记得在自己家卫生间里看到过这种牌子的卫生巾，安平用什么牌子他没注意过，但肯定不是小护士。

因此，老彭意识到这些细节的出现绝非偶然，不知道待会出去，安平会扔给他什么炸弹。但他还是硬着头皮出去了。果然，安平坐在沙发里，阴阳怪气地说："不方便了吧？"

老彭快速反应了一下，却没参透安平话里的意味，就问："什么不方便？"

安平说："用上小护士了，是不是不方便了？"

老彭让安平噎得不轻，闭了两秒钟眼，忍住心里那股窜上来的火，说："什么意思啊，莫名其妙。"

安平又说："晚饭吃的什么啊？我吃的面包和酸奶。"

老彭看了一眼餐桌，酸奶和面包都是巫红豆惯常喜欢的牌子。他忍无可忍地说："安平！我告诉你，巫红豆喜欢早晨吃面包喝酸奶，她晚上一般不吃饭，减肥。"

安平只顾刺激老彭，压根就没想到老彭会这么直截了当地亮出巫红豆，一时傻在那里。老彭边往楼梯上走边说："安平，你要是再这么下去，就让人觉得恶俗了！"

"蒙餐"事件之后，安平就一直睡在一楼客房里，跟齐桂花的房间挨着。老彭和彭湃的房间在二楼，也挨着。安平在沙发上坐了好一会儿，掐了掐自己的腿，还是不敢相信老彭会这么猖狂地亮出巫红豆，越想越气，就穿着那双拖鞋上二楼去找老彭算账。老彭把房门在里面锁上了，安平气呼呼地踹起了门，把隔壁彭湃踹出来了，他说："妈，您干吗呀，饭也不做，还不让人睡觉。"

老彭在里面听到动静，把门打开，说："就是，老安，你这是犯的哪门子邪。"把她给拉进去了。

"你说我犯的哪门子邪，你说！"安平一进门就嚷嚷。

老彭说："老安！小点声！咱们都是快五十的人了，儿子都有女朋友了，能不闹得鸡飞狗跳吗？"

安平说："谁闹了，谁闹了？我就不明白了，怎么反倒像我做错了一样？"

老彭说："老安，我从来没想过要和你离婚。你要是想离，我成全你。但我觉得，最好还是等彭湃结婚以后。"

安平完全被动了。她木木地下了楼，回到客房，给安然打电话哭诉。安然在那边睡意朦胧的，说："姐啊，早就跟你说了，淡定，淡定。就不听我的。明天我给你打啊。"

安平还要再说，安然却挂了电话。她不禁悲从中来，觉得全世界都在与她为敌。

其实她电话打得不是时候，一来时间已经是凌晨了，二来，她不知道安然是一边在跟武博达嘿咻一边接她电话的。安然和武博达的关系有三年多了，但没跟她说过。

第二天，没等安然来电话，安平自己找去了。安然在海港路开了一家礼仪礼品公司，安平去的时候，安然正忙着打电话，打手势让她先坐会儿。安平看店员们忙忙碌碌往外边的一辆卡车上装纸箱子，也坐不住，过去帮忙。等忙过这一阵子，两个小时过去了。安然说："看到了吧，我整天就是这么忙的，哪有你那福气。"

安平问："纸箱子里装的什么啊？"

安然说："过几天不是要开博览会了吗，他们从我这里订了一批文件袋和宣传册。"

正说着呢，又一个客户带着车来提货，这次安平帮着搬出去的是一批蒸锅，她边搬边问安然："你到底卖什么呀？"

安然说："凡是能卖的我全卖。什么博览会啦、交易会啦、艺术节啦，他们需要什么我就卖什么。我哥单位开职代会的纪念品，甚至开党代会需要的党旗，都在我这里订货。怎么样？摊子铺得大吧？将来彭湃结婚，我给他亲自设计一个气模，免费。"

安然这个礼仪礼品公司开得还算成功，最早就是得益于武博达的扶持。武博达是开发区一个手里有点权力的小官员，安然是怎么跟他认识的，这就抛开不提了，总之她动用了一些交际手腕，这对她来说不是难事。那些一心想巴结武博达的企事业单位就成为安然礼仪公司的第一批客户，后来她的摊子就越铺越大了。当然安然本人也是有两把刷子在手的，她是学设计的，因此干脆连雇设计师都不用了，自己操刀亲自设计礼品，品位那是没得说。这样的生意，想做不好都难。

安平看着小她整整一轮的妹妹这么牛，说："我对你真是羡慕加仰慕呀。"

安然说："你们家有个更厉害的角色你不仰慕，跑来仰慕我干吗呀。我跟姐夫比，那真是蚂蚁比飞机，土枪比大炮。"

安平扁了扁嘴，说："有那么严重？"

安然说："姐，你是真糊涂还是假糊涂？不知道我姐夫身家多少啊？"

安平说："身家？不知道，多少？"

安然说："我跟你说这些名词你也听不懂，这么跟你说吧，你知道我姐夫在开发区建了一个生态园的事不？"

安平摇摇头："不知道。他的事我从来不问。"

安然说："我就没见过你这样两袖清风的阔太。你知道我姐夫光投在生态园上的钱就多少吗？"

安平说："不知道。生态园？就公园吧？修几条小路，种点花草，那能花多少钱？十万够了吧？"

安然怜悯地看着她姐："生态园，生态园！跟公园不是一回事！那是高雅的东西！算了，你不会懂的，简单告诉你吧，我姐夫投了两个亿。"

安平坐在安然办公室里，桌对面一张椅子上，其实那把椅子很稳当，她却咣当一声坐到地板上去了。让两个亿给吓着了。

"所以啊，我跟你说，你不能离婚。我姐夫身家多少，你身家就多少，知道吗？你别以为我姐夫要是有十个亿，离了婚你就能分五个亿，门都没有！真要离婚，我姐夫就要破产了。"

"什么意思？为什么一离婚就要破产？"

"你是真糊涂还是假糊涂啊？要是离婚，你以为我姐夫真会把资产分你一半吗？他的律师会让你什么都得不到。算了，这些我说了你也不懂，反正，你就闭着眼当你的阔太难道不好吗？不少吃不少穿，干吗非要跟老彭较劲？都跟你说了，他一个五十岁的人，奋斗了半辈子，有个一妻二妾的，那就让他有吧！何况，你也可以啊！"

安平又听不懂了："我可以什么？"

安然说："你也可以有私生活呀！我说直白点吧，你也可以有情人！情夫！懂了吗？"

"我这年龄，"安平又吓了一跳，"你要死啊，开我的玩笑？"

"为什么要死？什么叫开你玩笑？你这年龄怎么了？看来你是真不知道那些跟你一样有钱的阔太都是怎么消遣生活的，我告诉你吧，养小白脸！谁像你活得那么傻啊。"

安平眼珠子都快挣出来了。安然一看她姐这样，就说："好好，算我跟你开玩笑啊。我也知道，一时半会你接受不了这些观念。接受不了也好，咱活得清清爽爽。只是，我不赞成你跟老彭提离婚。你们把话都说这么明白了，我觉得也好，你就跟他摆明这个态度，两人井水不犯河水。我就不信等他老掉牙了，那巫红豆还死心塌地跟着他。你放心好了，我知道这样的女孩子，吃的都是青春饭。老彭也知道这点，所以他也不傻，他不会跟你离的。"

"可我怎么咽得下这口气呀？"

"我哥那人老实吧？那么老实的人，都免不了有外遇，像老彭那样的成功男人，他要是没个外遇，那就说不过去了。所以，想开点嘛。你先试着咽这口气，实在咽不下去，就照老彭说得办，等彭湃结了婚再说。你就当是为了彭湃。难道你希望以离婚老女人的面目出现在彭湃未婚妻面前？何况，说不定彭湃一伤心，对婚姻一失望，也跟我一样成为不婚族，那就麻烦了。"

安然这些话，后面这一句还是很有杀伤力的。安平对婚姻失望归失望，还是不愿意看到彭湃受影响。要是彭湃真像安然那样成为一个不婚族，她还真接受不了。

中午两人是在店里吃的快餐盒饭，刚吃完，老彭忽然给安平打来电话，说老太太齐桂花昨晚十点钟在上海上了火车，下午六点半就到烟台了，让她收拾收拾在家等着，五点老彭回家拉上她，到车站接老太太，然后到外面给老太太摆个接风宴。

"我这才消停了几天哪，老太太又跑回来了！她就怕把小儿子吃穷了！"安平唠唠叨叨地发牢骚。

安然说："我怎么觉得你这是幸福的牢骚呢？跟你说吧，姐，你就是个劳碌的命，心肠又好，把自己的半辈子都给了老彭家，已成习惯，脱不了身啦，你就认命吧！"

这老太太回来得也真是时候，仿佛远在千里之外的上海也能掐会算，知道这边发生了状况似的。其实老彭弟弟昨天下午就给老彭来电话了，晚上安平又是小护士又是拖鞋的那么一闹，老彭就忘和她说了。

饭后俩人在店里坐着喝普洱茶。安平喝不惯，龇牙咧嘴的。安然教导她，以后要学会这些高雅玩意儿，不是为了投老彭所好，是为了对自己好。安平频频看表，安然又教导她："淡定，淡定！老彭要是回家了看你不在，肯定要给你打电话，你就说在我这，让他到这来接你。"

"我回家等着不就完了吗？我一个闲得快长芽的人。"

"姐，这就是你不会了。你们家老太太再有个把小时就回来了，你不趁现在拿他一把，别的时候能拿得动他吗？我跟你说，现在你就是跑到青岛，让他去接，他也得麻溜溜的。知道为什么吗？"

"为什么呀？"

"你们家老太太还活着呀！还需要你呀！而且那老太太谁都不认，就认你！真是脑子不转弯！老太太在上海住了几天啊，就跑回来了，你不分析分析原因？肯定是你们家老彭那弟媳不入她法眼！老彭又是大孝子，他能不掂量掂量个轻重？"

安平恍然大悟："哦，你这意思，他们家现在还需要我这个老妈子，所以才……这么说，我还真得拿老彭一把了。那就听你的，我也出口恶气。"

五点钟，老彭果然又来电话了，说已经回家了。安平照安然教的那样，说："我在安然店里。"就这一句，多余的没有。果然，老彭马上说："那我过去接你。"

安然说："怎么样？"

安平说："这样活着累不累啊？"

安然说："不累，累什么？与天斗其乐无穷，与地斗其乐无穷，与人斗其乐无穷，与男人斗，更是其乐无穷。对了，你快过生日了吧？我跟你说，跟他要生日礼物。"

"这么多年都没要过，怎么好意思开口啊？"

"怎么不好意思？他投资两个亿建生态园，送你个生日礼物怎么了？再说了，他在外面叱咤风云，难道没有你的功劳？你就大大方方地要，就像是你自己的东西忘在他那了，跟他要回来一样。"

"那我要什么？不缺什么东西呀！"

"怎么不缺？你缺不缺钻戒？"

"还真缺。"

"要啊！咱不跟李嘉欣比，不要那么大的，只要他给，半克都是心意。"

"李嘉欣是谁？"

"你不认识，就别问了，反正，要就是了。男人就这样，你对他太好，他就不拿你当盘菜。所以，要对他们狠。"

这些说教，安平骨子里并不是很赞同，但一想到老彭说不定都给巫红豆买几个钻戒了呢，就打定主意要它一个。

晚饭是在一家川菜馆吃的，齐桂花老家四川，越老越能吃辣。这么多年，他们家的饮食口味也都差不多跟老太太保持了同步，所以安然常常戏谑安平的性子是吃辣椒吃出来的，皮肤不好也是让辣椒给害的。

果然让安然说中了，齐桂花一坐下就叨叨老二媳妇的不是，罪状罗列了N条，琐屑到了不会蒸馒头不会擀面条、外衣内衣扔到洗衣机里一锅洗、一星期才打扫一次卫生。安平说："老太太，现在知道你大媳妇的好了吧？"

齐桂花说："我一直知道我大媳妇的好，给金子也不换。"

安平夹了一筷子肉填到齐桂花嘴里，说："哎，奖您一块肉。"

其实齐桂花在老二那里这些日子，老二媳妇对她还是不错的。老二媳妇是大学教授，温文尔雅，对她也礼貌周到，都过得去，但齐桂花就是横竖觉得不舒服，还是听着安平这些大咧咧的话顺耳。老太太是四川人，他们家的饮食口味虽然在辣上跟老太太保持了同步，但老太太也潜移默化让安平改了不少，比方她就爱吃安平蒸的馒头和擀的面条，在面食方面堪称标准的北方人了。

彭湃在外面不知道忙什么，来得晚，来了后免不了甜言蜜语哄骗老太太一顿，把老太太哄的更是心花怒放。安平边吃边琢磨生日礼物的事，干脆灵机一动想到了敲山震虎这一招，就对老太太说："你大媳妇既然这么好，她快过生日了，您是不是打算送份大礼呀？"

"那是一定要送的！不仅我要送，你们，凯歌，彭湃，你们都要送啊！我大媳妇今年过四十九岁生日，明年再过，就是过五十岁生日了。人过五十，再也回不了头喽。所以今年的生日要好好过，听见没？"

彭湃说："妈，您想要什么礼物，干脆痛快告诉我，要不我还得猜。"

安平就等着有人问她这话呢，立马把在舌头底下压了半天的两个字吐出来："钻戒！"

彭湃说："钻戒你得让我爸送，我的要等着送我们家赵宁。"

安平不说话，也不看老彭。老彭看了两眼安平，意味深长地说："老安的趣味变了。"

"趣味？我以前什么趣味？"安平头不抬眼不睁。

"以前你视金银珠宝为粪土。"

"那是我以前不成熟。"

"还是不成熟好。"

"晚了，已经成熟了。再不成熟，就死到树上了。"

两人的话貌似闲话，实际别有含义。齐桂花最不缺南方人的精明，表面不动声色，一颗心却敏锐起来，看看这个，瞅瞅那个，不停地察言观色。

饭后回到家，一家人坐在沙发上继续聊了一会儿老二家的大事小事，齐桂花打两个呵欠说累了，都睡去吧。老彭和彭湃就上了楼，老太太催安平："你也去睡吧，我现在完全能自理，不用你们。"

安平就往客房走，齐桂花拽住她："上楼去吧？"

安平说："不是告诉您了吗，老彭打呼噜。"

齐桂花说："以前不是不打吗？"

安平说："谁知道呢，人老了容易打呼噜呗。"

齐桂花说："净瞎说，我也老了，怎么就不打呼噜？"

安平说："谁说您不打呼噜？真自我感觉良好。您那呼噜打得，我隔墙都听着像擂鼓。"

"不会吧？我怎么不知道？"

"您睡觉不是号称锣敲不醒吗，您哪能听到。"

"你骗我！我不信！"

安平把她往屋里推："我骗您干什么，骗老年人伤天理。"

齐桂花在门口拉着安平的手，说："大媳妇啊，我都七十多了，活不了几天了。"

安平说："瞎说什么呢，您会活成老妖精的。"

齐桂花说："我的意思是，这个家我说了算，只要我还有一口气，外人谁也别想乱来。"

安平素来知道她这个婆婆精明刁钻，也全是因了她本人粗枝大叶什么都不计较，才跟这老太太几十年处了下来，知道什么都瞒不过她那双老法眼，但也只能装糊涂。就跟她说："行行，您是老佛爷，快睡觉去吧啊，您不困我还困着呢。您也真是，去趟上海不多住几天让我休息休息，明早又得给你们一大家子人做早饭。"

他们家早饭也按照老太太的口味，传统的稀饭包子油条葱花饼鸡蛋之类，所以，老太太在上海很看不惯儿媳妇早上摆在餐桌上的面包牛奶。

总之，安平这个媳妇，这么看来就很有点稀缺品种的味道了，老彭无论让那巫红豆迷得多么魂不守舍，也还是准备给安平买钻戒了。但他不知道安平手指头有多粗有多细，第二天早饭时就很积极地提问。安平打开柜门，拿出她的针线箱，剪下一截红线，绑在指头上，让彭湃帮她打个结，然后撸下来交给老彭。

彭湃问："爸，您准备买几克的？"

老彭说："问你妈。不知道几克才能让她觉得自己成熟了。"

安平咬牙切齿地说："两个亿。"

彭湃夸张地从椅子上跳起来，说："你们把我送回火星吧！"

看起来，老彭家的紧张关系虽然暗潮涌动，但面上还可算波澜不兴。等安平的生日再热热闹闹地一过，甭管几克的钻戒一送，老太太时刻统管着全局，巫红豆和老彭之间的关系渐渐淡下来，说不定暗潮很快也就平息了。但世事如何发展根本不理会当事人的良好愿望，具有讽刺意味的是，他们家的暗潮还恰恰就是在安平生日那天全面爆发，成为海啸。

6

说到安平生日那天的海啸，其中牵扯到太多不可思议的事情，总之事后安平回忆起来，不得不认为，离婚是老天注定的，否则，很多巧合没有合理解释。

生日晚宴安排得还是不错的，甭管是不是老彭亲力亲为。善于讨巧卖乖的彭湃还事先征求了全家人的同意，要在那晚正式把他们家赵宁带来见家长，就更显出了那天的重要。然而，正是因为彭湃的讨巧卖乖，彻底把好端端一个生日给搅乱了。

事情是这样的，截止到生日晚宴开场的时候，整个气氛称得上相当和谐热闹，安平收获了来自老彭的最厚重的礼物：一个不大不小的钻戒，尺寸跟那截红线没什么出入，引来全场围观；另外还收获了来自齐桂花、彭湃和赵宁、安志、安然、戈美丽的形式不一的礼物。老彭的手下人安排饭店推进一个奇大无比的蛋糕，在众人热情洋溢的生日快乐歌中，烛光摇曳的蛋糕和众礼物搞得安平嘴角一撇，哭起来了。

安然说："瞧我可怜的姐，心理承受能力太差了。"

戈美丽说："是啊，都快当奶奶的人了，动不动就哭鼻子，这哪行。"

戈美丽受到邀请的时候，本来是拒绝的，安平指责她不够姐们义气，说："离婚了不起啊，连大姑姐都不认了？"这么一说，戈美丽就不得不来了。要是知道来了以后因为这句话引起一场轩然大波，估计安平骂再难听的话，她也不会来。

其实大家都知道戈美丽那句话相当无辜，谁能想到这么一句善意的、充满情意的话，会牵扯出些别的事情来呢？要是知道的话，安然也就不会跟着问赵宁一句："你打算什么时候让我姐当奶奶啊？"

那赵宁也是，第一次上门倒不见外，什么都说。安然问了这么一句以后，她立刻毫不客气地回答道："我可不想这么早结婚要孩子。我们八零后的婚姻观是，最大的失败是结婚太早，最大的成功是还没有孩子。我有个同学怀孕了，苦恼死了，我可不想那么苦恼。"

彭湃没话找话地问了一句："你哪个同学怀孕了？"

赵宁说："还能有哪个，就巫红豆呗。"

这几句对白说完，在场的老彭、安平、安然、戈美丽，全都有一刹那的脑子短路，剩下齐桂花、安志、安加戈、彭湃和赵宁这个群体还处在蒙昧无知中，不知道接下来要发生海啸了。脑子短路的这几个人，安然最先清醒过来，但不幸的是，还没等她想好安抚策略，安平也清醒过来了，她把蛋糕车往旁边一推，两步欺到赵宁跟前，凶巴巴地问："巫红豆是你同学？老彭公司里的副总巫红豆？"

赵宁根本不明就里，只是觉得未来婆婆面目狰狞，实在难看，还不得不回答，就说："是啊！怎么了？"

安平又欺近一步，问："她怎么去的老彭公司？"

赵宁说："老彭，哦不对，彭叔叔公司招聘，我介绍她去试试的，怎么了？"安平一口一个老彭公司，搞得赵宁也脱口而出老彭二字。总之，场面开始乱了。

"哦，这么说，你是个拉皮条的了？年纪轻轻怎么就干这个了？"安平唾沫星子都快喷到赵宁脸上了。彭湃怎么也看不明白，一边是看起来有点丧心病狂的老妈，一边是梨花带雨的女朋友，简直像在演话剧。他起身挡在赵宁跟前，说："妈，您还没开始喝酒呢，不会是感动醉了吧？"

安然也上来拉住安平："姐！有什么话回头再说行不行？一桌子人等你吹蜡烛呢！"

"我呸！"安平一脚把蛋糕踹倒，"拿这么几根破蜡烛糊弄谁呀？"

"姐，淡定，啊！"

这个时候，想让安平淡定，那是不可能了。连齐桂花这个老佛爷想一试身手都铩羽而归，安平不给她面子了，说："您问问您儿子都干了什么见不得人的事！"

老彭脸上写满了惊讶，因为明明前些天巫红豆刚买了两包小护士回家，怎么忽然爆出怀孕的消息？但安平已经有点失控了，好像把赵宁当成巫红豆，三口两口就要撕扯着吃掉一样，老彭就顾不得惊讶了，说："老安，小辈都还在呢，你能注意点形象吗？"

赵宁委屈得已经在哭了，澎湃不满地说："我爸惹了您，您跟我们家赵宁发什么火呀！"

安平说："我跟你们家赵宁发什么火？我告诉你，你们家赵宁介绍那个妖精巫红豆到你爸公司，他们俩很快就要给你生个弟弟或者妹妹了！你们家赵宁要管她同学叫婆婆了！明白了没？"

这话虽然是事实，但也确实太不给老彭面子了，老彭上来就给了安平一巴掌。安平捂住脸，说："混账彭凯歌，我死了变成鬼也不放过你！"

众人发愣之中，安平已经旋风一样跑了。

安然不干了，指着老彭说："老彭，我姐要有个三长两短，我找黑社会做了你你信不信？"也跑了。

接着，赵宁跑了，彭湃去追赵宁；安志拉着戈美丽也跑了，去追安平；剩下安加戈、老彭、齐桂花。安加戈还眼巴巴看着乱七八糟的蛋糕。齐桂花骂老彭："你也给我找去！找不回来你也别回来！"

安平跑出酒店在门口直接打了辆出租车，上去以后却不知道去哪，想起电视剧里这种情况下主人公一般都说往前开，她也跟司机说："往前开！"

那晚老彭安排的酒店是金海湾，酒店前面是停车场，停车场对面就是大海。安平说往前开，司机眼神大概是不好，没看出顾客正处在盛怒中，自作聪明地幽了一默："大姐，往前开可是大海啊！"

安平说："那你就给我开到大海里。"

司机说："那车费可就贵了。"

安平说："你找酒店里一个叫彭凯歌的王八蛋要钱，他有好几个亿，够不够？"

司机终于看出这位姐不好惹，赶紧把车开到滨海路上。安平虽然盛怒，也知道跟人家司机没丁点关系，不能迁怒于无辜的劳动人民。但想了几分钟，就是想不出在这个城市里除了家她还能去哪。最后她突发奇想，也算急中生智，想到"言言语语"了。

"言言语语"店主徐言言正在盘点呢，安平咣当一推玻璃门就进来了，动作幅度太大，把徐言言吓了一跳，说："以为来打劫的了。"

安平很自来熟地找了把椅子坐下，问道："有水吗，来一口。"

徐言言笑说："一口就够了啊？"

安平说："小姑娘家，还不老实？"

徐言言说："哪敢不老实，您是我大妈。"

安平说："这还差不多。"

徐言言坏笑着问她："上次您买那件两根袋子两片布的衣服，穿着还合适吗？"

安平说："拿你大妈寻开心啊？今天不是个时候。"安平猛然想起，她在晚宴开始时，已经忘乎所以地把那件衣服送给赵宁了，当下心疼得差点晕过去。

徐言言问道："大妈今天想买件什么样的衣服？"

安平有气无力地说："你大妈今天不买衣服，就想到你这来落个脚。你大妈无家可归了。"

徐言言说："怎么，跟对面大楼里我那位当老板的大爷闹别扭了？不会吧，都中年夫妻了，还闹别扭？"

安平说："中年就不闹别扭了？我告诉你，中年这别扭一闹就是大的！你小姑娘家不懂。我还是实话告诉你吧，要不然我今晚得憋死。你大爷，那个混账，和公司里一个小妖精好上了，那小妖精怀了他的种。那小妖精是谁你知道吗，我儿子他女朋友的同学，不是普通同学，很要好的那种，叫什么来着，闺蜜，对，闺蜜。你说，我这日子还怎么过？"

"够复杂的啊！"徐言言掰着手指算了一会，"大概明白这其中的关系了。那您打算怎么办？"

"说实话吧，我也不知道。用时髦的词说，我很茫然，很彷徨，很迷惑，很绝望，很孤独，很脆弱，很无助，很可怜，很倒霉，相当倒霉！"

徐言言拿出一盒方便面，问："您吃了没？要不要也泡个面？"

安平劈手夺下徐言言手里的方便面，说："走走，我请你吃饭，吃大餐。你随便点，去哪都行。"

这徐言言也真是够大咧咧的，刚跟安平见过两面，就敢跟着她出去吃饭。安平把徐言言带到魁星楼隧道对面的"蒙餐"，两人要了一个大羊腿，两瓶啤酒，刀叉飞舞，胡言乱语。徐言言告诉安平她刚失恋不久，安平傻笑着说："那咱俩是失恋阵线联盟啦。我告诉你啊，老彭那混蛋，跟那个小妖精，在这里啃羊腿，让我差点拿刀劈了，你信不信？"安平大放厥词，把自己说得像个胜利者。

最后是安然找到了"蒙餐"。她姐在烟台这个城市里社交圈子有多小，她可是知道的。除了自己那个两百平米的家，除了安然和安志家，安平还真没地方可去。到外面吃饭的次数也寥寥无几。但安然知道安平有个习惯，一生气就犯暴食症。这么把范围一缩小，一分析，安然就直奔魁星楼隧道来了。彭湃拉着赵宁也在街上乱转着找安平，根本就没有目的，打电话给安然，安然说正往"蒙餐"去，彭湃也来了。

彭湃赶到"蒙餐"时，见他妈正在跟安然说胡话："她失恋我失婚，我们吃的羊腿失身，整个一个失去。她无聊我无聊，我们喝的酒无聊，整个一个无聊。"

安然说："对对联啊？"又问徐言言："你是哪位，我怎么不认识你？"

徐言言说："我是她侄女，她是我大妈。"

两人桌子上摆了一溜空瓶子，都头脑不清口齿不灵，安然和彭湃根本就审不出徐言言到底是何许人，怎么忽然成了安平的侄女。把徐言言放在饭店不管吧，又不太放心，安平都醉成那样了，还往回挣着说："别把我侄女撂下。"最后，干脆把安平和徐言言一起塞到车里，带到了安然家。

这一夜安平醉的程度不轻，狂吐三次。安然对彭湃说："你回去告诉老彭，马上处理巫红豆肚里的孩子，否则，法庭上见。"

路上彭湃埋怨赵宁："你介绍巫红豆去我爸公司，为什么不跟我商量？"

赵宁说："巫红豆是正式应聘去的，又不是走了我的后门，我只是给你爸打了个电话，让他关注一下而已！"

彭湃说："那还不算走后门吗？你打电话给我爸，我爸能不关照吗？"

赵宁说："巫红豆那么优秀，别说你爸公司了，去哪个公司应聘不上啊？"

彭湃说："那是另外一回事，不能混为一谈。总之现在你让我很被动，除非我妈患了失忆症，否则，这辈子也不会同意咱俩的事情了。"

赵宁说："说不定事情没那么严重呢，说不定巫红豆肚里的孩子不是你爸的呢？干脆我打电话问问她。"

彭湃阻止赵宁："要是巫红豆说她肚里的孩子不是我爸的，那我爸听了该多伤心？你想过这个没有？"

赵宁说："一边是你爸，一边是你妈，哪边你都不舍得，哪有两全其美的事？"

赵宁不听彭湃的，拿出手机来就打给巫红豆。拨通后听了半天，告诉彭湃："停机了。不对啊，昨天下午我俩还发过短信呢！"

"说不定欠费停机了呢，很正常。"彭湃根本就无暇关注巫红豆停机与否的问题。

"不对，我右眼皮老跳，"赵宁把彭湃的脸扳过来，让他看她的眼皮，"巫红豆是你爸公司的副总，手机二十四小时开机，不应该停机的！让我想想……巫红豆昨天下午发我的短信最后一条怪怪的，你看。"

赵宁把手机短信翻开，送到彭湃眼皮子底下，非让他看。彭湃一看是"江湖一句话，情爱放一旁；不带一点伤，走得坦荡荡。"就说："这不是《花太香》的歌词吗？"

"你不觉得怪怪的吗？"

"是有点怪。"彭湃分析了一下，也觉得不太对劲，就跟赵宁商量，先把她送回家，他抓紧回家问问他爸到底怎么回事。赵宁坚持要在场，彭湃说："你就别去了，我奶奶和我妈是一伙的，再把老佛爷气出个好歹，咱俩就彻底没戏了。这段时间你先隐身，等局面好转，咱再积极跟他们修好，啊。"

实际上，昨天下午不仅赵宁收到了巫红豆的短信，老彭也收到过，是条彩信，巫红豆自拍的照片，看不清楚背景。老彭昨天中午还跟巫红豆一起吃的午饭，下午老彭陪一个客户去威海，晚上住在那里，算好了今天晚上赶回来给安平过生日。一直忙着，也没和巫红豆联系。

其实，安平生日的事情还是巫红豆安排的。两天以前老彭让秘书去订金海湾酒店的海景房，秘书打电话一问，五个海景房全订出去了。老彭当时恰好有事外出，秘书就跟巫红豆汇报，巫红豆亲自开车去金海湾，也不知怎么跟酒店协商的，调出了一间海景房，顺便安排了生日蛋糕。平心而论，老彭一直觉得巫红豆是个很明事理的女孩子，一年前应聘到公司后不久他们就在一起了，但巫红豆从没让老彭为难过。

在"蒙餐"找着安平后，彭湃就给老彭打了电话，老彭放了心。回家后越想越觉得蹊跷，巫红豆买的小护士，和赵宁所说的怀孕，到底哪个是真的哪个是假的？老彭拨了巫红豆的手机，听到的声音和赵宁听到的一样："您所拨打的电话已停机。"

7

老彭家那天晚上整个乱了套，用分崩离析形容一点也不过分。安平在安然那里狂吐加昏睡；彭湃先是去找安平，接着送赵宁，回家后又被齐桂花勒令去找老彭；老彭却在巫红豆家里黯然神伤。

家里没有很大的变化，除了一个决心离开的女人必然要带走的衣物都被带走，其余的东西都尽职尽责地各就各位，跟往日一样接纳着老彭。老彭穿着那双巫红豆刚买不久的拖鞋，想不通为什么这个女人都决定离开他了，还去买双新拖鞋。难道让他老彭用拖鞋来怀旧？

是的，老彭现在确信巫红豆在此之前已有去意，具体是从什么时候开始的呢，应该是"蒙餐"事件之后吧。只是，他没想到巫红豆是在给安平安排完生日晚宴后离开。老彭在家里搜寻能让他确信巫红豆怀孕的痕迹，通常电视剧里演的那些，比方一根早孕试条，一张医院早孕诊断书，或者一本育儿大全什么的。同时老彭又知道这些玩意儿都不可能像电视剧里演的那样出现在他眼前。没有原因，因为原因太唯一：巫红豆不是电视剧里那些女主人公。

回忆这几天巫红豆坦然自若的举止，老彭不得不承认，他老了。一个小他二十五岁的女人，其实是这么容易把他玩弄于股掌之间。当然，老彭所谓的玩弄和股掌这两个词语都不是贬义，而是两个温暖的褒义词。是褒奖巫红豆及她给他的这种惊鸿一瞥之感的。

最后一次狂吐完，安平就陷入一段深睡，直到第二天下午才醒过来。她欠起上半身看看四周，很沮丧地重新躺回去，说："我怎么还在这让人绝望的人世间？"

安然说："上帝说了，他不收酒徒，尤其是女酒徒。"

安平躺在床上回忆刚刚过去的海啸，想着想着就躺不住了，呼地一下坐起来说："巫红豆买卫生巾到现在也就半个来月，怎么可能怀孕？"

安然想了想，说："只有两个可能。一，巫红豆没怀孕，骗了赵宁，并借赵宁的嘴骗了你们；二，巫红豆怀孕了，买小护士是为了骗老彭。总之都是为了骗，居心如何就有待分析了。"

"总之就是个无耻的大骗子、阴谋家！"

"姐，你以后表达想法要注意措辞，总用这些粗俗不堪的话，怎么跟花花世界里那些年轻女人斗？我早就跟你说过，巫红豆不是盏省油的灯，我对付她都得打起一百个心眼。我倾向后一种猜测。"

"她骗老彭没怀孕？有什么理由？"

"这得问巫红豆本人了。如果她买小护士是为了骗老彭，那我分析，她肯定要离开老彭。"

姐俩商量了一下，决定问问赵宁。安平给彭湃打电话："你们家赵宁呢？"

彭湃说："在我这，洗手间呢。妈，别骂她了行不行，你儿子也不容易，还没结婚就当夹心饼干里的奶油。"

安平说："少罗嗦。让她完事后给我回电话。"

彭湃害怕了："到底干吗呀，您先跟我说说？"

安平不耐烦地说："女人之间的事，能跟你说吗？"

挂了电话，姐俩就坐着等，一直等了十五分钟，赵宁才来电话。安平说："你们八零后的洗手观就是时间越长越好吗？"

赵宁说："阿姨，我洗澡呢。您洗澡要多长时间？一分钟？"

安平拿着电话摆出一副斗鸡样，好像赵宁能看见似的："嘿我说你们八零后的女孩子，嘴皮子个个像跑过火车！我问你，那个什么巫红豆真怀孕了？"

"当然是真的了，这事还能骗人？"

"有什么证据？"

"我俩一起吃饭，她吐了。当时就买了早孕试纸回家测的。"

"你亲眼看到了，两条杠？"

"当然了！不过，我要是知道事情原来是这样的，打死我也不会说的。"

"哼，你们八零后的话得捡着听。但我告诉你啊，别糊弄我，我年轻时差点干警察你知道吗？"

"是吗？那怎么没干成？您要是警察该多好啊，我会崇拜您的。"

安平放下电话复述一遍赵宁的话，说："这样的儿媳妇我敢要吗你说？"

安然笑着说："我看你们家赵宁这姑娘，也不是盏省油的灯。外绵内刚，玩着就跟你把嘴斗上了。不过也好，你不用担心老年生活枯燥无味了，没事跟儿媳妇斗斗法，调节调节。"

"别插科打诨了，你姐现在站在人生的岔路口，你说，我走哪一条？"

别看安然整天号称安平的精神导师，那都是在没遇着事的情况下。他们老安家兄妹三个，这么多年还都没遇到什么大事，所谓鸡毛蒜皮的那些小事，随随便便就能把安然塑造成精神导师。但显然现在情况不同了，安然那些纯理论上的说教，似乎难以和婚姻里面这些切实的矛盾冲突鞍马配套了。

下午，老太太齐桂花大驾光临。

从猫眼里一看是齐桂花，安然就回头给安平表演口语："老佛爷来了！"

安平说："我就知道她不可能老实待着。"

安然指指门把手，让安平指示是开门还是不开门。对这老太太，安平说不上来究竟是什么感情，她刚嫁给老彭那几年，是挨过老太太修理的，婆媳俩如今的格局当然不是一日之功，里面包含了太多的煎熬。斗法、妥协、妥协、斗法，日复一日，两人了解对方比了解自己还透彻。基本上，她们婆媳关系如今是以和谐为主，谁不看见谁时间长点就想，但仍排除不了偶尔谁看着谁不顺眼。当然这都是难免的，女儿看着自己亲妈也不一定时时刻刻都顺眼。

老太太也真够牛的，谁都没劳驾，自己坐公交车来的，中间还倒了一次车。一来就把她如何找不到站牌如何挤车如何没人让座如何差点让小偷偷走钱包详细叙述了一遍。安平听着听着就想感动，安然挤挤眼，警告她要淡定。

安然给老太太倒了杯水，说："阿姨，没办法，您脸上写着字呢。"

老太太敏感地意识到这话肯定里面还有话，但不了解安然的话语体系，一时还参不透个中玄机，就装傻，问："什么字？"

安然一字一顿地说："这些字——我是花两亿建造生态园的有钱人的妈。"

老太太说："这姑娘，真会说俏皮话。"

安然说："老百姓最恨有钱人了，所以您出来就肯定招事，以后没事就别出来了。"

老太太叹口气："一个腿脚不灵便、连站牌都不会看的老婆子，你以为她爱出门啊？要不是想媳妇，她老老实实在家找人打麻将多好。"

安然说："阿姨，您知道现在怎么害人不偿命吗？"

老太太义正词严地说："天网恢恢疏而不漏，甭管怎么害人都得偿命。"

安然说："那不见得。感动死人就不用偿命。"

老太太说："我老婆子年纪一大把，还用感动安平啊？安平是我媳妇，我们娘俩没那么复杂。"

第一轮小小的交锋有些点到为止的意思，安然把最后一句让给老太太，也有点在告诉她说，老太太，心里有点数吧，我这是在敬老爱老而已。

接下来老太太就充分展示倚老卖老的本事了，怀旧加展望，抒情加利诱，都围绕一个主题，让安平跟她回家去。"只要我还有一口气，这个家就是我说了算，外人谁也别想渗透进来。"

老太太还挺时髦，用了一个渗透这么高级的词，也不知从哪个电视剧里学的。

"您马上就要再度当奶奶了，这还不叫渗透啊？您给我说说，怎么才叫渗透？怀里抱一个，手里牵一个，那才叫渗透？"

这句话是安平说的，安然差点就要忍不住为她姐击节叫好了。

"这事是不是真的还难说呢，没经过调查研究，是不能乱下结论的。你跟我回家，咱好好问问凯歌那兔崽子。"

"这都快一天一夜了，您还没调查清楚啊？您都调查不清楚，我就更不行了，老彭那兔崽子能跟我说实话？"

老太太一看不灵，就采取泪弹政策，眨巴眨巴眼睛，挤出眼泪来了："在上海那么些天，快让你的手擀面想出病来了，千里迢迢地回来，还没吃上呢，就闹起来了，我这老太太命可真苦。"

安平又要感动，安然用眼神制止她，然后指指厨房。安平现在也没个主心骨，就决定暂时听安然的："您要是想吃，我现在就做还不行吗。"

说完，安平就去了厨房。齐桂花透过泪雾看着安平的身影，在心里咬牙切齿地骂："要耿死啊！"

在安然家里吃这顿手擀面，也真是难为了齐桂花。大老远坐公交车，中间还倒了一次车，也实在是骑虎难下，不得不吃这碗手擀面。安然还边吃边扇风："阿姨，我姐手艺真是不错，您就好好吃吧，一碗够不够？不够还有呢。吃一顿少一顿了。"

齐桂花免不了一边吃面一边在心里把安然又咒骂一通。吃完饭，齐桂花眼巴巴地看着安然，传递着万千意思。安然哪能看不出来？就对安平说："姐啊，我最讨厌的事就是洗碗了，你帮我洗去吧？"

安平说："死丫头，你姐是来你这当老妈子的吗？"

安然说："别乱说话啊！想长期投靠我的话，就乖乖想想应该怎么做！"

安平无可奈何地端着碗去了厨房，边走边发牢骚："我这什么命。"

"好了，您刚才已经在心里把我骂过不知多少遍了，有什么话就说吧，不用给我戴高帽子了。我姐干活可是很麻利，一会就洗完碗了，这个您比我清楚。"安然开门见山。

"我老太太就知道你聪明、明事理。这次这事，虽然还没调查研究，但我知道都是你姐夫不对，回头我教训他个兔崽子。安平受委屈了，我知道，但咱们不能眼看着他俩离，都这么个岁数了，是不是？再说了，现在那些年轻姑娘，哪个是看上凯歌人了？还不都是冲着钱去的？露水夫妻怎么也比不上患难夫妻，老了谁也指望不上，就得指望原配。"

"您啊，是把我姐这团泥巴揉捏顺手了，怕再来个新的厉害角色控制不了，对吧？"

"看你说哪去了，我还能活几天？还不都是为了他们好？安平岁数不小了，离了也不好找，我和她婆媳几十年，虽然小摩擦是有，但感情也很深的！"

"您是不是以为我希望我姐离呀？我比您对我姐感情深多了！但现在您能解决摆在咱们面前的难题吗？咱可以不接受那巫红豆，但巫红豆肚里的孩子是你们彭家的，怎么处理？总不能让人家把孩子生下来，你们抱走，把孩子娘赶跑吧？您大概也不能接受把孩子做掉吧？"

"不是还没调查研究吗？说不定不是那么回事呢。"

"实话跟您说吧，您来之前，我和我姐已经调查研究过了，巫红豆怀孕是真的。您未来的孙媳，赵宁，她亲眼看见早孕试纸上的两条杠了。哦，您可能不知道早孕试纸是什么，您也不用知道，知道它和医生一样权威就行了。"

"反正我不同意他们离婚。你帮我劝劝安平，先回去，回去了才好商量是吧？"

"那巫红豆要是聪明，就该把孩子做掉。"

说完这句话，安然偷偷观察齐桂花，发现这老太太一副装聋作哑的样子，很明显是希望家里开枝散叶，人丁越多越好。但说实话，安然也真是不希望她姐离婚。一个快五十的离婚女人，这世界是不会给她一点位置的。当然，安平可以不从这个世界上要什么位置，老彭不可能不给安平一分钱，但，即便他给安平足够活到两百岁的钱，又能怎样？安平这个实心眼子，家庭是她整个世界，眼睁睁看着大半辈子拥有的全部东西如滔滔江水一去不返，也真是没有继续活着的理由了。安然还真担心她不活了。

正在场面处于胶着状态的关键时刻，澎湃和赵宁来了。安然打开门，无可奈何地说："我这里一向门可罗雀，今天真是车水马龙啊。"

"小姨，您就别抱怨了，我这两天都有点富人家孩子早当家的感觉了，累啊，真是累。"澎湃也抱怨上了。

"知道了吧，富二代不好当。"安然和这只差十一岁的外甥平时处得就像同龄人，说话也没顾忌。

"干吗来了？"安平从厨房出来，恶声恶气问澎湃。

"接您来了呗！赖在我小姨这里，影响人家的私生活。您干吗对我这么凶巴巴的。"澎湃过去讨好安平，边给她揉肩边说安然："小姨，我妈不就在您这住了一晚上吗，就这么使唤我妈呀？"

"这还凶？我对你们彭家人就是太好了，才把你们惯成这样。"安平说。

"您别把我划到敌对面行不行？我是您怀胎十月生下来的，任何时刻、任何情况下，我都会站稳脚跟和立场的。"

"你的脚跟和立场是什么呀？"安平边享受儿子的讨好，边继续保持凶巴巴的态度。

"虽然您把自己扮成恶势力，我的立场和脚跟还是在您这里，必须的！"

"到底谁恶势力啊？我是受害者，百分之千的受害者！"

"所以啊，我们全体出动来接您啊，我奶奶这么大岁数都来了，您就荣荣耀耀地回家吧，我小姨还有私生活呢。"

"我不回去。安然，你该怎么过你的私生活就怎么过，当我是空气就行了。澎湃，你回去把我的换洗衣服都搬过来，我给你后妈和同父异母的弟弟妹妹腾地方。"

安然批评安平："当着小辈的面，这么不注意措辞和形象，我都白教你了。"

安平正要反驳呢，赵宁这盏不省油的灯开口了："阿姨，巫红豆已经走了。"

"走了是什么意思？"安平又往赵宁那边凑，澎湃赶紧挡在赵宁面前："妈，走了的意思是，巫红豆走了，手机停机，交了辞呈，不知去向。"

上午老彭到单位，先是看到了巫红豆不知什么时候放在桌子上的辞呈，接着澎湃打来电话，当然是赵宁逼着打的。双方把信息一综合，确信巫红豆是走了。

"华丽转身！一骑绝尘！帅！漂亮！"安然一听，控制不住情绪，夸起巫红豆来了。

澎湃朝他妈夹夹眼："小姨，脚跟和立场有问题吧？"

安然说："这跟脚跟和立场没关系。我没看走眼，巫红豆是个人物，堪与我媲美。"

"好啦，安平，这下该回家了吧？"齐桂花纵观一下局势，觉得该她上场总结和发号施令了。

大家都用期待的眼神看着安平，觉得这场风波马上就要在她略显扭捏的抱怨声中画上句号了，没想到，这个一向被大家半眼就能看到底的女人，却出奇地冷静下来："妈，您跟着澎湃回家，这么晚了，就别坐公交车了，您已经把我感动。澎湃，你把奶奶带回家，告诉你爸，我先在小姨这里住两天，静一静，回头我找他谈。"

短暂的冷场。众人面面相觑，都不习惯安平这么正经的样子。安然说："姐，淡定得有点过分了吧？"

安平从沙发上站起来，说："我不淡定遭你批评，淡定了还遭你批评，表扬我一次能增肥啊？行了，你们都奔赴各自的工作岗位吧，我累了，要去卧室睡觉了，谁也别拦着我睡觉，我去意已决。好像全世界就她一个人会华丽转身一骑绝尘似的。"

"看来我得重新认识我妈了。"回去的路上，澎湃跟齐桂花说。

"倔驴！"齐桂花说，"我就不信她真能华丽转身一骑绝尘。"

"咱俩打赌吧奶奶。"澎湃嬉皮笑脸。

"臭小子，家里都闹翻天了，还有心思打赌！"齐桂花一巴掌打在澎湃胳膊上。

"我这不是看大家都闷闷不乐，在中间当个开心果吗！谁愿意逗你们这些中老年妇女开心啊，一大堆的事要干呢，那几个小孩还等着我开工资呢。"

澎湃开了一间画室，招了几个年轻人，主要教画画，兼做平面设计。别看澎湃口口声声富人家的孩子，他还真没把自己当富二代看，画室活少了，开不出工资，也自己想办法。老彭接济他得得积极主动上赶着。

老彭已经从公司回来了，一脸的官司。齐桂花对他是又气又心疼，过去挨着他在沙发上坐下，问："巫红豆真消失了？"

老彭鼻子里嗯了一声。

齐桂花说："消失了也好。要不然，夹在中间难受的是你。只可惜了那个孩子。八成是要做掉的。"

娘俩都闷闷不乐。齐桂花心疼的是她那未谋面的孙子，老彭比她宏观一些，想的是巫红豆对他的好。也难怪老彭难受，巫红豆为了不给他思想压力，竟然骗他"小护士来了"，这一幕恐怕是老彭花一辈子时间也忘不掉的。

老彭反复把巫红豆最后发给他的那张照片翻出来看，最后终于看出，巫红豆身后的背景是飞机上的座椅靠背。就是说，巫红豆在起飞前，拍了一张自己的照片发给老彭，就算是和老彭告了别。说不定也是和烟台告了别。

巫红豆虽然只有二十五岁，但老彭丝毫不怀疑，她在这个世界上的任何地方都将是杰出的，不必让人担心的。老彭只是想巫红豆，虽然他一直知道巫红豆迟早会离开他。还有，回望这一年，老彭觉得自己陡然老了，很多东西都随之失去了意义。

最后还是齐桂花打起精神，拍拍儿子的肩膀，说："不管怎么说，这事也是你错了。安平虽然整天傻呵呵的，真要遇到事，倔着呢，今天我老太太都出马了，她也不肯回来。你给我打起精神，明天就去把她给我请回来。你别觉得自己有俩钱了，就看不起家里的黄脸婆了，我告诉你，就安平那样大咧咧的女人才旺夫呢，这个家要是散了，我怕你钱也不一定挣得这么痛快。"

老太太倒不是迷信，当初彭凯歌和安平还没结婚的时候，老太太找人算了算两人的生辰八字，算命的当时就说安平有旺夫命。后来彭凯歌就果真发达了。具体也说不清他到底是怎么发达起来的，总之先是搞了一段时间的倒买倒卖，后来干房地产，再后来就越干越大，什么都干了。但在认识巫红豆之前，老彭还算个暴发户，在巫红豆的影响下，老彭的生意做得开始有点文化色彩，生态园就是一个标志。巫红豆这一走，真把老彭搞了个措手不及。虽说生态园已经基本成型，但里面那些价值不菲的字画啦，盆景啦，古董啦，没有巫红豆管理，他老彭还真打休。

齐桂花说得对啊，要打起精神来。没了巫红豆，地球还得转。老彭决定第二天去把安平请回来，别的不冲，就冲老太太爱吃安平做的馒头和手擀面吧。

然而这次情况还真不一样了。老彭第二天忙了一些事情，下午六点多钟的时候，晚饭也没吃，就去安然家接安平。老彭去的时候，安平正提着拖把在擦地，老彭进了门，站在脚垫上，说："擦完地就跟我回家吧。"

安平不说话，继续擦地，擦完了，站在客厅中间和老彭说："老彭，离婚吧。"

老彭说："老安，咱们都多大了，还赌气？"

安平说："以后再也没气可赌了。我为你们活了大半辈子，该为自己活剩下不多的日子了。"

老彭忍了忍，说："这次算我不对。巫红豆走了。回去吧。"

安平说："你也不用耐着性子说什么对不对的，对不对都于事无补了。你还是去把巫红豆找回来吧，一个大姑娘家，怀个孩子也不容易。"

老彭说："都跟你说了，巫红豆走。你就痛快说，怎么做我才能把你接回去。"

安平说："你也不用费心去想怎么做了，怎么做都没用。"

老彭说："这么说，你是铁了心要离？"

安平说："对，铁了心。"

等安然从店里回来的时候，老彭已经走了。老彭站在脚垫上，安平站在客厅里，两人就这么把离婚的事给定了。安然很气愤地问："老彭没跟你道歉？"

安平说："道了。"

"道得不诚恳？"

"我们都这岁数了，道歉诚恳要是能解决问题，事情就简单了，"安平说，"你说我是不是犯贱哪，巫红豆都怀了老彭的孩子了，可我一想起一个大姑娘家怀了有妇之夫的孩子，就觉得她怪可怜的。"

"你不会是想告诉我，为了成全巫红豆，你才决定离婚的？"

"也不全是，但有这个因素。只有我铁了心离婚，老彭才能把巫红豆找回来，虽然我恨那小妖精恨得要死。"顿了顿，安平又说："女人第一胎流产，很容易造成终生不孕的。"

安然看着她这的确犯贱的姐，除了说"服了你"，什么别的话也说不出来了。

8

就这样，安平在刚刚过完四十九岁生日的时候，对她服务了大半辈子的老彭家来了个华丽转身、一骑绝尘。同时她也摇身一变，成为老彭公司的一个股东。

关于财产分割的问题，安平根本就没想过，所以，摇身一变成为一个占有公司股权的人，把安平自己都吓着了。她什么都不懂，更听不懂律师口中那些专业术语。安然对她说："你什么都不用懂，就记住从此以后你是一个有钱人就行了。"好像以前安平不是一个有钱人似的。

安平说："有钱没钱对我都一样，我也过不出什么花样来。再说了，我不管有多少钱，死了还不是留给彭湃？老彭那些钱，死了也是要留给彭湃的。我们俩离不离婚，钱都是彭湃的，所以，其实我现在是在花彭湃的钱。"

这套理论太新颖了，把安然服得五体投地，直呼闻所未闻。

离了婚，一个避不开的问题是买房。老彭征求安平的意见，问她喜欢什么位置，东部，西部，南部，北部，让她挑。安平哪会回答这样的问题？她就想离原来的家远点，别的意见没有。他们现在的家算是海边高档住宅区，在东部，这样一来，就把东部排除了。剩下西部南部和北部，安平还是没主见。安然责无旁贷地充当了她的置业顾问，店也不管了，整天开车拉着她去看房。

几天下来，两人都累了。安平说："真没想到买个房这么不容易。"

安然说："一个人过日子哪那么容易，不让你离，偏要离，难的还在后头呢。"

那天俩人转着转着，忽然想到了戈美丽，干脆就杀到山语世家去看戈美丽的房了。

戈美丽的房正在装修，基础部分已经完工。她们去的时候，木工堆了一地刨木花，三个女人踩着刨木花角角落落地看了一会儿，又踩着梯子爬到阁楼上去看露台。当初戈美丽和安志之所以勒紧肚皮贷款买了这套房，就是因为看中了阁楼和阁楼外面的一个大露台，戈美丽让那露台纠结得觉都睡不着。买下以后，就整天畅想将来在露台上砌个小花坛，摆上圈椅，晚上穿着睡衣，坐在圈椅里喝着茶看看星星，星期天在上面侍弄侍弄花草，欣赏欣赏西面的马山，还有南面的果园。

没想到，这个愿望马上就要落实了，却变成她一个人看星星侍弄花草了。

安平也看中了这套房，到小区大门口的售楼处一问，巧了，戈美丽对面那套还空着。当场安平就在售楼处给老彭打电话，说：“我决定了，在南部买房。”

其实，给戈美丽装房的装修公司也是老彭帮忙找的，这样一来太省事了，同一家装修公司，又派来一小队人马给安平开了工。门对着门，安平和戈美丽这两个离婚女人，曾经的姑嫂关系变成了全新的邻居关系。

这件事其实很矛盾。戈美丽和安志结婚的时候就没有婆婆，少了一个婆婆，她和安平之间的姑嫂关系就少了很多额外的不愉快，因此总体来看，她们关系处得还不错。但一个家里处了十年，无论多么不错的关系，也少不了穿插点小摩擦，也免不了互相有时候看着不顺眼。两人最初决定住门对门的时候，还很是兴奋了几天，不久就双双产生了具有前瞻性的隐忧。但隐忧也好，不隐忧也罢，装修工程在六月底彻底结束了。

世界就是这样，由不得个人意愿，也由不得你过分地前瞻。看着即将置身其中的全新的房子，戈美丽给倪平平发了条短信：“新房很有器质感，却没有烟火感。”

倪平平回道：“玉需要养，房子需要住。不住怎么能有烟火感？此外还得有爱情。”

要是安志知道倪平平这么快就替戈美丽操心爱情问题，不知又要怎么骂她呢。装修这段时间，戈美丽还是住在新桥西路的家里，居住格局还按照分居期间的规定：安志小卧室，戈美丽大卧室，安加戈单日子跟安志，双日子跟戈美丽。

小加戈觉得很新鲜，今天住这屋，明天住那屋，每天只有一个人对他管东管西，自由度大多了。并且每当他跟安志的时候，还可以上网玩玩游戏。他们家两室两厅，没有书房，因此平日电脑放在小卧室，没离婚的时候，加戈跟着他们两人一起睡，小卧室就权且当成书房。不过，所谓的书房，功能也就是上上网而已，戈美丽还能写点小品文的时代似乎已经是上世纪了，并且那时候她还没学会用电脑写东西，是方方正正写在稿纸上，然后跑到邮局，买上信封，贴上邮票，寄给报社的。戈美丽有个同学毕业后不知怎么三奋斗两奋斗成了专业作家，整天坐在四面都是书的书房里，用电脑写作，用电子邮件发稿，每每提起这些，戈美丽就要哀叹：想当初她在烟台晚报上发小品文的时候，那同学还只能在校报上勉强发点"中学生作文"。

所以这次装修房子，戈美丽把阁楼装成一个大大的书房。阁楼面积和下面一样大，只是净高要低一些，但足以让戈美丽觉得实现了超级梦想。装修期间，安志去观摩过几次，加上平日戈美丽回来就写装修日记，画草图，这些都多多少少勾起安志的醋意，时不时地他就会来上一句："加戈，你妈马上就要成为大作家了。"

加戈不懂，问："作家是什么意思？"

安志说："就是写作的家伙。"

加戈又问："写作是什么意思？"

安志说："写作文的意思。"

加戈锲而不舍地问："作文是什么意思？"

安志说："哪来这么多问题？概括地跟你说吧，写作就是编造故事，作家就是一帮编造故事的家伙。"

戈美丽越听越有看法，忍不住跟他辩论起来："编造是什么意思？应该叫虚构！"

安志说："虚构不就是瞎编乱造的意思嘛，同义词。"

戈美丽转头问加戈："加戈，记得《伊索寓言》中有个《狐狸与葡萄》的故事吗？"

加戈这孩子，从小对文字就很敏感。其实平时戈美丽和安志没刻意教，但他也不知怎么就认识了很多字，常常学着戈美丽的样子，拿本书歪在枕头上看。有时甚至看戈美丽的书，虽然看不懂，但也能读个一句半句的，童话书就更不用说了。听戈美丽这么一问，小家伙就起了显摆之心，举起手来："戈老师，我会！狐狸很想吃到熟透的葡萄，但它跳起来后没够到葡萄，又跳起来，还是没够到，再跳起来，仍然没够到。要是继续这么跳下去，狐狸就是累死也跳不到葡萄那么高。于是，狐狸悻悻地说，反正这葡萄是酸的。戈老师，我的故事讲完了。"

"讲得不错，鼓掌。"戈美丽边鼓掌边瞄着安志，"孩子讲得多好啊，你不鼓励一下？"

"小子，你现在不应该学这种童话故事，会影响你健康的人生观。"安志总能找到话不让嘴巴闲着。

"为什么呀？"加戈问。

"哪来那么多为什么呀？"

"我知道。你就像那只狐狸！"加戈笑嘻嘻地眨巴着一双狡黠的大眼睛。

戈美丽高兴坏了，抱着加戈就亲："我儿子智商真高。儿子，这故事后面还有呢，狐狸边走边说，哼，我家里有柠檬，甜着呢，我回家吃柠檬，不吃你这酸葡萄。"

"不对呀，"加戈说，"柠檬是酸的，不是甜的！"

"回答正确！儿子，我告诉你，狐狸的这种心理就叫酸葡萄和甜柠檬心理。这个童话故事是为了说明这个世界上有这样一种人存在：他们在面对一种遥不可及的目标时，为了平衡内心的失败感，就贬低那个目标，聊以自慰。"

"哦。"加戈似懂非懂地点头。

安志不干了："加戈才多大？你让一个五岁的孩子怎么理解遥不可及、平衡、聊以自慰这样的词语？教育方式是不是有点问题？"

戈美丽也反唇相讥："咱俩到底谁的教育方式有问题？我说这些词语尽管加戈理解起来有点难度，但至少是正面、正确的引导！你呢？你教给儿子作家是写作的家伙、虚构就是瞎编乱造，我看你的教育方式才有大问题！"

两人就这个问题拌起嘴来了，而且出乎意料地越拌越厉害，都不记得自己说了些什么，总之是尽可能地打击对方树立自己。当然，到最后，戈美丽把它很严肃地上升到一个必须立即马上解决的问题，仿佛不如此，他们儿子马上就要尝到不良教育的恶果。安志本来不想把事态扩展到这个地步，只能怨自己那张无厘头的嘴，一张开就合不住。

　　结果，这个问题是这样解决的：安志坐到电脑前面，百度了一下"写作"这个名词，一字一句地读给加戈听："写作是人类表现无穷创作力的方法之一，是人类的一种特殊的、有目的的社会实践活动；作品称为文学，作品的情节可以是虚构或纪实的。"

　　为了扭转被动局面，安志又百度了一下"虚构"："虚构是艺术想象的产物。作家在创作过程中，依照生活逻辑，通过想象和撮合，创造出现实生活中并非存在、又在情理中的人生图画。"

　　"好了，儿子，你是神童，这些名词解释不用我多说，想必你都明白了吧？"安志通过嘲讽加戈来嘲讽戈美丽。

　　谁知加戈说了这样一句："我还有一点点不明白，但我到六岁就会明白的。"把安志雷得差点从椅子上掉下来。

　　加戈这晚睡的是戈美丽的房间。小家伙睡下后，戈美丽去敲安志的房门。安志说："劳驾，伸出你那芊芊玉手，轻轻放在那个圆球形的名叫门把手的东西上，朝左或是朝右一扭，然后，推一下，从一个或大或小的缝隙里走进来。这缝隙的大小，取决于你用在芊芊玉手上的力度，和你那颗想要进来的心的强烈程度。"

　　"你像人一样说话会得口疮吗？"戈美丽根本就没动用芊芊玉手，而是用脚把门粗鲁地踹开。

　　"怎么了？我这是在尝试和你用文学语言交流啊！老百姓那些语言都太俗，没有美感。"

　　"你懂文学吗？文学也是你这种人能谈论的吗？"

　　"但我至少也算半个文字工作者吧？我每年发表在各种文学期刊上的作品也不少啊！那些荣誉证书就是证明。"

　　"哈！"戈美丽夸张地笑一声，"拜托！你那些反映老年人精神风貌的小文章叫通讯报道好不好？它们不需要文学语言和美感好不好？那些什么《老干部生活》《老有所乐》都不是文学期刊而是企业内刊好不好？那些荣誉证书都充分说明你是一个优秀通讯员而非一个作家好不好？"

　　安志每年发表一些反映老年人生活的通讯报道倒是不假，因为他是他们单位老干部科副科长，那些所谓的内刊每年给他们分派通讯报道任务。他们科长显然是不会去做这些具体工作的，所以，他这个副科长，说白了，其实也就是老干部科一个专职文字工作者而已。各种总结、通讯报道、信息、工作计划，都出自他手。每年他都要去济南总局开会，领回一个或大或小的优秀通讯员荣誉证书，从一级到三级不等，主要视他的任务完成情况。一个《狐狸与葡萄》的故事，看来真把安志刺激着了，居然把这些东西拿出来显摆，简直把戈美丽要笑死了。

"看哪！你笑得牙龈都露出来了！"安志恶俗地盯着戈美丽的嘴，摇摇头，"以后不要拿这样子去祸害别人了。"

"哼！同样一块熠熠发光的石头，在别人眼里是和田玉，在你眼里就是块石头。"

"我是不是可以这样理解，你把自己比喻成和田玉？我还真不是吓你，你再这样下去，我也要展露我美丽的牙龈了！"

两人唇舌翻飞正渐入佳境，忽然电脑吱吱叫了两声，戈美丽立即把头探过去。安志伸开左手挡住屏幕上的QQ对话框，右手在键盘上敲字，边敲边说："劳驾，先把你不管多少视力的眼睛闭上，或者转移到别的事物上，我先处理一下私事。"

其实安志知道戈美丽那可怜的视力，离屏幕半米开外基本就是个安全距离，他在那块十七寸的发光体上哪怕写戈美丽是十大恶人，她都看不清楚。但因为在网络那端呼唤安志的不是别人，正是导致他和戈美丽进入如今境况的毛橘，所以安志还是有心理障碍。

"什么时候学会一指禅了？"戈美丽徒劳地看着电脑屏幕上那些星星点点勉强可以称之为字的东西，及安志那只让人厌恶的左手，忽然脑海里灵光一闪，厉声说"安志！要是你用一指禅功夫正在与之交流的人是毛同桌，你就惨了！"

这时候安志已经用一指禅功夫飞快地打了两句话，结束了和毛橘的聊天。他很无辜地辩解："别乱猜好不好？再说了，即便是和她聊几句，也不至于如此吧？"

"太至于了！告诉你，安志，咱俩离了，你和谁都行，街上捡破烂的、乞讨的，我都会给你送上衷心的祝福，就是这个毛橘不行！你要是不想让我将来指着你俩的结婚照告诉加戈：你爸爸当初就是和这个女人苟且，才把我们抛弃了，那你就去干！"

"我看你已经有泼妇之嫌了，什么叫苟且？这是文学语言吗？"

"你少跟我谈文学，我要用电脑。"

他们俩离婚时说好了，戈美丽可以随时根据需要使用电脑。其实这晚戈美丽只是闲极无聊，才和安志展开第二轮舌战，并不是要用电脑，而是让QQ的吱吱声、安志那只丑陋的左手给刺激了。

"劳驾你再等两分钟，我发条微博就让给你。"因为有约在先，安志知道不得不把电脑让给戈美丽，但又不情愿，就登录微博拖延时间，求点心理平衡，同时气一气戈美丽。

"哟，还微博呢，一点都不OUT啊！"戈美丽讽刺安志。

"那当然，本人，微民一个。"

"我看你也真是一个微民。一个微不足道的人，在你毫无价值的微生活里做着微不足道的事，发着微不足道的声音。"

"你懂不懂啊？刚夸你不OUT，白夸了。微民什么意思？就是玩微博的人！"

"切！你以为我真不懂微民什么意思？但我觉得用在你头上，微不足道的人是最好的诠释。"

"你随便诠释好了，我还就是一个微不足道的人了，怎么着？你还别小看微民，众多微民聚在一起，发出的声音那就不是微声了。微生活，对，我虽然离婚了也还在微笑着生活！"

"知道微生活什么意思吗？就是细微琐碎的生活！还微笑着生活呢，你也就这么点文字理解能力。"

"仁者见仁智者见智，谁规定微生活就是你说的那意思？"

"行了行了你快让开，微博发完了没？"

"发完了。"

"我看看，你微了什么？"

"我是一个离了微婚的过着单身微生活的有着微幸福的微民。"

"这么容易幸福，怎么做到的？"

"没什么诀窍，就是吧，你不要把对幸福的期许放得过高，只要有微幸福，就够了。"

"那你快微幸福地睡觉去吧，两分钟早就过了。"

戈美丽一上来就登录自己的QQ，并且有意把音量调大。安志把自己装成一副很大度的样子，躺在床上看齐鲁晚报，边看边说："呵呵，跟一百个人聊呢？听这声音，此起彼伏啊。"

安志说得没错，戈美丽QQ的吱吱声还真是此起彼伏，听起来足有十个人不止。其实那些此起彼伏的声音来自一个QQ群，群友都是山语世家的业主。装修期间，戈美丽登录水母网的装修论坛取经，发现一个山语世家群，名叫"山语峰会"，就加了进去。戈美丽就是为了和安志较劲，才假装很起劲地跟群友聊着，实际上她意兴阑珊，无趣得要命。不过，聊着聊着，倒还是小有收获，群里公布了一个消息，星期六有一场户外活动，物业提供部分活动资金，缺额部分由参加活动的业主们分摊补足，每户限两人，每人分摊三十块钱，主要用于中午在户外野餐。

考虑到这段时间忙于装修，陪加戈玩的次数少之又少，戈美丽当时就在群里报名参加活动。不就是六十块钱吗，全当我们娘俩花六十块钱出去吃了顿饭，戈美丽这么安慰自己。

"怎么，我正准备在此起彼伏的噪音中睡去呢，不聊了？"安志又讥讽戈美丽。

"我已经伸出我那芊芊玉手，用这个长得像鼠标一样的东西，把任务栏里的小喇叭设成了静音。"戈美丽说。

"对，邻居之间是要懂得互相体谅，不要打扰别人正常生活。"

戈美丽其实正在浏览腾讯娱乐新闻，她问安志："你怎么看锋芝关系？"

安志一副悲天悯人的样子："女人，要是没了你们，我真不敢想象腾讯老总会不会上吊自杀。"

戈美丽转身往外走，到客厅拿来一面镜子，塞到安志手里。安志问："什么意思？"

"让你知道，我就是和拥有这幅表情的人一起生活了十多年。"戈美丽转身往外走，边走边说，"电脑你关。今天的'写作是什么'主题之夜到此结束。"

"哎！这样不厚道吧？谁最后用完谁关！"

戈美丽的背影已经从安志视线里消失了。他只得悻悻地爬起来去关电脑。他们家的电脑早该淘汰了，只要一开机，噪音可以和小型发电机比美，不关根本睡不着觉。

安志去关电脑的时候，猥猥琐琐地试图登录戈美丽的QQ，他依次试了他们三人生日的组合、戈美丽的生日、加戈的生日、他的生日，都没打开戈美丽的QQ。而戈美丽以前都是用生日做密码的，包括存折、QQ、支付宝等。没有加戈的时候，密码用的是他们两口子生日后三位数的组合，有了加戈，用的是他们三人生日后两位数的组合。安志悻悻地关了电脑。

其实刚才戈美丽也试过登录安志的QQ，她想搞清楚他是不是和毛橘在聊天，虽然她知道安志三天两头改密码，登录上去的可能性几乎是负数。

从这点来说，安志一直不如戈美丽透明。他在网上一直有关系暧昧的网友，自然就要谨慎一些了，密码不但设得繁复，还时常修改。他和毛橘从同学聚会之后一直联系着，但主要是毛橘主动一些。安志一直没告诉毛橘他离了。为免消息外泄，安志把倪平平那里也照顾到了，嘱咐倪平平管住自己的嘴。倪平平问他，离了不正好吗？让毛橘也离了，你们重组家庭。安志说，我那样就等于承认和毛橘有事了，不是自己给自己扣屎盆子吗？倪平平说，你是不是还指望和戈美丽复婚？安志说，除非你让我看见猪上树了。

至于那个惹了祸的移动座机，安志为它可没少费心思。他不想告诉毛橘那玩意惹祸了，但又不知道怎样才能让毛橘不往移动座机上打电话和发短信。咨询移动公司，人家告诉他，必须使用一年以后才可以办理退网。戈美丽入网的时候预交了一百块钱话费，如果单是打打绑定的三个亲情号码，加上每月三百分钟免费，恐怕这一百块钱得用上十个月八个月的。这可把安志愁坏了。最后他不得不采取一个有点卑劣的手段：卸掉话机里面的电池，搞了个小破坏。

电池坏了，话机不能用了。戈美丽很不高兴，安志就在旁边做戈美丽的思想工作："话机反正是移动公司白送的，又没花咱的钱，坏就坏了吧。再说，平日咱俩都在单位上班，用这玩意几次啊？其实移动公司这些优惠，都是变相地骗你口袋里的钱，你永远别想把账算得比他们精明。咱一个月用不用完三百分钟，都得交十块钱的最低消费，对不对？你好好算算，是不是划不来？不是我说你，以后不要一听优惠这俩字就往上凑，商家永远比你聪明，让你花了钱还以为占了便宜。"

实际上，戈美丽当初去办这个移动座机，也是听了王娜的怂恿。事实证明它的使用率的确不高。加上毛橘发在上面的三条短信，戈美丽也早对它生出厌烦之心。因此，就把话机找个袋子一装，送到地下室去了。

少了这个定时炸弹，安志轻松多了。虽然毛橘一直比较主动，但只要QQ和手机都设上密码，还是可以保证基本安全的。

接下来的两天，戈美丽都在为星期六的户外活动做准备。第一天下班回家后提回一个袋子，里面装了一身运动衣，蓝黑色裤子，玫红T恤。戈美丽穿上以后站在镜子前照，问加戈好不好看。加戈说："妈妈，你穿什么衣服都好看。你是世界上最漂亮的女人。"把戈美丽哄得心花怒放。

安志肯定是不甘心老老实实听着的，就质疑加戈的眼光："近视眼是吧？"

加戈跑到自己的小柜子那里，拉开抽屉找出一张视力表，也不知道什么时候幼儿园老师发的，拿着视力表跑到安志那里，非要测测自己是不是近视眼。安志只好用胶带纸把视力表固定在墙上，给加戈测视力。测完以后加戈很不满地说："谁说我近视眼？"

戈美丽不免就得意洋洋的，讥笑安志搬石头砸自己的脚。晚上加戈告诉安志，星期六妈妈要带他去参加一个很大的爬梯，安志问："爬梯是什么？"

加戈说："就是很多人一起玩，一起吃饭。"

安志说："儿子，那是party，不是爬梯。"

第二天早上，安志就讽刺戈美丽："这么快就要投身火热生活了？"

戈美丽莞尔一笑，不理安志的挑衅。晚上回家，又带回一双运动鞋，新鲜的草绿色。安志说："太艳了吧？"

戈美丽说："是你的心太灰暗了。"

安志又说："这两天有点大手笔啊？"

戈美丽说："过去十年我太亏待自己了，要补回来。"

安志说："你这服装好像不太适合爬梯吧？"

戈美丽说："你以为爬梯就一定要穿晚礼服啊？现在不流行那个了。"

安志说："哦，我还真不知道呢。不管流行什么，祝你在爬梯上邂逅一份惊心动魄的爱情。但我怕你一下子补得太过承受不了。你心理承受能力差。"

事实上真让安志说中了，戈美丽还真在这次户外活动中"被邂逅"了。"被邂逅"是倪平平的发明，每次她有了新爱情，就会告诉戈美丽，她又被邂逅了。戈美丽的这次被邂逅，整个过程都让她迷迷怔怔，包括后来跟高禾汉都领证了，还觉得不像是发生在自己身上的事。用倪平平的话说就是："你怎么总是没有在场感？"

9

山语峰会群组织的活动是爬南山。以前戈美丽和安志没少带加戈去南山公园，但活动范围仅限于游乐场和动物园。知道从栖云阁广场修了一条千米登山历史大道，可以一直登临南山顶，但从来没去过。

参加活动的山语世家居民共有大约五十多人，在栖云阁广场集合以后，浩浩荡荡开始登山。历史大道上的每级台阶代表一天，从一月一日开始，镌刻着这天发生的一件历史大事。戈美丽边登山边给加戈读台阶上的字，登到2月14日的时候，听到旁边一个小姑娘说："为什么不刻上情人节呢？"

戈美丽仔细看了看，的确，台阶上刻着"人民音乐家聂耳诞辰"。跟小姑娘一起登山的就是戈美丽"被邂逅"的对象，高禾汉。当时他给戈美丽的印象只有八个字：外形挺帅，气度不凡。他拍拍小姑娘的头发，说："聂耳比情人节有意义。"

这时候，加戈突然说："妈妈，我认识这个字，这是耳朵的耳。但是，聂耳指的是哪只耳朵呢？左耳朵还是右耳朵？"

加戈的话把高禾汉和他十二岁的女儿高粱都逗笑了，高粱说："小孩，聂耳是人名，不是耳朵。"

加戈说："你才是小孩呢！"

高粱问："你几岁？"

加戈挺挺胸脯说："五岁！"

高粱说："我十二岁，是你的两倍多，你不是小孩是什么？"

高禾汉要制止高粱，让戈美丽拦住了："让他们玩去。"于是，两个大人都饶有兴味地看着两个孩子斗嘴，四人就算结上伴了。

登到历史大道上的五月份时，加戈累了，四人就到旁边的石桌子旁边坐着休息，喝水。高禾汉对高粱和加戈说："你们两个看到5月16日台阶上的历史大事了没？"

高粱说："看到了，5月16日爱国将领张自忠壮烈殉国1937。"

加戈说："我也看到了！"

高禾汉说："这个时间写错了。张自忠殉国是在1940年，而不是1937年。记住了啊，你们两个。"

加戈说："我记住了！叔叔，张自忠是谁？"

高粱说："不知道吧，小孩，姐姐告诉你，张自忠是抗日英雄。知道抗日英雄什么意思吗？就是打日本鬼子的英雄。"

加戈觉得自己的知识不如这个姐姐多，自尊心受挫，就说："我不叫小孩，我叫安加戈！安志的安，加法的加，戈美丽的戈！这三个字我都会写，你会吗？"

高粱说："那好吧，安加戈小孩。我叫高粱，我不但会写安加戈，还会写高粱，你会写高粱吗？"

加戈嚷嚷着："我六岁时就会写了！"

在加戈眼里，好像六岁一到，人生中的很多难题就迎刃而解了似的。因为安志和戈美丽总是告诉他，六岁那年的秋天他就该上学了。上学在加戈那里意义重大。

四人继续登山，加戈一直被爬到十二月三十一日的目标诱惑着，还算爬得起劲。等爬到十二月三十一日，一看上面又从一月一日开始了，说什么也不爬了。结果是，余下的一年多台阶，这小子是在高禾汉后背上爬完的。

在山顶凉亭休息的时候，高禾汉要了戈美丽的手机号码，出于礼貌，戈美丽也存了高禾汉的。五十多人在凉亭周围开始用餐，正吃着，安志来电话了，问："玩得怎么样？"

戈美丽说："挺好的。"

安志问："在干吗呢？"

戈美丽说："吃饭呢。"

安志又问："吃的什么？"

戈美丽说："冷餐呗。"

安志问："都有什么冷餐啊？我还没参加过爬梯呢。"

戈美丽说："面包火腿榨菜加矿泉水。"

安志夸张地问："不是很盛大的爬梯吗？就给面包榨菜？"

戈美丽说："不懂吧，这叫低碳生活，简约主义。现在爬梯都兴这样的冷餐。"

安志疑惑地问："你们那到底是什么爬梯？"

戈美丽说："不跟你说了，我取餐去了。"匆忙挂了电话。

一边的高粱实在忍不住了，说："阿姨，您这是在逗谁玩呢？笑死人了。"

戈美丽说："一个小姐妹。"

戈美丽也不知道当时自己怎么不假思索地撒谎，把安志说成是一个小姐妹。其实她完全可以用其他的描述方式，比如，一个很无聊的人，一个朋友。

结果，戈美丽为这句话付上了被安志讥讽的代价。

在他们夫妻俩过去的生活中，自从加戈会说话开始，他就时不时地充当一些这样的角色：叛徒、两面派、和事佬、导火索、开心果，等等等等。什么时候扮演什么角色，根据事件、情绪、利益等要素随时调整。

这天加戈的身份是间谍。晚饭后安志带他洗澡，还没等安志套问，他就积极主动通报了很多情况，包括爬山、高粱、高粱她爸背他上山、张自忠、野餐、戈美丽接了一个小姐妹的电话。总之，不管描述得是否与事实相符，重要细节都没遗漏。

他们爷俩洗澡的时候，戈美丽恰好正在上网，已经有快手群友把登山照片发到群里了，其中有五张把戈美丽母子和高粱父女四人都取到了镜头里，一张是正在看2月14日历史台阶；一张是高禾汉背着加戈、戈美丽和高粱跟在后面的四人背影；另外两张是山顶吃饭的。山顶吃饭的两张中，有一张是戈美丽正在接电话；第五张是下山的，加戈正在和高粱说话，戈美丽则和高禾汉在说话。

这五张照片看起来倒很有趣，有点历史感。戈美丽把它们另存下来，选了一张加戈在山顶上狂吃面包的，设为桌面。她不知道加戈已经在洗手间里绘声绘色把所有细节都汇报给安志了，爷俩洗完以后，她也拿了衣服洗去了。加戈想钻妈妈洗澡的空子偷偷玩会儿游戏，一眼看到电脑桌面，就招呼安志过来，给他介绍："这个就是高粱，这个是他爸爸。"

其实照片上也不仅仅是他们四人，只不过桌面的那张把他们四人安置在镜头中间罢了。戈美丽洗完澡出来，安志已经把另外几张也看了一遍，说："至少把你拍年轻了十岁。"

戈美丽说："我本来就没那么老，是你眼光有问题。"

"谁拍的？技术不错，可以跟我比美。"

安志他们科有相机，老干部组织活动需要留影像资料，这时候他就兼职摄影师。

"你知道给我们拍相片的是谁吗？那可是位高手，电视台记者！别以为能拍点相片就是摄影师。现在那些傻瓜相机，谁不会拍几张相片啊？你是没看见记者那相机，绝对高端，你根本玩不转。"

"记者就能说明问题啊？他们PS的水平比拍照水平厉害多了。"

"PS什么意思？"

"连PS都不知道，还在这跟我谈摄影？"

戈美丽撇撇嘴，不屑争辩的样子，蹲下去在衣柜里找衣服。安志怕她找了衣服就离开，终于憋不住了，切入正题："这张照片里，你是在跟谁打电话呢？"

戈美丽转头看了看屏幕，说："除了你，还能有谁那么没素质，在别人正吃饭的时候来电话？"

"你看我是纯爷们吧？"

"只能说是男性而已。爷们，这词你够不上。"戈美丽根本没往别的地方想，所以就让安志绕进去了。

"既然我是男性，你为什么告诉那个高粱她爸，你在跟一个小姐妹打电话？不至于吧戈美丽，想恋爱就大大方方恋嘛！你是不是觉得我会成为你的绊脚石？拜托别那么自以为是好不好？你赶紧麻溜溜地找一个，趁还没老掉牙的时候把自己嫁掉。你先把自己嫁掉，我也好考虑我的事。"

"你怎么知道高粱她爸？玩跟踪？不至于吧安志？"

"戈美丽，你今天绝对反应迟钝。是心不在焉吧？"

这下戈美丽才反应过来，问题一定出在加戈这小子身上。她反思了一下，觉得自己的确是有点变笨了。她平时哪是这样的反应速度？

"忘乎所以了吧？疏忽了吧？"安志一副报仇雪恨的模样。

"男人啊，不怕不是爷们，就怕不自信。你知道自己是纯爷们，还在乎别人怎么说？下次我给你打电话，你说我是你一个哥们，我绝对不像你此刻这么小肚鸡肠。"戈美丽转移了话题，"为什么你要先等我把自己嫁掉，再考虑你的事？"

"先顾自己的男人，绝对不是纯爷们。"

"好，我争取尽快把自己嫁掉，以便帮你证明你是真正的纯爷们。我总结一下，今天的'纯爷们'主题之夜到此结束，晚安。"戈美丽生怕安志继续纠结，简明扼要给了一句结束语，就跑回大卧室，关上了门。

接下来的几天，安志少不了时不时讽刺挖苦戈美丽，两人每天都要度过一个主题之夜。下一个星期六，戈美丽去山语世家打扫卫生，顺便收拾了一些冬衣装进旅行包里，往那边运送。她在公交站点下了车，很费力地提着旅行包往小区走，这时有辆车放慢速度在身边鸣笛，然后擦过她停在路边。高禾汉把副驾车窗玻璃放下来，说："上车。"

戈美丽看看前面，小区大门还在五十米开外，就上了车。高禾汉开着一辆越野车，戈美丽上得很吃力，不得不自我解嘲："少长了十公分。"

高禾汉问她："你多少公分？"

戈美丽说："160。"

高禾汉说："刚刚好。再高就显得笨了。"

戈美丽看看高禾汉说："你得有180了吧，也不觉得笨啊。"

高禾汉说："男人长成这样还可以原谅，女人长过160就不可原谅了。"

"你这话适用于任何一个没超过160公分的女人，尤其是一个刚好没超过160公分而又坐在你身边的女人。你做什么工作的？心理医生？"戈美丽问高禾汉。

"你应该问我是不是搞传销的。"

两人说说笑笑的，俨然是山语世家熟悉了很多年的邻居。小区格局有点四合院的味道，每两栋楼围成一个相对独立的小院，戈美丽在自己小院门口下了车，说："你知道附近有农贸市场没，我得买笤帚和拖把。"高禾汉说："你上去吧，我那儿有，一会给你送来。"

大概过了半个多小时，可视电话响了。上来一个小伙子，说是高总吩咐过来送笤帚和拖把。戈美丽一看笤帚和拖把都是新的，就问："高总不用吗？"

小伙子说："高总那边都有，这是专门给您买的。"

戈美丽问："刚才买的？"

小伙子说："对。"

"哪买的？"

"公司对面的超市。"

戈美丽忍不住问："你们公司在哪里？"

小伙子说："机场路。"

小伙子两手叠放在前面，身子站得笔直，雪白的衬衣一个褶子都找不着，一看就是训练有素的公司员工。

下午戈美丽离开山语世家的时候，特地转到高禾汉那栋楼看了看。高禾汉买的是一楼，独门独院。戈美丽知道这样一个独门独院的价格，少说也得一百七八十万。戈美丽真不敢相信自己手机里存了这样一个有钱人的号码。

当然，这时戈美丽还没有丁点倪平平所说的那种"在场感"。倪平平约好了星期天来看房，戈美丽又收拾了一个旅行包，还有两个大袋子，里面装了两床冬天的大厚被，让倪平平顺便帮她运过去。

倪平平嘟嘟嚷嚷："有没有搞错，把我这车当成搬家公司的大货车了？"

戈美丽说："又没让你拉冰箱彩电，怎么就成货车了？"

倪平平说："你们这没车的日子都是怎么过的啊，真是无法想象。"

戈美丽说："有车有什么好？要花钱买车不说，还要花油钱，还有，你知道我们小区买一个车位多少钱吗，十八万呢！"

倪平平说："怎么那么不开窍呢，谁让你自己挣钱买这些了？女人生下来就是为了花男人钱的！你得找个有钱人，让他给你买车和车位。你要是当初找个有钱人，还至于买个房子搞得每天一睁眼就欠银行的钱？"

戈美丽说："我真不明白，你到底是不是安志的同学？自从我们俩结了婚，你就从来没打心眼祝福过我们，总是一瓢一瓢地泼冷水。"

倪平平说："我看你们俩的婚姻，是先站在女人的角度，后站在同学的角度。"

这天也跟星期六一样巧合，她们两人刚进门，戈美丽就从后视镜里看到高禾汉的越野车，她让倪平平停一下。高禾汉看到她从前面一辆车里出来，也停车下来了。戈美丽说："谢谢你让人送笤帚和拖把给我。"

高禾汉说："举手之劳，不用客气。还需要什么尽管说，这周边最近的一家振华量贩也有两站路呢。"

倪平平哪能对此视而不见，她热情万丈地从车里下来，脸上写满了"不要忽视我"的表情。戈美丽只好给他们介绍："这是我朋友，这是我邻居。"

倪平平从包里拿出名片，说："介绍得太简单了。"

两人在那里交换名片，戈美丽倒像个局外人似的。高禾汉也送了张名片给她，搞得她很局促，说："我忘带名片了。"

高禾汉说："没关系。"

倪平平边走边揶揄戈美丽："你有名片吗？还振振有词地告诉人家忘带了。"

戈美丽说："我怎么就不能有名片？"

倪平平说："你们单位现在发劳保不发肥皂，改发名片了？"

倪平平挖苦起人来，那张嘴也很不善。

戈美丽说："你别整天你们单位你们单位的，好像你以前没在那待过似的。你怎么对那单位一点感情也没有呢？"

倪平平说："我这人一贯往前看，不留恋过去。再说，那单位给了我什么好处？除了剥夺了我三年的青春时光。当初我离开的时候你们都怎么笑话我的，现在呢，看看你们，个个给压榨得面黄肌瘦，还朝不保夕。你们现在除了剩下体面俩字，还有什么？"

朝不保夕这个词，倪平平倒是说得很贴切。他们单位这几年一直动荡不安，今天改革明天精简，岗位定编越来越少。

"所以啊，戈美丽，不是我不向着我同学说话，你现在既然已经离了，就得好好考虑一下后半生了，要是再找个安志第二，那你就是掉头走上老路，只能怨自己了。"

"你说得容易，我有什么条件找有钱人哪？奔四张的女人，长相一般，又不会像你那么风骚。"

"什么叫风骚？那叫风情！你别觉得风情是个贬义词，女人不风情，不是白来这世上走一回吗？"

其实很多时候，倪平平那些歪理邪说听起来还都有些道理。她忽然想起高禾汉来了，问："刚才那挺帅的高总有没有老婆？"

戈美丽说："我哪知道啊！倪平平，扯到人家身上可是不靠谱了啊！我和他就是邻居而已，在此之前连名片都没给过我呢。"

"你能让我信服吗？"倪平平乜斜着眼，"刚才一看到人家就急不可耐地跑下去，连你那衣服和被子都不管了。那你告诉我，你刚才跟他说什么呢？好像在谢他？"

戈美丽无可奈何地把登山和送笤帚拖把的事都简略说了一遍，倪平平说："我觉得这高总对你有意思。探探他的底？看有没有老婆？"

戈美丽警告倪平平："人家女儿都十二岁了，你别胡乱猜疑，把你那好奇心和想象力都收起来。别说我刚离婚根本不想再跳进火坑，就算想跳，也不能遇着一个就往那方面想啊！你以为我像你一样，整个人生观就是找男人？别废话了，帮我干活。"

倪平平不情不愿地接过一块抹布，抖搂着它，像抖搂着戈美丽不堪一提的人生："你说说，这么多窗户，连个保洁公司都不肯找，这么活着真是亏死了。"又拉过戈美丽的手看了看，"阡陌纵横啊！女人的手怎么能祸害成这样呢？"

戈美丽说："安志还夸我这是芊芊玉手呢。"

倪平平差点呕吐出来："安志要是赞美这样一双饱经沧桑的手，那只有一个可能，感冒发烧说胡话了。"

"你嘴巴积点德能死啊？"戈美丽骂她。

"我这是恨铁不成钢。这世上有一种不开窍的女人，你要治理她们，就得下猛药。"

倪平平好像就是上天派来帮戈美丽改写人生的。又过了一个星期，星期六，戈美丽让倪平平陪她去商场买洗衣机和电冰箱，中午两人在振华商厦旁边的麦当劳吃完饭，倪平平说她下午有事，两人就在海港路分了手。

下午在新房等到四点多钟，电冰箱和洗衣机相继送到。安装好后，戈美丽正坐在地板上看说明书，手机响了，高禾汉来的："看你家开着窗户，忙完没？下来吧，顺路送你。"

戈美丽犹豫了一下，那边高禾汉已经挂电话了。

"喜不喜欢吃辣？"高禾汉边开车边问。

"还行吧。"戈美丽搞不清楚状况，只好含含糊糊地回答。

结果高禾汉一下把车拐到一家湘菜馆门口，仿佛算计着时间问的。

"干吗？"戈美丽问了句顶愚蠢的话。

"请你吃顿饭吧，要不要打个电话给家里人说一声？"

戈美丽早上出门时已经把加戈交代给安志了，想了想，没必要打电话，但又觉得这么接受邀请有点不那么对劲，就说："高总，太突兀了吧？"

"一个老男人请人吃饭，要想不被拒绝，就只能突兀一点了，没办法啊。"高禾汉打趣道。

他这么一打趣，气氛就顺过来了，戈美丽下了车，说："现在就抢老年人的饭碗，太早了吧？高总也就四十多吧？"

"本人高禾汉，四十五岁，括号周岁；生日农历七月初七；身高180.05厘米；体重74公斤。"

"生日七月初七，七夕？"

"是啊。好记。"

"身高180.05什么意思？拿游标卡尺量的啊？"

"小数点后面是估计值。"

高禾汉也有点小幽默，但风格和安志迥然不同。戈美丽听够了安志那种无厘头的风格，觉得高禾汉这种风格文明一些。这么一比，就比出了安志的低级。再想一想，安志其实也和她戈美丽一样，基本谈不上在这个城市里还有什么社交圈子，回家过着最普通的微生活，到单位整天和那几个熟知又熟的同事混在一起，要么就是跟退休老头老太太混着。就像一条养在缸里的鱼，根本呼吸不到别处的新鲜空气。没有环境，你能让他怎么高级？

一顿饭吃得戈美丽情绪杂乱。除了时不时地拿眼前这个颇有风度的男人跟安志比，同时戈美丽还发现自己有点犯贱，她居然像少女那样吃起饭来，小口，细嚼，不露齿，并且没吃多少就觉得饱了。或者换个说法，根本没有饿感。可是明明她坐在地板上看洗衣机说明书的时候，饿得已经恨不得把说明书当大饼撕着吃了的!

失去饿感的戈美丽边吃边怀了一下旧，她算了算，大概在十年之前刚和安志谈恋爱的时候，有过顶多一个月小口细嚼不露齿并且没有饿感的日子。接着安志买了一套液化气灶，放在单身宿舍门口走廊里，两人正式脱离了单位食堂。戈美丽也同步把自己变成一个准家庭主妇，很快，她就不会小口细嚼着吃饭了，胃口也大了，结婚的时候，戈美丽已经比刚毕业时胖了十多斤。

回家以后，加戈已经睡了。安志正在上网，屏幕上又是QQ对话框又是游戏，忙得不亦乐乎。戈美丽说："真羡慕你，过着与世无争的微生活，每分每秒都沉浸在微幸福里。"

安志看了下任务栏里的时间，说："哟，九点多了啊。敢问你这个不与世无争的巾帼女子忙什么惊天伟业去了，这么晚才回来？"

戈美丽说："无可奉告。"

安志说："误会了吧？我可不想过问你干什么去了，只是，今晚应该你带加戈睡。咱们既然已经分好了工，是不是都应该有点责任感？"

戈美丽说："我把他抱过去不就完了？"

安志说："他睡觉之前我做了如下工作，一，给他洗脚，二，给他讲故事。讲了两个故事。这些怎么算？"

戈美丽说："我还你一晚上不就完了？明天后天都我带他睡。"

安志本来想雄心勃勃地和戈美丽舌战一番，没想到戈美丽情绪不在他这里，一副无心恋战的样子。并且恰在此时手机还响了，戈美丽接起来，拿着手机回大卧室去了。安志偷偷摸摸地潜伏过去，刚想把耳朵凑过去，戈美丽唰一下把门打开了。安志说："我可不是偷听啊，我上卫生间。"

戈美丽说："卫生间在那边。"

安志本来不想去卫生间，这样一来，不得不假装很内急的样子，往卫生间一溜小跑。

电话是倪平平打来的，一上来就问了句让戈美丽惊掉大牙的话："和高总饭吃得还好吧？"

戈美丽说："你怎么知道我和他吃饭了？"

倪平平说："告诉你吧，我就是上帝派来改写你人生的仙女。"

10

　　戈美丽生了倪平平的气，而且是真生。因为倪平平居然自作主张，把她离婚的事情透露给了高禾汉。

　　其实，是高禾汉主动联系倪平平的。他们俩交换名片以后的第三天，高禾汉去倪平平那里剪头发。倪平平新近谈婚论嫁的这任男朋友是发型师出身，现在已经发达了，坐拥四家店，倪平平已成功使用美人计将其中一家转为自己名下，摇身一变成为一名美发业老板娘。

　　高禾汉去了，倪平平自然吩咐店员殷勤伺候，主要是，她想借此机会探探这位爷的底。剪完头发，倪平平请高禾汉到自己的办公间喝了一会儿茶，没浪费太多时间，就搞清这位爷是冲着戈美丽来的。倪平平说："高总，让你公司所有员工都到我这里做头发，我就给你透个底。"

　　其实户外活动那天，高禾汉见戈美丽自己带着加戈，以后碰见的几次又都是戈美丽独自一人，就大胆猜想戈美丽是不是离婚族了。他对戈美丽挺有感觉，本想过段时间从物业那里了解一下情况，没想到中间插进来一个热情洋溢的倪平平。高禾汉什么人？从三十岁就在商场里混，泥水里摸爬过来，练就一双识人的火眼金睛，一下就看出倪平平是个突破口。

　　"高总，我知道你需要什么，咱们聪明人不兜圈子，我告诉你，戈美丽于两个月前离婚，目前没有追求者。截至此刻，只有戈美丽的前夫安志，我，安志的家人包括他姐的婆婆在内，一共七人是知情者，你是第八个。"

　　倪平平有时候很有些女侠范儿。

投桃报李，高禾汉把自己的情况也和倪平平做了陈述。此男45岁，单身，原因是妻子亡故，发生在八年以前。

高禾汉毫不避讳地跟倪平平说，他第一眼看到戈美丽就很有感觉，因为觉得她身上有些方面让他想起已经亡故的妻子。

倪平平说："你听说过这句话没——感谢上帝，没有他的允许，一片树叶都不会落下。我们在母腹中，他便已经为我们数算着相遇的日子。"

倪平平没想到关键时候能这么完整地背下毛橘发给安志的短信，当时戈美丽只是把那三条抄在纸上的短信给她看了一遍而已。记忆力如此之好，倪平平骄傲得自己都快顶不住了。

"挺美的。我知道，你的意思是说，我遇到戈美丽是上帝安排的。受到如此优待，我该怎么谢你？"高禾汉问。

倪平平说："我无所求，就是为了让戈美丽幸福。你公司员工到不到我这里来做头发，关系不大。高总也是风里来浪里去的人物，应该知道我跟你一样会看人，所以，并不是我随随便便就能替我最好的朋友看上谁。但我的口味并不代表戈美丽，成不成，我就不负责了。"

这就是倪平平充当间谍的前因。和戈美丽在麦当劳吃饭的时候，她就是当着戈美丽的面给高禾汉发的短信，传递了一下情报，高禾汉才等在楼下劫持戈美丽去吃湘菜的。

不管承不承认倪平平是上帝派来改写她人生的仙女，都修改不了已经发生的事实，事实就是，自己离婚的秘密让第八个人知道了，而且，这个人，是戈美丽朦朦胧胧不想让他知道的一个人。戈美丽生气了，这在倪平平的预料之中，她太了解戈美丽了。

第二天中午，倪平平去单位找戈美丽。防盗门关着，但屋里有声音，倪平平敲了敲门，开门的是王娜，穿了一身短袖运动衣，手里提一个长长扁扁的大包，睁着一双纹过眼线的熊猫眼，大惊小怪地说："天哪，我没看错吧，这不是平平吗？"

"干吗去呢，健身？你们不是崇尚生命在于静止吗，什么力量让你痛改前非的？"

倪平平一看那包，就知道里面装着的一定是羽毛球拍或者网球拍。

"纯属个人觉悟。"王娜上下打量倪平平，眼神里控制不住地放射出嫉妒的光芒，"平平，是不是回来看着我们都土得掉渣渣啊？"

"我就看见你眼里掉火星子。"倪平平笑着揶揄王娜。

貌似亲热地打趣几句，王娜就提着大包，像个冒牌运动员一样走了。她俩说话期间，戈美丽一直面无表情。倪平平说："有没有人和你说过，你面无表情的容颜很迷人？"

"去你的。来干吗？"戈美丽昨天晚上在电话里朝倪平平咆哮了一顿，现在已没有继续咆哮的力量了。

"旧梦重温呗。王娜说得没错，土得掉渣渣。这院子、办公楼、走廊、墙皮，都掉渣。"

"小心别落到身上，把你砸坏了。"

这种说话风格，说明戈美丽已经不打算和倪平平把气生下去了。

"人家王娜都知道该阻挡岁月的迫害了，你还是生命在于静止，就不能和她一起做伴打球去？"倪平平环视一圈，看长沙发上铺了一条小毛巾被，就知道戈美丽的中午时光是在那上面度过的。

"天这么热，脑子病了才去打球呢。"戈美丽站在窗前朝外看了看，说："你没发现王娜和以前不太一样了吗？整天打扮得像少女似的，泡泡袖、超短裙，什么都敢穿。嘴唇擦得那个红，像口吐鲜血一样。发型你看见没，娃娃头，刘海像一刀切出来的韭菜。也不看看那粗腿粗胳膊还有鱼尾纹和这些都般不般配。"

两人站在窗前一起看了一会儿王娜的背影，倪平平说："要不怎么说土得掉渣呢，你们单位哪有会打扮的女人啊。过分的是，王娜把自己弄成这样，竟然还敢上街？还敢去健身？她去什么地方健身？我真替那里的男人们难过。"

"一个什么俱乐部。"戈美丽又悄悄说，"你替男人们难过真是多余，知道王娜为什么把自己弄成这样吗？"

"为男人？"

"是啊！所以才把自己弄得像妖怪。女为悦己者容，唉，其实这话有多可怜哪。"

其实王娜什么都没跟戈美丽说过。她们虽然是多年的同事了，但多亲密的同事关系也隔着一层铠甲。戈美丽只是从一些迹象中分析来的，比如她曾见过好几次王娜让一辆车送到单位门口。单位下午两点上班，戈美丽一般一点五十起床，王娜也差不多这个时间赶回来。后来戈美丽总结出一个经验，每当这个时间王娜没赶回来，八成那辆车就会出现在大门口。有一次戈美丽故意问王娜怎么又迟到了，王娜说，公交车太挤了。戈美丽很佩服王娜，撒谎的时候表情比说真话时都镇定。

当然，迹象不仅仅是送王娜回来的车，王娜的手机也藏着无尽的秘密。提到这个戈美丽就有点生气，王娜自从不那么正常以后，对手机就过分地敏感起来，去哪都带着，还拴了个小铃铛，离办公室十米就知道她来了。这倒没什么，真正让戈美丽生气的是，有时候王娜不小心把手机忘在桌上了，回来时那紧张兮兮的表情，仿佛戈美丽已经偷偷翻看她那些不可告人的短信了似的。以前王娜也和戈美丽一样，手机整天就那么扔在桌子上，跟扔张报纸一样。

戈美丽正絮叨着王娜手机的事呢，自己的手机忽然响了。倪平平说："什么声啊？怎么听着像打呼噜？"

戈美丽说："你没听错，就是打呼噜。"

倪平平说："这呼噜打得可真够悠长响亮的，有高音歌唱家的素质。"

戈美丽拿起手机在看短信，倪平平说："哦，原来是短信提示音啊，网上下载的吧？"

戈美丽说："不是，安志的呼噜，加戈录的。"

"上帝啊，想必你隔着天花板也听到了吧！"倪平平让戈美丽的回答简直快惊掉了牙。

短信提示音设成老公的呼噜声，这也的确是创意之举，像倪平平这样整天没事就上网的"下载控"，可以说什么新奇搞怪的提示音都用过，面对这样的两声呼噜，也不得不慨叹："真正的高手在民间啊！"

戈美丽不搭腔，躺到沙发上，把手机抛给倪平平："你干的好事！"

倪平平一看，高总的短信："节日快乐。"

"看见了没，刚才还在诋毁王娜的手机呢，感同身受了吧？什么是手机秘密？这就是。"倪平平把戈美丽和王娜的椅子对接起来，也躺上去，隔着茶几把手机抛给戈美丽。

"这叫什么秘密？节日快乐，世界上最普通、使用频率最高的四个字，上帝看都不怕。"

"你这是悖论。秘密和内容关系不大，而和事件性质有关。比方说，毛橘给安志的那三条短信，高总给你的这条短信，其实从性质上来说没任何不同，里面都包含着暧昧、欲望、思念等非正常情感。"

"看来我昨晚对你不够残酷。"戈美丽做出一副后悔莫及状。

"够残酷的了！我今天为什么来？就是因为昨天晚上的话没说完。这世界上谁能拦得住我表达自己的看法？也就你了，大姐。"见戈美丽不吭声，倪平平开始说昨晚上没说完的话，无非就是夸高禾汉有多么好，多么不可多得。倪平平看男人的标准就那么几样，不用说，戈美丽也能猜出来。

"我替你说吧，一，高禾汉有钱，二，高禾汉有车，三，高禾汉有带花园车库的房，四，高禾汉单身。"戈美丽模仿倪平平的语风。

"你说得没错。不过我还得补充一下，高禾汉有好几部车，好几套房。他买这房你知道是干什么用吗，仅仅是一份送给他老妈的生日礼物！他妈不喜欢住海边，嫌潮。不过他妈没有住这房的命，去年已经去世了。"

"那又怎么样，跟我无关。"

"过去跟你无关，现在有关了，高总看上你了，喜欢你。"

"他看上我，我就非得看上他啊？无非就是有俩钱。"

"有钱又不是他的错。当然，我们谈论一个成功男人，仅有这些是不够的，这些只是表面现象。你相信我的眼光，我这眼光，那是在太上老君的炼丹炉里炼过的。就冲高总给他妈买这栋靠山带花园的房子，你不否认他是个孝子吧？人活一世，百孝为先，一个这么有孝心的人，其他方面也不会有问题。另外我已经动用方方面面的关系帮你打听过了，高总在业内为人还是口碑不错的，私生活方面也很严苛，没什么绯闻。当然，据他所说，一来，主要是为了高粱。一想到要给高粱找个后妈，他就打消了另找的念头；二来，靠近他的女人，基本没有不冲钱去的。所以，无论那些女人多么倾国倾城，都无法打动他那颗清醒理智的心。总之一句话，过了这村没了那店，这等抢手货，要不是因为高总对自己严格要求，还能给你剩下？"

"他过去怕给高粱找后妈，难道现在就不怕了？"

"没办法，就是喜欢上了，你能拿喜欢有什么办法？再说了，高总那眼光也是在炼丹炉里炼过的，你哪个毛孔善良哪个毛孔邪恶，他一眼就看出来了。"

"这么说，他觉得我是善良之人？"

"那还用说？"

"这些都说服不了我。不可信。再说了，我现在对婚姻心灰意冷，你就别游说我了，不管那高总给了你什么好处。"戈美丽把手机又隔着茶几抛给倪平平，"你惹的祸，你解决。"

倪平平干脆利落地接住手机，没在手里停过两秒钟，反手又抛回去："这是你的手机、你的事，我又不是你的私人助理。不过我可以给你提供一些参考意见。他不是祝你节日快乐吗，这多好回呀，你也祝他节日快乐。可是，7月11日，今天什么节日啊？你问他，什么节日。"

戈美丽就躺在沙发上给高禾汉回短信："今天什么节日？"

呼噜声的提示音起，戈美丽翻看高禾汉的回复，告诉倪平平："世界人口日。这节日跟咱们有什么关系？"

"问问不就知道了？"

戈美丽不情不愿的样子，发了条短信，问："对这个节日很感兴趣吗？"

高禾汉回道："Everyone counts。"

"什么意思？"戈美丽知道第一个单词，第二个怎么也想不起来什么意思。倪平平从椅子上爬起来，用戈美丽的电脑上网，一会就查出来了，告诉戈美丽："每个人都很重要。世界人口日的其中一个主题。看见了吧，中年成功男人是怎么表达爱情的。多深沉，多不一般。你就别犹豫了，下定决心，做一个现代版灰姑娘。"

"灰大妈还差不多。"

"戈美丽，你这人哪都好，就一点不好，自卑。或者说，不自信。其实你刚毕业那会儿不是现在这样子，我还记得你穿一条火红色的牛仔短裙，白色纱袖短T恤，不知道多明媚照人，多有气质！看看你现在，不修边幅，目光迷茫，看见个有点钱的男人怕成这样。你得让自己重新自信起来。"

"我那时候才八十多斤，唉。"戈美丽遥想当年，一副心向往之的样子。

"你要有这样的想法：我现在貌美如昔。"

"去你的。"

两人一个躺在沙发上一个躺在椅子上，围绕高禾汉聊了一中午，冰释前嫌。

下午戈美丽时不时瞄瞄躺在桌子上的手机，有几次还拿起来检查，仿佛它自己从振铃模式转到了静音模式。王娜也埋头捣鼓手机，短信一个接一个。戈美丽发现自己有点嫉妒王娜，就给安志发了条短信："下午我接加戈。"其实平时她和安志的习惯正好与此相反，只有在戈美丽不能去接加戈的时候才给安志发短信或打电话。再说了，戈美丽桌子上明晃晃地摆着一个电话机呢，单位内线，五位数的号码，一拨，立马就接通安志办公室了，不比费尽巴拉地发短信方便？

可戈美丽就是变得不正常了。安志还以为她没打内线电话是因为不在单位呢，也就用手机回了条短信："知道了。"安志回复的呼噜声一响起，戈美丽就迫不及待地拿起手机来翻看，仿佛在告诉王娜：你以为就你有短信？又仿佛在告诉高禾汉：你以为你不来短信我就没短信可看了？

从这天开始，手机成了戈美丽的一个心事。她陷入此前从未有过的一段矛盾情绪中，一方面盼着高禾汉的短信或者电话，一方面又持抗拒态度，怀疑自己这样是不是很不道德，刚离婚就被别的男人扰乱了心思。她以己推人，做这样的设想：假如在这十年婚姻当中，有一个像高禾汉这样的男人出现，让她动了心思，那她和安志有什么不同？如此看来，原因只在于这十年她的生活中没出现一个不是安志的男人。

这样一想，戈美丽有时就会原谅一点安志。用倪平平的话说，你学会从人性角度看问题了。

正当戈美丽学着从人性角度看问题的时候，毛同桌却不合时宜地跑到烟台来了。这自作聪明的女人动身前一周从网上订好酒店，下了火车，入住酒店，打扮停当，这才给安志打电话："请我吃饭吧，我在烟台。"

尽管已经离婚，安志还是吓了一跳，问她："真的假的？"

毛橘说："当然真的了！"

"大热天，千里迢迢的来干吗？"

"单位组织旅游。"

安志这才把心放下一半。老干部科还有个科员曹雪，女的，安志跟她说外地来同学了，有事先走会儿，就不跟科长请假了。曹雪年龄不大，却特别聪明伶俐，每当安志有事外出又不想和科长请假，曹雪就充当打掩护的角色，总能滴水不漏地把科长哄骗过关。

安志走的时候大约是四点，也该着他运气差，平时加戈幼儿园是四点半接孩子，加戈报了美术特长班，星期四这天下午学画画，五点钟接。戈美丽订的沙发，本来应该三天前就到货，拖到这天下午才来电话要送货。戈美丽四点一刻打安志办公室的电话，想让他去接加戈，曹雪却告诉他安志接待同学去了。

只能怪安志自己了，没交代曹雪瞒着戈美丽。其实他走之前也想到了这一点，又担心这样引起曹雪猜疑。戈美丽那么自尊，要是单位的人知道她和安志离了，后果不堪设想。

"戈姐，安科没给你说啊？"曹雪问戈美丽。

"我手机没电了，应该是发短信了我没看到。他们在哪吃饭你知道不？"戈美丽一边压住砰砰乱跳的心一边套问曹雪。

"南洪街的比格比萨，我给安科推荐的。6月15号上新品了。"

"同学大老远来趟烟台，这安志也真是，怎么不请人家吃海鲜大餐呢。"戈美丽不得不继续往下装。

"安科说他同学海鲜过敏。"

戈美丽不敢肯定这同学是不是毛橘，权且先按毛橘来处理。但又能怎么处理？新房那边得抓紧过去，毛橘重要，沙发也重要。戈美丽狠心打了个车，边往新房赶边给安平打电话，问她能不能帮忙去接加戈。安平最近一段时间都没去山语世家，自从装修完工，戈美丽就没怎么看见过她，打了电话才知道，老彭他妈齐桂花生病了。无奈，戈美丽又打给安然，安然人在外地。最后好歹澎湃答应接收加戈。

在戈美丽满世界打电话期间，安志来了条短信：晚饭不回家吃了。

他们离婚以后，除了分居，一切还按照原来的生活模式，饭在一个锅里做，做好了在一张餐桌上吃，只是成立了专项资金应付家庭开支：每人各出一千放在一起，伙食费、水电煤气都从这里出，花完了照这个数目再往里续。所以，在不在家吃饭还都是要打招呼的，否则，饭做多了，浪费的是两个人的钱，另外，付出无谓劳动的一方肯定是会不高兴的。没离婚的时候大不了唠叨两句，离了婚，任何一件小事都要升级到讨个说法的高度。

戈美丽没回安志的短信，在新房里把沙发等到以后，先去澎湃的画室接加戈。加戈幼儿园里的特长班有轮滑、跆拳道、舞蹈、绘画，照戈美丽的愿望，她是希望加戈学跆拳道的，但加戈对绘画更感兴趣。之所以如此其实就一个理由，加戈崇拜澎湃。澎湃是学美术的，因此加戈就毫不犹豫地选择上画画特长班。对此安志时常心里不平衡，觉得儿子应该崇拜他这个当爹的。但这可由不得人。每个小孩在小的时候似乎都必须崇拜一个人，这个对象是谁，孩子有自己固执的看法。

澎湃告诉戈美丽，加戈今天在幼儿园向一个女小朋友表达爱慕之情了，戈美丽又惊讶又觉得好笑，问加戈是不是真有这么回事，加戈却不说。澎湃说："遭到人家拒绝了，郁闷着呢。"

戈美丽说："你才多大点啊？可千万别学你爸。"

这天的戈美丽是气愤的戈美丽。安志回家以后，她把加戈的事拿出来做炮捻子："你儿子早恋了。"

"注意一下措辞好不好？五岁的孩子早恋？"安志坐在沙发上拿起遥控，乱找频道。

"在幼儿园里向女小朋友示爱，被人家拒绝了。不信你明天问问他。真是什么爹什么儿子。"

"示爱？牛，我儿子勇敢。"安志自豪地手舞足蹈。

"这像当爹的态度吗？"

"我上幼儿园的时候也喜欢过班里一个女小朋友，那有什么啊？你得注意保护他纯真的情感萌芽。"

"这才幼儿园呢，懂得什么情感啊？"

"儿子像我，情商高。"

安志沾沾自喜地自夸，却被戈美丽揪住了小辫子："哼，我看你情商也是够高的。"

"我听着这语气不像表扬，像打击挖苦。"

"比格比萨的新品薄脆比萨好吃吗？"戈美丽阴阳怪气地问。

"还行吧。"安志飞快地动了动脑子，猜测这消息是从曹雪那里得来的，因为没有第三个人知道此事，就放弃抵赖，"曹雪介绍的地方，说想吃比萨饼的话，去那里比去真正的西餐厅要好得多，一来那里是自助，实惠，二来比萨饼的种类有十几种之多，随便你吃，只要胃撑不爆。"

"那倒是。在西餐厅你要是点十种比萨饼，人家会以为你从精神病院跑出来的。你哪个同学来了？"

"你不认识。我的老铁，哥们。"安志调到体育频道，津津有味看起足球，仿佛同学真是一个不足以再说的哥们。

事实上，戈美丽在彭湃画室接到加戈以后，带他去了比格比萨。戈美丽也不清楚自己去了以后想干什么、能干什么，也完全不能预料到时是什么场面。反正是横下一条心，赴汤蹈火，鱼死网破。

没料到的是，戈美丽被比格比萨拒之门外。餐厅在二楼，她刚走进一楼，就被前台服务员给拦住了，说已经坐满了，又指指一楼大厅里的一圈沙发，说，您愿意的话，可以坐着等。

既然已经来了，就没有走的道理，戈美丽拉着加戈在沙发上找个地方坐下。排队等候的人不算少，加戈不久就嚷嚷着饿了，戈美丽到外面看了看，隔壁是一家威利发面包店，就进去买了两个面包，回来和加戈一人一个坐在沙发里吃。

他们两人去的时候就已经快七点了，饭店墙上明晃晃地写着五点半开餐八点闭餐，戈美丽恶狠狠地决定等到八点，反正也有面包垫底了。为了贿赂加戈，她又出去给加戈买了一个冰激凌。

差一刻钟八点，戈美丽看到了安志，旁边那女的显然就是毛橘。上次闹过以后，戈美丽专门把安志的影集找出来看了看，她问倪平平哪个是毛橘，倪平平告诉她，圆脸，白皮肤，白菜帮子头。她毫不费力就找到了，因为她比别的所有女生都漂亮。

当时加戈尿急，到洗手间去了，她站在洗手间门口等。安志和毛橘从二楼下来，几秒钟的功夫就推门走到了大街上，正好一辆出租很长眼事地开过来，一眨眼，就把那对贱人载走了。

其实戈美丽完全可以趁那对贱人从二楼下来还未走到大街上的时候叫住他们。所以戈美丽那个气啊，气自己关键时刻犹豫了，也气加戈关键时刻尿尿。要是加戈没去尿尿，他是多合适的人选啊，跑上去抱住安志的裤腿，当场抓他们个现行。

所以戈美丽只能怨命运了。不过这样也好，可以检验一下安志说不说实话。其实戈美丽明明知道安志肯定百般狡赖，但还是控制不住要问上一问，仿佛就为了听他满嘴惹人气愤的无赖话和谎言一样。

11

那天晚上安志是十一点多回的家。就算他和毛橘八点钟从比格比萨离开，还有接近三个小时去向不明。戈美丽一直等到十一点多，几次忍不住想打电话或发短信，扰乱一下那对贱人，又生怕从电话里传来电视剧里演的那种她害怕听到的声音。

这时候高禾汉来短信了，约她明天晚上吃饭，说周末了，放松放松。但安志和毛橘这两人就像两条毛毛虫爬在戈美丽心里，让她根本无暇旁顾，就委婉地回绝了。

第二天上午，戈美丽拿了两本荣誉证书，到一号楼复印室去复印。其实根本无需复印，只是找个借口而已。老干部科恰好就在复印室隔壁，戈美丽印完证书，假装顺路串门的样子进去了。

曹雪一个人在，戈美丽问："干吗呢小曹？"

曹雪说："下月要组队参加老年门球赛，安科安排我做计划呢。"

"你们安科去哪了？"戈美丽做出一副随意问问的样子。

"陪同学去了，怎么，戈姐，安科又没汇报啊？回头一定要罚他。"

"你看我这脑子，怎么忘了呢。大老远来一趟，是得好好陪陪。不过，说实在的，烟台也真没什么好玩的地方，无非就是看看海，再就是去蓬莱，看看那不去后悔去了更后悔的蓬莱阁，你说是吧？"

"戈姐说得对。多数旅游景点都这样，到此一游罢了。"

像他们这种国企的机关作风就这样，大家忙完手头那点强度实在不算高的工作，就可以看看报，喝喝茶，吹吹牛了。女同事们趁领导不注意，偷偷串串门，凑到一起拉拉家长里短。戈美丽和曹雪拉了一会儿，就拿着荣誉证书回去了。

这天是星期五，加戈昨天在比格比萨没挨上桌，早晨一起床就吵吵着今天还要去吃。考虑到昨天去晚了没座位，今天又是周末，戈美丽就从曹雪那里要了比格比萨的订餐电话，回到办公室就打电话订桌。

比格比萨问戈美丽共几位客人，戈美丽说三位或者两位，人家说，我们这里四人以下不订桌。戈美丽问："为什么？"

服务员说："这是规定。"

戈美丽说："这是什么规定？意思是，不管谁想到你们那里吃饭都必须结上三个伴？他要是想清清静静一个人吃点饭，就不能到你们那里？"

服务员说："不是这个意思。您必须确定是四个人还是三个人。三个人的话我们不提供订桌服务。"

戈美丽说："那我要是告诉你，我这三个人里，有一个是范冰冰，而且，她会穿那件著名的青花瓷礼服，我能不能订桌？"

大家都知道范冰冰是烟台人，虽然她自己深以被说成是烟台人而感到耻辱。戈美丽一提范冰冰，比格比萨那边的接线服务员还真停顿了两秒钟，说："我找经理汇报一下再答复您行吗？"

戈美丽真气啊，就说："算了，不带范冰冰了。给我订桌，四个人。"

其实戈美丽知道，安志基本没可能撇下毛橘回来和她们娘俩吃饭，但她还是在接到加戈以后，让加戈给安志打了个电话。安志让加戈把电话给戈美丽，戈美丽不接，让加戈和安志说，加戈就充当了个传话筒，告诉戈美丽说，他爸爸陪同学去蓬莱了，要从那里坐船去长岛，晚上就不回来住了。

哼，哼哼，戈美丽冷笑两声。加戈说："妈妈，你笑得像红太狼。"

戈美丽说："我倒希望自己是红太狼，那么有本事让灰太狼服服帖帖的。"戈美丽相信这世上所有女人都希望成为红太狼那样的女性。

订了四人桌，就得约人了。戈美丽的社交圈子这么小，只能从有限的几个家里人那里开刀，虽然所谓的家里人都是姓安的，严格意义上来说已经不是她的家里人了。老彭首先排除；安平照顾生病的老太太；澎湃和赵宁要去看六点场的电影；安然在张家界；倪平平的店今晚要来一个给刘晓庆效过劳的造型师。一圈电话打下来，戈美丽感到分外寂寞，回想过去十年来，她度过了多少个这样混混沌沌普普通通的周末之夜啊！

最后戈美丽鼓起她这辈子所有的勇气，给高禾汉发了条短信。高禾汉约会没成，也正打算带高粱出去吃，开着车在街上临时找地方。看到短信后，高禾汉征求高粱的意见："去比格比萨怎么样？"

高粱一听，欢呼雀跃。高禾汉又说："还有戈阿姨和安加戈，怎么样？"

"不怎么样，"高粱撇撇嘴，"为什么？"

"戈阿姨请客，咱们不好拂了人家一片盛情吧？"

"她为什么请客？"

"我猜可能是因为爬南山那天我帮她背安加戈吧？"

"都过去很长时间了，肯定不是因为那个。"高粱眼珠子转了转，"爸爸，你说实话，你和那个姓戈的是不是有什么事？"

"有什么事是什么意思？我们没什么事。"

"你别以为我看不出来，我都十二了。你是不是喜欢她？"高粱察言观色，"或者是她喜欢你？"

"你怎么看我喜欢她，或是她喜欢我？"高禾汉不好意思回答女儿这样的问题，只好含糊其辞。

"那些喜欢你的女人，哪个不比她长得漂亮年轻呀？"

"这我可要批评你了，怎么能拿相貌来评判一个人呢？"

高粱撇撇嘴："没眼光。我小姨要是知道了，肯定不高兴。"

自从妻子袁红去世，那些接近高禾汉的女人，高粱的小姨袁青一个都看不上眼，相信范冰冰要是戳在眼前，也能让她挑出一大堆毛病。

这顿晚饭吃得还不错，要是高粱和加戈不频频互相挑衅的话。加戈毕竟才五岁，高粱的很多话对他来说都是十万个为什么，为了捍卫自己，加戈避重就轻，把幼儿园里他喜欢的那个小女朋友搬出来打击高粱，说那小女朋友比高粱好看，他要让她当新娘，不要高粱。

高粱说："小不点，你太早熟了。"

加戈问戈美丽："妈妈，早熟是什么意思？"

戈美丽想了想，说："早熟就是说，作物生长期短，成熟快。"

加戈问："那我是什么作物？"

高粱说："你是牧草。"

戈美丽没反应过来，问："为什么是牧草？"

高粱说："难道你没玩过QQ农场？天哪，农场都快过时了，你千万别告诉我你竟然没玩过，我会鄙视你的！"

听高粱这么一说，戈美丽赶紧打住了。

饭后回家，戈美丽登录QQ，在个人空间里找到农场添加，研究了好半天，终于搞明白，牧草是农场所有作物里成熟期最早的，八个小时。她决定开始玩农场，一边完成新手任务一边质问自己：戈美丽，难道你干这个就为了一个黄毛丫头？难道你在乎她？

这么想着，戈美丽就有点自我鄙视了。

她和安志的争端爆发在星期六夜里。安志十一点半多回到家，迎接他的是戈美丽那张面无表情的容颜。安志到戈美丽房里看了看加戈，戈美丽说："不认识了吧？"

"这什么话，不认识谁也不能不认识儿子。"安志又开始发挥三寸不烂之舌功。

"认识毛橘就行了，儿子无所谓。"

"怎么能无所谓呢，儿子在我心目中永远占据第一位。"安志拿不准戈美丽是诈他，还是已经知道来的是毛橘，在没摸清状况之前，决定含糊应对。

但戈美丽可不想和他含糊，痛痛快快就把矛头直指问题的核心："前天晚上我和加戈也去了比格比萨。只不过我们没上楼，在一楼坐着，就为了看你和毛橘酒足饭饱的样子。姓安的，告诉我来了个男同学，过分了吧？"

虽然安志有所警惕，但还是被戈美丽的单刀直入搞乱了阵脚，不得不采取怀柔政策："我承认撒谎了，但那是善意的谎言，目的很纯粹，就是不想让你上火。"

"不想让我上火，就不要把她给我招来！"

"哪是我招的！不信你问曹雪，毛橘来电话的时候我还觉得很突然呢。再说了，他们单位组织工会积极分子到烟台来旅游，即便我事先知道了，也无权干涉这个呀！"

"既然是单位组织，让她跟集体一起活动好了，你干吗跟她搞单独活动？"

"他们集体活动在星期四那天就结束了，考虑到老同学还没见，她就单独多留了两天。我事先也不知道。但你说，她人都留下来了，返程车票也买好了，我总不能不管吧？"

"倪平平也是你们同学吧？为什么她就可以不管？"

"毛橘和倪平平上学那时候关系不好，互相不说话。这我得征求毛橘意见吧，她不想见倪平平，我也不能绑着她去见。"

"安志，想必你和毛橘这两天一直商量这套说辞回来对付我吧？这才是虚构呢，漂亮的虚构，和真的一样。"

"绝对不是虚构，是纪录片！"

"好，那你把这个纪录片没交代清楚的都交代一下，星期四晚上吃完饭后干吗去了，在长岛都干吗了？"

"星期四，吃完饭去喝了个咖啡，在解放路的上岛。在长岛嘛，去月牙湾和九丈崖玩了玩。"

"在长岛住什么地方？"

"渔家乐。"

"怎么睡的？"

"戈美丽，我觉得你问得太不礼貌了，我拒绝回答。"

"是干了苟且之事不好启齿吧？"

"戈美丽！你有泼妇之嫌了啊！别说我没干苟且之事，就是干了，那也跟你完全无关！你现在是我的前妻！"安志实在忍无可忍了。

"我虽然是你的前妻，但，是谁让我变成你前妻的？就是毛橘！所以，你跟街上捡破烂的干苟且之事我都没意见，就是跟毛橘不行！"

"国家法律有这项规定吗？我，安志，不能跟毛橘干苟且之事，你戈美丽，就能跟姓高的干苟且之事？"

"我和姓高的干什么苟且之事了？"

"四口人其乐融融吃周末大餐，是不是马上就要搬到一起过日子了？"安志阴阳怪气地说。

戈美丽还蒙在鼓里呢，不知道晚上回家以后加戈这小子已经打电话给安志了。加戈对戈美丽和安志的手机都玩得很熟，没事干就爱偷偷拿戈美丽的打给安志，或拿安志的打给戈美丽，跟谁在一块就打另一个，有一搭没一搭地说上两句。半年前还背不下号码，从已拨或已接电话名单里找两个人的名字，现在连号码都能背下来了，两种方式都会。戈美丽当时应该是在洗手间给加戈洗沾了冰激凌的T恤，加戈就打了个在他看来无关紧要的电话，把晚上吃饭的事跟安志说了。

所以，戈美丽话说得那么难听，把本来想息事宁人的安志也惹恼了。"只许州官放火不许百姓点灯是不是？太不公平了吧？"

"我和高总清清白白的，不像你和毛橘！"戈美丽气势汹汹地辩解。

"谁看见了？谁能证明？就像我不能证明我和毛橘的清白是一样的！只有自己不干净的人，才处处看着世界都是肮脏的！"

戈美丽火了，环顾左右，看到加戈的玩具箱子放在电视柜上，捡起一件就朝安志扔过去。安志说："你别逼我啊戈美丽！"

不这样说还好，这样一说，戈美丽更来劲了，捡起第二件又扔过去。她自己都不知道扔的是什么。

"你再扔一次试试？"安志威胁道。

安志的威胁让戈美丽骑虎难下，不扔第三件就说明自己败下阵来，所以不能不扔，就又扔过去一件。这次扔过去的是一把玩具大刀，虽然是玩具的，但带上愤怒的力道，又恰好让安志的鼻梁承接了，还是制造了一点麻烦。

安志从沙发上跳起来，奔到戈美丽身边，一下就把戈美丽摁到电视柜上了。戈美丽哪能允许这样的事发生，就拼命抓扯安志，但她那点力气哪是男人的对手，让安志一下就把胳膊反剪了。

两人保持像是从后面做爱的姿势僵持了一会儿，安志松开戈美丽，到吧台那里照镜子去了。他们结婚时是在幸福七村租的小平房，所以就只买了一面直径顶多十五公分的镜子放在窗台上。装修这套房的时候，戈美丽念念不忘租房两年没照过全身的痛苦历史，让工人在挂衣柜旁边的墙上按了一面超大镜子。但这个小圆镜是安志买的，提起来就自鸣得意，理由是比一般的镜子都清晰，所以搬家的时候还是一起搬过来了，放在客厅和餐厅之间的小吧台上，这一用又是八年。

安志照镜子去以后，戈美丽头脑发蒙了有两分钟，见安志竟然去照镜子而不管她，就发疯地跳起来，过去拿起镜子趴一声摔到地上了。

那晚后来发生的事情相继是：加戈被两人的打斗声惊醒，光着屁股跑出来；戈美丽万念俱灰，像行尸走肉一样飘移进大卧室，在里面叽一身摁上了门锁；安志把加戈安顿进小卧室睡了。

第二天，星期天。戈美丽差不多一夜没怎么睡，想起安志凶神恶煞一样扭自己的胳膊，就恨不得那是一场梦。她躺在床上，环顾衣柜，书柜，五斗橱，吊灯，墙上的婚纱照，越看越觉得被这些东西堆砌起来的婚姻是这么脆弱、虚伪。她站起来试图把婚纱照拿下来，却发现镜框上的铁环和钉子紧紧扣在一起，除非把钉子从墙里撬出来，连钉子带镜框一起拿下来。

戈美丽站在床上打量镜框里的两个人，禁不住冷笑起来。这时候加戈啪嗒啪嗒跑过来，在外面扭门没扭开，叫："妈妈妈妈，你的太阳花！"

卧室门上装了一面布纹玻璃，加戈影影绰绰的小身子趴在门外，脸贴在玻璃上，压得扁扁的。戈美丽伸手一摸脖子，太阳花项链没了。戈美丽没吭声，也没下床。加戈又啪嗒啪嗒跑回去，对安志说："妈妈把门锁上了。"

接近中午的时候，戈美丽才打开卧室门。她找出那个最近频繁往山语世家运送东西的大旅行包，把自己的夏季衣服都塞进去，拎到门边，又去洗手间收拾洗漱用品。

加戈看到她出来，小手里举着太阳花，天真烂漫地说："妈妈，你的太阳花。昨天和爸爸打仗时掉在地上了！"加戈对打仗的一知半解，还有拿着太阳花邀功的那副样子，简直快把戈美丽的心都弄碎了。

她很奇怪，和安志离婚那天都没这么难过。仿佛那个离婚只是一个玩笑，或者一个预演，而今天才是真正的离婚似的。

收拾好东西，戈美丽在电视柜旁边逡巡了一下，她想找到那条太阳花的链子。这条项链是去年过生日时安志给买的。其实用的还是他们的共同财产，只不过名义上是安志买的而已。结婚以来戈美丽就没添过金银首饰，主要是不舍得，所以，决定要买的那天，两人在金光闪闪的柜台转了好几圈，最后戈美丽还是在老银匠柜台做了最后的停留，买了一条链子和一个吊坠，一共花了不到一千块钱。但这在戈美丽的首饰当中算是最贵的，其他那些就不用说了，几十块钱的手链在她也是首饰。

没找着那条银链子。电视柜后面是错综复杂的各种电线，旁边是个鞋柜，还有两个接线板，戈美丽在这种心情下，根本无心搬开这些复杂的东西，去找一条链子。所以她放弃了那条链子，拎着旅行包就走了。

整个过程当中，安志没什么表示。恐怕他也在这不可思议的骤变里没回过神来。

戈美丽就这么搬进了山语世家。刚结束装修没多长时间，虽然用的是环保材料，但还是有隐隐约约的气味。好在是夏天，平时戈美丽就把窗户敞开。她和安志之间的冷战持续了一个星期，直到星期六约倪平平去买电视，才让倪平平知道了。

毛橘此次烟台之行，也的确是看起来疑窦重生，倪平平整个都蒙在鼓里。她打电话声讨安志："毛橘来烟台，你怎么不告诉我？"

安志说："我以为你不想见她呢，你不是和她号称势不两立的吗？"

"那是十五年前的事了！她值得我为之记恨一辈子吗？我是那么不大度的人吗？以前再怎么不喜欢，毕竟也是老同学啊！"

"主要是毛橘也没提要见你，我就没招呼。"

这事无论如何也说不到台面上，安志的确做得不对。但他生就一张狡赖的嘴，没有认错的时候。

"你竟然为了这么一个女人，跟戈美丽动起手来了？你算个什么男人！我代表全天下的女性严重鄙视你、唾弃你！"

"是她先跟我动手的！"

"你说说，她一个弱女子，怎么跟你动手的？"

"她拿刀砍我，把我鼻子都砍破了。哼，第一次是拿本厚厚的精装书把我鼻梁打破，这次发展到凶器了，我看她就是想把我鼻梁打断，让我破相。"

"安志，我没想到你还有这么无赖的一面！戈美丽都告诉我了，她只不过让你那张嘴气得实在忍无可忍，才顺手拿起加戈的玩具刀扔了你一下。一把铠甲勇士的塑料玩具刀，居然被你说成凶器，还用到砍这个字眼，你让我怎么说你？你真不是个东西！还把美丽的项链都撕扯下来了，你不就是个臭男人，力气比女人大吗？"

"我以为你这么优雅的女人永远都没有泼妇的一面呢，没想到也没免俗。"安志自知理亏，但那张嘴不受控制。

"死去吧你！戈美丽让我告诉你，她这就算正式搬出来了。加戈暂时住在你那，因为新房那边还有甲醛气味。"

"你让她回来拿点碗碟筷子什么的吧，那属于共同财产，她也有份。电饭锅高压锅都给她，给我留一口锅就行了。"

倪平平又回过头来说服戈美丽，让她回去拿点碗碟筷子什么的，要不还得花钱买。戈美丽也实在不舍得她这些年积攒下来的那些碗碟，她是个碗碟控，看到漂亮的碗碟总忍不住手痒痒，家里淘了一堆。于是就和倪平平一起回去收拾了一些。

这五天加戈都没见着戈美丽，一见她就问为什么不在家，戈美丽说出差了。她一看见加戈心里就软得不行，问："想吃什么？"加戈说："饺子！""什么馅的？""韭菜虾仁！"

倪平平冲安志一瞪眼："快去买！"

戈美丽厨房活儿没话说，倪平平边吃饺子边慨叹："毛橘要是能包出这饺子来，我把头砍掉。"

安志说："你就不能老老实实吃饺子？"

倪平平说："你不让我说我偏说，毛橘毛橘！我就不明白，你觉得她哪好？告诉你，有你后悔那一天。"

加戈不懂大人们都在说些什么，只顾埋头吃饺子，边吃边说："好吃。好吃。"戈美丽每次做了饭，最爱听的就是加戈的赞美。她摸摸加戈的头，说："加戈，妈妈下周就不出差了，还每天去幼儿园接你。但妈妈不能在家睡，要去新房睡。因为咱们买了冰箱洗衣机电视沙发了，得去看着，要不就让小偷偷走了。"

加戈说："我也去！"

戈美丽说："刚装修完的房子有甲醛，甲醛就是一种有毒气体，小孩子抵抗力差，吸了会咳嗽的。过段时间甲醛挥发完了，妈妈再带你去住。"

"好吧。"加戈不太情愿，但还是答应了。

怎么和加戈解释去新房住这个问题，以前戈美丽想过无数方案，没想到这么三言两语就解决了。去山语世家的路上，戈美丽对倪平平发表见解："我发现一个道理，遇到问题的时候不要多想，由它去。事到临头总会迎刃而解。"

倪平平说："太对了。多思者烦心，不如让它去。我觉得你不妨考虑一下高总。人生没那么多禁忌，也没那么多真实可感的期许，不外乎活着而已。我这么多年打交道最多的就是男人和男女之事了，真的，所谓的期许，最后一定会让你受伤，无一例外。所以，顺其自然，来了就不要推拒，要走时也不必挽留。只伤一点心即可。"

只伤一点心。戈美丽把这五个字在心里默念了一路。

12

接下来这段日子，戈美丽每天下午接加戈，然后回新桥西路，做饭，吃饭，陪加戈玩一会儿，就回山语世家。早上安志送加戈去幼儿园。看起来倒也很有秩序。只是戈美丽懒得和安志说话了，过去那种嘴皮子翻飞斗来斗去的场面明显减少。

安志家发生了这么多事，他姐安平这段时间也没闲着，但主要不是忙着和彭凯歌吵架，而是忙着照顾齐桂花。齐桂花其实身体硬朗得很，唯一的毛病就是人有点胖，血压有点高。这次生病没别的原因，就是老彭和安平离婚，完全超出老太太的心理承受能力。急火攻心，犯了心绞痛，还有腹泻，送到医院打了一个星期吊瓶。在老彭家里，老太太一生病就只能指望安平，老二远在上海，老二媳妇在老太太这里又不受待见。

虽然离了婚，好歹也婆媳一场二十多年，再者，安平那性格，也不可能坐视不理。新房那边的装修及电器采买，老彭完全不用她管，所以她就继续当老彭家的儿媳，一心一意照顾老太太，直到出院了，还被老太太拽着不撒手。

老太太借着生病装可怜，动不动就哭天抹泪的，怨自己命不好，摊了个好儿媳却半道飞走了。安平跟老太太二十几年相处下来，对她的性格了解得比自己还透，知道老太太话里话外的意思是想让他们复婚。

安平不想跟齐桂花讨论这个话题，每次她一提，安平就装糊涂。老太太憋不住，干脆明说了："别搬到外边去住，行不行？我老太太还不知道能活几天，你把我自己剩在这空荡荡的大房子里，我还不如现在就死了。你就原谅凯歌吧，趁还没搬出去，把复婚手续办了，啊？"

安平说："瞧你这老太太，说什么呢，你以为这是小孩过家家玩啊？"

安平还是像以往那样和老太太说话，没大没小的，有时候还刻意说几句重的，想让老太太对她不这么眷恋。老太太爱吃她蒸的馒头，擀的面条，烙的大饼，她就隔三差五故意不好好做。老太太那嘴，吃她的饭都吃了二十几年，一粘牙就有感觉，马上就会给出评价：面条不筋道了，馒头不松软了，饼不香了。安平就会说："凑合吃吧，我也干不动了，没用了。你以为就你老了？"

但，无论她怎么"虐待"齐桂花，齐桂花也不放手，整个豁出去，倚老卖老了。老彭呢，离了以后变得沉默寡言，回到家吃了饭就回屋待着，也不知他在干什么。有一天安平去彭湃房里，瞥见老彭房门开了条缝，里面烟雾缭绕，原来老彭抽上烟了。

老彭这烟不抽则已，一抽惊人，安平偷偷观察了几天，保守估算，他一天得抽两包以上。很快地老彭就开始咳嗽，早晨咳得尤其厉害。

看到跟自己同床共枕二十多年的老彭，为了一个只认识一年的女人失魂落魄到这样，安平简直都有了绝望感。要不是齐桂花一直拽着不放，她说不定也跟戈美丽一样，狠狠心就搬过去了。

最后促使她狠狠心搬走的，还是老彭。

老彭那段时间闷闷不乐，情绪压抑，夜里总梦见小孩。一会儿是小时候的彭湃，一会儿是小时候的自己。后来他就开始找巫红豆。天地之大，找一个人不是易事，老彭只能从想得到的角度入手。他让彭湃帮忙，找赵宁问一下巫红豆的老家地址。

巫红豆在公司这一年，没任何人知道她的个人情况，老彭也只是知道她老家是北京农村的，仅此而已。北京浩大，想找个人更非易事。老彭让儿子帮这个忙，也真是丢面子丢尊严的事，儿子往他面前一站，比他足足高出一个头来。

但彭湃还算是给老彭面子，只是叮嘱他："可千万不能让我妈知道我帮您这个忙，要不然我就死定了。"

老彭是专门请彭湃在外面喝了个茶谈的这事。他觉得在茶室里谈这事好一些，一是显得严肃，二是显得跟儿子的推心置腹有种庄严感。要是在家里谈，恐怕怎么也绕不开父子这层感觉。老彭问彭湃：

"儿子，说实话，我这个父亲形象是不是已经一落千丈了？"

"绝对没有！您还是那么光芒万丈，还是我人生的楷模、崇拜的偶像。"彭湃嬉皮笑脸的。其实，要说老彭的父亲形象在他心里一点没受损，那是撒谎。但他觉得父亲在儿子这里同时颜面尽失，也挺可怜。所以他一边捡好听的话逗老彭开心，一边在心里抚慰自己："唉，就当是敬老爱老吧。"

彭湃找赵宁问巫红豆的老家地址，赵宁说："张柏芝曾说，谢霆锋活脱脱就是第二个谢贤。四哥这人，风流倜傥一辈子。她担心Lucas也像谢霆锋。"

"四哥是谁？谁的四哥？Lucas又是谁？外国人？"

"四哥就是谢贤啊！Lucas是谢霆锋和张柏芝的大儿子，谢贤的孙子。明白没？"

"哦。什么意思？娱乐圈又出绯闻了？"彭湃不关心这些花边新闻，但快速反应一下，明白了赵宁的意思，"哦，你是不是拿那个什么谢四哥来影射我爸，拿谢霆锋影射我？你还拿Lucas影射我未来的儿子？你想得太远了吧？我未来的儿子由谁来生还不一定呢。"

"哼！豪门没真情。"

"谁说的？我爸就不是那样！"

"你爸哪样？说来听听？我对你如何看待一个和公司下属发生关系并致使她怀孕、最后又致使她丢了工作丢了孩子丢了情人的人很感兴趣。"

"照你这么说，凡是这种感情，最后都要归罪于男人？冲着我爸这种男人的银行卡去的女人们就都是无辜的？就因为她们是女的，并且具备怀孕的功能？"

"巫红豆根本不是那种女人，我了解她。"

"我爸也根本不是那种男人，我更了解他。他要是那种男人，巴不得巫红豆这个麻烦离开地球到火星去，还会去找她？"

"那你怎么看一个爱上自己公司下属然后和同甘共苦二十多年的妻子离婚的男人？"

"我怎么听不明白了，你到底是向着我妈还是向着巫红豆？"

"我向着女人！哼，为了避免将来成为你妈那样的女人，我觉得，我还是趁早不蹚你这浑水的好。"

"别别，你看错了，我不是浑水，我是清水。跟你说过了，我不会涉足商界的，我就守着我这画室。我爸将来垂垂老矣，我就让他把公司拍卖，然后捐献。"

"试我是吧？小儿科。"

彭湃平时经常拿这种小儿科的招法试赵宁，还有赵宁以前的两任女友。那两任女友都是他大学时的同学，年轻，还没学会混世智慧，一下就给试出来了。这个赵宁，迄今为止彭湃还没试出来，他不知道她是真这么不在乎钱，还是伪装手段高超。

最后赵宁还是把大学时的通讯录翻找出来，向那个让她不齿的未来公公提供了巫红豆的老家地址。

老彭先派手下人探路，得到确切消息后，才亲身往房山良乡赶。老彭手下人偷拍了一组巫红豆大着肚子的照片，如照片所见，巫红豆的肚子已具规模。因为那作为烟雾弹存在的小护士卫生巾，老彭不知道巫红豆到底是什么时候怀的孕，也就无从得知他的孩子已经几个月大了。

巫红豆坐在门外墙根的一溜荫凉里，和一个妇女一起择菜。巫红豆家有一个很大的院子，院子紧邻着她家一片同样很大的果园，微风飒飒，植物香气扑鼻。老彭停在巫红豆跟前，巫红豆抬头看到他从车里下来，倒没怎么吃惊，很礼貌地招呼道："彭总，您怎么来了，到北京办事是吧？"

巫红豆身边的中年妇女很锐利地看了一眼老彭，说："你就是红豆以前的老板吧？"

看这妇女的五官，不用猜，肯定是巫红豆的妈了。虽然巫红豆用客气礼貌的态度试图掩盖两人的关系，但巫红豆这位有着凌厉眼神的妈，显然不是这么好糊弄的。好在老彭赶到的时候已经是下午六点多，虽然夏天昼长夜短，但也到做晚饭的时候了。不管怎么说，即便是不速之客，待客之礼还是要有的，巫红豆她妈就暂且放过他俩，忙着杀鸡做饭去了。

巫红豆家有十几间屋，东边四间和西边六间没连着，巫红豆把老彭带到东屋，离她妈远一些。东屋住着巫红豆的奶奶，巫红豆的房间在奶奶隔壁。这奶奶可是岁数很大了，鹤发童颜的，看着足有八十好几。

"奶奶耳朵特别背，但特别爱说话，她说，你听着就行。"巫红豆说。

两人坐在客厅沙发上，彼此看了一眼又一眼。巫红豆说："开车时间挺长吧？"

老彭说："十二个小时。早上六点从家走的。"

两人又没话了。倒是巫红豆的奶奶，颠着小脚也来客厅凑热闹，一张嘴没完没了地说。巫红豆扑哧一声笑了，说："我奶奶是个话痨。"

老彭说："没想到你们家是这样的。"

巫红豆说："怎样的啊？"

老彭说："陶渊明有诗云，采菊东篱下，悠然见南山。我看你家比陶渊明住的地方不知要好多少倍。择菜院墙下，悠然见果园。我买给你那小破房跟这哪有法比。怪不得撇下我跑这里来了。"

巫红豆笑："我是来隐居修行的。"

老彭看看巫红豆的肚子，不知怎么说，欲言又止。巫红豆告诉他："五个月。会动了。我看书时把书放在肚子上，他好像知道是书，就动手动脚的，我猜他可能是想帮我翻页。不识字，乱翻书，呵呵。"

两人散散淡淡地说着，都没提离婚和离职的事。

晚上吃饭时，巫红豆爸爸也回来了。巫妈掀开大锅，用一把大笊篱从米汤里往外捞米。巫红豆告诉他，他们这里的米饭都这么吃，其实就是煮了一大锅稀饭，不如蒸着好吃。巫妈看一眼巫红豆："出去几天，就让花花世界迷着眼了？"

巫红豆说："什么叫几天啊，我上大学时就学着吃蒸米饭了。"

巫妈虽然看起来很厉害，一张脸绷着，但饭还是做得很下力气，杀了一只鸡不说，还做了一桌子让老彭馋涎欲滴的农家菜。巫妈话里有话地说："彭总，农村没什么好吃的，比不上你们整天鲍鱼龙虾。但这一桌子菜都是自己种的，绝对绿色健康，不像你们，吃的都是掺了假的。"

巫爸看巫妈一眼，说："乱说什么。"打开一瓶北京二锅头，和老彭对饮，说："彭总带的茅台我们喝不惯。"

一顿很尴尬的饭总算吃完了，巫红豆又把老彭拉到东屋客厅，避开她妈。巫爸也被叫过去了，和老彭喝茶。但巫妈岂能闲着？她快手快脚洗完碗碟就跑过来坐下了，一张脸绷得能弹琴。

巫爸和老彭谈论的话题都不是巫妈想谈的，所以坐了一会她不得不插话进来，问老彭："彭总孩子多大了？"

老彭说："二十五。"

巫妈说："和我们家红豆一般大。"

巫红豆和巫爸一听就知道巫妈想说什么，巫红豆朝她爸使个眼色，巫爸就说："我们男人说话，老娘们别插嘴。"

巫妈说："老巫我看你是喝大了，彭总来北京肯定有很重要的生意要处理，你别耽误彭总的宝贵时间了。咱们这里是农村，天一黑，到处黑灯瞎火的，彭总开车不安全。"

巫爸说："我们正说得高兴着呢，彭总今晚不走了，就在我们家下榻。再说了，你不知道酒驾犯法啊？彭总这么有身份的人，哪能知法犯法？"

老彭本来就不想走，就假装喝醉了，说："这北京二锅头还真是劲大。"

巫妈其实撵老彭走也只不过是做做样子，表达自己的不欢迎态度而已。其实她有几肚子的教诲要送给老彭呢。她的教诲还是围绕着年龄来进行："彭总今年得有五十了吧？"

老彭说："五十。"

巫妈说："跟我同岁。比我们家老巫还小两岁。彭总老伴也差不多这个岁数吧？"

老彭说："四十九。离了。"

巫妈说："以彭总的条件，什么样的女人都能找着，不愁。"

老彭有酒壮胆，说："我得找个像你女儿这么好的女人。"

巫妈说："我女儿都能当你女儿了。"

巫红豆说："妈！"又对老彭说："彭总，别拿我开心。"

老彭和巫红豆处了一年，彼此都明白对方每句话背后的意味，就不说话了。巫爸吩咐巫妈："铺床去吧。"

巫妈在西屋给老彭铺了床，像狱卒押犯人一样监督着老彭去休息。老彭在西屋给巫红豆发短信，想过来，巫红豆说："门都插上了，就别过来了。"

老彭发短信："明天跟我回去吧。"

巫红豆回："这里空气新鲜，饭菜环保，我还是留在这里。"

老彭央求："我不放心。太远了，照顾你不方便。回去吧，啊？"

巫红豆说："我会照顾好自己的。"

老彭说："我知道你不想面对过去，我会找个地方好好安顿你，你不必见任何你不想见的人。"

巫红豆说："择菜院墙下，悠然见果园，还有比这更好的地方吗？你就当把我安顿在这里吧。"

老彭游说未果，深知巫红豆个性里的刚烈，只好放弃了。巫妈第二天早饭时还是一张冷脸，老彭觉得再待下去就显得没皮没脸了，决定返回。巫红豆在东屋待着不出来，巫妈一副通融的口气说："去看一眼吧。"

老彭去了东屋，巫红豆在沙发里坐着，表情平静地看着窗外，仿佛在听鸟叫。巫奶奶把巫红豆的手抓起来放在老彭手里，说："奶奶耳朵背，眼好使着呢。我这孙女是天下第一好姑娘，就交给你了。"

老彭悄悄对巫红豆说："你们家你奶奶是最明白的人。你妈视我为敌，你爸就和稀泥。"

巫红豆说："茅台白带了吧？"

老彭说："那也得带。以后每回来都带。你爸妈还喜欢什么？"

巫红豆说："我正想跟你说呢。孩子出生之前，这是你第一次，也是最后一次来这个地方了。我希望你尊重我的要求。"

老彭算了算，还有四个月孩子就出生了，也不是不能忍。他有几个生意恰好也在这段时间要忙，就拿出一张银行卡交给巫红豆，说："你走得匆忙，什么也没来得及给你准备。"

巫红豆不要："你该付我的工资都付了。"

老彭说："一定要这么残忍吗？"

巫红豆问："多少？"又莞尔一笑，"逗你呢。那我先替你收着吧。"

找到巫红豆，并且看到她隆着的肚子，老彭放心了。回家后老彭谁都没告诉这件事，包括齐桂花。齐桂花不舍得放安平走，那是用这个媳妇用惯了，一旦听说巫红豆肚里的孩子还好好留着，老太太那颗为彭家开枝散叶的心肯定无比激动，一激动，掩饰不住，让安平知道，局面就乱了。老彭其实直到现在也没想过和巫红豆会有一个结婚的结局，那太不可思议了。和安平呢，老彭倒是有复婚的愿望，不为别的，就为老太太，也为了二十年的习惯。

老彭把齐桂花当成泄密的防控对象，自己却不小心成了泄密之人。经过是这样的，安平那天在彭湃屋里整理衣柜，觉得挺累，就躺在彭湃床上打算歇会儿，谁知躺下竟然睡着了。老彭因为头天晚上陪客户睡得晚，在公司忙了一上午后，开车回家补觉。他拿钥匙打开门，家里静悄悄的，到齐桂花房里一看，齐桂花正在睡她那号称敲锣也不醒的午觉，隔壁客房的门敞着，安平不在屋里。

老彭回到自己房间，给巫红豆打了个电话。他以为家里除齐桂花以外没别人了，就没关门。安平没有睡午觉的习惯，所以，睡得并不沉，老彭一说话，她就醒了。本来安平无意偷听，却听到老彭说："想我了没？"

接下去老彭又说了几句类似的情话，然后安平就听到一些跟肚子有关的话了，老彭回答对方："我猜嘛……女孩。不对，男孩。不，还是女孩吧。为什么啊，当然因为女孩乖了……还有，你没听说过吗，女孩是父亲前世的情人……你要把我的小情人养好了啊……我两个都要，大的和小的，一个也不能少……"

这些对话不难推测是跟谁在进行。老彭打完电话进入一个愉快的午觉，安平却坐在彭湃床上直冒虚汗，很长时间才能下床走动，觉得那双腿不是自己的。虽说她离婚的时候曾跟安然说过可怜巫红豆未婚先孕，但听到这番通话，还是有种崩溃感。

齐桂花和老彭都睡着，安平开始收拾自己的东西。等齐桂花睡醒了，看到安平坐在沙发里，旁边围堆着几个大包，就问："那是什么？"

安平说："我的衣物。我待会就搬到新房去。"

齐桂花奔过去坐下："这里有的是房间，干吗非要搬出去？这里我说了算，谁也没权利撵你走，你放一百个心在这里住着。"

安平说："我就不应该赖在这。"

齐桂花说："怎么说赖呢，这就是你的家！再说，我不是病了吗？到现在还没好利索呢。"

安平说："你别骗我了，早就好利索了，当我真傻啊？"

"好吧，就算我好了，那你忍心把我一个孤老婆子留在这个空荡荡的家里吗？"齐桂花又搬出老一套。

"你们彭家人都把我当傻子。"安平说。

"这是什么话？"

"哼，"安平说，"您可别说您不知道巫红豆在哪，也别说您不知道她肚里的孩子都快生下来了。说什么巫红豆留下辞职信走了，去向不明，我看你们都够格去当演员，可真会演。"

安平深信不疑巫红豆是让老彭找个地方安顿起来了，而且深信不疑齐桂花在这个事里也有份，娘俩合起伙来瞒着她。

齐桂花当然不承认。但老太太一听安平的话，知道自己的孙子或者孙女还没被巫红豆做掉，心里简直乐开了花。安平冷眼看着她说："掩饰不住那高兴劲了吧？我还是走了，您准备再度当奶奶吧。顺便麻烦您，等您儿子睡醒了，告诉他一声我走了，谢谢他收留我多日，我就不跟他打招呼了。这些日子，难为他，也难为巫红豆了。孩子都快生了，总也搬不进来，得多急啊。"

说完安平站起来，把那些大包的带子往自己身上横一道竖一道地背上，说："别送了，我也一骑绝尘了。"

安平说了那么一通豪情万丈的话，两腿生风，几步就出去了。齐桂花追也追不上，只好在后面跺脚。跺了一会儿，想起安平说彭凯歌在楼上睡觉，就心急火燎地上楼找老彭了。

老彭正睡着，让齐桂花两巴掌扇在肩膀上给扇醒了，迷迷瞪瞪地问："怎么了妈？"

"你说怎么了！安平一骑绝尘走了！"

"往哪走了？"老彭还没完全醒过来。

"我哪知道！可能是新房吧。我老太太从此就要孤身一人了。都是你干的好事！"

"她不是在这住得好好的吗？怎么忽然走了？"

"问你！那个巫红豆现在在哪？安平说咱们家人都瞒着她，把巫红豆藏起来了。这可真是冤枉我老太婆！凯歌，你是翅膀硬了啊，连你妈都瞒着！"

"她怎么知道的？她不是不在家吗刚才？"

"谁说不在家的？我睡觉的时候她去给彭湃整理衣柜，我醒了她就在沙发里坐着，拉着个脸。"

老彭就明白怎么回事了，但事已至此，也没办法，就对他妈说："妈，我们已经离了，她要走也是正当的，我们不能总留着她。她也得有自己的生活不是

116

吗，说不定这一走，找到比我适合她的人了呢。"

"都奔五十的人了，上哪找去啊？再说了，以后谁给我擀面条吃啊！"老太太抹起眼泪来了。抹着抹着，又想起巫红豆了，马上收住泪，问："巫红豆真让你藏起来了？肚里孩子没做掉？我老太太还能再抱上个孙子？"

老彭就把怎么找到巫红豆的经过说了一遍，老太太说："我的孙子你可得帮我盯住了，有个什么闪失，我跟你没完。"

老彭试探地说："那我把巫红豆接到家里来？"

老太太想了半天，左右为难，最后说："你自己看着办吧，我老了，不中用了。干脆我也搬走，去跟安平一块住得了。"

老彭赶忙说："我逗您玩呢，人家巫红豆还不爱来住呢。她从来就没想过雀占鸠巢。"

晚饭是老彭打电话叫的外卖，齐桂花边吃边叹气。老彭说："明天我叫人找个保姆吧。"

齐桂花没好气地说："我还能动弹，死不了。"

娘俩守着外卖，都吃得不是滋味。吃完以后齐桂花给安平打了个电话诉苦，说外卖不好吃，安平说："您得习惯了老太太。叫不着外卖，还得习惯吃泡面呢。"

齐桂花说："巫红豆的事我以前也不知道，刚才我问凯歌那兔崽子了，他没藏着她，就是前两天不放心，从赵宁那打听了巫红豆老家地址，过去看了看。巫红豆说了，不搬过来。"

安平在电话那头冷笑了两声："原来我以为就您和老彭合伙骗我呢，现在连彭湃和赵宁那俩小王八蛋都这么欺负我，好，你们老彭家厉害，我惹不起你们！"

本来齐桂花是打电话想讨个好，没想到弄巧成拙，赶紧上楼求助老彭。老彭也觉得安平这么走了挺让他不是个滋味，就打安平电话。安平劈头盖脸地说："没完了是吧？不用这么刻意强调你们老彭家是赢家吧？你们欺负我这么一个快五十岁的中老年妇女，也不觉得没品！"

说完就摁掉手机，再也不接电话了。

13

戈美丽给加戈讲完故事，回到山语世家，刚打开门，还没迈进去，安平在身后也打开了门。

从搬过来开始安平就一边生闷气一边打扫卫生，一边听对门的动静。后来实在忍不住，给安志打了个电话，问戈美丽在不在，安志说，已经走了，坐公交车回山语世家了。安志问她干吗急火火地找戈美丽，安平没好气地说："我认认邻居！"

安志问："什么意思，搬过去了？"

安平说："搬过来了！"

安志说："那我什么时候得去给你温锅啊。"

安平说："操心你那摊子吧！你们这些臭男人。"把安志也捎带着骂上了。

戈美丽这边锅碗瓢盆都置办齐全了，安平饿得要命，跟戈美丽讨吃的。戈美丽说，家里只有挂面和黄瓜，没别的了，安平说："下个挂面，拍个黄瓜，我来做。"

做好了，安平一个人坐在餐桌旁吃，吃了两口吃不下，问戈美丽："有酒没？"

戈美丽说："没有。"

安平从口袋里掏钱："我出钱，你跑腿，买酒去。"

戈美丽问："白的？红的？黄的？"

安平想了想说："红的。拣贵的买。"

小区里有个规模不大也不小的超市，戈美丽买了一瓶张裕产的干红，又给安平买了点五香花生米和榨菜下酒。

本来戈美丽没打算喝酒，可是安平一个人喝了半杯以后直说没意思，可怜巴巴地看着戈美丽："陪我这快五十的中老年妇女喝一杯吧，就当献爱心不行吗？"

结果，两人越喝越来劲，很快把一瓶干红报销了。戈美丽从没喝过这么多酒，脑子里晕晕的，又觉得很痛快，干脆跑到超市里又买了一瓶回来。红酒劲小，但也架不住这么个喝法，两人最后喝得是又哭又笑，一个劲乱打电话。

安平先给彭湃打电话，恐吓彭湃这辈子都别想和赵宁那鬼丫头结婚；又给齐桂花打电话，说你有福啊，就要子孙满堂了；接着给安然打电话，说你从张家界回来后欢迎到我家做客；还把戈美丽的电话抢过来，和加戈说了几句，姑姑和你妈正在喝酒呢，快乐啊。

戈美丽给安志打电话，说想儿子了，要跟儿子说话，给儿子唱歌；接着又给倪平平打电话，让她也来喝酒；后来给高禾汉打电话，背诗：人生何处不相逢，相逢何必曾相识，相逢一场又如何。最后那句是她自己现想的。

这么一折腾，满世界都知道两人大醉在山语世家。第二天上午，戈美丽和安平都对自己手机上那些问询的电话和短信感到惊讶。他们两人衣服都没脱，一个在楼下卧室一个在阁楼上的卧室里，安平在楼下，戈美丽在楼上。戈美丽说："我昨晚怎么走上这楼梯的？是用这两条被酒精麻痹了的腿吗？我真服死自己了。"

而且那天是星期一，戈美丽看看外面明晃晃的日光，再看看钟，说："要是我们单位的人知道我是因为昨晚醉酒了才迟到，那我可要出大名了。"她揉着太阳穴想了半天，给王娜打了个电话："我昨晚到现在拉肚子都快拉脱水了，现在才有点力气打电话。科里有没有事？科长有没有问我为什么没去？"

王娜说："科长们今天开交班会到现在还没结束，也不知道又在研究什么大事。我猜可能和人事调整有关。"

他们单位每周一早上八点半开科长以上级别的交班会，平时没什么事的话，通常不出半个小时就开完了。快一上午了还没开完，显然是在研究什么大事。王娜所说的人事调整其实已经不是新闻了，过完春节大家就在议论这事，但领导们一直没见行动，小兵们都不知道到底是否要调整，先前还人心惶惶的，拖了半年不见动静，慢慢都淡忘下来了。

戈美丽越想越不放心，对安平说："我得马上去单位。"

戈美丽匆匆忙忙走了，安平回到自己家继续收拾卫生。刚进门，彭湃把电话打进来了，问："请问这位醉酒的女士，我没打扰您休息吧？"

安平没好气地说："打扰了！我正睡得香呢！"

彭湃说："不是吧！您这么大年纪了，还这么多觉？我是一直苦等到日上三竿才给您打电话的！"

安平说："有事快说，没事拉倒！"

彭湃说："别这样啊妈，看在您儿子这么巴结您的份上？"

安平说："你不是我儿子，我也不是你妈。"

彭湃说："太俗了，电视剧里都这么说。我爸说您已经搬过去了，我过去参观一下？今天一天我就是您的了，您需要让我干什么，随便差遣。"

安平想了想，说："那就赶紧滚过来，我这里锅碗瓢盆什么都没有。"

昨晚上，彭湃一回家就了解了大致情况，少不了去找老彭算账，埋怨他没兜住，还是让他妈知道这事里面他有份了。然后又埋怨齐桂花多事，干吗要给他妈打电话说赵宁给地址的事。

"奶奶啊，爸啊，我妈这辈子是不可能答应我和赵宁结婚了！你们把我推到火坑里，现在有什么高见提供给我？"

那两个闯了祸的人当然没什么高见。最后老彭说："婚姻自主，你怕这个干吗？"

彭湃说："我可不想要一个得不到老妈祝福的婚礼。"

然后就是安平醉酒后的电话。彭湃接完告诉老彭和齐桂花："看看吧，我妈醉成那样，舌头都打卷了，还口口声声说这世界有她没赵宁，有赵宁就没她。好像是我们家赵宁把这世界给搅乱了似的。"

天一亮，彭湃就向老彭和齐桂花宣布，他要去看看老妈，"我这是在替你们买单啊！冤死了！"

彭湃一去，就卷着袖子帮安平干活。安平说："别给我装可怜，没用。"

"妈，您别总是把自己混同于铁石心肠、不通情理的一般妇女，我知道您那都是假装的，您低调，韬光养晦……"

"行了行了，知道你能说，就忽悠你妈吧！"为了不让儿子这些大而无当的赞美成为糖衣炮弹击中自己，安平不得不打断彭湃，让耳朵中止享受。

"歌德曾经说过，伟大的女性，引领我们上升。知道吗妈，那说的就是您这样的女性。"彭湃还是挣扎着，尽可能地把糖衣炮弹都发射给安平。

两人出去采买，乱七八糟的塞满了后备箱，彭湃心疼地说："我的爱车啊，成货车了。"

安平却沉浸在回忆里。她和老彭准备结婚那时候，是骑着自行车出来采买的，左边车把挂只锅，右边车把挂一兜子碗筷，叮里叮当，一路奏着音乐回家。此后他们共搬了四次家，到最后，搬到这栋两层楼的大房里。每搬一次，淘汰一批厨具。现在，房子是安定了，不搬了，厨房里的各式厨具也都是最新最好的，安平自我解嘲地想："房子和锅碗没什么可淘汰的，就开始淘汰人了。"

除了这些，安平还买了几瓶干红。彭湃说："女人喝点干红有好处，但不是您和我舅妈那么个喝法。要品，知道吗？品字为什么是三个口组成，意思就是要一口一口地来。"

安平提出质疑："品字是这个意思吗？"

彭湃说："是，肯定是。"

其实彭湃也是信口胡说。下次和戈美丽一起喝酒的时候，安平把这一套搬出来卖弄给戈美丽，当场让戈美丽笑得肚子都疼了。戈美丽告诉安平："三口的意思就是众口的意思，哪里是什么一口一口慢慢来？中国汉字就这么让你们曲解了。"

彭湃哄了安平一路，中午还请她吃了一顿大餐。所谓的大餐，就是安平点了很多菜，多得根本就离谱。彭湃又是心疼又是纳闷，以前他妈是最注意节俭的了。结果最后安平让服务员给她把没吃完的全打包，彭湃才知道怎么回事。安平说："我打这一顿包，够吃好几天的，不用动火了。"

彭湃说："这大夏天的，不能这么凑合啊！"

安平说："你爸给我把双开门的冰箱都买了，不放点东西进去，对得起他吗？再说了，我现在要学会享受了。以前都是为了伺候你们一家老小，现在我一张嘴吃饱了全家不饿。"

彭湃离开的时候向安平表态随叫随到，安平说："得了吧，你们彭家人，用爱车帮我拉几只碗都心疼得要命。"

彭湃说："我那是为了逗你开心。"

安平说："你就别使那些花花肠子逗我了，徒劳！你和那个叫赵宁的丫头片子，趁早给我拉倒散伙。还没过门呢，就和婆婆干上了！好，现在好了，把婆婆扫地出门，她要去当女主人了。"

安平是越说越不像话。彭湃说："您放心，那个家的女主人永远是您。一，我不会继承我爸的事业，我就喜欢我那间画室；二，我四十岁之前不结婚；三，我结了婚也不跟你们住一起。"

"四十岁以前不结婚？我这是什么命啊！"安平又为这句话纠结起来。总之，横也不对，竖也不对。

不管抚慰得是否成功，至少彭湃把工作做在那儿了。她回去以后，下午，齐桂花又来了一趟。安平说："你们给我来车轮战呢？"看看齐桂花手里拎着的一袋子桃，又说："走亲戚来了？"

齐桂花说："你一天没在家，我听你这声，别提多亲切了。"

安平说："不是我说难听的，老太太你也真是，听不出我在讽刺你啊？"

齐桂花说："讽刺也爱听。"

安平说："你们彭家人个个都是制造糖衣炮弹的高手。"

齐桂花在房里左看看右看看，一个劲说不如他们家大，光线又不好，打开窗户又看不见海。安平冷眼看着她，觉得又好气又好笑，还有点温暖。

老太太唠叨了一会儿，愁眉苦脸地说，晚上又得吃外卖了。安平说："嘴馋了？想吃面条还是烙饼？"老太太说："面条。"安平说："彭湃上午也说想吃手擀面了，不管是不是忽悠，我还是擀点面条吧，但有一个条件，您带回去，自己做点卤菜。卤菜总会做的吧？"

本来老太太是想借面条说事，看能不能把安平带回去，让安平这么一说，只好无可奈何地答应了。安平和面擀了一大堆面条，多放了很多淀粉防止粘连，找袋子装了，说："拿走吧老太太，天也不早了。这顿吃不了就放冰箱里，下次再吃。别忘了，是放在冷冻里，不是保鲜啊！下次煮的时候，下到热水里不要用筷子搅，记住没？"

最后一个关心安平的是安然。这丫头玩疯了，说是去张家界，结果又从那里去了三亚。安然是这样安慰她姐的："你的第二青春期到来了，恭喜。"

安平说："失败的婚姻，失败的人生，还恭喜呢。没这么挖苦人的吧？"

安然说："什么啊，那说明情商高。告诉你啊，我在三亚看见一对明星。非婚的。娱乐圈又要出绯闻喽，说不定又有一对要沸沸扬扬地闹离婚了。明星能闹离婚，我们为什么不能离？我们平头老百姓不比明星们情商差啊！"

安平没好气地挂了电话："好好玩你的吧，最好勾引个明星回来给我们开开眼。"

一场醉酒引出这么多麻烦，安平禁不住拿自己的左手打了一下右手，说："我再让你打电话，贱。"

安平这边因为醉酒引发的麻烦处理了一天，戈美丽那边也差不多。她大约在十点半的时候急匆匆赶到单位，刚进办公室，倪平平来电话了："在哪呢？"

戈美丽说："在单位呢。"

倪平平说："醉成那样，还能去上班，服了。你以前不喝酒的啊，这是怎么了？和谁一起喝的？"

戈美丽说："我大姑姐，安平。"

倪平平说："哦，你们两邻居是该好好喝个酒。这么说，安平也搬过去了？姑嫂两个门对门，有热闹瞧喽。"

戈美丽不敢在电话里随便乱说，所以尽可能地简短，伴以哼哼呀呀不明所以的语气词。她越这样，王娜越观察她，那眼神，恨不得变成探头，一下子插到她脑壳里探个究竟。

放下电话后，戈美丽问王娜科长们开完会没有，王娜说还没呢，看样得一上午。戈美丽说："早知这样，我就等下午再来了。"

说归说，戈美丽不可能等下午再来。王娜抽抽鼻子，毫不客气地说："美丽，你身上有酒味。"

"没有吧？你闻错了。"戈美丽说。

"我的鼻子，能闻错？你又不是没领教过。"

王娜说得没错，有一次她硬说有股臭味，断定办公室里有死老鼠。戈美丽一点都没闻到，到旁边办公室请人来闻，都说没什么臭味。王娜和戈美丽打赌，让隔壁办公室的人帮着把档案柜挪开，果然后面躺着一只死老鼠。戈美丽输了，请王娜和帮忙挪柜的人吃了一顿烧烤。王娜还有绝的呢，有一次戈美丽吃了牛肉饺子，第二天王娜围着她转了两圈，说你吃牛肉了。戈美丽问，你怎么知道？王娜说，你毛孔里散发牛肉味。

基于这些经历，戈美丽相信王娜一定是闻到她身上的酒味了。但这酒味到底有多大，她不知道，因为王娜嗅觉过于灵敏。总之，抵赖是不行的，戈美丽只好说："昨晚大姑姐上我家来，大家一高兴，就喝了点酒。我没酒量，喝了两口，就成这样了。"

王娜说："哦，原来是喝醉了。你不是说拉肚子了吗？"

戈美丽只好圆谎："是啊，没酒量，把肚子也喝坏了，拉了一夜。"

中午在食堂，刚巧戈美丽和王娜正排着队呢，安志也来了，排在王娜身后。王娜说："安科，昨天怎么把我们美丽姐喝成那样，太不怜香惜玉了吧？"

安志饶有兴味地看了戈美丽一眼，对王娜说："你们美丽姐昨晚还表演节目了呢，特别棒。"

"是吗，什么节目啊？"

"唱歌。"

"真的？我这么多年就没听过美丽姐唱歌，唱什么歌了？"

"小乌鸦找妈妈。"

"嗨！我以为什么好歌呢。"

"你们美丽姐唱得特别好听。"

"是吗？"

"是啊，跑调跑得那叫一个水平高啊。"

为了说明戈美丽是如何地跑调，安志怪声怪气地唱了几句，把王娜笑得直不起腰来。当着那么多人，戈美丽也不好发作，只好拿眼使劲去剜安志，安志假装看不见。

他们单位食堂有大圆桌，但大家都喜欢打了饭端回办公室，边吹牛边吃，或者边玩扑克牌边吃。安志他们老干部科和隔壁打字复印室、再隔壁的综合治理科，组成一帮，每天中午玩六人够级。戈美丽一般都是和王娜两人在自己办公室吃，吃完，戈美丽铺沙发睡觉，王娜风风火火去健身。

戈美丽不记得昨晚她是不是唱歌了，只依稀记得打电话找过加戈，加戈先前还和她很正经地说着，几句过后就不说了，玩玩具去了。安志中午在食堂没跟戈美丽讨论这件事，也没打电话。

他们单位上午的交班会一直开到十二点半，办公室派人通知食堂给这些废寝忘食的人留了饭，下午又接着开，弄得小兵们人心惶惶。下午高禾汉发来短信，问戈美丽昨晚醉酒难受不。两人一来一回发了会儿短信。

戈美丽：不好意思，乱打电话了。

高禾汉：没关系，随时恭候。

戈美丽：我没说什么太随便的话吧?

高禾汉：没有。就背诗了。

戈美丽：啊？！背诗了?

高禾汉：是啊，背得挺好。中文底子挺厚。

戈美丽：让你见笑了。以前没喝过酒，所以一喝就醉了。

高禾汉：适当喝点，有微醺的感觉，其实挺好的。回头我送你几瓶法国红酒。珍藏十五年的。

戈美丽：别别，我喝太浪费了。

高禾汉：有句广告语，关于酒的。

戈美丽：什么?

高禾汉：好酒送给最珍贵的人。

戈美丽：哦。说得好。

高禾汉：酒如人，只有懂得鉴赏，才知其珍贵。

高禾汉这些短信，信手拈来，句句入耳，但戈美丽出于那要命的矜持，不敢回应，只以嗯哦这些语气词来应对。最后高禾汉问她要不要晚上一起出去喝粥，消消酒，戈美丽婉拒了。她蓬头垢面半上午从家里跑出来上班，怎么打量自己，都觉得不够自信面对一个要请自己吃饭的男人。

四点半戈美丽到幼儿园把加戈接到单位，嘱他在办公室老实呆着，不准大声喧哗。单位总有女职工下午把孩子接来，这些职工都是没有老人在烟台的双职工，领导们也睁一只眼闭一只眼，只要不耽误工作就行。但戈美丽通常都是偷偷溜走，直接把加戈接回家。今天因为领导们一直在开会，她心里也忐忑不安，就干脆把加戈接到单位来了。

五点一刻，领导们终于鱼贯从一号楼五楼会议室下来了。科长走到她们门口，一抬腿进来了。看到加戈，科长的脸阴晴不定，说："小戈，你来一下。"

戈美丽跟着科长过去，科长说："小戈啊，以后能不能保证上班时间和质量，不要利用上班时间处理家事？"

戈美丽说："没处理家事啊科长。"

科长说："咱们这是单位，不是幼儿园，还是不要把孩子接来的好。另外，上班时间没工作需要就不要随便外出了。"

戈美丽说："可是，幼儿园四点半放学，孩子怎么办呢？"

科长说："小戈啊，这个问题你不应该来问我。雇保姆，或者怎么样，都应该是由你们自己来处理的家事。要是单位还负责给你们解决接送孩子的问题，那整天不用工作了。咱们这工作，你也知道，强度都不大，三个人的工作其实一个人就干了。济南总局那边一直要求基层单位裁员，这你也知道。新定编方案恐怕过不了多久就下来了，我希望你们各自心里都有点数，这关键时候，长点眼事。新定编下来后，要是人员削减幅度大的话，恐怕我们科长也保不了自己的科员了。"

回到办公室，王娜早就按捺不住了，问科长都说什么了。戈美丽单纯，就把科长的话原封不动复述给王娜，王娜说："科长那是吓唬咱们呢。这么大个单位，就咱们档案科人最少，加科长一共才三个人，削减也轮不到咱们头上。"

听王娜这么一分析，戈美丽也觉得有道理。他们单位人浮于事的现象的确严重，随便拎出一个科室来，人员都比档案科多。

回家以后，戈美丽把科长这番话又复述给安志听，让他想个办法。安志是副科长，更不能整天早退去接孩子，这的确是个问题。两人商量了半天，最后安志给安平打了个电话，把他们的无奈夸大其词地说了一通，安平说："行了别说了，我一个离婚中老年妇女，整天闲着也是闲着，以后我接加戈吧。我就是老妈子的命，不用伺候老彭家，翻过身来又得伺候你们老安家了。"

安志嬉皮笑脸地说："什么叫你们老安家啊，老安家你也有份，你是咱们老安家的龙头老大。我们不让你无偿劳动，给你开工资。但高了我们可开不起。"

"打算给我开多少啊？"

"两百，怎么样？要不三百？最多三百。"

"你打发叫花子哪？算了，三百就三百，给我存着吧，等我死了拿来给我买骨灰盒。"

安志挤眉弄眼的，打完告诉戈美丽："我逗她呢。"

解决了这个难题，两人心情都好了起来。心情一好，就想起醉酒的事了。安志用看外星人的眼神打量戈美丽："士别三日刮目相看啊，喝起小酒来了？你还有多少阴暗面没露给我看？"

"会说话吗你，喝个酒就是阴暗面？"

"不知道自己五音不全吗，还敢在电话里唱歌，我的天哪，真是酒壮怂人胆。听你当时那狂妄劲，一句话，一人敢走青杀口，见了皇帝不磕头。"

"素质，素质啊。"戈美丽冷眼看着安志，"你懂这句话什么意思吗——酒如人，只有懂得鉴赏，才知其珍贵。还有，你懂这句话又是什么意思吗——好酒送给最珍贵的人。哼，同样说的都是酒，你说的就那么粗俗，人家就能说得那么高雅。人和人，不一样啊！"

戈美丽一听安志说什么一人敢走青杀口，就不自觉地拿他和高禾汉比。

"谁呀？这么高雅的人是谁呀？"

"这么好奇干什么，跟你无关。"

"有情况了？"

"无可奉告。"

"不是我说你，没酒量就别逞强，以后别喝了。"

"为什么不喝？喝点酒，找点快乐的幻觉，多好。"

安志还是按捺不住好奇心，戈美丽走了以后他打电话给安平，打听昨晚到底是只有她俩一起喝酒了，还是有别人。安平说就她们两人。

安志说："姐，别把美丽带坏了。"

安平说："管到老大头上来了？再说了，你们都离了，别说喝点酒，就是杀人放火，你管得着吗？"

安志说："姐啊，到底你是跟我一母同胞，还是跟戈美丽？"

安平说："你们男人没一个好东西，全天下女人都应该相亲相爱，不和你们男人玩。"

过了几天，高禾汉过生日，约戈美丽吃饭，果然给她带了几瓶法国红酒。

14

高禾汉的生日是阴历七夕。因为之前跟戈美丽闲谈时说过一次，所以戈美丽一直记着。这个日子越来越近，戈美丽也越来越心乱，她问倪平平，是不是该准备一份礼物，倪平平说："那还用问？必须的。"

戈美丽说："我们只是普通朋友，或者说，只是未来的邻居而已，我送人家礼物，是不是有点唐突，有点自作多情啊？"

高禾汉一直住在东部，还没搬过来。所以戈美丽就拿未来的邻居来形容高禾汉的身份。

"一点都不唐突！你明明知道高总在追求你嘛！"

"谁说的，没有的事。"

"那怎么才叫追求？跪在地上给你献花？还是每天早晚给你电话问安？或者，每天给你说一百遍我爱你？那些都不是高总那种年龄、那种身份的人干的事！"

"那他那种年龄和身份应该干什么啊？"

"深沉！深沉你知道吧？高总那样的人，就应该是用深沉的方式爱一个人，只要你能体察，能感受，就行了，就证明他是在追求你。"

但戈美丽还是觉得，这样送礼物有点唐突。可是，要是不送呢，也觉得不对。最后倪平平给她出个主意，礼物先准备着，要是生日那天高禾汉没什么表示，就不送了。

关于送什么礼物，是让戈美丽更迷茫的一件事。倪平平不给她参考意见了，说这事得她自己来，代表个人诚意，别人不能掺和。

迷茫归迷茫，最后戈美丽还是买了一件算是合适的礼物：一只青花瓷杯。其实本来是她自己想要去买几只红酒杯的，却意外看上了一对青花瓷杯。那对水杯摆在盒子里，一看就让戈美丽喜欢不已。卖杯的服务员能说会道，告诉戈美丽好的青花瓷杯应该是薄如纸、白如玉、明如镜、声如磬的，还说青花瓷具备君子之风。戈美丽想起倪平平说高禾汉追她用的是深沉的方式，就问服务员："你觉得这杯子作为礼物送人的话，深沉不深沉？"

服务员说："当然深沉了！用青花瓷杯喝茶，那是君子之风、香远益清的境界！另外，这样的礼物多独特啊！您肯定是送男士，难道您不觉得，一只青花瓷杯远远胜于一只钱包、一个刮胡刀吗？"

服务员仿佛是上帝派来专门给戈美丽准备礼物的，戈美丽恨不得给她点小费。

买下这一对青花瓷杯后，她让服务员把其中一只单独装好，外面包上一层玻璃纸；另外一只她带回家后用洗洁精清洗一下，烧了一壶开水，冲了一杯茶，坐在阁楼露台上，像以往憧憬的那样，慢慢地喝，看天空中的星星。

要是平时，戈美丽是不舍得花两百块钱买只喝水杯的，她在单位用的是局里安全生产十周年统一发的保温杯，在家用的是一只罐头瓶。此刻用上这么昂贵的青花瓷杯，她还是有片刻的心疼，但马上她就嘲笑和鼓励了自己："你不会喝咖啡不会吃牛排，已经够亏的了！应该对自己好点了。"

距七夕还有三天，戈美丽晚上回到山语世家，在小区门口看到高禾汉，约她去喝咖啡。戈美丽不免要感谢安然，是安然约她喝了一次咖啡，才让她知道咖啡是不能用搅拌匙舀着喝的。否则，要是在高禾汉面前那样干了……天，戈美丽不敢想象。

高禾汉专门等在小区门口，请戈美丽喝咖啡，就是为了邀请她参加自己的生日晚宴。他没在电话里说，是想用一种相对正式和庄重的方式发出邀请。戈美丽很矜持地表示了恰当的犹疑："生日晚宴这种场合，我去不太合适吧？"

高禾汉说："没有外人，就高粱还有她小姨。你带上加戈，两个孩子现在也是朋友了。"

"高粱知道吗？"戈美丽一听都是他们家人，心里就打鼓，尤其有些怯那个十二岁的高粱。

"知道，我和高粱说了。她早就表态过了，不干涉我的私事。"

高禾汉这话似乎说得很明白了，但又似乎有点含糊。戈美丽想，管它呢，答应吧，反正他也没明说"我喜欢你，我在追你"。

回家后戈美丽坐在露台上自问："戈美丽啊戈美丽，你是不是从心里盼着他邀请你？"然后又回答自己道："不是的！""是的！你自欺欺人！""是，还是不是？"

这样自我博弈了半天，最后戈美丽给倪平平打电话汇报情况，顺便问倪平平："你说我是希望他邀请，还是不希望？"

倪平平说："你别自欺欺人了，明明是希望他邀请你。"

戈美丽听倪平平也用了自欺欺人这个词，只能承认自己内心里是希望的了。

考虑到这是场家宴，第二天戈美丽又出去给高粱买礼物，连中午觉都不睡了。十二岁女孩喜欢什么，戈美丽还真是没经验，无奈，只好借助于网络。她和王娜平时没事干了就喜欢上网看淘宝什么的。百度了一下"十二岁女孩喜欢什么礼物"，出来几十页答案。点开第一个，是这样写的：多数喜欢娃娃，漂亮衣服，或者去好玩的游乐场玩一天。如果能有意义，学到东西就更好了。比如教会她不仅仅收礼物，还要播撒爱心。

看完这条，戈美丽毫不犹豫地关掉。什么呀，送个礼物还要教人播撒爱心，她戈美丽算人家高粱什么人哪！什么也不算！充其量将来有可能成为人家的继母，但现如今的继母不比过去了，哪有地位？

继母这个词让戈美丽吓了一跳，进而感到脸颊发烫。她在心里又自我博弈了一通，骂自己自作多情。

又往下看一条，一个网友很为难地发帖道：老公让我给朋友家小姑娘买个礼物，还嘱咐我不要太弱智的。小女孩十二岁，家里条件很好，啥都不缺，搞得我头都大了，买什么呢，请大家帮帮忙。

看了这个帖子，戈美丽立马有同病相怜之感。看了看下面网友们的跟帖，也没多少不弱智的建议，无非就是衣服啦书啦芭比娃娃啦。17楼的建议送《哈利波特》，戈美丽笑得简直要掉牙了，她觉得送《哈利波特》还不如送韩寒和郭敬明。19楼的建议送MP3，戈美丽觉得这个倒是可以考虑。

几经比较和选择，戈美丽最后选了苹果牌的。其实她也不懂，所以只能进各种MP3贴吧看帖子。花了一千多块，一只苹果牌MP3买到手了，戈美丽又是心疼钱又有种满足感，禁不住又自我博弈一番，骂自己犯贱，给别人花钱还有满足感。

买完MP3，戈美丽顺便看了看电脑，打电话问倪平平买什么牌子的好，倪平平说："联想。"

戈美丽说："我刚才买了个MP3，你说，送高粱合适不合适？"

倪平平说："我看合适。女孩子都喜欢唱歌。怎么，开始投资了？"

"什么意思？"

"这就对了！不投资哪能有回报啊！你现在不能心疼钱，知道吗？"

"你怎么总把事儿想得那么龌龊？我可没你那么多花花肠子。跟你说，我买了MP3以后居然有种满足感，我脑子是不是有病了，送人礼物还有满足感？"

"这很正常啊！这是一种积极的感受，可以让人觉得愉悦、幸福。而且，人的本能需求有高低之分，在各个阶段还会不同，所以满足感也就会有不同。比方说，在你没遇见高总的时候，你的满足感可能仅限于接受别人送的礼物，可是现在不同啦，你以送别人礼物作为满足了，这说明，你在本能地追求一种更高等级的满足感。一般来说，这种情况的发生都跟爱情有关，一个人心里有爱意了，才会心甘情愿追求更高等级的感受。你还不承认你喜欢高总吗？"

"你这都是哪跟哪啊，风马牛不相及。我怎么就从没想过要送你礼物呢。"戈美丽驳斥倪平平，但也不得不承认，她说得有点道理。

给高粱买完礼物后，戈美丽又给自己和加戈买了新衣服。给自己买的是一条水蓝色连衣裙，韩版，前腰处缝着一个很大的蝴蝶结。卖衣服的女孩说，大姐把头发再做一做，就更好了。戈美丽狠狠心，想，买得起马难道配不起鞍吗？她平时就一条马尾巴束在脑后，长了自己剪一剪，根本不知道怎么做好，只好又打电话咨询倪平平。

倪平平说："到我这来呀！咱自己家不是开着美发店嘛！跟你说，我这里的首席发型师大卫，厉害着呢，技术没得说。"

戈美丽去倪平平的"梨花造型"，倪平平叫来大卫，让给她好好做，做得有脱胎换骨感。大卫说她身材小巧，面相也远比年龄要年轻，建议剪个沙宣短发。大卫刚从香港培训学习回来，在那里花三千块买了一把弯剪，日本产的，最适合他推荐的那款沙宣发。戈美丽没什么主张，又不喜欢卷发，因为王娜这几天刚改烫了个卷发，据说每天早晨要花半小时打理，有两次时间来不及没打理，简直像顶了一个鸟巢。戈美丽就接受了大卫的建议，在梨花造型受了四个小时煎熬。她的头发有点自来卷，所以得做适当的拉直处理，还不能直得太假。总之，整个过程让戈美丽觉得在受刑。她是晚饭后去的，回到家都快十一点了。

不过，受刑归受刑，收获却是巨大的，戈美丽整个脱胎换骨了。第二天去单位，王娜掩饰不住嫉妒，酸溜溜地说："我烫发之前做的也是你这种发型啊，为什么就不如你的好看呢？"的确，那曾经让戈美丽万般嘲笑的"如一刀切韭菜"般的刘海，在王娜额头上怎么看都别扭，换在她额头上，怎么看都好看。戈美丽想，哼，我这气质，你能比得上吗？嘴里却谦虚地说："我找这发型师技术高超，能把丑小鸭变成白天鹅，何况我还没难堪到丑小鸭的地步。"

发型巨变，已经让戈美丽感到局促了，一整天走到哪里都引来女同事围观，就很庆幸自己没把那条前腰上缝了一个大蝴蝶结的韩版连衣裙也穿到单位里来。下午刚刚开始，戈美丽就频频看墙上的石英钟，心理活动无比复杂，又希望时间过得慢些又希望过得快些。安平自从成为加戈的御用家长以后，戈美丽下午就很守时地上到五点半下班了，高禾汉很细心地考虑了她的下班时间，把晚宴定在七点开始。

心急如焚地熬到下班，戈美丽出门打了个车就回山语世家换上那条蝴蝶结连衣裙，简单化了下妆，又打车去新桥西路接加戈。之前她已给安平和安志打电话说晚上要带加戈到外面吃。

到新桥西路以后，戈美丽把新衣服给加戈换上，带着就走了。安志他们科有事，也要在外面吃，安平落了单，不免唠叨了半天。

整个晚宴过程很难形容，貌似很祥和，又仿佛时时有那么点不对劲。高粱的小姨袁青也不知道是天生长了张不会笑的石板脸，还是做给戈美丽看的，总归让戈美丽觉得别扭。好在她那个MP3倒是赌对了，深得高粱喜爱，这丫头直言不讳地说："戈阿姨，看在这个MP3的份上，我今晚就不和您作对了。"

高禾汉说："怎么跟戈阿姨说话呢？"

高粱说："怎么啦？继母好当啊？继女天生就有和继母找麻烦的权利。"

戈美丽说："高粱，你说的这个问题，我没想过呢。"

高粱一撇嘴："得了，别装了，以为我们小孩好瞒啊？"

戈美丽为了讨好高粱，一去就把MP3先送给了她，给高禾汉的青花瓷杯还没好意思拿出来。高粱说："今天是我爸生日，您可别把主题搞错了，我爸的礼物呢？"

戈美丽这才把青花瓷杯送给高禾汉，高禾汉拆开包装，说："青花瓷，有品位，呵呵，我喜欢。"

高粱说："难得戈阿姨这么破费，而且破费得很正确，这样吧，我给大家唱首歌先助助兴。"

高粱这丫头鬼机灵地唱了首周杰伦的《青花瓷》，好听是好听，也和杯子互相烘托，只是有些歌词让戈美丽感到不好意思，比如"就当我为遇见你伏笔"、"天青色等烟雨而我在等你"，仿佛戈美丽处心积虑地拿这只杯子表达爱情似的。

期间免不了高粱和加戈两个小冤家不时地斗个嘴，不过都是小插曲，不影响大旋律。比如高粱称加戈为牧草，加戈反唇相讥："我是牧草，你是高粱，咱俩都是植物！"

提到牧草，高粱问戈美丽："戈阿姨，知道QQ农场怎么回事了吗？"

戈美丽说："知道知道，正玩着呢。"

"多少级啊？"

"8级了。"

"您知道我多少级？"

"50？"戈美丽还觉得自己已经很夸张了，没想到高粱撇撇嘴说："81！"

"哇！怎么玩的，太厉害了！"戈美丽一个劲讨好高粱。

高粱的小姨袁青脸色越来越阴郁，话里有话地对高粱说："死丫头，这么快就被收买了。"

高粱说："我哪那么容易被收买啊，您听不出我在讽刺戈阿姨吗？"

袁青说："我看你都忘了小姨还坐在这儿吧？"

这两句虽然是冲着高粱说的，也让戈美丽有点如坐针毡之感，仿佛高粱是她的孩子，戈美丽现在要来抢她的孩子似的。

后来，高禾汉送戈美丽的路上跟她解释说，因为高粱妈妈袁红去世早，四岁的高粱基本是让小姨袁青带大的，袁青为此把自己的婚事都耽误了，今年三十二了，还没有男朋友。

听高禾汉这么一说，戈美丽对袁青的看法有些转变，心想，老姑娘多少都会有点古怪吧。晚饭结束后，高粱是跟袁青走的，高禾汉明天要去法国。

高禾汉开车送戈美丽和加戈，先把加戈送到新桥西路，在楼下等着。加戈玩得有些累，在车后座上睡着了，戈美丽把他抱上去，在外面用脚敲门。安志打开门把戈美丽放进来，一路跟着她走到卧室，上下打量戈美丽："这谁呀？走错门了？"

戈美丽白他一眼："路人，学雷锋，把你儿子送回来了，给钱。"

安志说："中午打牌时听复印室的小王说你改了发型，原来是真的啊！"

戈美丽说："王娜成天改发型都没人关注，我改个发型整个单位都知道了，可见我过去过的是什么日子！"

安志说："幡然醒悟了是吧？"又好奇地伸手动动戈美丽前腰上的蝴蝶结，"这什么呀？"

戈美丽劈手打掉安志的手："拿开你的咸猪手！不认识啊？告诉你，它叫蝴蝶结！"

安志又夸张地退后两步打量戈美丽："年轻了十岁。今天是什么日子你把自己搞成这样？哦，七夕。七夕也没必要这样啊！"

戈美丽说："跟你无关。"

安志说："加戈姥爷姥姥来了？他们以前来的时候你不这么隆重接待啊！"

高禾汉还在楼下等着呢，戈美丽无心和安志斗嘴，转身下楼了。安志听到楼下有汽车发动的声音，就跑到阳台上去看，正看到戈美丽拉开车门钻进去的背影。同时映入他眼帘的还有车屁股上的四个圈。这一幕让安志久久没合上嘴。

本来戈美丽没想让高禾汉把车开进小区，但加戈睡着了。五岁的加戈有四十五斤了，让她抱着他走百十来米，还真是无法胜任。结果，就让安志看见了戈美丽钻进去的背影和有四个圈的车屁股。他们家是二楼，戈美丽在车里瞄着后视镜，隐约看到窗后有个阴影，心想，完了。

车开到路上，从新桥西路到西炮台南路、青年南路，一直到山语世家，两人都没说话，车里的气氛有点诡异有点微妙。到楼下，高禾汉停好车，忽然把戈美丽手里的手机拿了下来，没说话，很麻利地取下后盖和SIM卡，又从车后座上拿过一个盒子，打开，拿出一个新手机，把SIM卡装进去，开机，交给戈美丽。

这一整套程序把戈美丽弄呆了，有点没反应过来手里正拿着一款漂亮的新手机。高禾汉说："我知道你不是一个有物欲的人，但我总得有个方式表达。还有，谢谢你的青花瓷杯，很不一般，我特别喜欢。"

说完，高禾汉下车，到后备箱拿来两瓶红酒，还有一个包装精美的酒瓶架，回到车上，说："法国红酒。送给最珍贵的人。"

整个过程让戈美丽有很严重的晕眩感，仿佛少女时代对浪漫王子的想象都一下子落到了实处。特别是送了红酒以后，高禾汉出其不意地扳过戈美丽的脸，吻了她的嘴一下。

戈美丽拿着新手机、红酒和酒瓶架，像喝醉酒似的上了楼，给倪平平打电话："原谅我，我实在一个人消化不了这些感觉了，必须找人分担一下。"

倪平平说："那叫分享，不叫分担。"

戈美丽说："他送我新手机，红酒，酒瓶架，还趁我不注意吻了我！"

倪平平问："深吻浅吻？湿吻干吻？"

戈美丽想了想，说："浅吻，干吻。"

倪平平大笑："就这么把你俘虏了？"

戈美丽说："你不知道啊，我少女时代就梦想有个王子像强盗一样不由分说地命令我接受他的爱！"

倪平平说："千年等一回，你等到啦，珍惜吧，灰姑娘！"

戈美丽又忧心忡忡地说："他送我手机，不是一种礼貌的回赠吧？"

倪平平："你别把这两样联系到一起，不是一回事。你不送他礼物，他也照样要送你手机。你送他什么礼物了？"

戈美丽说："一只青花瓷杯。我觉得钱包啦刮胡刀啦都太俗。"

倪平平夸张地发出五体投地的声音："戈美丽啊戈美丽，真有你的！谁说你不解风情，不会诱惑男人？"

戈美丽不解："不就一只杯子吗？"

倪平平说："你知道杯子代表什么寓意吗？一辈（杯）子的爱！"

这一点戈美丽倒是不知道，纯属误打误撞。但这样一来，她又忐忑不安了："他会不会知道这个寓意？天，他要是知道，这不等于我先向他示爱了吗？"

倪平平说："那又怎么了，你先示爱也没什么啊！何况这种示爱又很隐晦、很高级。面对这样一个男人，你那自尊心就别跑出来作怪啦。他没提什么时候办婚礼？"

戈美丽说："想哪去了你！太离谱了，才刚开始呢。再说了，他明天出国，可能得一个多星期才回来。"

倪平平说："真是聪明男人啊！今晚这一出太漂亮啦！这就等于把你占下了，他出去也可高枕无忧了。一个手机，两瓶红酒就把你占下了。唉，女人，说到底还是让男人掌控的感情动物啊！等将来我们有钱的时候，我们去更廉价地掌控男人。"

戈美丽一点不困，一肚子的感受要跟倪平平说，就聊到石板脸的袁青。倪平平问她是干什么的，戈美丽说，高禾汉公司里的财务主管。倪平平："知道了，一个三十二岁的没有男朋友的公司财务主管——是不是戴眼镜？对了，我一猜就是。一个三十二岁的没有男朋友的戴眼镜的穿职业装的公司财务主管，你想，她要是没有一张石板脸，是不是不正常啊？"

"可我总觉得她对我有敌意。高粱也对我有敌意，但和袁青不一样。怎么说呢，高粱的敌意可以化解，只要给点礼物，给两句奉承话；袁青的，好像不可化解，挺让我害怕。"

"没事。她不就是高粱的小姨吗，又不是高总的直系亲属，干涉不着你。以后你觉得生活乏味了，想看她那张石板脸，就看看，调节调节；不想看了，你可以永远不看。"

跟倪平平唠叨了好一会儿，戈美丽才觉得幸福感不那么憋得她难受了。刚放下电话，就看到短信，高禾汉的："新手机还喜欢吗？"

戈美丽回："喜欢。挺漂亮的。"

高禾汉回："以后我每次换手机，都把你的也一起换了，咱俩用同一个牌子。"

戈美丽说："太浪费了。"

高禾汉说："电子产品更新快。"

戈美丽说："早点休息吧。明天送你？"

高禾汉说："不用，你要上班。我整天外出，习惯了。这段日子是因为你，才一直呆在烟台。"

果真让倪平平说中了。高禾汉原来这段时间一直在烟台，就是为了拿下戈美丽。

有些失眠的戈美丽躺在床上翻来覆去地研究新手机，一遍遍回味车里的细节。但奇怪的是，居然怎么也回忆不太清楚那一吻的感觉，迷迷糊糊的。

15

跟高禾汉那具有划时代意义的一晚，颠覆了戈美丽的生活。不但她自己，身边其他人似乎比她还在乎这件事。

首先是安志。自从看到戈美丽钻进那辆小车之后，就想立马搞清楚世界发生了什么事。他好不容易等到第二天早上加戈醒来，顾不得干别的，就从加戈那里套问。还用说吗，不用套问，加戈也会喜滋滋地把整个过程给他复述一遍。虽然不知道复述的这些事情代表了什么重大事件，至少那些送礼物啦、对话啦，他还能尽量原汁原味地说给安志听。

听完了，安志也明白个差不多了。虽然知道高禾汉和戈美丽一起爬过南山，吃过比格比萨，但戈美丽现在已经开始送高禾汉生日礼物了，还赴了人家的家宴，显然情况已经很深入了。安志想问戈美丽，又不太问得出口。打电话给安平，安平什么也不知道。最后忽然想起倪平平。倪平平敢作敢当，有女侠范儿，当时就承认她知道这件事，而且，在这件事里起了一些积极推动作用。

倪平平的话把安志噎个不轻，顺了口气才问道："你撺掇戈美丽和别的男人好，还振振有词地说这是积极作用？"

"怎么了？不是吗？成就别人的美满姻缘，难道有错吗？"倪平平继续振振有词地给自己辩解。

安志无话可说，只好狡赖："戈美丽曾经恐吓过我，不能让任何人知道离婚的事，包括邻居包括同事包括她爸妈包括加戈，要是让别人知道了，她跟我白刀子进红刀子出。你撺掇她和别的男人好，这个我且不说，在外面偷偷好，我没意见，可现在人家把四个圈的小汽车都开到楼下了，这个密还能保住吗？戈美丽快四十了没见过男人，她哪能抵挡得住四个圈的小汽车？她要是跟我白刀子进红刀子出，你替我收尸啊？"

"所谓的保密，只不过是暂时性的保护措施而已，你还当真要保密一辈子啊？你总不会是要告诉我，你们离了，就要一辈子守着这个秘密，不再找了？人家美丽既然能大大方方地送高总生日礼物，肯定就是不需要再保密了，你还这么小气干什么呀？"

"我可没那么小气。你问问戈美丽，我整天催她赶紧先找，别耽误我。"

"那不就结了？我知道，你们虽然离了，都不找的话都不觉得怎么样，一旦有一方先找了，另一方肯定不高兴。但你要正视这个现实。况且，美丽从你那受的委屈还少吗？毛橘都从天津跑来了，你俩还跑到岛上去过夜，你怎么不看看自己做的这些事？大度一点吧老同学，你应该为戈美丽感到高兴，她都快四十了，什么时候有过这种幸福感受？人家高总又送手机又送红酒，那么有钱又有品的男人，遇上了是戈美丽的造化。从现在开始，你就当戈美丽是你的妹妹，亲妹妹。"

"行，我到时候给她准备一份嫁妆，行了吧！"

"这可是你说的啊！男子汉大丈夫，言出必行的！"

安志后悔得不行了。赔了夫人还得折了钱财。

他打电话给安平问这事，安平岂是能憋得住的人？把加戈从幼儿园接回来，在小区操场上玩，边玩边瞄着门口。戈美丽的身影一出现，她马上在操场边上迎着，问："有新男朋友了？"

戈美丽看看四周："小点声，嚷嚷什么啊。"

安平拿手捂了一下自己的嘴，放低声音："真的假的？"

戈美丽晃晃自行车把上的塑料袋："该做饭了，做晚了加戈又该喊饿了。等回咱自己家我说给你听。"

把安平急的，恨不得不吃饭了，马上回到山语世家。吃饭的时候，安志假模假式地问加戈："昨天饭店的饭好吃，还是今天的饭好吃？"

加戈说："都好吃。"

吃完饭，戈美丽给加戈剪指甲，忽然手机响了。加戈最爱帮大人干这事了，立刻跑到电视柜旁边从包里把手机给戈美丽拿了出来。安志说："哟，鸟枪换炮了？"

戈美丽不说话，看了眼手机就放回包里了。安志说："大大方方地回呗！不就是新交了男友吗，我不吃醋。"

其实来的是一条建行广告短信，但戈美丽就是不跟安志说。给加戈剪完指甲，安平早就急不可耐了，说："走走，回家去。"

两人那晚喝的是高禾汉送的法国红酒，用的是戈美丽新买的红酒杯。安平几乎是刑讯逼供的架势，逼戈美丽把和高禾汉的事都说了一遍。不过戈美丽隐瞒了高禾汉吻她的细节。这种事情可以和倪平平说，但不能和安平说，虽然两人也是一起醉过的酒友了。

果然，安平极为不满，喝了点酒，情绪有点激动，指责戈美丽没有责任感，现成的亲爹在那摆着呢，却要给加戈找个后爸。

戈美丽说："姐，听你这意思，我们离婚是过家家玩啊？离的时候就准备复？那你和我姐夫离婚也是这么想的？"

"呸！"安平啐了一口，"离了就不复。"

"那你这不是自相矛盾吗？"

两人说着喝着，不知不觉又都有点大，开始胡言乱语。戈美丽问："今天星期几？"

安平说："星期五。"

戈美丽说："明天不用上班。喝。今朝有酒今朝醉，莫使金樽空对月。"

可怜高禾汉那两瓶珍藏十五年的法国红酒，让两个中年妇女就这样很没品地喝光了。

星期六，戈美丽放安平两天假，让她自由活动。虽然接加戈来去也就是一个小时的事，但每天重复干一样事，也会让人感到疲劳。

安平没事可干，去彭湃画室玩了一会儿。彭湃周末是最忙的，正教几个中学生画画，顾不得招呼她。安平坐了会儿觉得挺没趣，就离开了。

彭湃一边教学生画画一边盼着他妈赶紧离开，因为是星期六，快到中午了，通常这时候，赵宁会买了盒饭带过来和他一起吃。他不敢想象他妈看见赵宁会发生怎样的壮烈场面。直到安平走了，彭湃才松了口气。

安平是一个不会逛街的人，无聊地走来走去，总觉得街上的人都在有意无意地观察她。彭湃的画室在解放路，离老彭公司大概只有三站路，安平走着走着就看见老彭公司那幢大楼了，忽然想起徐言言，干脆就去"言言语语"了。

上次安平大闹自己的生日晚宴，之后无家可归，跑到徐言言这里来，拉人家去"蒙餐"吃烤羊腿，把徐言言也喝醉了，一起给塞进车里拉到了安然家。第二天酒醒，那一家子人都忙着什么巫红豆啦离婚啦这些事，也没人理她，她只好自己离开了，心想，遇到这么一个大妈，也真够要命的。

不过，这么长时间安平没来，闲着没事的时候，徐言言看着对面那幢高耸入云的大楼，还真有点好奇她家里那一摊子乱事到底处理得怎么样了。安平推门进来的时候，徐言言正好又在看大楼，她只要看到大楼，就会想起安平。

两人见面了还感觉挺亲的，徐言言说："大夏天的，不能吃烤羊腿了，你再请我吃什么？"

安平说："我对烟台的餐饮不太熟，你说吧，我听你的。"

徐言言小店里有电脑，主要是用来在QQ群里跟客人聊天，发布货品消息。"我上网查查"。徐言言上水母网的烟台美食论坛，翻了半天，说："烟台餐饮还真不行。算了，饶了你吧。再说了，大白天的，总不能关门歇业吧，我还得靠它糊口呢。"

安平站在门口四下看了看："我去买饭，你等着啊。"

她记得刚才一路走来的时候看到有个小市场，就原路返回，拐进去，买了一份麻辣鸡，两个馅饼。

徐言言饿虎扑食一样，说："你怎么知道我爱吃麻辣鸡。"

安平说："不许抢！我让师傅剁了整整一只鸡呢，够咱俩吃的了。"

两人风卷残云地吃掉一只鸡，太骇人了。安平打着饱嗝说："现在嘛，要是有个冰激凌，凉飕飕的，就更舒服了。"

徐言言说："我就知道这顿饭不是白吃的。你给我看店，我去买冰激凌。先说好了，买了冰激凌，咱俩就互不相欠了啊。"

徐言言离开去买冰激凌，安平继续坐在那里打饱嗝，看外面走过小姑娘，就朝人家招手。人家看一个大妈坐在那么时尚的一个店里，都好奇地甩上两眼走开了。

后来来了一个男的，岁数不小了，安平也朝人家招手。她觉得挺好玩，却没想到那男的推门进来了。安平很殷勤地站起来："随便看，看看不要钱。给闺女还是儿媳妇买？"她伸开胳膊环抱整个屋子，"这些，这些，全都适合。多漂亮，多有品位！我要是年轻三十岁，这些我都不卖，全留着自己穿。"

那男的不说话，只是笑，笑着笑着居然还坐下了。店里一共只有两把椅子，徐言言一把，放在款台后面，外面一把，安平刚刚从上面站起来。"你这大哥，敢情不买衣服，瞅这屋里空调开放，进来吹凉风是吧？不能白吹啊，一分钟一块钱。"

"我没猜错的话，你就是徐言言说的那个大妈吧？"

那男的一句话，让安平茅塞顿开，好好端量一下长相："我没猜错的话，你应该是徐言言爸爸吧？"

徐言言拿着两个冰激凌回来，隔着玻璃门看到她爸和安平正为什么事笑得前仰后合，就推门进去说："一见如故啊？"递给安平一个冰激凌，说她爸，"男人不吃这个。"

徐言言爸爸老徐，徐基础，五十岁，有一手超棒的驾驶技术，以前在单位给领导开小车。后来他跟着的那倒霉领导出事下台，新任领导有自己的小车司机，用不上他，他就回司机班重新安排。安排他开一辆班车，从单位到一个镇，有点远，每天很早出车很晚收车。再后来，单位有提前内退的政策，作为工人的老徐，五十岁就主动退了。

退了的老徐本来想开出租，但他有个老朋友办了一家驾校，非请他去当教练。老徐就成了一名驾校教练。

"老徐，不好好干活，到我这来干嘛？"徐言言一边吃冰激凌一边问。

"昨天不是带学生考试了吗，老规矩，今天他们请吃饭，刚吃完，顺道过来看看你。"

"在哪吃的？"

"国贸。"老徐朝国贸那个方向抬抬下巴颏。

"哇，你这波学生这么厉害？谁呀，干吗的？"

"有一个小伙，他舅舅是国贸十二层一家会所的老板，他安排的。"

徐言言把腿高高地搭在款台上："我要是有这么一个舅舅就好了。这世界上为什么有钱人这么多，穷人也这么多？上帝造人的时候为什么那么偏心眼？"她用手指指安平，告诉她爸，"这位，我大妈，家里也资产过亿，您知道开发区那什么生态园吗，就是他们家的私人公园。"

安平说："年轻人，有钱不是好事！那私人公园跟我无关了，我已经和那个有过亿资产的有钱人离了。现在我一穷二白，老百姓一个。"

"什么什么？"徐言言把腿拿下来，"真离了？"

"那当然，这有什么怕人的。我以过来人的经验提醒你，找男朋友，离富二代远点。"

"那是当然！我爸没钱，我舅舅更没钱，我就靠我自己。老徐，你靠我，我有钱了就给你买辆车让你开出租。大妈，行，有志气，我没白叫你大妈。"

这番恭维把安平哄得心花怒放："以后我没事就过来帮你看店，卖衣服。免费。"

徐言言上下打量她一眼："你行吗？顾客一看你，别都给吓跑了。我这店可是青春店，卖小姑娘衣服的，不卖大妈装。"

"大妈就不能卖青春装了？你大妈我这张嘴一张，什么样的青春装给你卖不出去？不行你试用我一天。"安平拍胸脯了。

"我倒是建议你卖中老年服装。专卖。代理几个品牌。嗨，我瞎说什么呢，你当我没说。老话说了，瘦死的骆驼比马大，你和身家过亿的有钱人虽然离了，但肯定也是身家不薄。开店干嘛呀，掉你们有钱人的份儿。"

"两回事啊！庸庸碌碌地活着，有钱有什么用？"

正说着，外面走进两个女孩，安平小声对徐言言说："你试用我一下，看我行不行。"

两个女孩左看看右摸摸，每一件都问多少钱。安平像个传声筒，人家问她，她就偏头问款台后面的徐言言，多少钱？最后两个女孩问她："您到底是不是卖衣服的呀？"安平不好意思地说："我今天第一天上班，还不太熟悉业务。"

两女孩扒拉半天，一件没买，走了。安平冲人家的背影嘀咕："压根就没想买！要不就是买不起，装蒜。"

徐言言这才从款台后面出来："跟你说了，这行不好干。你看你，急脾气，就不行。人家不买你也不能急，怎么笑着迎进来的，还要怎么笑着送出去。要都像你这样，干我们这行的都活不长，早早就气死了。"

可安平莫名其妙地动了这么一根筋，从此就像害上病了一样，睁眼闭眼都是开店卖服装的事。接了加戈回到安志那里，也不知和他们两人叨叨了几万遍。安志不同意她这么大岁数了还抛头露面卖什么衣服，看那些买衣服人的脸色。

安平从安志这里争取不到支持，就找安然。安然已经从三亚回来了，让安平电话叫到安志家。安然没辜负安平的期望，她支持她姐："卖衣服怎么了？我同意。一，咱姐有创业精神，这是可贵的，要保护，不能打击；二，人老了，不能当社会的寄生虫，要老有所为；三，无论干什么行当都得有敬业精神，所谓的看别人脸色这一说法极端错误，那叫敬业精神，不叫看脸色。比如说你，哥，你整天为那帮老干部服务，难道不整天看他们的脸色？你和我嫂子，不用整天看单位领导的脸色？你不看就没好果子吃。所以，得纠正这个错误认识，不管看谁的脸色，那都是职业的一部分。"

这三条支持理由都无可辩驳，只是第二条让安平不舒服，她强烈提出反驳意见："什么叫老有所为？啊？我才四十九岁，还不到五十呢！五十也算不上老年人哪！我现在是标准的中年妇女，有没有搞错！"

最后安志只好举手投降。但他的理由是这样："反正你有钱，就当开个店消磨时间算了。赔了也无所谓。"

安平说："我跟你说，我还真是一个要强不要命的人，干我就要干好。"

接下来，安然就负责帮安平策划开店的事。安平决定采纳徐言言的建议，代理几个中老年品牌，专卖中老年服装。滑稽的是，她死活看好了徐言言那块地方。徐言言那边的门头房都不便宜，属于中高档消费区，但这对安平来说不是问题。

征求安然的意见，安然也同意。她帮安平分析了一下："那一带商业氛围浓郁，店铺都是知名品牌专营店，'优质'概念是没有问题的。"

但问题还是有的，那边的门头房没有闲着的。

安平又跑到徐言言那里打听情况。徐言言告诉她合同快到期了，要是有人不续签，就有希望搞到一间。

那几天安平风风火火的，一副创业者的架势，同时又一脸愁容，为搞不到那里的房子而焦虑。安然建议她让老彭帮忙问问，老彭人脉广，让安平断然拒绝了。"我死也不靠老彭，"她说。

后来，安然不忍心看安平那张脸了，就偷偷找老彭。老彭一听，很不高兴，说："安平想在我公司对面开服装店？开什么玩笑！"

安然说："怎么叫开玩笑？在你公司对面就不能开服装店了？"

老彭认为安平这是在跟他较劲，让他脸上不好看："她对我有气，怎么骂都行，但不能用这种方式让我没脸吧？也就她能干出这事来，在对面那个'言言语语'里买衣服，钱不够了，打电话让我派人送钱。那倒也罢了，现在居然要在我眼皮子底下开店！"

安然说："我敢发誓我姐绝对不是要跟你较劲。你们都离了，她跟你较得着吗？她就是在跟你闹离婚那段时间，心里难受，去逛对面的小店，才萌生了开店念头的。她为什么非要在那里开，因为那里是她的精神寄托！她要在那里重新找回自我！当然，我说这些都无据可查，我姐也没这么表达过，都是我自己分析的。还有，你恐怕不知道吧，我姐当初为什么非要和你离婚，因为她不忍心看着一个女孩子未婚先孕，不忍心看着她流产。她说第一胎流了，很可能一辈子都不能生了。她要是不和你离，你就不能去把巫红豆找回来。告诉你，我姐是这个世界上最善良最没有心眼的女人，比你强多了！跟你较劲？你也真抬举自己！我还就支持我姐在对面开店了，怎么了？碍着你什么事了？我还觉着你在这高楼上碍她的事呢！一抬头就琢磨着你在里面，多窝心哪！"

安然炮轰老彭，出门的时候，外面的女秘书偷偷瞟她一眼，她又炮轰女秘书："我骂你们老板了，怎么了？你有意见？"

然后扬长而去。

当天安然就给武博达打电话。这次安然张家界三亚玩了一圈，就是和武博达一起去的。武博达是公差，一个人，大好的幽会机会，两人跟度了个蜜月差不多。武博达也是形形色色女人都见过的主，在安然这里却彻底地缴械投降了。怪只能怪他以前交往的那些女人都低智商，没脑子，不是逼婚就是逼钱。而安然就不，安然只是依靠他的人脉关系而已，事业还是自己做，既不逼婚也不要钱，独立能干，漂亮得体，有大局观。这些优点都是武博达过去那些女人身上缺乏的。

武博达根本不用多么费事，一个电话，就把安平的门头房搞定了。不知道用的什么办法，反正，徐言言隔壁那家店不续签了，归安平了。

安平高兴得不行了，一定要请安然吃饭。她翻钱包，给安然看那里面的银行卡，说："我都不知道里面有多少钱，反正有的是。你想吃什么，海鲜？我让饭店里的水鬼现到海里去拿。"

安然说："你以为海里的东西都在那乖乖等着你点啊？有钱也不能左右大自然啊！"

她没和安平说曾经找过老彭的事，只说找朋友帮忙问了一下，正好那家店不干了。"你运气好，没我什么功劳。"

"那不对，你要是不帮我问，等我知道，店早上别人手里了。你挺厉害啊，认识这么有能量的人，谁啊？哪个部分的？"

"打听那么多干吗，我又不是小孩。"

"我是怕你吃亏！你看我，什么下场？"

"切！让我吃亏的男人还没生出来呢。"

合同到期还得些时间，安平每天兢兢业业地去徐言言那里实习。徐言言也真不愧是安平的冒牌侄女，兢兢业业地帮她联系供货商。"你去过北京西单商场没？那里有个中老年服装专卖场，中高档，咱就代理那些牌子，不用太多，顶多三个牌子。"

安平哪里去过什么西单商场，她连去振华商厦的次数都屈指可数。徐言言跟她说："你以后就要经常出去跑跑了，老板娘不是那么好当的。你别看我整天坐在款台后面，上个网啦吃个冰激凌啦，我腿都跑细了的样子你没见过。就拿这选择供货商来说吧，需要考虑的事情多着呢，你要先了解你选择的产品在你打算开店的周边是怎样的受欢迎程度，然后，你要估算利润空间……"

"这我可不会啊！"

"也不难，比方说，你应该算算投入，店铺租金、装潢费用、货品租金、员工工资、每月店面日常开销、各种税收等。这个不难。对了，你还得根据咱们这一带商圈的客流量等要素，估计每天销售件数，做好最低最好两种打算，从而得出每天的营业额幅度。这些你慢慢就会了。"

徐言言又教给她如何选择供货企业，要看其财力是否稳固、供货是否正常等等。安平问这个怎么才能知道？徐言言说："没别的办法，明察暗访。但咱们选择的品牌都是有一定规模的成熟品牌，这方面不需太担心。你下一步得考虑店面装潢和取店名的事情了。一签合同，就得去办营业执照，然后就可以营业啦。一边营业一边办税务登记。"

这一套下来，安平脑子都大了："原来生意这么不好做，开个小店都这么麻烦，那开个公司岂不要人命啊？"

徐言言说："你以为呢！要不为什么都称生意人为精英呢！"

安平自言自语："老彭顶了那么一大摊子，岂不是整天操碎了心？"

她这一开店，倒是对老彭的看法有点改观，虽不至于像徐言言说的那样，立马就把老彭当什么精英看，但至少知道他这成功男人的称谓真是辛苦挣来的。

虽然对开店没一点经验，但安平天生那股子不服输的劲不冒则已，冒出来就摁不住，她还真去了趟北京，到西单商场看了看那个中老年专卖场；又选择了两家代理店，都在外地，去明察暗访了一通。

对于出远门来说，安平经验奇缺。为了不至于把她这个中老年妇女弄丢，彭湃忍痛牺牲宝贵时间，给她当了一趟保镖，并训练她熟悉了飞机火车等交通工具如何使用。安平信心满满，说她这店一定可以开好，并且以后出门不用任何人当保镖了，完全不会走丢。

接下来，一切按部就班地进行。彭湃是学画画的，虽然搞的是平面设计，但对付一个小店还是没问题的，店面装潢设计干脆就让他做了；刚从山语世家撤出不久的装修队负责干的活；店名来自戈美丽的创意，叫"安的衣柜"。这个店名把徐言言喜欢坏了，一个劲说，跟这名一比，她那个"言言语语"显得怎么那么俗呢。安平得意洋洋地炫耀："我这前弟媳是学中文的，发表过文章呢！要不是跟了我那不长进的弟弟，早成大作家了！"

徐言言说："你弟弟也离婚了？"

安平说："离了！怎么了？丢人啊？离了好，让我们这些以前没好好活过的女人知道应该怎么活。"

"安的衣柜"正式开门营业那天，有关无关的一干亲朋给足了安平面子。亲属团有齐桂花、安志、戈美丽、安然、彭湃，朋友团有高禾汉、倪平平、徐言言、徐基础。每人都送了大大的花篮，摆在店门口，气派得很。老彭没现身，托礼仪公司送了一个花篮，他站在十八楼办公室的窗后观看了开业盛况。

16

高禾汉现身"安的衣柜"开业现场，是安平盛情邀请的。戈美丽正好也借这机会，向有关无关的亲友们宣布她的新恋情。

戈美丽绝非炫富的那种女人，实在是需要一个恰当的时机，既不张扬又能充分说明她和高禾汉的关系，所以，就听从安平的建议，利用"安的衣柜"开业时机亮相。主题思想是"安的衣柜"和安平，所以，她和高禾汉的亮相作为副题出现，就没那么大的压力了。

当然，戈美丽的性格，不逼到一定份上，是不可能走到亮相这一步的；之所以走到这一步，是因为她接受了高禾汉的求婚。

经过是这样的——

高禾汉用新款苹果手机和两瓶法国红酒及一个吻把戈美丽先预定了，然后放心地出国了。他是去法国参加一个国际红酒展销会，国外行程五天，国内行程三天。从国外回到广州后他就在机场给戈美丽发短信。

当时戈美丽正铺好了沙发，翻着一张烟台晚报打算看看新闻睡觉，高禾汉第一条短信就不留余地地说："订机票来广州吧！"

戈美丽看着那条短信愣了一会儿，心跳加速，不知所措。这种情况下不向倪平平讨主意，她本人是会崩溃的。倪平平在电话里干脆利索地说："一个字，去。"

"这，这不符合我们的道德观吧？"戈美丽支支吾吾地说起了什么道德观，把倪平平笑掉了大牙。

"你所说的道德观是什么？就是婚前不能发生性行为？这是谁的道德观？"

"社会道德观，不对啊？"

"我没说不对。道德观没有对错，因为它不是铁的教条，社会道德观不一定适用于每一个人！这个问题，仁者见仁智者见智。还有，我们中国还有一个道德观是诚实，现在，你诚实地跟我说，你想不想去广州见高总？必须诚实，不能撒谎。否则我们的辩论就没有意义，只是溜嘴皮子玩。"

"好吧，我说，想。"

"这不就结了！你想去，那就去，你必须诚实地面对自己的渴望，因为这渴望对他人对社会是无害的。你又不是去当鸡，高总又不是找你去嫖娼。"

"说得太难听了你。"

"要想剖析到事物最本质的层面，话肯定就得难听。"

"再说了，即便去了，也不一定就发生……那个关系吧？"戈美丽嗫嗫嚅嚅的。

"哈！世界上最好笑的笑话！两个成年男女，你有情我有意，进行到接吻的程度，分开那么多天，见了面，难道只是执手相看泪眼，不停地诉说相思之苦，然后，各回各屋睡觉？你觉得这不好笑吗？发生这种情况的唯一可能就是，你们两人其中一个有生理缺陷。"

"平平，说真的，我挺怕的。"

"我猜，高总是经过周密计划的。第一，今天是星期四，你明天晚上飞过去，星期天晚上飞回来，不耽误上班；第二，他其实在烟台也完全可以和你发生……那个关系，为什么利用出发时选择在外地？就是减轻你的精神压力，让你的所谓道德感不那么强烈。"

倪平平分析得没错。高禾汉回国后的业务只需星期四和星期五两天就可处理完，他已经让陪同的副经理定了星期五中午先期返回的机票，他一个人留在广州等戈美丽。

午觉肯定是没法睡了，戈美丽辗转反侧，思前想后，简直觉得遇到了比离婚还重大的难题。下午她也神思恍惚，王娜跟她说话，她似听非听，该答应的时候不答应，不该答应的时候瞎答应。王娜拿手在她脸前摆摆，说："你梦游哪！"把她吓一跳。

"你不对劲。"王娜在办公室里转着圈观察戈美丽，"有心思。脸上有少女怀春的恍惚神情。"

戈美丽白她一眼："别把你的经验到处乱按。"

"我说得不对？你看你，胳膊支着脸，样子慵懒，目光迷离，总看手机。我也想去买你这样一个手机，哪买的？多少钱？"

戈美丽哪知道多少钱，又不能跟她说是别人送的，就胡乱搪塞道："一千来块。"

王娜不说话，坐到自己位子上去了。她们两人办公桌对着放，一人一台电脑，各自在位子上一坐，人就消失到电脑后面去了。王娜消失到电脑后面去以后，戈美丽霎时轻松了，但她不知道王娜坐那儿不声不响地正上网，两分钟就向她宣告："你这款手机是苹果最新款，知道几千来块吗？还一千来块呢，真是不识货。"

"就是一千来块，我自己买的还不知道啊？"在戈美丽使用手机的历史中，其实连一千来块的都没有过。所以她还觉得一千来块已经很贵了。

"告诉你吧，五千来块！到底是不是你自己买的啊？"

"安志买的。"戈美丽只好继续撒谎。

"不可能。安科舍得这么大手笔？咱们这破单位，发那么几个破钱，谁有魄力买个五千多块的手机？何况你们不是在还贷款的吗？"

王娜简直有打破砂锅问到底的恒心。戈美丽实在不知道该怎么和她周旋，只好去洗手间躲着。她们两人同事八年了，戈美丽毕业先到多经公司实习了一年，然后分到后勤管了两年劳保，之后调到档案科，一干就是八年。八年，日本鬼子都打下来了，她和王娜也是明里暗里的战火不断，好的时候勾肩搭背是真好，互相唠叨各自的老公和七大姑八大姨，互相给对方打掩护；不好的时候也是真不好，有时两天不说话，像仇人似的。

到下午下班的时候，戈美丽想出一个办法，她找了一枚一角钱硬币带回家，让加戈帮她投，只给一次机会。加戈问："妈妈，投这个干什么？"她说："你投就行了。我要兰花，看你能不能投中。"

加戈就喜欢这样的游戏，立刻把硬币扔到空中。落下来的时候，戈美丽不看，问："是国徽还是兰花？"

加戈说："我投中啦！是兰花！妈妈，这是什么游戏？"

戈美丽说："赚雪糕游戏。你投中了，天意啊，奖你两块钱，买雪糕去吧。"

安志说："你不是不让他吃雪糕吗？整天管得那么严，今天怎么了，太阳打西边出来了？"

戈美丽说："今天是解禁日。"

加戈自己下楼到小卖部去了，戈美丽说："我明天要外出一趟，星期六星期天你带加戈。"

"去哪啊？"

"跟你有关吗？反正不去天津。"

"你总提天津，有意思吗？"

"没意思啊。我只不过说一说，帮你唤起一些美好回忆而已。"

"我谢谢你的助人为乐了。你到底去哪啊？回火星？"

"你才回火星呢。"

"哦，猜到了，是跟你那新晋男友一起度假吧？那有什么不能说的呀，我不吃醋。"

"我不吃醋"这四个字现在成了安志的口头语，只要提到高禾汉，他就必然使用这个四字成语。

一切有点尘埃落定的感觉。加戈买回雪糕后，戈美丽看了看表，七点半。往常她一般陪加戈玩到八点钟才走，今天决定早走一会儿，去振华商厦看看衣服。安平自从忙活开店，每天把加戈接回来，等到下班，交给她或安志，就急匆匆走了。一看她也要早走，加戈就不愿意，说："怎么你和姑姑都那么忙啊？"

安志说："你妈妈现在太忙了，顾不上你。让她忙去吧，你留得住她的人，留不住她的心。"

戈美丽说："注意！教育方式！"

显然安志利用加戈讥讽戈美丽是不正确的，这已经不是教育方式的问题了。戈美丽去买衣服的路上还是有点心乱，主要是担心离婚再婚怎么跟加戈解释，他能理解和接受到什么程度。

振华商厦晚九点关门，戈美丽赶在关门前一个小时走进这个将要压榨她血汗钱的地方。老实说，这里面的衣服她戈美丽以前是根本不敢想的，当然，豁出去了除外。走在这到处都写着钱钱钱的地方，她深刻理解了什么叫女为悦己者容。而且，女人在容自己的时候，都是丧失理智的半疯子。

好在夏装已经开始打折，有些品牌还折得幅度挺大，在戈美丽咬咬牙还算认可的程度。其实还不到九月份呢，新款秋装已经粉墨登场了，价格牌和换汤不换药的流行元素一样让人咋舌。

她买了一件丝质半袖、下面先收紧再炸出一个小裙摆的上衣，配了一条黑色七分打底裤。小裙摆的衣服过去在她眼里就是让王娜百穿百败的娃娃衫类型，一直被她排斥，所以她一边试穿一边对自己的行为不太理解，心想，可能王娜买衣服的时候也是这样，被感情冲昏了头脑。

庆幸的是，让王娜百穿百败的衣服上了她的身，立马声誉获救，还为她严重加分，就像上次买的那件连衣裙一样。卖衣服的姑娘想趁热打铁让她再买两件，她说："太腐败了，不能这样。"卖衣服的说："姐，女人就得对自己狠点。"

女人就得对自己狠点，戈美丽简直要为这句话鼓掌了。汉字多美妙，狠字还可以这么用。

接着她又去买了两件很重要的东西：文胸和内裤。这两样东西一点不比那体积大出它们几十倍的衣服便宜，戈美丽一边念叨着女人要对自己狠，一边交钱拿货，真有点含泪血拼的感觉。

可是，不拼怎么办？她那些松松垮垮的内裤和文胸，哪能穿出去见人？

回家之后戈美丽迫不及待地穿上文胸和内裤，在镜子里前后左右地照，越照越没有信心，觉得赘肉有点多。心想，王娜整天背着大包去打球健身，看来真是动机可嘉啊。戈美丽这段时间，感同身受地把王娜那些以往让她看不上的做派都找到了源头。

第二天，星期五，晚上十点，飞机在广州白云机场落地。一切都没有悬念，就像倪平平所说，两个成年男女，你有情我有意，千里迢迢地约了会，怎么可能不发生……那个关系？

而且高禾汉是在取得权益之后才下的手，这就更不存在什么道德感的问题了。戈美丽一下飞机，高禾汉就把她带到事先订好的一个饭店包间，和戈美丽对坐在一张足以能挤下几十人的大桌子后面。戈美丽觉得挺滑稽，有点隔河相望的感觉，忍不住想笑，又万分紧张。

然后高禾汉就像电视剧里演的那样，拿出一个暗紫色天鹅绒材质的小盒子，打开，里面亮出一枚熠熠发光的钻戒。这样的一幕，以前每当戈美丽在电视剧里看到的时候，就抑制不住地哀怨，看一万次就哀怨一万次。好啦，以后不用哀怨啦。

　　有了钻戒，而且牢牢地在手指上套着，就没什么不该发生的了。第二天，倪平平发来短信："1还是2？"

　　当时高禾汉正在洗澡，戈美丽就回道："2。"

　　倪平平的电话马上打进来了，开口就唱："one night in Guangzhou，我留下许多情，不管爱与不爱都是历史的尘埃……"

　　"什么啊，怪声怪气的。"戈美丽小声问倪平平。

　　"《广州一夜》。我创作的。怎么样？"倪平平篡改了《北京一夜》。

　　"不怎么样，什么叫历史的尘埃，有点灰。"

　　"不能一概而论嘛！你们家的尘埃都是金子颗粒，闪闪发光的。"

　　戈美丽想起钻戒了，抑制不住那颗想要得到分享的心："昨晚他送我钻戒了。"

　　"真的？多少克？"

　　"我哪懂这个，又不好意思问。"

　　"什么牌子？周大福？周生生？不对，高禾汉不会送你国内品牌。国外的？"

　　"我不懂。英文字母Cartier。"

　　"哦，天！卡地亚！十大珠宝之首！"

　　"你别嚷嚷啊！震得我耳朵疼！需要这么夸张吗？"

　　"我天，太需要了。唉，没办法，你对这些奢华品不了解。我这么说吧，卡地亚在珠宝行里的名望，就等同于皮具里的爱马仕和LV、名车里的劳斯莱斯和法拉利、酒里的伏特加和轩尼诗、香水里的香奈儿和雅诗兰黛。算了，这些对你都是天书。"

　　"谁说的？我知道爱马仕、LV，那些嫁了富二代的女明星不都拿这样的包包吗。可我也没觉得有多好看。"戈美丽之所以知道爱马仕和LV，其实是每天看腾讯娱乐新闻才知道的。

"你知道你现在和哪些人在一个队列里吗？说出来吓死你！摩纳哥王妃、维多利亚贝克汉姆、汤姆克鲁兹、艾薇儿、梁朝伟、刘嘉玲、徐静蕾、章子怡……我就不说那么多了，你兴奋去吧！"

让倪平平这么一说，戈美丽霎时觉得紧张，不知道把那只戴了钻戒的手往哪里放才好了。高禾汉那边哗哗的流水声消失了，戈美丽赶紧挂了电话，把自己规规矩矩地躺好。昨晚上床之前、那个之后、今早起床之前，戈美丽都拒绝和高禾汉一起洗澡，主要是对自己身上那无处安放的赘肉耿耿于怀。其实她算不上胖，王娜才叫胖呢。但不管怎样，一个生过孩子的女人，无论头脑多么青春，身体却是不宜示人啦。

广州两天让戈美丽颠覆的感觉又加深了一层。星期天晚上，两人乘机返回。高禾汉公司就在机场路上，带戈美丽去公司坐了一会儿。与其说是随便一坐，不如说是让戈美丽适应一种在场感，以后她就是公司老板娘了。

高禾汉公司总体规模不算很大，远远无法跟老彭数亿身家相比，但他算得上一个成功的红酒经销商，至少在胶东这一带堪称行业翘楚。

"酒喝完了吧？再送你两瓶。"高禾汉说。

戈美丽没好意思告诉高禾汉，她和安平两人是怎么像喝啤酒一样喝他送那两瓶法国红酒的。

星期一，戈美丽在安志那里少不得又领受一顿奚落。也难怪，她穿着广州那边的新潮衣服，戴着卡地亚钻戒，安志就是再怎么胸无大志，也难免要受点刺激，加上王娜又刻意跑到他那儿去探了一通口风。

戈美丽的那身行头让王娜大受刺激，但她从戈美丽那里套问不出什么来，就也采用戈美丽的办法，装模作样拿份文件去复印，然后去老干部科套问安志："安科，最近频频大手笔啊，先是给我们美丽买手机，现在是钻戒，你发横财啦？"

戈美丽星期天晚上回家后，安志还没见着她面呢，也就不知道钻戒的事，脑子没转弯，马上问："什么钻戒？"

王娜密切关注安志的表情："美丽戴了那么晃眼的一个钻戒，你不知道？不是你送的？"

安志这才反应过来，说："哦，那是假的。我哪买得起钻戒。"

"不会吧？"王娜虽然没戴过那么好的钻戒，但没戴过并不意味着不识货。看安志明显不对劲，也就没追问下去。一个单位里混着，是要讲混世智慧的，只要心里有数了就行，"哦，假的呀，我说呢，真宝石哪有那么亮的。"

晚上安志一见戈美丽就瞄她的手指："这么好的钻戒，可惜你那有点粗糙的手指使它大失光彩。"

戈美丽早就料到这顿奚落在所难免，她打定主意不接招："随你怎么说，嘴巴痛快就好。"

"王娜今天已经到我那里打探这发光体的来源了，我可跟你说，秘密恐怕保不住了，你可别把责任归到我头上，我什么都没说。"

"你怎么说的？"

"我说这是假的。"

"哼，也就你这种自作聪明的人才能说出这种自作聪明的话来。王娜什么人？她在外面结交的什么人你知道吗？她会相信这么一个货真价实的发光体是假的？你这等于告诉她：对，那就是一枚闪闪发光的钻戒，但不是我买的，我买不起。"

"那你想让我怎么说？你教我。"

不过戈美丽也确实不知道该怎么说。说，怎么说都是漏洞，沉默，更是巨大的漏洞。况且，像王娜那样的，打定主意怀疑一件事，怎么都能找出破绽来。

安志说："还不如你干脆就招了，省得天天心上压块石头，影响谈恋爱。反正早晚大家也要知道——看你这样子，离好日子不远了。这世界上没有永远的、百分之百的秘密。上帝也不会允许一个人什么好事都占着的。"

"那我也要坚持到最后一秒钟。"

愿望总是美好的，现实总是残酷的。戈美丽一心抱着把秘密坚守到最后一秒钟的愿望，谁知道两天以后现实就给了她一棒，就像安志说的那样，上帝不会允许一个人什么好事都占着。哦，她戈美丽又谈着恋爱，世界还都蒙在鼓里，哪有这么不公平的事？

事情是这样的：安平把加戈接回来，顺便拿了一张"学龄前儿童参加城镇居民基本医疗保险宣传材料"。对这张粉色的宣传纸，戈美丽和安志都不陌生，每年这张纸发下来，他们就要去给加戈交上三十块钱医疗保险，幼儿园代收。以往这也没什么，但是今年，安志去交钱时带的户口本，是他们离婚后到派出所做了婚姻状况变更的户口本。

所谓的无巧不成书指的是什么？指的就是，收钱的会计大姐恰好是王娜的邻居。王娜女儿现在读小学三年级，当初上的就是合成革幼儿园。合成革幼儿园办了有些年头了，最初是合成革集团的一个内部幼儿园，后来越办越好，成了省级示范幼儿园，正式对外招生。教职员工们都是合成革集团正式职工，而王娜老公就是合成革一个工程师，他们家住的是合成革集团家属楼。就是说，王娜和幼儿园里的老师们都是邻居，但和这个会计大姐是最近的邻居，门对门。

俗话说得好，有心栽花花不开，无心插柳柳成荫，王娜百般套问无果，却从对门会计大姐那里知道了手机和钻戒的来由。像很多故事里讲的那样，单位里所有人都知道了戈美丽和安志离婚的事情，戈美丽却是最后一个掌握这情况的人。

为这事，戈美丽跟安志大吵一架，后来，从一个特别爱搬弄是非又和王娜不和的同事嘴里才知道，消息是王娜发布出去。戈美丽把档案科的防盗门一关，就开始讨伐王娜，问王娜是怎么知道她离婚的。

王娜倒也敢作敢当："幼儿园里会计说的，我们住对门。人家大姐只是关心，不相信你们离了，才问我的，绝没有别的意思。"

就算有别的意思，戈美丽又能怎么着？闹到幼儿园去吗？加戈已经在那里上了两年，为了让老师们对他格外关照一点，只要踏进幼儿园一步，戈美丽对做饭的教职员工都是一副讨好的姿态，中秋节春节还偷偷摸摸给老师塞一张商场购物卡。所以，她能怎么样？只能把这口气咽回去，交托幼费的时候还得照常对会计恭恭敬敬。何况，她离婚的事是事实，嘴长在人家脸上，人家有背后议论的权利和自由啊！

戈美丽离婚另找了个大款的新闻，在单位传了很长日子，堪比大S嫁汪小菲等娱乐新闻。她过去是一个不被人注意的角色，现在成了娱乐人物，女同事们表面上啧啧称羡，背后，她的形象就是一个不折不扣的女陈世美。王娜动不动就问："怎么还骑自行车上班？你现在这身价，怎么能骑自行车呢？有本没有？我介绍一个驾校给你，考本本去吧，要抓紧，越来越难考了。"

戈美丽说："我才不考呢。自行车我都骑不好。"

总之，像安志说的那样，世界上没有永远的秘密。既然这样，戈美丽也不得不承认这个现实。安平服装店开业那天，为壮声势，也邀请高禾汉，戈美丽就答应了。

"反正已经成了女陈世美，这形象也没什么挽救的必要了，干脆就彻底陈世美到底，这个世界是永远没有公正的。"这是倪平平教导戈美丽的，"而且，你别妄想用解释能替你解决什么问题，这就好比你被当成精神病送进精神病院，你说，我不是精神病，我不是精神病，你越解释，他们越觉得你病重。所以，面对怀疑和诋毁，最好的办法是沉默。所谓的宜静不宜动，就是这种时候应该有的姿态。"

这可以说是肺腑之言、切身体会了。倪平平频换男友，连戈美丽都经常误解她。怎么走过来的？靠的就是这强大的心理承受力。

"安的衣柜"开业后，安平虽然雇了个经验丰富的店员，但这个店还是掠夺了她全部的精力，有一天她五点了慌慌张张给戈美丽打电话，说坏了坏了，我忘接加戈了！戈美丽只得又偷偷早退去接加戈。这样下去肯定不是办法。那天本来戈美丽答应了高禾汉吃饭，结果没去成。第二天中午，高禾汉打电话让戈美丽回家，他请了质检所的朋友上门检测空气质量。戈美丽有安平家钥匙，顺便给她家也检测了一下，合格。

余下几天，戈美丽找物业帮忙办理了加戈的入园手续，把加戈正式接过来住了。幼儿园是小区配套，站在戈美丽家露台上就可看到，简直是近在咫尺。早上戈美丽步行把加戈送到幼儿园，再去坐车上班，晚上可下班回去后再接。其实要是给加戈一把钥匙，他自己就可回家。但戈美丽不放心，生怕有坏人尾随，虽然小区保安配套很完善。

一切就绪，只欠东风。领证的日子定在国庆节。按照戈美丽的意思，她和高禾汉去领个证就可以了，宴请家人都不要。高禾汉却想办得多少隆重一点。有一点已经达成共识，婚后高禾汉会带高粱从海边搬到山语世家来住。戈美丽表示她不想搬到海景房里，说怕潮。实际上，谁不愿住海景房啊？她是不愿意有寄人篱下之感。住在山语，就算是搬到高禾汉那套带花园的房子里，距她家也不过只隔着几栋房的距离，想回去，抬脚就到了。

17

在戈美丽把再婚正式提上日程的日子里，她大姑姐安平，这个
年届五十的中老年妇女也意想不到地遭遇了第二春。

对她有了意思的是老徐，隔壁徐言言他爸，驾校教练徐基础。
此人当兵出身，是退伍后分到一家单位当小车司机的。"安的衣
柜"刚开业那段时间，老徐没少来帮安平干些小活，比如拉个接线
板啦，修个空调啦。一边干着活，俩人一边说着话，也不知怎么，
说来说去，就说到自己的血泪史。当然，血泪史主要是安平在说，
她说完所有的血泪史后，没什么可说了，就让老徐说。老徐单身，
这她早就知道了，但不知道单身原因。

那天是老徐来帮她开试衣间门锁。她自己不小心从外面锁上，
钥匙找不着了。这对老徐不是难事。干完活以后已经晚上七点多
了，安平坚持要请老徐和徐言言吃饭，三人到不远处的一家饺子店
吃饺子。徐言言坐下就摆弄手机，饺子还没上来，说有事得走。安
平说："干吗啊，别走，饺子一会就上来了，咱们快点吃，一起
走。"

徐言言说："朋友约K歌呢，跟你们俩老年人吃饭，真不如去
K歌。你们慢点吃，细嚼慢咽有利于消化。"

其实根本没人约徐言言K什么歌，这鬼机灵的丫头看出她爸对
安平有点意思，本来就想制造点机会呢。这下，机会自己送上门，
还不赶紧把握住？

徐言言走后，有两分钟的尴尬冷场。好在这时候饺子上来了，
刚刚好。安平率先打破尴尬，拿起筷子："老徐，尝尝，今天我请
客，一定要吃饱，给我点面子啊。"

吃了一个,安平又没话找话:"没我做得好吃。"

她说这句本来只是想让气氛自然点,没想炫耀,但老徐却跟上去说了句:"那改天尝尝你的手艺。说真的,多少年没自己包顿饺子吃了,我和言言都不会。"

话题就拐到言言妈身上了。安平大着胆子问了句:"言言妈和你,怎么回事?离了?"

老徐说:"离了。言言刚十二岁的时候。我们一个单位的,言言妈在工会,我在司机班,给一个领导开车。有一天下午,我趁领导外出开会,溜回家想看场球赛,结果发现工会主席在我们家。言言妈哭着求我给她保密,唉,她也是,担心机构精简把她简下去。从那以后我就不在家住了,又过了两年,离了。"

老徐说得平淡得很,安平却不是个滋味,抹起眼泪来了。她戴着墨镜和假发盯梢老彭的事,徐言言都当成笑话讲给老徐听过了,老徐立马就后悔起来,拿了张餐巾纸递给安平:"都怪我,不该讲这些陈芝麻烂谷子的事,让你伤心了。"

这顿饭达到了徐言言的预期效果,不管是不是因为老徐的经历让安平有点同病相怜之感,总之是拉近了她和老徐的距离。

老徐回家以后,看到徐言言正翘着腿看电视,就问:"你不是K歌去了吗?"

徐言言看她爸一眼:"你明知道没有K歌这回事,还问。做贼心虚了是吧?"

言言妈后来改嫁了,徐言言不愿跟着去,就跟老徐了。父女俩这么多年相依为命,彼此心里动点再小的念头,也瞒不过对方。

老徐也坐下来:"你安阿姨这个人,刀子嘴豆腐心,是个好人。"

徐言言说:"就是性格大咧咧的,有时候透着股傻气。不过,我还真喜欢她那大咧咧的劲。老徐,你呢?"

老徐想了想,说:"不错。"

徐言言拿脚踢她爸一下:"我饿着肚子给你们创造条件,你就这么个评价?"

第二天,徐言言又去探安平的意思。

这一老一少俩女人挺有意思的,隔壁,门串得那个频,很多顾客都以为是母女店。徐言言拣个没顾客的时候跑到"安的衣柜"去，问安平："老板娘，昨晚上饺子好吃吗？"

安平说："没我包的好吃。差远了。"

徐言言说："饺子不好吃，说说话也不错啊！你们都聊什么了？"

安平说："让我想想啊，聊了很多，主要是你小时候的事。尿床啦，乱抹鼻涕啦，不讲理啦。"

徐言言说："逗我玩呢？"

安平说："你个小丫头片子，动什么歪心眼子，能瞒过我这个老江湖？"

徐言言说："你这样说就太好了，不用我费心动歪心眼子了，我整天这么忙，容易吗。什么时候请我们俩吃饺子？"

安平说："嗨，我还让你们俩赖上了是吧？周末吧。"

星期五，安平一早就起床到市场去买菜。考虑到徐言言提出的以素为主，买了新鲜的茭瓜和猪肉。半下午的时候，齐桂花忽然大驾光临。安平在里面一看是她，赶紧过来开门，说："欢迎光临！本店新款夏装、新款秋装静待您的临幸！"

齐桂花说："你跟别的顾客也这样说话吗？"

安平说："对啊！作为顾客，您听了不觉得如沐春风？"

齐桂花说："我听了身上起鸡皮疙瘩。"

老太太大热天的顶着太阳跋涉到这儿来，太不容易了，坐下喘了半天才开始倾诉，两方面：一，家里的保姆让她不舒服；二，她又想吃手擀面了。

安平搬走后没几天，老彭就请了个保姆回家伺候齐桂花。考虑到齐桂花一直和安平呆在一起，老彭特意让手下人找一个年龄在五十左右的中年妇女。

符合条件的人是很快就找到了，但是不出半天，齐桂花就不高兴了。她让人家什么都不要干，马上做顿手擀面。这个刘嫂手脚倒是勤快，也麻利，就是做出来的手擀面没打动齐桂花。她用筷子挑起一根往嘴里一放，就问："和面的时候放碱了吗？"

刘嫂说："放了。"

齐桂花又问："放盐了吗？"

刘嫂说："没有。还要放盐啊？"

齐桂花说："知道为什么你擀的面条不筋道吗，就是因为缺盐。"

刘嫂很想保住这工作，马上重新和面。这次齐桂花的意见是，碱和盐的比例不对。刘嫂小心翼翼地问她该使用什么比例，要不要去买台厨房用的电子秤。齐桂花说："我大媳妇从来不用秤。"

晚上，她又让刘嫂蒸馒头，蒸出来后嫌她没放牛奶和糖。

接下来，她又让刘嫂烙饼、包饺子、炸油条。总之是面面俱到地把厨房手艺活儿进行了个综合测评，那几天把刘嫂忙得脚不沾地。她那边在厨房忙着，齐桂花这边就在客厅里苦思冥想安平都会做什么，人老了，记不住，就拿张纸，拿支笔，坐那儿想一个写一个，刘嫂做完一个她就打勾一个，还在后面打分。

厨房活儿测评完了，她又测评其它方面，具体到擦地时洗几遍拖把、沙发靠背斜角放还是正着放，也一一记下来，打分。

试用了一星期，齐桂花把刘嫂叫过来，让她看自己得了多少分。她把每一项得分、扣分原因都详细写在后面，最后汇总了一下，算出平均分。显而易见，按照她的苛刻标准，及格是不大现实的。刘嫂也是做过几家的，还是第一次遭遇这样的东家。她拿着那个滑稽的分数去找老彭辞了职。

老彭再找保姆，就忽略年龄条件，主要着力点放在厨房手艺上。这条件不像年龄那样一目了然，也是需要慢慢了解。为免出现上次的打分局面，到时候搞得双方又是不快收场，老彭干脆就雇了个在酒店里干过的大厨给她，另外又雇了个女孩专门收拾家。

齐桂花其实挺矛盾的，她不知道自己儿子到底有多少钱，但骨子里她没有颐指气使那观念，看着自己被两人伺候，总觉得自己像个剥削阶级，要折寿的。老彭安慰她说："社会分工不同而已，他们到咱家来做事，一是发挥自己的所长，二是靠正当劳动获取正当报酬。您就不用想那么多了。"

澎湃带赵宁回来吃晚饭，大厨在厨房用专业手法炮制满汉全席，小保姆就沏茶端水地伺候着。赵宁悄悄跟澎湃说："你们家应该把房后那块地买下来，种上一大片玫瑰花什么的，然后，雇个园丁。大厨、保姆、园丁、司机，那就全活了。再让你奶奶换上一件对襟夹袄，一条免裆裤，给她配一杆长烟枪；让这丫头把头发梳成一根粗辫子，扎一截红头绳，垂在后背上，要到屁股那么长。你奶奶斜卧在沙发上吞云吐雾，小丫头跪在地上给她捶腿。捶着捶着，你奶奶不愿意了，一脚蹬过去，把小丫头蹬到对面电视墙上，弹回来，继续跪着干活。"

赵宁的嘴皮子也够厉害的，要真跟澎湃成了，万万得离安平远点。两人要是干起来，难分伯仲。

鉴于刘嫂的案例，齐桂花决定不拿安平处处当标杆了，能凑合就凑合。再说了，大厨都请回家了，再闹腾，她老太太成什么人了？真要成万人嫌了。

理智上说来，齐桂花必须满意。感性上呢，齐桂花还是不满意。她坐在安平店里诋毁大厨："不管什么菜都一个味，油放得那个多啊，把我老太太很快就要吃成高血脂糖尿病了。这大厨连刘嫂都不如，干脆不会手擀面。我现在吃的都是机器压面。"

安平说："您就是没事干了天天闲的，整天琢磨那张嘴和那个肚子，也不怕真吃出高血脂糖尿病。要少吃多运动，知道吗？给你做一口你就吃一口，饿不着就行了啊老太太！"

齐桂花把刘嫂大厨小保姆挨个叨叨了一遍，叨叨完了也不走，坐那儿赖着。安平知道她那点心思，就想跟着自己回家去吃饭。可是老徐爷俩要去，很显然这三人不太适合坐一桌。安平就下逐客令："我有事得先走了，您还没坐够啊？牢骚不都发完了吗？好好回去享受地主婆的生活吧。真是，人要学会知足。"

齐桂花可怜巴巴地看着安平："我今晚去你家吃饭。"

安平说："我可不做手擀面啊，趁早别想。"

齐桂花立刻站起来："什么都行，只要是你做的。"

这样一说，安平的心霎时软下来了，觉得要是再拒绝，真是伤天理的事。她想了想，说："您去可以，但是去了以后只准吃饭，不准说话。"

齐桂花哪管那么多，只要答应去就行。徐言言那边有一堆顾客在忙，安平正好就省了打招呼，偷偷带着齐桂花走了。心想，车到山前必有路，到时再说吧。何况就吃顿饺子而已。

到家安平就和面拌馅，茭瓜、肉馅、木耳，色彩鲜艳，看得老太太直流口水。安平边忙边跟齐桂花说："今晚家里有客人。"

齐桂花小眼咕噜噜转转，问："什么客人？安志还是安然？"

安平说："都不是。"

"那是谁？我怎么不知道你还认识别人？"

"我现在是企业家！真是，企业家没有朋友像话吗？"

"哦，业务朋友。男的女的？"

"一男一女。"

齐桂花一听这就放心了，还以为一男一女是两口子呢。谁知客人到场后，一男一女不假，不是两口子，是父女俩。而且女孩是安平隔壁店里的，男的是女孩她爸，"安的衣柜"开业那天齐桂花都见过了的！老太太一张脸马上就有点多云，瞅个机会到厨房批评安平耍她玩。

安平说："我又没说错，一男一女，不对吗？"

齐桂花问："你和那男的还是和那女的是朋友？"

安平说："女的呗，她是隔壁店里的，您又不是不知道。"

齐桂花马上问："有妈没？"

安平又逗齐桂花："有。"等她松口气，马上又说："离了。"

老太太不用多想也知道这里面有什么事，而且能推测到将来要发生什么事，饺子再好吃也吃不下了。而且要命的是，安平竟然跟老徐和徐言言介绍："这是我一个老邻居。"

徐言言和徐基础也都见过齐桂花，知道安平在挪揄老太太，徐言言就说："那么老远跑来看您，看来您人缘挺好的。"

"不是我人缘好，"安平一边看着齐桂花有苦难言的样子，一边说，"是我的饭缘好。老太太过去经常吃我做的饭，上瘾了，所以，一时不吃就难受。哪是看我来的啊，是看饭来的。"

齐桂花张张嘴刚要说话，安平在桌子底下踹了她一脚，提醒她只准吃饭不准说话。为了大局，齐桂花只好忍了。

可怜的齐桂花，饭吃不香，话还不能说。偏偏老徐怕慢待了这位安平的前婆婆，总刻意挑起话题跟齐桂花说。每次老徐把话题引到齐桂花身上，安平都抢过去替齐桂花回答。老太太不停地用嗯啊等语气词表明自己不聋不哑也非低智，真是够难为人的。

徐言言觉得挺好玩的，频频在桌子底下碰老徐的腿，或踩他的鞋子。回家以后徐言言下了个结论："安阿姨在他们家肯定受了不少委屈，看那婆婆就不是个善茬。"

162

齐桂花只是想饱一顿口福外加演点苦情戏打动安平，让她回去，没想到被动地参与了人家其乐融融的一顿周末家宴。

澎湃在房山良乡找到巫红豆，这个消息让齐桂花是既高兴又不高兴，高兴的是她的孙子保住了，不高兴的是，假如巫红豆要带着孩子登堂入室怎么办？现在的女孩子个顶个地厉害，她老婆子花了半辈子时间才把安平调理好，难道要重花心思调理新人？对于巫红豆啦赵宁啦这样的女孩子，她一点自信也没有。老太太不希望自己在被虐待的凄凉晚景中度过余下的日子。

所以齐桂花决定还是得尽快把安平找回家，这才跑来套近乎的。她是打过算盘的：既然一开始巫红豆没把孩子做掉，现在孩子越来越大，就更没理由做掉了。等生下来，让老彭从经济上好好补偿一下，就不要让她登堂入室了。

老徐父女俩是先走的，安平把剩下的饺子装到一只微波炉盒子里，找个塑料袋装了，递给齐桂花："拿回去放冰箱里，热着吃吧。"

一肚子算盘的齐桂花哪肯这么拿着饺子就走？她旁敲侧击，想知道安平和老徐到什么程度了。安平说："您就别费心了行不行啊？费心伺候你那未来的孙子吧。你们怎么还不让她进门？"

齐桂花说："那门不是给你留着的吗。"

安平说："我回去了，等巫红豆生了，你们再把小祖宗抱去，让我当老妈子伺候小祖宗，是不是？老太太，你们家已经有大厨有保姆了，再雇个奶妈也不是难事。只要有钱，这世界上没有解决不了的困难。您就放我一马吧，我现在刚刚重拾生活信心，不想再往你们那火坑里跳了。"

最终，安平打电话叫来澎湃，让他开车把老太太拉了回去。齐桂花拎着一饭盒饺子，无精打采地在沙发上坐下，等老彭。老彭回来一看她那灰头土脸的样子，就猜她肯定又招惹安平去了，而且碰了一鼻子灰。老太太把见到的场景尽可能地渲染一番，描述给老彭听，简直要让老彭相信安平明天就会再婚。

老彭说："这么快？"

齐桂花说："可不！看安平长那样，还一阵阵傻乎乎的，居然有人能看上！"

老彭说："安平身上自有她的气场。"

齐桂花问："气场什么意思？"

老彭说："就是引人注意的某种魅力或者说力量。"

其实老彭以前也没发现安平身上有他所说的"气场"，"安的衣柜"开业那天，他站在自己阔大的办公室里俯视，隔了那么段距离和高度看安平，竟觉得安平身上有种光彩，她那大咧咧不容分说的性格，还真适合出来闯闯，干点大事。

从那以后，老彭没事就站在办公室看"安的衣柜"。老彭有一架望远镜，九九式甲H8199。放大倍数20倍，口径55毫米，可以完整看到1000米远的56米大的物体。

千万不能认为老彭有偷窥欲什么的，他总体来说还属于商人里面比较正派的那个序列，望远镜是前段时间他出发去丹东莫名其妙买的。当时他们一行几人要乘船在鸭绿江上看对岸的朝鲜，岸边有人兜售望远镜，而且扯住你就不撒手。大家都买，老彭也想好好看看朝鲜那边到底什么样，也就买了一个。

回来后他把那玩意儿一直放在办公室派不上用场，"安的衣柜"开业那天，别人都在现场热闹，他就借助望远镜找了找也在现场的一点感觉。那望远镜居然是军用的，质量真是不错，清楚得不得了，跟在现场没什么两样。

以后老彭隔三差五就拿那玩意儿看看"安的衣柜"。所谓安平身上有气场这个看法，就是在望远镜下得出来的结论。当然，老彭也有那么几次看到一个中年男人在"安的衣柜"逗留，起初以为是安平找的维修工，后来发现那男人和隔壁"言言语语"的小姑娘也很熟，一直没搞清是什么关系。齐桂花带回来的这消息，算是解开了老彭心里的疑团。

他只好安慰他妈："别说您还不确定他们到底什么关系，就算是那种关系，也没必要这么纠结。安平可能还就适合找那么个老实本分的男人过日子。"

几天后老彭在望远镜里看安平一个人在，就下楼去了一趟。自从安平搬出来，这还是第一次见老彭。

"买点什么啊？我这店是中老年妇女专卖，你大概是走错地方了。我告诉你啊，往那边走五十米，有家孕婴用品店，奶瓶尿布一应俱全，都是进口的。"

"老安，能不这样夹枪带棒地说话吗？"

"哼。告诉你，爱或者恨，只能选一种，没有灰色地带。"

"你这跟谁学的？"

"电视。"

老彭叹口气，四下看了看，说："挺不错的。你想不想进振华商厦专柜？想的话跟我说声，我帮你想想办法。"

安平说："免了吧。我就喜欢这样的小店，自己说了算。我这么些年就没自己说了算过。"

老彭提了个纸箱子，放在款台上，说："打开看看，喜欢不。"

安平找剪刀打开包装一看，是一尊玉如意摆件，服务员小朱在旁边探头探脑地看，说："哎呀，太漂亮了！"

本来安平也差点要说这样的话，忍住了："得很多钱吧？这么贵重的礼物，我可受不起。"

老彭和安平过日子这么多年，哪能不知道她这是刻意摆出那么一副样子，就说："这是我托人从缅甸那里买的，已经开过光了，你要是喜欢，就摆在店里。一个店总得摆个吉祥物。"

安平还是不冷不热："那我就却之不恭了。"

老彭离开以后，徐言言一个高就蹦进来了："这就是传说中的大爷吧？还真是有风度哎！"

又一眼看到款台上的玉如意，大惊小怪地过去摸一摸："一看就是好货色，绝对的镇店之宝！不知得多少钱呢！哇塞，连底座都这么雍容华贵！"

三人把款台收拾了一个地方，放好玉如意，徐言言说："你这店立马气象大变啊！"

安平说："屁。"

徐言言说："当着这么好的一个玉如意，怎么能说粗话呢？我看我大爷挺爷们儿的，怪不得年轻女孩子喜欢呢。你看见没，他没送你什么蟾蜍啦貔貅啦招财猫啦，送你如意，是希望你过得快乐开心。多有品，多不一般！证明他对你是有情有义的。"

安平说："这不矛盾吗？对我有情有义，还去招惹别的小姑娘？"

徐言言说："那是两回事！爱情和感情根本就是两回事嘛！这问题不跟你探讨，咱们有代沟，说不明白。探讨这个问题吧，你说，毛泽东为什么有那么多女人？"

安平说："怎么又扯到毛泽东头上了？他和毛泽东能比啊？"

徐言言说："看怎么个比法！再说了，我只是打个比方，想说明一个问题：优秀男人就应该有很多女人喜欢。毛泽东这样的，他生下来就不是给哪一个女人准备的，而是给全天下女人准备的！凡是跟了他的女人，都应该有这样一个基本认识。"

安平说："我看咱们没有代沟。"

徐言言手舞足蹈："您居然和我一样这么素质高，真没想到。"

安平阴阳怪气又补上一句："没有代沟，有马里亚纳海沟。咱俩的距离，就是亚洲和大洋洲之间的距离。"

徐言言问："这又是哪学的？"

安平说："这句可是百分之百我的原创。"

原来，安平并非地理学得有多么好，她前两天无聊时看电视，看到一档地理节目，提到马里亚纳海沟是亚洲和大洋洲的分界线，这才知道的。

一听是原创，徐言言惊呼道："太经典了！我现在开始崇拜您了，我的大妈！"

安平有了镇店之宝。没顾客的时候，她坐在那里看着玉如意，心里还是温暖的。老彭经常在望远镜里看安平凝视那尊玉如意。

这段时间老彭其实也倍受煎熬，算算巫红豆肚子里的孩子应该差不多有七个月了，巫红豆不许他去，他就只能在这里干等着，跟巫红豆通通电话短信，听她描述小家伙怎么在肚子里面动来动去。老彭受煎熬，主要还是对将来怎么处理局面忧心忡忡。他倒是希望安平能和老徐好好发展，这样他的负罪感还能轻一些。

18

老徐出了点交通意外。

准确说，是老彭带的学生出了交通事故。他带的这批学生里有一个耳朵背的小马，也不知道这人体检时是怎么蒙混过关的。老彭是前一天刚发现的，他坐在副驾上跟小马说话，小马却听不到。他又刻意试验了几次，还是那样。他问小马："你是不是耳朵有点问题？"

小马可能是害怕老徐告发他，就矢口否认，说是因为路上噪音大，才没听见老徐跟他说话。

他们练车的路段有一个直角左拐弯，没有红绿灯。车上一共四名学生，老徐一般每天争取让每个学生都能过一遍那个直角弯。今天轮到小马开直角弯那段的时候，他居然跟左边开过来的一辆拉苹果的大货车撞上了。老徐坐在副驾上一直高度注意路况，脚放在刹车上，一旦发现情况也好立即踩下刹车，一般没什么问题。可那小马本来就技术不熟练，心里太紧张，最主要是耳朵有点背，开到路口时，老徐看对面有车，就让他停下等一等再过，小马没听见，就跟那辆大货车接吻了。

老徐当教练以来从没出过事，是驾校公认的年龄最大、最负责任、技术最过硬、教学最有手段的教练，所以当驾校接到电话时都不相信是老徐的车出了事，到现场去确认一下，才不得不相信的确是老徐。

车后座上的三人都没事，前面的小马和老徐有点事，都送去了医院。小马经过简单处理也没事，最后就剩下老徐鼻梁骨断裂需要住院手术，上支架复位。手术倒不大，小手术，但前面一系列的检查、后面几天的消炎，加起来没有一星期出不了院。

谁来照顾老徐？徐言言自从开店就没雇过服务员，一个人又当老板又当员工，人要是走了，店就得关门歇业。安平自从干上买卖，知道的第一个道理就是：每天一开店门，钱就哗哗地在往外流淌。就算你不开灯不用空调不用水，房租也每分每秒都在哗哗往外淌。所以她不赞成徐言言关门，干脆就两人分工，一人一天往医院跑。徐言言去的时候，她暂时帮徐言言看店；她去医院的时候，由服务员看店。

实际上后面那几天没什么事，就是每天打打吊瓶消炎。老徐对安平说："不用来了，我又没到生活不能自理的程度。"

安平说："有人说说话，也能解解闷。这医院，没病的人进来都能熬出病来。"

其实老徐也愿意跟安平多接触接触。几天医院住下来，老徐鼻子没事了，和安平之间的感情却巩固了许多。出院那天是徐言言在医院，安平很时尚地买了一束花也去了，三人打了个车一起回到徐家。安平动手给父女俩做了一顿手擀面，说："上轿的饺子下轿的面，这个面一定得吃。"

安平是个闲不住的劳碌命，吃完饭给他俩把屋子收拾了一下，重点把徐言言的衣柜彻底翻腾了一遍，边翻腾边批评她："看你在外面打扮得光光鲜鲜，住的地方却像狗窝一样。"

徐言言仰躺在床上翻一本杂志，说："你怎么把自己搞得像我妈似的。"

安平说："你还别说，我挺喜欢你这丫头的。"

徐言言说："那你就跟老徐把手续办了，这丫头就归你了。"

安平打徐言言腿一下："瞎说什么呢！拿老年人取笑，太不懂得敬老爱老了。"

徐言言说："老年人该有黄昏恋也得有啊！我分析过了，你和老徐挺般配的。在这个混乱的世界上，像你这么实诚、多少还有点傻气的中老年妇女，怎么维持和一个身家过亿的商界精英的婚姻？根本维持不了。你就该找老徐这样一个男人，老实本分，有责任心。你看吧啊，老徐当兵出身，道德品质那是没说的；老徐长得也还可以吧？他当兵那时候，可是当过国旗护卫队队员的；老徐是个特正派的男人，我十二的时候他就和我妈离了，这么多年，对待再婚的问题，他是严格本着宁缺毋滥的原则，找不到合适的，哪怕孤老终生都不拿婚姻开玩笑。这样的男人，我可跟你说啊，可遇不可求的！"

"你把老徐夸得像朵花，怎么我越听越觉得我配不上你们家老徐呢？"安平说。

"当然了，你也有你的优点。比如说，你虽然有时候冒点傻气，但关键时候能把握住自己人生的大方向。离婚、开店，这都是证明；再比如说，虽然你不会温柔那一套，总喜欢把我爱你说成我恨你，但只要愿意了解你的人，都不否认你有一颗善良的金子般的心；再比如说，这也是最重要的，你很贤妻良母。你会做饭，会整理衣柜。我的天哪，快点搬来吧，以后不仅这个丫头片子是你的了，她的衣柜也交给你了！收获太大了你！"

安平是个直肠子，让徐言言这么一夸，感动得当场飙泪。

"生命短暂，不应该浪费时间流眼泪。"徐言言把纸巾盒拿到床那头给她，"要不这样，我替你们掌握一下发展进度。作为人生中第二次婚姻的当事人，你们肯定都希望尽可能地严谨、庄重、深思熟虑。我觉得你们可以正式开始交往，至于领证，哪一天觉得水到渠成了再去领。我这个安排合理吧，人性吧？主要是这样一来，你们两人都没有压力，顺其自然地放松交往才能结出最甜美的苹果。"

"果实，不是苹果。"安平纠正徐言言。

"我就喜欢说苹果。"

安平正式进入她人生中的第二春。她和老徐父女俩像亲戚一样频繁走动，这个周末老徐父女俩到她家吃饭，下个周末就到老徐家吃饭。不久徐言言就退出了，声称三人游戏不好玩。

除了齐桂花、老彭，戈美丽是第三个知道老徐的人。老徐第二次去安平家，就让戈美丽给撞见了。那天高禾汉约戈美丽看电影。他有新世纪影城的贵宾卡，持卡可随时看任何一部电影，因此几乎每个周末都去看场电影。戈美丽带加戈去敲安平的门，打算暂时把加戈寄存给安平，门敲开了，老徐站在里面，很大方地说："安平的店开业时咱们见过，你们是戈美丽和安加戈吧？"

这时候安平戴着塑胶手套过来了，戈美丽站在门外没进去，说："姐，替我带会加戈，九点半就回来了。"

戈美丽根本没心思看电影，终于憋不住了，悄悄趴在高禾汉耳朵上说："刚才我看到安平隔壁店那女孩她爸在安平家里，两人好像是刚吃过饭，安平在洗碗，那男的开的门，很有点男主人的架势。"

高禾汉说："回头再观察观察，帮你这大姑姐把把关。"

他们看的是七点场，散场是九点，高禾汉问："喝会茶去？"

戈美丽说："不喝了，我得赶紧回去把关。要不你跟我一块？"

高禾汉也挺感兴趣，便欣然前往。他们到的时候老徐还没走，正跟加戈玩拼图。加戈让安平拿钥匙打开门，把他认为不错的玩具搬过来一大堆。高禾汉后备箱里总是备着好酒好茶，带了一盒茶上去当见面礼，安平烧了开水冲好茶，两个男人边喝边聊，戈美丽和安平就带着加戈上阁楼去说悄悄话。

安平把认识老徐的过程约略说了一遍，从她乔装打扮盯梢老彭偶然走进徐言言店里开始。把戈美丽听得都愣了，说："这么有传奇色彩的罗曼史啊！老彭知道不？"

安平说："知道了，我那唯恐天下不乱的前婆婆告诉他的。"

"他怎么说？"

"前两天给我店里送了个摆件，临走时提了几句这事。还能怎么说，无非就是祝福呗。应该是巴不得我赶紧找，他好把巫红豆堂而皇之地请进门。巫红豆那种现代版女孩子，麻烦不解决利索了，她是不肯进门的。都说巫红豆华丽转身一骑绝尘，屁，其实就在老家待产呢。"

"如今这些女孩子，控制欲都很强，又不跟你吵吵闹闹地争。这叫以退为进，高明啊，我们哪里是对手。你和老徐，打算什么时候办？"

"还没想呢。先这么交往着吧。我这年龄了，伤不起啦。"

彭湃后来也知道了这件事，他问安平："你喜欢那驾校教练吗？"

安平说："我们这岁数了，你以为像你们小青年，成天爱呀恨的？在一块说得来、高兴，就这么回事。"

彭湃说："从理性上说，我当然希望你回家去，跟我爸和好。当然，和好如初不太可能，但你们并没彼此厌恶到面目可憎的地步吧？我给你分析一下像我爸那种中年成功男人的处境和心理。首先，他们其实远不像外人看到的那么坚强、挥洒自如，相反，他们敏感而脆弱。这可不是我自己乱说的，而是心理学家的一致看法；其次，他们怕变老，变得毫无吸引力。妈，你们别整天光觉得只有女人怕变老，实际上根本不是那么回事！女人老了大不了不出门，在家围着锅台转，男人要在世界上打拼的，一个毫无吸引力的男人，怎么有信心打败对手？还有，就是第三啦，他们怕自己逐日变得漠然、麻木。综上三种因素，像我爸那种男人，有点什么额外的情感之事，其实是可以理解的。"

安平说："真不愧是姓彭的。要是我没听错的话，你在游说我放弃老徐，重新回到你爸身边吧？你觉得可能吗？那巫红豆身怀六甲正眼巴巴地渴望上位呢！再说了，你听过一句话吗，能被抢走的爱人不是什么好爱人，你爸就属于这种很容易被抢走的爱人！跟你说啊，你妈别的优点没有，就一点——想吃肉，自己买，永远不跟别人抢！"

彭湃说："妈，您说快板呢？得！只要您自己愿意，怎么着都行，年轻人不能干涉老年人的黄昏恋。像您这样的，能有人喜欢，也不容易。"

安平一巴掌打上去："什么话？你妈在你眼里就这形象？你由衷地给我个祝福会死吗？"

彭湃笑着讨饶："好好我不对，我错了。我还是应该选择包容一点，面对严酷的现实。"

"怎么严酷了？哦，我要开始新生活，就是严酷的现实？"

"不是那意思啊。您要开始新生活这一丁点错都没有，看开一切，活在当下，这是生活的真谛！我说的严酷，指的是我又要有一个爸了，将来得多赡养一个不是吗。"

"你小子别给我来这个，哪个也用不着你赡养！不反过来赡养你和你儿子就不错了。我知道你那点心思，你以为你妈那么混不吝是不是？我告诉你，你不结婚，我是绝对不会考虑自己的事情的。我不给你丢脸。"

"要是我没理解错的话，是不是说，我可以和我们家赵宁结婚了？"

"休想！我宁愿你一辈子打光棍，也不许跟赵宁结！我可告诉你，这件事没法通融。"

"那好吧。我打算四十岁才结婚呢。所以您就别等我了，我能等得起，您可等不起。再过上十五年，您鹤发童颜像个老妖精一样去领证，不把婚姻登记处的工作人员吓死才怪。好啦，您什么时候结婚告诉我一声，我会送一份大礼的。"

不管大家态度如何，总之，安平和老徐等于是亮相了。安志对这事更是没什么看法，他自己本来就是个离婚的，犯的错虽没有老彭那么严重，但形象也是严重受损，不适宜在这种问题上提什么意见和建议，所以就装聋作哑，不参与。

安然呢，她起先是极力反对安平离婚的，觉得那女人离了简直就活不下去。现在看她小店开得也不错，人一天比一天大方爽利了，心想她姐还是有潜力可挖的，不是在这个世界上一点位置都找不到。但安然觉得再婚就没什么意思了，既然离了能活得这么好，还有何必要再婚？

和老徐的事，其实安平一直心里是有压力的，在儿子彭湃面前铁嘴钢牙，只不过是维护自己当妈的形象。跟彭湃谈过那次后安平胸口堵得慌，就去找安然。

她去安然家之前打过电话，但安然电话关机。其实那时候正好武博达来了，安然又刚刚认识了一个男的，短信电话比较频繁，担心让武博达发现，就关了手机。安平在外面敲了好几下，正准备离开呢，门开了，安然穿着睡衣站在那，问："大周末晚上的，不应该是你和老徐耳鬓厮磨的时候吗，干嘛愁眉苦脸跑我这来？"

安平没注意到安然有点要把她拒之门外的意思，自作多情地硬挤了进去："我正烦着呢，你不是号称我的精神导师吗。"

她硬挤进去，坐在沙发上，说："晚上没吃饭，饿了，快，给我煮包方便面去。"

安然抱着胳膊看她四仰八叉倒在沙发上那样，知道这尊佛一时半会是走不了的，说不定还得在她家过夜呢，就冲卧室喊："出来吧。"

武博达从里面出来了，把安平吓一跳，问："他是谁啊？怎么从你卧室里出来了，干吗呢在那儿？"

"在卧室里还能干吗？瞧你问这话。"又转向武博达，"老武，我姐要吃方便面，你要不要也来点？"

老武很尴尬地说："我就不用了。"

安然摆摆手，边往厨房走边说："不饿的话就赶紧走吧，傻站着干吗呀。"

安平大张着嘴，看武博达开门离去，半天才反应过来，跑到厨房门口问："刚才，我是不是打扰了你们？"

安然白她一眼："不是打扰了，是正在打扰。"

"嘁！我给你口好气，你还上赶着是吧？你和那中年男人什么关系？他干吗的？有老婆没？你们混多长时间了，我怎么不知道？"

"什么关系你不也看到了，床上关系呗。一个小官员。当然有老婆了，没老婆我还不敢招呢。混多长时间了，我算算，三年了吧。你怎么不知道？这还用问吗，我没告诉你、你也没撞上过呗。回答完毕。"

"就是说，你和这个有妇之夫鬼混三年了？"

"注意措辞，应该说交往，而不是鬼混。你现在是女企业家，不同以往了，不能爆粗口。"

"粗口，我还想动粗呢我！"

"凭什么呀？"

"凭什么！"安平在厨房门口转了两圈，终于找到理由，"就凭我是个被小三撵出家门的正室！所以我就不能允许你也去当小三！"

"未必所有的小三都要把所有的正室撵出家门吧？我是不婚族，拜托！"

"我不管你婚还是不婚，反正当小三就是不道德的，就是我的对立面！"

"不要这么偏激好不好？从理论上来讲，你自己的婚姻没经营好，让小三钻了空子，那是你自己没能耐，不能埋怨小三。当然，我们看待问题很多时候不能凭理性，要凭感性。你还吃不吃面了？我在这给你煮着面，还得听你谴责，我怎么这么贱哪？你太没良心了吧，知道你那小店是怎么盘下来的吗？就刚才这家伙出的力！那样的黄金地段，你以为一般人能盘下来啊？"安然叉起腰，不干了。

"给我卧个鸡蛋。"安平一听人家这么说，真有点哑口无言了，只好气咻咻地结束对武博达的批判。

"没有鸡蛋。"安然端起锅把面倒进碗里，"说别人一个顶俩，你自己就没和老徐鬼混？"

"我敢对天发誓，绝对没有！我们是很清白的！"安平要让安然这句话吓死了，"你要再这么说，我就告你诽谤。"

"那这么说，你们既然不是鬼混，就是来真的了？来严肃的了？来光明的了？"

"什么意思？"

"就是，你们两人手牵着手，去一个名叫婚姻登记处的地方，照一张傻呵呵的合影，填一些表格，签字画押，领两个小本本，举行个仪式，然后步入洞房，开始又一段换汤不换药的婚姻生活。"

"那又怎么了？不比你这样强啊？选个那男的老婆不在家或是什么日子，偷偷摸摸跑到你这里来，还非常有可能被敲门声中途打断？"安平一边呼噜呼噜吃面，一边跟安然反驳。

"他什么时候方便来就什么时候来，我不在乎不就行了？傻子才去在乎男人这种靠不住的动物呢。姐啊，天下婚姻都一样，换汤不换药，没有这种矛盾就有那种矛盾，何故非趟那浑水？做一个独立自强不需要婚姻的女性，多好啊！我真是不明白，女人们为什么能日复一日呆在婚姻的凌迟下。"

"我暂时还没想结婚这码事呢，怎么也得等彭湃结了再说。我现在就是找个能说说话的朋友。兴你们朋友一群一群的，就不兴我有这么一个啊？"

"这可是你说的啊！只是朋友！我劝你最好别有结婚的念头，否则，再经历一次婚变，你就完了。"

"你是不是乌鸦嘴啊？你凭什么确定我要是再结婚，还得经历一次婚变？"

"我是说假如、如果、万一、一旦。"

"没有假如和一旦，"安平没好气地说，"彭湃那臭小子把我惹得怪不高兴的，本以为你是个开通的现代女性，没想到也和我过不去。是不是你们俩人商量好了，统一口径、联手对敌？"

"那倒没有。只能说，我们英雄所见略同。主要是，我们本着关心爱护你的前提，不愿意看你再度被婚姻所伤。"

"我看你才是那种极其害怕被婚姻伤害的人呢。你跟姐说实话，是不是真的不结婚？我觉得吧，一个人无论多有个性、多独立，还是要遵循中华民族几千年来的传统文化吧？你看这几年，那些大腕明星们纷纷结婚生孩子，你敢说人家没个性、不独立、不能挣钱？但人家照样去那个叫婚姻登记处的地方照傻呵呵的结婚照，照样发请帖、摆酒席，向世人宣告他们已取得合法的夫妻关系，然后开始换汤不换药的婚姻生活。娱乐圈里的婚姻更靠不住，但人家不是都敢大胆尝试吗？失败了再说，你说是不是？你连失败的滋味都没尝过，死的时候能闭上眼吗？"

"你这都什么怪理论啊？我死的时候，回首一生，没有过婚姻失败的灰色一笔，不是走得更干净更了无牵挂吗？再说了，跟我交往的男人都是有妇之夫，而我又绝对不会嫁有妇之夫。肯为一个女人离婚的男人，在我这里是绝对不过关的。你说，你怎么让我结婚？"

"你就不能交往个未婚男人？"

"未婚男人麻烦不是嘛。"

"你就是一个懦夫！我觉得你有心理疾病，得去看心理医生。"

"你才有心理疾病呢！"

"都不敢和未婚男人交往，你敢说自己心理健康吗？"

"我有未婚男人社交恐惧症，行了吧？我就是不想结婚，不想交往未婚男人，这又不犯法。"

"可你打算一辈子不享受正常家庭生活吗？到最后孤老一人？"

"那又怎么了？我多攒点钱，到最后雇很多保姆，怎么会孤老一人？我还可以去老年公寓啊，选择多着呢。"

本来安平是为自己的烦恼去找安然排解的，结果又添了新的烦恼。她越想越觉得安然这样下去不行，就找戈美丽叨叨。戈美丽说："她是不是过去在情感上有过被伤害史？"

安平说："她那样的人，都是她伤害男人，哪有男人伤害她的。不过我想起来了，她上大学时谈过一个男生，他们学校的学生会主席，后来没成。"

"嗯，要是安然真有心理疾病，这肯定就是根源了。为什么没成知道吗？"

"好像那男生毕业后跟他们学校一个富二代双双出国了。"

"这就不难理解了。那男生为了出国，在毕业前夕甩了安然，这是造成她有心理问题的根源。"

"我怎么越听越害怕呢，难道安然真有心理疾病？"

"这有什么大惊小怪的，你别把心理疾病想得像洪水猛兽一样。其实，我们每个人的心理都不是完全健康的，或多或少有着这样那样的疾病，只是程度有轻重之分而已。"

"可我看安然除了立誓不婚，没别的异常啊？"

"有心理疾病的人对外界的表现行为是不一样的。我打个比方说吧，有的人失恋后会自虐，比如失眠绝食甚至自杀；而有的人失恋后容易走极端，比如威胁报复甚至干出鱼死网破同归于尽的蠢事。安然的情况呢，显然不是这两种，而是另外一种——表面上看来爱情走了没给她带来多少伤害，但实际上，这件事使她背负着被背叛的阴影，无法自拔，直到现在。体现在哪里呢，就是她把自己变成了一个恐爱恐婚者。与其说她是不婚族，不如说是恐婚族更合适一些。"

"这可怎么办呢？我们是不是要找心理医生帮她疏导疏导？"

"安然那种个性，不会去看心理医生的。而且她这种情况是在年轻时造成的，对她人生观的影响已经有点根深蒂固了。那时候她多大？"

"也就二十岁出头吧。"

"你没发现吗，现在有一种大学生自杀现象，每年都会发生几起。我看过一些这样的新闻，专家分析，女孩子在十八岁到二十五岁时，虽然生理和心理都很旺盛，但由于年龄的局限，承受压力能力很差，情感失意、就业压力都很容易让她们产生心理疾病。安然就属于这种，只不过程度轻而已。我觉得不能让她接触心理疾病这样的概念，那只会火上浇油。最好的办法就是让她交往未婚族，说不定她慢慢就能开始过健康的情感生活了。"

从那以后，安平又多了个心事：帮安然相亲。

19

要相亲，就得先有对象。安平把这个任务交给老徐。别看老徐只是个驾校教练，但他教过的学员那可是三教九流干什么的都有。就拿前段日子他住院整鼻梁骨，要不是因为从通讯录里翻出一个毓璜顶医院五官科大夫的电话，还不知到什么时候才能混上床位呢。而且他那里接触的学员流动性都特别强，一拨学员上路二十天就考试，一个教练一般都是同时带几拨学员，相亲来源可谓源源不断、前赴后继。

老徐他们这些驾校教练本来就把结交学员作为教学的一部分，有些学员你指不定哪天就会用得着。现在有了安平交给的新任务，老徐就更上心了，边教学边跟人家聊天，重点了解婚姻状况。

两天后老徐就筛选出一个，三十五岁，软件设计师，自己开了家公司，没有婚史。安平去驾校亲自过目，觉得该男文质彬彬，看上去挺靠谱。老徐就跟设计师介绍了安然的情况，设计师同意看一看。

但是，采取什么方式相亲？以安然的性格，要是告诉她真相，肯定她是不会给你这个面子的。

最后定下的计划是，安平假意让安然来家吃饭，说是为了感谢她请武博达帮自己盘店，戈美丽假意让软件工程师来帮忙维修电脑，然后伺机把两人凑到一起见面。戈美丽刚好上周买了新电脑。

截止到这个环节，一切进行得还算顺利，安平已做好二热二凉四个菜，最后一个大菜剁椒鱼头快出锅的时候，戈美丽在外面敲门。安平迫不及待的把门打开，说："大菜马上出锅，快过来一起吃吧！"

戈美丽说："修电脑的还没走呢。"

安平装模作样地说："叫来一起，做太多了，吃不了。"

等戈美丽把软件工程师带过来，大家落座，互相一介绍，安然就明白怎么回事了，她问安平："姐，怎么你也认识这位男士？"

安平说："我当然认识了，因为是我介绍他给美丽修电脑的。他是老徐车上的一个学员，软件工程师。"

安然又问戈美丽："嫂子，电脑出什么故障了？"

戈美丽说："声卡驱动坏了，每次需要重启电脑，音量控制器才好用。"

安然说："你从官网下载个声卡驱动重新装上不就完了？这点小问题还劳烦这么大个软件工程师。"

戈美丽说："我不会呀。早知道你会我就请你来帮忙了。"

安然扁嘴笑了笑："怪不得我姐做这么多菜呢，我这个自作多情的，还以为专门请我一个人。"

老徐已经跟软件工程师说了，安然是头一次相亲，可能对这种形式有点抵触，所以，暂时先不跟她说是相亲，软件工程师同意了。所以，这个文质彬彬的家伙就配合安平和戈美丽演戏，一边吃饭一边偷偷观察安然。

软件工程师话不多，所以，只有安平和戈美丽两人像演双簧似的，你一句我一句撑场面。安然像整个世界都跟她没关系似的，慢条斯理地吃，吃得那叫一个多呀，整个一个大胃王。安平不得不阻止她吃下去："我做的菜好吃，你也不能这么个吃法，给我们三人留点不行啊？"

这句话获得安然一个大大的饱嗝，饱嗝打得那叫一个响啊。饭后吃西瓜就更雷了，用安平的话形容是："整个一个女猪八戒。"

丑态毕露的安然吃完西瓜，终于跟软件工程师说话了："她们是带你来跟我相亲的吧？跟你说了吧，我是不婚一族，你赶紧另找目标，别耽误了。"

软件工程师说了一句让在场三个女人都大吃一惊的话："那我就不必为如何告诉你我对你这款型号没兴趣而感到为难了。"

"天哪！"安平首先惊讶得不行了，"我在听吗？我的耳朵是不是出问题了？"

戈美丽也愣了几秒钟，告诉安平："没出问题，因为我听到的跟你一样，他说他对安然没兴趣。"

安平说："这恐怕是安然这辈子听到的最残酷的一句话了。"

戈美丽也一唱一和地说："恐怕她下辈子都不见得能听到这么残酷的话了。"

安然打断她们："你们的目的达到了，那就是，让我受受男人的羞辱；我的目的也达到了，那就是，再次确定跟一个男人结婚是这个世界上最愚蠢的一件事。"

这个时候，软件工程师又胆大包天地说了一句："我不得不说，你的恋爱程序出现了问题。"

"是吗？"安然讥讽地问，"需要清理插件、修复漏洞、清理痕迹、还是清理垃圾？"

"中了木马病毒，需要查杀。"

"哦，用什么查杀？360？瑞星？金山？"

"普通的查杀解决不了问题，必须粉碎和强力删除。"

"你闻到一股糊味没？"安然抽抽鼻子说，"好像是你大脑里的主板烧坏了。"

这句够狠的，安平和戈美丽听着两人斗智斗勇，都手心里捏着一把汗，听到这一句，汗出得更多了，不知道软件工程师会不会拂袖而去。

谁知这文质彬彬的家伙抗压能力特别强："我想可能是这里电压不稳，或者灰尘有点多。没关系，更换一块主板就行了。而且我认为更换一块非常有必要。"

安平和戈美丽对这句话里面所包含的专业意思不太明白，但知道是针对安然来的，尤其是看到安然听了这句话后一时语塞的样子，就更知道此话一定含金量和杀伤力都颇高。戈美丽捅一捅安平的后腰，意思是该你救场了。

这种时候，也只有大喇喇的安平能救场。她的法宝无非是豁上那不值钱的脸皮，装傻，乱说，但屡见奇效，大家都买她的帐。安平说："谁说我这里电压不稳？绝对标准电压！灰尘？那就更是无稽之谈了！我这么爱干净的人，是不容许灰尘存在的。那个什么，唐设计师，像你这样的IT精英，要是有人不识货，只能怪她视力有问题。我跟你说啊，我服装店隔壁有个女孩，特别伶俐可爱，哪天带你见见去。"

"姐,你在卖大白菜吗?这个买主不要就兜售给下个买主?"安然讥讽她姐,又转向软件工程师,"你愿意当一颗大白菜?"

"只有你这种没眼光的人,才把钻石看成大白菜。"安平回击安然。

姓唐的软件工程师很客气地告辞了,安平还追到门口问人家看不看她隔壁店里的女孩。

接下来的内容是集中批判,安平用很难听的话劈头盖脸讨伐了安然一顿。戈美丽是前嫂子,态度不便过于激烈,但也谈了自己的看法:"安然,你就是不愿意,也没必要故意做出那样一副样子吧?狼吞虎咽地吃饭,旁若无人地打饱嗝,你知道吗,这恰恰是你内心虚弱的缩影!你要是有足够的自信,我就不结婚,怎么样,你们全世界都拿我没办法——还用得着刻意做出一副丑样子来武装自己吗?我送你一句名言,自信和自卑只有一线之隔。或者可以说,有时候人们把自信和自卑混为一谈了而不自知。"

这两人一个红脸一个白脸讨伐安然,安然却陷入软件工程师对自己的蔑视里。她又开始吃西瓜,大口大口的,仿佛在咬软件工程师的肉一样:"长这么大没有一个男人敢如此对我无礼!你们以后不要给我介绍男朋友了,这世界上的好男人不是有了女朋友就是有了男朋友,剩下的全是歪瓜裂枣、莫名其妙、自我感觉超好的变态!"

安平说:"你也知道好男人都让人挑走了?告诉你,再耽搁下去你的选择范围更小!这个软件工程师是我在几十个人里亲自过目定下来的,人家哪里配不上你?论职业,IT精英;论外貌,文质彬彬;论口才,不在你之下;论智商,更不在你之下。你后悔去吧!"

"切!随便找个会装装声卡驱动的都叫IT精英?也只有你这样的菜鸟才把那些所谓的IT精英当回事。"

"人家怎么不是精英了?白手起家开着个软件开发公司,旗下员工二十多个呢!胶东在线啦水母网啦这些网站都是他设计的你知道吗!还有,美丽,加戈最爱玩的那个游戏,叫什么来着……不管叫什么了,反正就是人家唐设计师开发的,这还不叫IT精英?那你认识个真正的IT精英给我看看。"

"不跟你说了,我得走了,还赶着去办事呢。"

"是赶着去办坏事吧？"

"姐，你再这样就成逼亲了。"安然走到门边快速穿鞋子，"我还是赶紧走。"

"走吧走吧，回去和自己的孤独、羞愧、悔恨一起呆着吧。"

第一次相亲虽然在姐妹俩有点恶毒的语言攻击局面中结束，但毕竟是一母同胞，转天安平就好了伤疤忘了疼，继续不辞辛苦地安排安然相亲。她也顾不得那么多了，直截了当地拿一母同胞的优势逼迫安然，宣称要是安然不同意，以后她就不认这个妹妹。安然戏谑安平是老佛爷，以后见了面就给老佛爷请安。

"老佛爷，你是不是到更年期了？要不怎么这么爱叨叨、爱管闲事呢？"安然正在店里坐着上网呢，又接到安平电话了。

"你才到更年期了呢！"安平没好气地回敬安然。

"看看，别不承认。只有更年期的女人才这么智商低。你说咱俩谁应该先到更年期啊？"

要是安然不提更年期这个话茬，安平还没往那方面考虑，这么一提，她忽然想起自己已经好久没来例假了。上次跟踪巫红豆在振华商厦买过几包小护士卫生巾，好像只用过两次，还没用完呢。

这么一想，安平就有点害怕了："天啊，难道我真到了更年期？我都好长时间没来例假了！"

"不会是怀孕了吧？"安然逗安平。

"去你的，你才怀孕呢！我这么大岁数了，还往哪怀？"

"人家外国有个老太太七十多岁还生孩子呢。"

"我又不是外国人。安然，你说我是不是到更年期了？"

"我看你脾气见长，烦躁易怒，倒是比较符合更年期症状。你失眠不？"

"好像失，又好像不失。哎呀，说不准。"

"潮热出汗不？"

"天还这么热，谁不出汗哪？"

"性欲旺盛不？"

"你以为我是你啊？"

"认真点嘛，我又不窥探你和老徐的隐私。"

"我告诉你，我和老徐是清白的！"

"好好，清白。我现在正在网上帮你查更年期症状呢。看来这些症状都差不多吻合，应该是到更年期了。"

安然这边话还没说完，安平在电话那边就噌地叫了一嗓子，把安然吓一跳，问："怎么了怎么了，出什么事了？有人去打劫？"

半天安平才悠悠地喘上一口气，仿佛刚才被人掐住脖子了一样："安然，我作为一个女人的一生，就这样结束了。"

"谁说的？你才刚四十九，还不得活到八十九？"

"不是女人了，活到八百九又有什么用？"

"你不是整天一来例假就叨叨怪烦的吗，这不是正好吗，以后不用伺候大姨妈了，还省钱，不用买卫生用具了。"

"身为女人真是让人绝望啊！"

"别，你现在把绝望等级先降一降，听我给你念一段啊：我国女性的更年期年龄大部分在四十五岁到五十五岁之间，绝经的平均年龄在四十九点五岁左右。姐，你过完四十九岁生日了，很符合我国女性平均绝经年龄。网上还说了，我国女性现在更年期提前现象很普遍，有很多不幸的女性朋友三十来岁就更年期了。你是又没提前又没拖后腿，有什么可绝望的？鲁迅说了，要勇于直面血淋淋的现实，何况，你这现实一点都不血淋淋，只是自然规律自然来临而已，难道你不承认自然规律？"

"我现在就想大哭一场，悼念我短暂的人生。"

网上有很多保健药在打广告，安然选了一种叫"依能静胶囊"的，买了两个疗程，快递了过来，拿着去找安平。

安平一看这药更受刺激，问："多少钱？"

安然说："不用管多少钱，我送你的。"

安平固执地问："到底多少钱？"

安然说："两千多。"

安平往椅子背上一靠："两千多就能买回逝去的青春吗？这也太好买了吧？"

安然说："就这么八小盒，两千多啊！姐，你现在挺款的啊！"

"有用吗？要是有用，我宁愿拿我这个店去换我的青春。"

"青什么春啊，你别妄想了。但是我跟你说啊，这个依能静是荣获第十二届全国发明展览会金奖的，能让女人自然停经三年后回经，还能推迟更年期八到十年呢！你现在开始吃，一点不晚。"

"都是些骗人的。要是世上有这么管用的东西，那明星们还花好几十万打什么肉毒杆菌？这样的虚假广告连我都不信，你作为知识女性竟然会轻信，唉，不知道是我变聪明了还是你变愚蠢了。听听这药名就行了，还依能静呢，明显打着台湾那女明星的牌子来骗人，真不明白伊能静为什么不告他们侵犯名誉权。"

安然只得从正面循循善诱："不相信倒也好，这些保健品就算好用，也只是治标不治本。李银河说了，一个女人要想幸福和快乐，必须超越年轻和美貌，必须在年轻和美貌之外还有价值。你现在就挺有价值的，服装店开得多成功啊！所以，在更年期凶猛来袭时，要有狮子般的勇气、女神般的优雅。有人曾说，女人要学会把年龄当成岁月的奖章，我觉得这话说得好。"

"道理谁不懂啊？现在让你更一下试试？"

"什么话，什么叫更一下试试啊？"安平把安然搞得是哭笑不得。

总之，不知道还好，知道自己更年期了，安平的那些所谓更年期症状就更明显了。安然说她患了心理暗示病，有意无意把自己的行为举止往那些症状上靠。这样过了大概一个星期，这一个星期可把安然折腾坏了，每天都要接到安平好几个电话，似乎她肚子里装了一台烦恼制造机，反正是看什么都不顺眼。

一个星期以后，安平旧事重提，让安然继续相亲。她的理由是："你看，女人就这么可悲，昨天还刚刚月经初潮，今天忽然就更年期了。你坚决不能再拖了，必须马上找个男的结婚生孩子。否则等你一转眼到了更年期，绝了经，想要孩子也是回天无力了。到时候我可是没法去地下和咱爸妈交代。"

"听你这意思，不就是怕我老了没孩子养老送终吗？生个孩子还不容易？我去找个遗传基因好点的，生一个，不就完了？我觉得去内蒙古那边找比较好，内地没有纯爷们。"

"当未婚和单亲妈妈这样时髦的事你趁早别提！不替自己想还得替孩子想呢，你希望他生下来后到处找不着爸爸吗？"安平现在每时每刻手里都拿把扇子，有汗没汗都不停地扇呀扇。这动作都快诱发安然的神经衰弱了，她发誓将来自己更了以后什么都可以干，就是不允许扇扇子。

处在更年期里的安平实在是让安然恐惧，只好采取虚以为蛇的态度，敷衍加安抚。对安平安排的那些男人，她人倒是去了，但，不是报以尖酸刻薄的讥讽，就是把自己当成一堵沉默的墙，任你东南西北风，我自岿然不动。

有一次安然在科技市场神奇地和唐设计师偶遇，当时她正在为一个移动硬盘和店员讨价还价，忽然听到一个男的说："批发价给她。"

安然抬头一看，问："换主板了？"

软件工程师说："当然了。"

安然又问："你是这儿的什么人？"

软件工程师说："这小店是鄙人开的。"

安然环顾这个十平米的地盘，问："难道这就是我那五体投地崇拜你的姐所说的软件开发公司？"

软件工程师笑笑："不是。这只是我开软件开发公司之前赖以糊口的小店，不舍得扔下，就一直开着，平时不怎么来。昨夜梦见今天会有故人来，我就来了。"

"那你也太小气了吧，好歹也是不打不成交的故人，就给个批发价？要是我，送你十个。"

"不是怕伤了你那骄傲的自尊心吗。既然这样，就送你十个好了。"

"我又不做移动硬盘生意，算了，一个就行了。"

安然不客气地把人家白送的移动硬盘装进包里，软件工程师在后面说："是不是应该象征性地说声谢谢啊？这样不太礼貌吧？"

"谢谢！"

"咦，怪了，我明明听到了谢谢两个字，可怎么一点没有被谢的感觉呢？"

安然在门口停了两秒钟，回过身来说："为了避免你给我下个礼貌程序中毒的诊断，我请你吃饭，怎么样？"

两人出来德克士吃饭，安然很殷勤地招待唐谛，很快就让唐谛看出了不正常："醉翁之意不在酒吧？"

"嗅觉真灵敏。我就不绕弯子了，你愿不愿意帮我演戏？我姐整天拖我相亲，实在是不胜其扰。但她现在正处在更年期，整个人都很病态，我又不好跟她对着干。"

"明白了。但雇佣我可是要出高价的啊！"

"义务奉献，爱干不干。我还真不怕你不干，有的是人选供我挑。之所以选你，是因为明天就是星期五了，周末，我姐是绝对不会放过我的。要是时间充裕，我就找别人去了。"

"我怎么听这口气，不像是求人呢。"

"看看，有些人天生心胸狭窄，非要人家求，满足可怜的自尊心。拜托，来吧，做个海纳百川、助人为乐的好人。"

"那好吧，反正我最近也闲着。你找我真是找对了，我可是和假女朋友相处的高手。"

这两个相亲那天剑拔弩张的敌人，在德克士建立了伪恋人关系。"伪恋人"这个定义是安然下的，为了这个很有创意的定义和他们的新型关系，唐谛又请安然喝了个咖啡。

转眼到了星期五。不出意外的话，安平在这天晚上总会找到个男的让安然见一见。这好像已经成了习惯，只要安然不从那些男人里敲定一个，这件事就会无休无止进行下去。

快到中午的时候安平果然来电话了："今天活动改了，不吃饭，看电影。我这里有两张电影票。"

安然说："终于有新花样了。几点的票？我提前半小时去拿，但可不是跟你安排的那一位去看啊。"

"什么意思？你打算跟谁去？"

"我另有人选。"

"男的女的？"

"这什么话？我又不是同志。"

"我是怕你找个女的，浪费我一张电影票。谁啊？"

"男朋友。痛快告诉你，省得你又得更年期病又得好奇病。"

"什么男朋友？哪来的？"

"地球上来的呗，你以为火星来的？"

"我怎么不知道？前天不还没有吗？"

"你说对了，就昨天刚确定关系的。"

"赶紧告诉我，谁？我认不认识？"

"我带他去你那里拿票，你自然就知道了，现在不告诉你。"

"那我约的这个怎么办？这个不错的，在银行上班，就是有点胖。"

"你不是不知道我的口味，胖子坚决不要的！可见你给我找这些男的是一个不如一个了，你现在连最基本的原则都放弃了。"

"胖怎么了？胖点显得富态。"

"别说了。我一想到男人那怀孕一样隆起的肚子，就忍不住想剧烈呕吐。你赶紧回绝人家吧，找什么理由回绝，你自己看着办。我挂了啊，晚上见。"

根据安然电话里的口气，安平觉得那个将要跟安然一起看电影的人或许她也认识，但又可能不认识。她就这么分析来分析去，自我折磨了一下午。电影是晚七点的，六点多钟安平就频频站在店门外翘首四顾。

六点半的时候，终于看到安然的车开过来了，安然摇下车窗玻璃："票呢？不下车了，快来不及了。"

"不行，我得看看旁边那人。验货拿票。"

安然就往后靠靠，小声对唐谛说："上场了，伪恋人。"

唐谛就把自己送到车窗玻璃那里，说："姐，是我。"

这一幕太让安平意想不到了，她手指着他俩，结结巴巴地问："这怎么回事，到底怎么回事？"

安然说："没怎么回事，我们现在是恋人关系。走了啊。"

说完一踩油门走了，把安平扔在街边上，让她恨不得追上去趴在车上把事情问个明白。

安然从后视镜里看着她姐，笑得不行了。唐谛说："你这样太不好了，回头怎么收场？万一你姐一鼓作气要你下周末结婚怎么办？我看她那样子，还真能做出来。"

"那就结呗。然后我睡床你睡沙发。"

"你姐要你生孩子怎么办？"

"放心，到时我就告诉她，我有问题，生不出来。绝对不让你担个不行的名声。"

"你怎么不问问我愿不愿意接受这些安排啊？"

"伪恋人都当了，伪丈夫不尝试一下，你死时能闭上眼啊？"

唐谛扭脸看着安然，做出一副认真状："这不会是你诱我上钩的计谋吧？"

"拜托！我现在正开着车呢，你别制造这么天大的笑话来分我的神好不好？乘客不许随便跟司机搭讪，你们徐教练没教给你啊？哎，对了，你怎么都这么老大不小的了，才学开车啊？"

"都已经是伪恋人了，告诉你也无妨。我晕车。"

"晕车的人开车都没事，你不知道这常识吗？"

"不是……我不是晕坐车，是晕开车。"

"啊！明白了！哈！你就实事求是地说你胆小，不敢开车不就完了？还晕开车，太有创意了！"

20

安然和唐谛两人的伪恋人游戏就是从那天晚上开始的，且玩得很开心很兴致勃勃。比如，两人都检票了，安然却找事，非让唐谛给她买爆米花，理由是："别的男朋友都给自己的女朋友买。"唐谛只好哭笑不得地出去给她买爆米花。

电影有点苦情，看着看着，安然不高兴地碰碰唐谛："纸巾。"

唐谛看看安然："哭了？我没装纸巾。"

"我包里有，笨蛋。"

"你的包我随便乱翻不合适吧？"

"你是不是我男朋友啊？"

唐谛只好勉为其难地从安然包里翻纸巾。

不一会儿，安然发现唐谛居然歪在椅子上睡着了，呼噜打得还挺动听，气得不行，用高跟鞋惩罚了他的脚背两下。唐谛睁开眼，说："别人的男朋友都这么干。"

安然说："你装睡？"

唐谛说："兴你装哭，不兴我装睡？"

安然问："你怎么知道我装哭？"

唐谛说："就你哭那样，假里假气的，前面那人的后脑勺都能看出来你在装。"

安然说："嘿嘿，我看别人的女朋友都在哭。"

两人就这么边玩边看完一场电影，散场后安然又旁顾左右，唐谛问："看什么呢？"

安然说："我看看别的恋人电影散场后都干什么。哦，恍然大悟，应该去洗手间。"把包塞给唐谛："给我拿着，我要去洗手间，别人都这样。"

从洗手间出来，安然透过玻璃门看到唐谛在外面站着，出去一看，唐谛站在一个烤肠摊旁边，手里拿着一根，正等着她呢，就说："我才不吃这东西呢，油腻腻的。"

"不行，"唐谛说，"别人的女朋友都吃。"

"不是吧！拿这种方式惩罚我？"

"吃不吃，自己看着办。"唐谛两臂环抱看月亮。

"好吧。"安然一边愁眉苦脸地吃烤肠，一边威胁唐谛，"你等着。"

唐谛和安然都是三十五岁，但唐谛4月23日生日，安然4月3日生日，两人差二十天。安然为此沾沾自喜，动辄就让唐谛叫她姐。

唐谛说："我问过我妈了，我是过了预产期二十一天才生出来的。"

安然说："那没办法，你连你妈她老人家的肚子都怨不着，只能怨自己当时缺乏高瞻远瞩的能力。"

这几年里，安然交往的都是已婚男人，其中武博达是关系保持最长久的一个，三年。其余的都是短线战斗，互有好感，迅速投入，然后人走茶凉。没多少留恋也没多少伤感，就像倪平平形容的"只伤一点心。"

而且这些已婚男人的年龄，基本都在四十五岁以上。这是一个相对安全的年龄，安然不希望被一个痴情小男生搞得拖泥带水，纠缠不清。软件工程师唐谛算是几年来安然第一个交往的新品种：一，年龄比她小；二，未婚。不过，安然从七岁时就发誓将来绝不找比自己小的男朋友，所以，唐谛也被她列在安全范围以内。

他们两人的约会步调跟安平保持一致，什么时候安平需要亲眼见证他们俩正在交往着，就会想出一些名目来，其中主要是做上一顿大餐，把他们俩叫来。他俩就在安平面前极尽所能地演戏，包括你喂我一口我喂你一口这些小情人的招牌式小动作。

因为演得很逼真，安平信以为真，心情大好，发出如此慨叹："我这一辈子共给人当过六次红娘，只有这一次算是成功了。"

安然说："话不能说得太早。"

安平把眼一瞪："还想反悔是不是？"

安然说："我的意思是，这个世界上每件事情每时每刻都存在变数，我们这一秒钟还好好活着，下一秒说不定世界末日哗啦一声就来了呢。"

安平说："我好不容易才打破记录，你要是让我这个红娘半道当不成，我跟你没完。怕有变数是吧，怕世界末日是吧，那就赶紧找个好日子结婚。"

安然说："你这不是让我闪婚吗？你要对我负责任。"

安平说："大S跟汪小菲相识四十九天就结婚，我给你们半年，够不够？"

安然算了算，半年过去就到明年春天了，这其中谁知道会发生什么不可预知的事情呢，就很干脆地说："够了。"

吃完饭，加戈跑过来玩，安平就拉安然去阁楼，审问她："战场都打扫干净没？"

"什么战场？我是和平主义者。"

"你别给我装傻。那个叫什么武博达的，断没断干净？"

"姐啊，那种关系还用得着用断这样严肃的字眼吗？本来人家就是有家室的人，我们之间不存在任何契约关系。"

"你别给我来云山雾罩的这套，我知道你开放，但以前是以前，现在是现在，你现在有正式男朋友了，就得跟过去一刀两断。我是问你，你跟武博达还一块上床不了？"

"这是隐私，我拒绝回答。"

"必须回答！这是原则问题！要是你一边跟人家唐谛交往着，一边还跟武博达藕断丝连，那我不单单要痛斥你这种不道德的行为，还要提醒唐谛考虑一下你们的关系。"

"不是你非要把我和唐谛生拉硬扯到一起吗？干吗又要从中作梗？怎么，看我们俩现在挺好的，放心了是吧？"

"我这是让你明白利害关系。"

"行了，我的老姐，放心吧，我已经把战场打扫干净了，肉啊血啊骨头啊，全没了。现在，我就是武侠片里那最后的孤独求败，独自站在一轮同样孤独的残阳下，放眼四顾，周围是白茫茫一片大地真干净啊！"

"怎么我听你这意思还不太甘心？我告诉你，你都三十五了，该收心了。总这么玩下去，早晚要玩火自焚。那些男人不找你麻烦，他们老婆也永远不找你麻烦吗？电影电视剧里演的那些鸡飞狗跳、杀人自杀的，看看都害怕。"

其实这段时间因为安平盯得紧，总隔三差五把她和唐谛往一块召集，她已经没多少时间和武博达及另外一个男的在一块了。另外那个男的也就一起吃过饭，坏事还没干，但安然发现自己已经没多少猎艳兴致了，所以，跟那男的不咸不淡互相电话短信地挑逗了一段时间，也就很正常地淡下来了。跟武博达呢，一来他在安然起步时给过帮助，安然对他就格外网开一面一些，否则早也就把情人关系变成朋友关系或者没有关系了；二来，这个武博达跟别的男人不太一样，交往三年了，居然对安然没厌倦之心。这种关系无法保持长久的头号因素就是新鲜感的丧失和厌倦的随之而来。

要说战场，如今算算，也就一个武博达了。但细究起来，也无所谓打扫不打扫的，唐谛对此又没有干涉权。他们制定游戏规则的时候就重点申明了一点：双方不得干涉对方的私生活，任何一方遇到恋爱、婚姻这样的不可抗力时，他们的伪恋人关系也就随之终止，但必须提前一个星期通知对方。

安平恐吓安然，让她小心那些男人的老婆上门找麻烦，结果，安然没遇到麻烦，她自己却遇上了。那天一个跟她差不多年龄的中老年妇女来到店里，安平上下一扫，就断定这个衣着极其普通的女人不会成为她的顾客，但还是很客气地招呼了一声，就埋头继续看报纸，剩下的活儿让服务员小朱干。

谁知那女人在店里转了一圈，摸摸那里碰碰这里，居然坐下了。小朱拿了几件衣服打算给她介绍介绍，她手一挥："我不买衣服。"

安平敏感地意识到来者不善，就对小朱说："不买也没关系，外面热，让客人坐会儿，消消汗。"

女人偏头肆无忌惮地打量了安平一会儿，问："你就是安平吧？"

"对，您是谁，我们认识吗？"

"你不认识我，我也不认识你，但我们都认识徐基础。"

"哦，您是老徐家亲戚吧？快，小朱，倒水。"安平感觉此人咄咄逼人，迅速做出以礼相待以静制动的策略。

"我不喝水，就是来告诉你一句话，我要和老徐复婚了。"

这句话很短，但包含的信息量很大，且太过突然，令人大乱阵脚。安平一时间不知道如何接话，只好打着哈哈笑着说："哦，复婚是吗。"

"对，复婚。"

"复婚……你复就是了，跟我说什么呀？你跟我说得着吗？"本来安平极力想压制一波一波涌上来的火气，但想一想老徐那么个老实人，都要和眼前这个女人复婚了，她还蒙在鼓里，就绷不住了。

"当然说得着了！我不跟你说一声，是怕到时候你去搞破坏。"

"切！我安平是谁呀，玻璃碴子都能和着啤酒吞到肚子里，我会去搞破坏？再说了，为了一个老徐，值得不值得还是另外一回事！你稀罕是吧？拿走。"

那女人鼻子里哼了一声，却不走。安平叉着腰站在她面前："怎么还不走？对了，我得问你一个问题，复婚是老徐的意思吗？"

"废话，当然是了。"

"刚才叫你走你不走，不能怨我！现在我改意见了，复婚的事你让老徐来跟我说，你算哪根葱啊？"

"你说我算哪根葱？我是言言她妈！你才应该问问你自己算哪根葱呢，这么大岁数了还这么臭不要脸！"

"你知不知道你骂的是谁，啊？"

"骂的就是你！勾引别人男人的老女人！"

"你不老？你再给我骂一声！"

"不要脸的老女人！"

安平早已经把手举在空里了，一听对方还骂，看了看那只手，说："我今天要是把这只手收回来，就是严重不给它面子。"说完啪一声打在女人脸上。

女人哪肯善罢甘休，今天来的目的就是教训安平的，立刻对安平来了个熊抱，两人扭到一起。

这天还真该着老彭参与进来，他外出了几天刚回来，拿着望远镜打算看看安平那边什么情况，结果就发现一个女的在里面和安平很激动地说话，怕安平那脾气跟人家干起来，放下望远镜就坐电梯下去了。

老彭站在街这边的时候，两人扭打到一起了，旁边徐言言听到动静跑过去，一看，是她妈，赶紧跟小朱一起把两人拉开，说："两个膘肥体壮的拳击手扭到一起，要累死十个裁判的你们知不知道？怎么回事啊？妈，你先说。"

她妈气喘吁吁地坐在椅子上，说："没什么可说的，我就是要教训教训这个不要脸的女人。"

老彭好不容易穿过马路，刚好听到那女的说了这么一句。安平一看老彭来了，马上过来拉着老彭，说："你这个疯婆娘给我看好了，我也要复婚了，这是我前夫！你以为就你会复婚？"

又转向徐言言："徐言言，赶紧的，把你妈，这个疯女人带走，别影响我做生意。还有，回去告诉你爸，我跟他没关系了，一分钱关系都没有！"

徐言言说："回头再说，冷静，冷静。"把她妈拉到自己店里去了。

这边安平气得浑身筛糠："你们看看，这都什么事！要是传出去了，我一辈子的英名都给毁了！"

小朱说："别这么想，您一点错没有，是那女人耍无赖。简直就是个泼妇嘛，要是我，连着抽她十个嘴巴子，抽得她从这店出门就得装假牙去。"

"老徐是混蛋！"安平又来了这么一句。

"对，就是。他要和这个女人复婚，为什么不问问你呢？"

"问我？哼！我算是彻底明白了，这世界上就没有一个靠谱男人。"

"没一个好东西。"小朱又来附和。

"你会不会劝人哪？"安平越听越气，指责小朱，小朱伸伸舌头不说话了。

"你去侦察一下，那女人在干吗？"

小朱在店门外探头探脑看了看，说："徐言言正在批评她呢。"

"就言言这孩子明事理。"安平实在坐不下去了，觉得浑身没劲，说，"我先回去了。我得打个车，免得晕在路上。"

老彭说："我让司机下来送你吧。"

安然好像这才发现老彭的存在，说："免了，多谢了。刚才我只不过是拿你当挡箭牌，想必你不会因为被我利用而不高兴吧。"

老彭摇摇头说："老安，就别说这种风凉话了。"

晚上老彭回家把这事说给齐桂花听，齐桂花说："唉，你们小辈的就是不吃亏不知道，世上夫妻还是原配好。安平这孩子心眼那么实诚，让人家辱骂一顿，还不知道难受成什么样呢。"

老太太不放心，就给安平打了个电话，安平说："你老太太就别成天掺和事了行不行？"

齐桂花说："真是个分不清里外的，我这不是关心你吗？这时候自己人不关心你，谁关心你？"

安平说："好好，自己人不用那么客套，挂了啊。你们都放心吧，生命短暂，我没工夫生气，也没工夫自杀。"

齐桂花对老彭说："不好，凯歌，安平说她没工夫自杀。她不会自杀吧？"

老彭说："不会。安平性格硬着呢，我们俩那事都没让她自杀，这点事她能自杀？"

齐桂花想想也对，唉声叹气地睡去了。

当天晚上，徐言言把她妈言铃带回家，母女两人为下午的事各执己见，争吵不休。徐言言问她："我爸真跟你说过要复婚？"

言铃说："你爸没说，我说不行啊？"

徐言言说："你凭什么说啊？"

言铃说："凭我是你妈。"

徐言言冷笑一声："你这时候才想起你是我妈了？我十二岁的时候你想起来过吗？"

言铃说："你要记一辈子仇是不是？"

徐言言说："我才懒得和你记仇，我就是瞧不起你。"

当初老徐在床上看到言铃和他们单位工会主席之后，两人还有名无实地维系了两年。在这两年里，老徐起初是回家，不跟言铃说话；后来主动要求替司机班里很多司机值班，少回家；再后来，自己找了个房子住下，不回家了。言铃生气，过年过节也不去老徐父母家，老徐父母不明就里，本来就看不上这个儿媳妇，不免就露出不满来，言铃这样对老徐的母亲控诉老徐："两年没跟我睡觉了，现在干脆不回家，问问你儿子，她是不是有生理毛病？"

当时言铃这话也是气话，但委实太没水平，太恶俗，老徐听他母亲转述后，立马就跟她离了。

言铃在工会到底没呆久。她本来就是工人身份，她爸工伤，她顶替来的，最早是在单位多经公司的一家招待所当服务员。跟工会主席有了关系后，得以到工会去谋了个闲职，以工代干。工会主席五十三岁时，局里忽然下个文件，处级干部五十三岁内退；言铃一没文凭二没干部身份，被安排回招待所。命运似乎跟言铃开了个大大的玩笑，她转了一圈，丈夫没了，情人没了，又回到招待所。干着干着，招待所前面那条街要扩建，整个招待所都被夷为平地。工人们没地方安排，都发给基本工资，回家呆着去。言铃拿着基本工资，又托人帮忙在幸福南路的振华超市一楼找了个工作，帮人卖鞋。

言铃离开他们爷俩的时候，徐言言十二岁，月经初潮都来了，什么事都懂，对她妈的所作所为是鄙夷加唾弃。每年俩母女都要见上几面，但每次都像斗鸡一样吵来吵去。

老徐回家以后见言铃在，就问："你怎么来了？"

言铃说："我怎么就不能来？"

徐言言说："我妈今天下午大闹安阿姨的店，把人家衣服上的扣子都撕掉了，我差点报警把她拖走。这个烂摊子你来收拾吧，因为人家说要跟你复婚。还有，安阿姨让我带话给你，她和你一分钱关系也没有了，她也要和我那个大爷复婚。唉，世界乱了。"说完就回到自己房间，砰一声把门关上了。

老徐和言铃在客厅都说了些什么，徐言言起初听得很清楚，无非就是老徐的指责和言铃的谩骂，徐言言找到自己的MP3，把耳朵塞上了。听了一会儿歌，睡着了，一觉醒来看到四下一片黑暗，拿下耳机，家里无声无息。

徐言言以为家里没人了，到客厅打开灯，却发现老徐一个人坐在沙发里，徐言言说："老徐你怎么像幽灵一样，吓我一跳。我妈呢？"

"走了。"

"什么结果？我听你们争吵了，没挂彩吧？"

老徐不说话。

"老徐，你没去安阿姨那里看看？她下午可是气得不轻。"

"没。"

徐言言很少看到老徐这副样子，心想还是躲着点吧，就说："你们老年人的事自己处理吧，我不管了。饿死了。"打开冰箱，说："安阿姨昨天来包的包子还有呢，太好了，老徐，我热点包子咱们俩吃。"

不提包子还好，一提包子，老徐情绪更不好了，刚咬一口就吃不下去了。徐言言小心翼翼地问："以后我们还能吃上安阿姨包的包子吗？"

老徐依旧沉默。

第二天中午，老彭去驾校找到老徐，两人在驾校外面一家砂锅店吃饭，喝酒，进行了一场男人之间的谈话。老彭希望老徐不要辜负安平，"这是个好女人，是不能被辜负两次的。我已经辜负了他一次，后悔于事无补，希望你不要像我一样。"

老徐说："安平是个好女人。这么多年，我一直是个得过且过的人，是安平让我有了重打锣鼓另开张的想法。但是说实话，老哥，命运这玩意儿就爱跟人过不去。人们都说，命运掌握在自己手里，好像只要你善良、积极、热情、追求，就可以随便改写它似的。我现在算是看透了，命运这玩意儿根本就不可以改写。"

老彭说："老兄，不能这么悲观。我们也许改变不了命运，但可以选择。选择我们喜欢的和适合我们的。要是命运丝毫不可以改写，那何来'立命'之说？所谓立命，不就是告诉我们，要创造命运，而不是让命来束缚吗？还有所谓'断恶修善，灾消福来'这些老祖宗的说法，我觉得不是凭空而来的。"

两人都喝得有点微醺，讨论起命运这个宏大话题来了。老徐把一张纸推到老彭面前："老哥，千人千般命，命命不相同。这就是命运。"

那张被推到老彭面前的纸，是医院开给老徐前妻言铃的死亡通知书，理由是胃癌。

昨天言铃先是大闹安平的店，接着谩骂老徐，最后才哭哭啼啼地把诊断书拿出来给老徐看，一副崩溃的样子。说实话，老徐也有点要崩溃了。言铃要走的时候他说了一句："复婚吧。"

还用再讨论命运到底是个什么玩意儿，可不可以被改写吗？似乎没有讨论的必要了。

两个被命运这东西纠结不已的男人，在小饭馆里推杯换盏，沉默不语。荒诞的是，不久，老彭手机收到一段视频，再次印证了命运的另一个属性：跟它有关的意外往往都是结伴而来，以摧枯拉朽的扫荡之势一下子把你推倒。

视频不算长，巫红豆录的，背景是机场候机大厅，人物是巫红豆自己，穿一件蓝色吊带衫，戴一副墨镜。巫红豆只对老彭说了这么几句话："哥，孩子没了，一个月前。我现在去英国。保重，再见。"

老彭看了两遍视频，酒忽然醒了。他先打电话让公司的人马上订机票去北京，最早的一班，越早越好；然后给家里打电话，小保姆说老太太出门了，又打老太太手机，说："妈，我忽然有事要去北京，今天不回家住了啊。"

齐桂花是在安平家里接的电话，昨天跟安平通了遍电话后，这老太太总是想着安平说的那句"没工夫自杀"，一大早就坐车去山语世家了。老太太来得还真是时候，安平让言铃那么一闹腾，加上可能受点凉，病了，发烧。

老太太找了退烧药给安平服下，还亲自下厨熬了一锅小米粥。放下电话后老太太越想越犯嘀咕，预感到儿子这么急匆匆地临时要去北京，说不定和巫红豆有关，就把电话又打了回去："儿子，去北京干什么？"

老彭怕齐桂花受不了，就说："不干什么，谈点业务。"

齐桂花说："不对，你有事瞒着我！"

老彭了解他妈的脾气，想知道的事要是没知道，能憋出病来。就说："那我告诉您，您别着急啊。可能是孩子有点问题……没了。巫红豆可能也已经上出国的飞机了。我过去看看。"

老太太失魂落魄地一屁股坐在沙发上，抹起眼泪来了。安平听到哭声，额头上搭着条冰毛巾从卧室里出来，问："怎么了，刚才不还好好的吗？"

老太太哭声更大了："我的大孙子没了！"

"什么？彭湃怎么了？"安平往后一个趔趄就坐到地上了。

"不是彭湃，"老太太一看惹祸了，赶紧过去搀安平，"不是彭湃，是巫红豆肚里那个没了。"

21

几个月过去，老彭再次站在巫红豆家院子里，恍惚还看见大着肚子的巫红豆坐在院墙下择菜的情景。上次来的时候果园还只是一片青绿，现在已长满青涩的果子。老彭轻声念着："择菜院墙下，悠然见果园。"

巫妈这次不像上次那么声色俱厉了，说："唉，造化弄人，你命里没这个孩子。进屋吧。"

老彭到北京已经是第二天了，想起昨天和老徐谈到命运的时候，他还报那么积极乐观的态度，现在真是觉得命运太强悍、他太渺小。其实巫红豆在三个月产检时已经查出子宫肌瘤，在前壁近宫底部，离胎儿挺近的。医生说了可能出现的后果，让巫红豆自己选择，巫红豆选择冒险一试。医生见她态度坚决，只能让她加强产检，听天由命，如果能撑到最后，实施剖宫手术，孩子生出来的同时一并切掉子宫肌瘤。

之后巫红豆和巫爸巫妈就整天祈祷那个混账的肌瘤和孩子相安无事，但六个多月的时候还是有事了。巫红豆瞒了老彭很多事，包括子宫肌瘤、包括她一直在办理的出国手续。巫妈有个表姐，也就是巫红豆的表姨，在英国，巫红豆大学时表姨就建议她过去。本来是想等孩子生下来，让巫妈带着，巫红豆先自己出国，安顿好后再把孩子接过去，此后让这孩子的生活跟老彭离得远一些。

巫妈又杀了一只鸡，巫爸把上次老彭带来的茅台打开，两人喝得大醉。老彭说："断恶修善，灾消福来。看来我是作恶多端，老天才拿走我爱的东西。命运难抗啊。"

这下轮到巫爸来开导老彭了："没有命运这种东西。我们的路那都是自己走出来的。"

老彭说："是啊，很多事情，都是我们自己活生生做下的，其实也埋怨不了谁。"

在巫家住了一夜，老彭就回来了。在首都机场，老彭拿出手机也给自己拍了一段视频，没说话，只拍了十秒钟自己在候机大厅里走的镜头，然后发给巫红豆。他明知道那个手机号码已经不存在了，巫红豆不可能收到。

家里那边整体气氛也持续压抑，齐桂花哀痛孙子，安平还在床上病着。老徐来看安平，坐在床沿上都哽咽了。安平拍拍老徐的手，说："这么大个男人，真没出息。我那天让你老婆骂成那样，都没掉泪。"

老徐说："老彭让我不要辜负你，可是我没做到啊。"

安平说："谁让言言妈得那么个病呢，这是天灾人祸，你车开得再好也左右不了不是？所以，这算不上辜负。要说辜负，那也是老天爷辜负我，不关你事，我死了以后找老天爷算账去。"

找谁算账也没有用，说说而已，虽然不足以给老徐带来宽慰。

老彭在齐桂花的督促之下，来看过安平一次，买了一个花篮。安平笑说："老彭，这辈子我是第一次收到你送的花。"

"惭愧呀，我以前没尽到自己的责任。女人这么容易感动，男人却是那么吝啬。还是你们女人说得对，男人没一个好东西，举手之劳的事都不干，就不愿意看着女人快活。"老彭看到安平眼里闪过的亮光，竟想起她年轻时候的样子了。

"现在知道了吧？哼哼。"安平一边欣赏一边问，"这都什么花啊？"

"香槟玫瑰十枝，香水百合十枝，旁边是巴西木叶子。我问过花店了，这两种绿白配清新脱俗，适合送给气质不凡、个性宁静致远的人。名叫美丽绽放。我觉得挺适合你的。"

"我？气质不凡？宁静致远？真的假的？老彭，咱俩离了，你没义务哄我快活哈！"

"不是哄，是真的。你没听过两句话吗，久入芝兰之室而不闻其香。距离产生美。很多熟视无睹的东西，往往隔开一段距离才能发现其中的可贵之处。"老彭差点就要说他在办公室用望远镜观察她的事了，想了想还是忍住了。安平要是知道这事，还怎么在店里呆。

"行了，老彭，我经历了这么两次沉痛打击，已经练成金刚身了，有全世界最强壮的心脏，日后就是百毒不侵的独孤求败了。我就不信一个女人不要爱情和婚姻就活不精彩。"

"安平，你变得大气了。"

"别这么夸我，我哪懂大气什么意思。"

"怎么说呢，就是一种纳百川、怀日月的气概。"

"打住！这些词都太宏大了，我可担不起。"

"不是夸你，安平。看着现在的你，我就想到从容大方、自然天成、成熟宽厚、坦坦荡荡这些词。我觉得你当得起。不管这些是你拿多少伤心和痛苦所换来的，我认为人活一世，到头来，拥有这样的一种混世雅量，就不枉此生。"

"你别把自己说得那么不堪，外面多少人都视你为学习榜样和奋斗目标啊。徐言言第一次看到你，激动得说话声都发抖。"

"生意上的小成功并不能完全说明问题。过去这大半年的纷纷扰扰，很多地方我都不够坦荡，甚至可以用到龌龊、卑鄙、懦弱这样的贬义词。我想，巫红豆决绝地去了英国，这也是一种说明。"

"看来这一次巫红豆真是华丽转身一骑绝尘了。老彭，有些事我也做得不好，其实咱俩离的时候我是希望你能把她接回来的，一个女人怀孕是一辈子最大的一件事，而且，毕竟是你的骨肉。但我只是那么想了想而已，没跟你说。"

"我现在明白了很多事。人是有社会属性的高级动物，既然有社会属性，就得遵循社会秩序和道德规范。否则，不管是命运也好、人性也好，都会回馈给你一种东西，那东西就叫惩罚。安平，我甘愿受罚。我只希望你能像这个花篮一样，在四十九岁的时候美丽绽放。我也希望远在英国的巫红豆能真正享用上天赐予的青春时光，把二十五岁这一年当成一个小闪失。"

两人一辈子以来是头一次这么推心置腹。回去以后，齐桂花问老彭谈得怎么样，老彭说："挺好的。"

齐桂花问："你没试探试探安平有没有复婚的打算？"

老彭说："妈，有些东西丢失了你想再捡回来，不是那么容易的。彼此远远望着，不要去捡，可能会更好些。"

齐桂花说："我听不懂你这些怪话。我就知道，巫红豆走了，安平失恋了，你们中间没障碍了。"

老彭说："你怎么知道没障碍了？"

"有啊？什么障碍？我怎么没看出来？我觉得你们之间现在一条光明大道，连个小石子都没有。两个人都往前走两步，不就行了吗！"

"哪有那么简单啊？"

"我没觉得有多复杂。都是你们把事情想复杂了。"

齐桂花是不肯这么善罢甘休的，又跑去找安平，苦口婆心地游说。安平说："老太太，我们之间的问题是没有了，但这恰恰就是最大的问题。"

"你们都这么云山雾罩的，我老太太听不懂。明明没问题了，怎么又成最大的问题了？"

"我这么跟您打个比方吧。果园，果园您知道吧。一棵苹果树，苹果上长了虫子，咬得是遍体鳞伤。怎么办，喷农药吧。最后，虫子没了，苹果也没了。明白了？"

"苹果为什么没了？"

"也给药死了。"

"不可能啊！"

"这不是打比方嘛！虫子的问题解决了，可是，栽苹果的人连有虫子的苹果都吃不到了。你说，这是不是最大的问题？"

"还是不懂。我就觉得没这样的农药。要是有的话，我要是栽苹果的，就去投诉，告这个生产农药的。"

"看看吧，这就是差距，老太太！你光想着农药的事，我想的是整片果园的事。算了，不说了，我说的也的确是太哲学化了一些，你不可能明白。"

"你什么时候学哲学了？"

"这不正学着嘛。"安平晃晃手里的书，是一本《哲学问题》。其实，她哪能看懂这样的书，而且也不是她买的，是跟安然要的。生病那几天安平真是觉得寂寞，虽然隔三差五地有人来看，但她还是觉得寂寞，就让安然带几本书过来。安然给她各种各样的书都带了几本，包括《知音》、《小说选刊》、《37度女人》，还有这本显然针对安平来说过于滑稽的《哲学问题》。她翻了两页，头就大了一圈。安然说："你就随便看，全当认字。有些东西接受起来是很生涩，但潜移默化地会起作用的。"

齐桂花看了看安平，不认识地问："安平，你还会做手擀面吗？"

安平说："当然会了！我看书学习那只是在寂寞的时候。"

"你有什么可寂寞的？身边这么些人都围着你转，讨好你。"

"老太太，又不懂了吧，寂寞和孤独是不一样的。孤独是一个水池里只有一条鱼，寂寞是水池里什么也没有。"

其实关于一条鱼和没有鱼这句，是安平在《37度女人》里看到的，她自己也不很理解，只有在齐桂花这里还敢斗胆卖弄一下，齐桂花不在的话，她就没机会卖弄了。

"寂寞是吧？寂寞就搬回家去啊，正好我也寂寞着呢。"

"不，我现在很享受寂寞。"

"那你打算什么时候就不寂寞了？"

"这个嘛，总得过了新鲜劲吧。"

安平给齐桂花来这套，齐桂花就对付不了了，说："我看你病了一场，好像把脑子烧坏了。"

齐桂花回去让澎湃来劝安平，澎湃说："我可不！我妈这都是更年期症状，只有你们这些勇敢的人才敢去招惹她，我不敢。我觉得吧，奶奶，该是你的，怎么也跑不了，不该是你的，争也没用。您就静观其变、顺其自然最好。"

徐言言还是会经常从隔壁跑过来玩，老徐倒是不太来了，徐言言说："老徐正在疗伤呢。"

言铃已经搬回家了，其实老徐根本没空疗伤，所有时间和精力都搭在言铃身上了。他答应言铃复婚，言铃还真就拿着不到半年可活的那条命，去跟老徐办了手续。言铃说："我死也要跟你绑在一起死。"

徐言言问她妈："你爱我爸吗？"

言铃说："爱怎么样，不爱又怎么样？"

徐言言说："我要是快死了，就绝不跟我爱的人复婚，而是一个人偷偷找一个偏僻点的地方，默默地死去。"

言铃说："你才多大，根本就不懂爱是什么东西。而且，任何没有得过癌症的人，都不配知道爱是什么东西。"

徐言言听不懂她妈想要表达什么，就说："你永远别忘了，你是踩着另一个女人的爱情的尸体走到这里的。要我说，捆绑不是爱，舍弃才是。"

安平又恢复了跟戈美丽一起喝点小酒消磨人生的日子。"你说我是不是傻啊，对门住着一个老公是红酒经销商的女人，每天还不来蹭上个十瓶八瓶的？简直都傻得不可救药了。"

如今，想在戈美丽家喝上多牛逼的红酒，都是小菜一碟了。戈美丽告诉安平："高禾汉在自己家地下室建了个小酒窖。"

"是吗！以后不是可以随时去拿了吗！酒窖什么样，我还从来没见过呢。"

"电视上见过吧？外国电视。"

"妈呀，外国电视里的酒窖可经常被作为囚禁或杀人的地方啊！"

"万一将来我遇到不测，你可记着带警察去酒窖找我的尸体啊。"

"不对，我听着你好像没有安全感？"

戈美丽叹了口气："也不知道怎么了，婚期越近心里越忐忑，就你说的，没有安全感。而且是特别没有。其实高禾汉对我挺不错的，要说有点心事的话，也就是他们家那丫头高粱，时不时逗弄挖苦我一下。但那丫头前两天升初中，高禾汉把她送到二中南校住校去了，一周回家一次，所以不是多大的问题。对了，还有那个高禾汉的小姨子袁青，对我态度一直不冷不热的，甚至有隐隐的敌意。"

"小姨子？你管她干吗呀，她又不跟你们一起生活。你不会是想把自己当成人家姐姐吧？我可告诉你啊，趁早别有这念头，你现在是霸占人家姐姐的位置了，人家有点敌意也正常。"

总之婚期越近，戈美丽就越是心里发毛，在单位上班常常无精打采的。王娜用她那双生来就是为了窥探别人隐私的眼睛，整天把戈美丽是翻过来掉过去地剖析，她问得最多的一句话就是："戈美丽，你到底什么地方好，能找到这么一个优秀男人？"

高禾汉来过单位一次，给戈美丽送她忘在车上的钥匙，王娜非让戈美丽打电话把高禾汉叫上来。高禾汉上来的时候提着一袋葡萄，在单位门口一个蹬三轮车的小贩那里买的，说是送给王娜，太仓促，来不及买别的，让她笑纳。王娜边吃边说："笑纳，笑纳。"

事后戈美丽骂她一副没骨头相，让两串葡萄就收买了。王娜说："这世上的男人和男人是不一样的，有的男人他就知道怎么取悦女人，有的男人，你让他死了再活一回，他也不知道。你们家这位，比安科可是会多了。"

但是，这世上的事情就是奇怪，加在高禾汉头上的赞誉和肯定越多，反倒戈美丽越不踏实。他们的婚礼定在国庆节，十月一日。九月十八日，也就是明天，是两人早就商量好的领证的日子。戈美丽心里七上八下的，已经发呆一下午了。

安志下午请了假，带加戈去南山公园看大熊猫。大熊猫是新近迁到南山公园来的，加戈整天嘟囔幼儿园里其他的小朋友都看过了，一听安志要带他去看，高兴得直嚷嚷："本大爷太高兴了。"他这两天又学了个新词，动不动就本大爷长本大爷短的。

其实，带加戈去看大熊猫只是副题，主题是跟他谈戈美丽结婚的事。这是戈美丽和安志两人商量好的，安志主动要求勇挑重担："谁让我是老子呢。要我说，当初就不应该瞒着孩子，迟早不得有这一天吗？你总不能在穿上婚纱的时候还骗他说，妈妈刚买了件新衣服，带你去酒店吃饭吧？"

戈美丽叹口气："唉，要是不穿什么婚纱，不办什么酒席，就不用考虑这些了。"

安志说："你就别骗自己了，做梦都想穿上一次婚纱，当我不知道啊？这也怪我，当初跟你结婚的时候，应该砸锅卖铁把酒席办了，把婚纱让你穿上，你现在对那玩意儿就不那么渴望了。"

"那谁让你不满足我的渴望啊？你不知道穿婚纱是每个女人都渴望的事吗？"

"那时候不是囊中羞涩嘛。"

"你什么时候囊中不羞涩啊。"

"不用吧？婚纱还没穿上就这么　？穿上那天你还能变成仙女飞上天不成？"

其实，说实话，戈美丽当然是渴望穿婚纱的，她和安志结婚那时候，因为"囊中羞涩"，只是象征性地去西湖旅游了一下，号称旅游结婚。没穿上婚纱，是戈美丽一直耿耿于怀的一件事。而且，高禾汉那边朋友太多，不办婚礼是不可能的。所以，她这婚纱是非穿不可的。

倪平平对这事当然是自告奋勇，带她去定制了四件，再过几天就能取货了。

白粉绿蓝四种颜色，白的典礼时穿，粉的敬酒时穿，绿的和蓝的晚上派对时穿。据说设计师是从香港过来发展的，曾经给很多演艺界明星工作过，也不知是真是假。

下班后戈美丽直接去新桥西路，做了几个加戈爱吃的菜。刚做好，爷俩回来了。加戈兴致勃勃地说："本大爷终于看见大熊猫了。"

戈美丽说："真厉害。本大爷到现在也没看见真大熊猫呢。"

加戈说："本大奶吧你！你是女的！"

戈美丽拿眼梢瞟一瞟安志，安志给她比划一个胜利的手势，说："老子出马，没问题。"

吃饭的时候，戈美丽正苦思冥想如何把话题切入到结婚的事情上，加戈却主动说："妈妈，你上一次结婚我没看见，这一次我要看。"

这句话太雷人了。戈美丽说："好。我给你买一身小西装，打一条小领带，你帮我提婚纱，好不好？"

只有五岁的加戈已经很爱臭美了，一听有新衣服穿，立马答应。戈美丽问他："你知道结婚是什么意思吗？"

"就是新郎和新娘呗。"

戈美丽疑惑地看一眼安志，问："你到底跟他说明白了没有啊？"

"说了啊！"

"你怎么说的？"

"我告诉他，儿子，你妈妈原来是跟我结婚的，现在她要和高叔叔结婚了，以后你就跟着妈妈到高叔叔家里住，但老爸还是你老爸。"

"你就这么说？"

"那还要怎么说？"

"你根本没说清楚啊！他连什么是结婚都不知道！"

"他一个五岁的孩子，你想让他知道得多清楚啊？有些事随着年龄增长，他自会慢慢知道的，现在完全不必扩展开来讲。你现在面临的问题不就是，你结婚那天生怕他不给你提婚纱，还当着全场嘉宾的面问你在干什么吗？解决了这个眼前的问题不就行了吗？以后的事以后再说。"

戈美丽是又好笑又好气，想想也实在是不知道如何把结婚离婚再婚这么复杂的事情讲给一个五岁孩子听，就只好先这样了。

吃完饭，戈美丽看看表，说："儿子，高叔叔九点来接咱们。"

安志问："他知道你在这，不生气？"

戈美丽说："你以为人人都那么狭隘？"

安志说："得了吧，以为我真傻啊？是不是那姓高的跟你一起策划好的，让我找加戈谈心，扫清你们的障碍？"

"什么叫扫清？什么叫障碍？给你个当老子的机会而已。"

"告诉你啊，俗话说，男怕入错行女怕嫁错郎，你在我这里已经错了一次，可千万要想好了，别让你和姓高的再走你和我的老路。"

"咒我是吗？"

"是好心提醒你，以一个现在还十分关心你幸福的前夫的名义。女人如果错第二次，打击就不是第一次那么简单了，那将是毁灭性的，我告诉你。"

"你少来告诉我这告诉我那的，真关心我、为我幸福着想，在这个木已成舟的关键时刻，就应该为我打气、为我加油。"

"好好，我为你加油。戈美丽，我的前妻，你放心大胆踏上再婚的光明大道吧！路上也许会有荆棘、会有石块、会有风雨会有雷电，但更多的是阳光和鲜花、彩虹和美梦！"

"去！我这正心烦着呢，你行行好，别这么挤兑我了。"

"你烦什么呀？美好生活在向你招手呢。"

"说得轻松。我已经在你这里失败了一次，这次可是要不成功则成仁的。"

"哪有那么严重！所谓的生命诚可贵爱情价更高，并不是要告诉人们不成功则成仁这个道理的，你理解错了！"

"可是，安志，我是真怕将来用不好的结局宣布我为今天的错误买单。"

"你看你，我刚才说那些提醒啦什么的话，都是逗你玩的，你又不是不知道我这张嘴，每天不说点那样的话就没法入睡。你这样前怕狼后怕虎可不行的啊，要对自己挑选的生活有信心。退一万步说，将来要是真的结局不好了，不还有我吗。"

"算了吧，好马还不吃回头草呢。"

"只要抱定不吃回头草的决心和勇气，咱就不怕明天的来临！明天不就是一个领证吗，区区一个小本本，纸老虎，没什么可怕的。"

安志磨磨蹭蹭地拿出一个首饰盒子来："呶，赔你的。"

"什么呀？你欠我什么了？"戈美丽疑惑地打开盒子一看，一条项链，"铝的？"

"埋汰人是不是啊？白金的！"

"怎么这么奢侈，不是你的作风啊！"

"那次不是把你的银链子拽坏了吗，赔你一条白金的，划算吧？虽然跟那个太阳花吊坠不太配套。"

戈美丽拎着那条链子，心里忽然涌上一阵伤感。她说："你帮我把电视柜搬开，我要找找那条坏了的链子。"

安志说："别找了，就让破碎的旧时光一去不返吧。"

九点，高禾汉准时来了。安志说："你干脆把他叫上来坐会儿，放心，我们都是爷们，不像你老娘们那样动不动就撕扯起来了。"

"那你叫他上来干什么？"

"我作为你的前夫，怎么也得办个移交手续什么的吧。"

戈美丽将信将疑地看看安志，觉得他也不会造次，就是个嘴上功夫，就打电话让高禾汉上来了。高禾汉后备箱总是有好酒好茶，顺便带了一瓶红酒一盒好茶，安志说："我把一个活生生的人都给你了，就得到这么点回报啊？"

戈美丽说："搞清楚啊，我有行动自由。"

安志说："看看，兄弟，这就是女人。罢了，多情剑客无情剑啊。但是，兄弟，我说归说，这剑到了你手里，你得好好爱护啊。"

高禾汉说："那是一定。剑，古之圣品嘛。"

安志说："要经常擦一擦，上上光、打打蜡什么的。"

戈美丽说："我到底是剑还是车啊？怎么还得上光打蜡？"

高禾汉笑说："都行。剑是宝剑，车是爱车。"

安志说："服了。我现在有点不太明白你这么优秀，看上这女人哪里了。不过，兄弟，不管你看上了这女人哪里，我都希望将来无论何时何地何种境况，你都要把那些你看上的地方无限放大。说实在的，我为什么失败，原因就在这里。好了，我希望从明天开始，你们成为这个世界上一切美好事物的缩影。"

路上高禾汉说："安志是睿智男人。"

戈美丽观察高禾汉的表情，不像是揶揄，就问："睿智在哪？我怎么没看出来？"

高禾汉悠悠然地说了一句："一个懂得用反讽手段对付世界的人。"

戈美丽不太明白了。那个在她眼里胸无大志整天油嘴滑舌的人，到高禾汉这里却成了一个智者。

22

九月十八日，戈美丽和高禾汉正式领了证。过程没什么复杂，手续比过去简便多了。倪平平没有亲临现场，但肯定得了解情况，刚办完证就把电话打来了。高禾汉公司那边还有事情，两人说好了晚上庆祝，就把戈美丽半路送到倪平平店里了。

戈美丽给倪平平讲中间的一个小插曲："也不知怎么了，可能是早上喝了冰箱里的凉牛奶，肚子不太好。在洗手间呆的时间长了点，高禾汉给我打了两遍电话。他是不是怕我从洗手间后门或什么地方跑了啊？"

倪平平笑得不行了："真有你的戈美丽，不就登个记领个证吗，你至于吓得拉肚子啊？"

戈美丽赶紧辩解："不许瞎说，不是吓得。"

倪平平问："他知道你拉肚子了吗？"

戈美丽说："不知道。你不许告诉他啊。"

倪平平说："那你还不贿赂贿赂我？这样吧，中午我请客你买单，给你庆祝庆祝。"

戈美丽说："哪有这样的事啊？给我庆祝还得我买单？"

倪平平说："结婚是什么？就是破费，知道吗？派发红包啦、喜糖啦、巧克力啦，越铺张浪费越吉利。"

戈美丽说："那等你结婚的时候，我让你吉利个够。"

戈美丽跟安志领证的时候，带了喜糖到单位去发，这次考虑到是二婚，没好意思带。但王娜那女人知道戈美丽今天登记，恐怕不带点什么，堵不住她那张嘴。饭后倪平平陪戈美丽去超市，戈美丽要买喜糖，倪平平说她老土："你没看演艺界明星们结婚都派发巧克力吗，喜糖都淘汰了。"戈美丽就买了两盒巧克力带到单位，送给王娜。

王娜早就迫不及待地等着了，戈美丽知道，这女人肉麻的恭维和祝福背后，不定有多嫉妒和不平呢。

"我是真想去给你当伴娘啊，可惜，条件不允许啦。"王娜真是一个操心的人，"你打算让谁当伴娘啊？"

"倪平平吧。"

"那司仪呢？你们家高总请个电视台主持人还是没问题的吧？我特别喜欢那个叫小佳的，请她吧，我们也好看看真人。"

"你都多大了，还追星？"

"这说明我心依然青春啊！"

"恐怕我得让你失望啦。我的司仪是安然。"

"安科的妹妹？说真的，美丽，不是我不理解，是这世界太费解啦！让前夫的妹妹当司仪，我还是头一回听说。"

"你是嫉妒我和前夫的妹妹关系处得这么好吧？"有时候戈美丽对王娜说话也挺不留情面的。她们共事多年，彼此知根知底，戈美丽知道什么时候该哄着她，什么时候该打压她。

"哪里啊，只是羡慕而已，还谈不上嫉妒。"

"巧克力堵不住嘴是吧？那我拿回来了。"

"别别！现在巧克力都那么贵。"王娜就是这么一个能屈能伸、能里能外、能聪明能糊涂的人。照高禾汉的逻辑，戈美丽觉得王娜才是一个混世的智者和高手呢，要是个男的，肯定早当上领导了。

晚上高禾汉小摆了一桌算是庆祝。到场的嘉宾都是自家人，他那边有高粱和高粱的小姨袁青，戈美丽这边有加戈和安平安然、倪平平。

这个庆祝晚宴同上次一样，貌似平静的水面下暗潮涌动。一开席，相互介绍完，开场白还没说，袁青就不冷不热地来了一句："前夫全家助阵啊。姐夫，你这是娶的一个人，还是一家人啊。"

戈美丽知道安平安然倪平平也都不是好惹的，赶紧抢先接招："那个，袁青，是这样。安平以前是我的大姑姐，但现在是我的对门邻居，同时更重要的是加戈的姑妈和教母，平时没少劳烦她带加戈；安然呢，我的前小姑子，是操持这

210

次婚礼的礼仪公司老板，同时兼具司仪身份；倪平平呢，安志的同学，我的死党，更是促成我和高禾汉的红娘。所以呢，我就跟老高商量一下，把他们都叫上了。都不是外人，都不是外人。"

为了控制局面，高禾汉说了句开场白："今晚在座的都是亲戚加好友，咱们先热热身，熟悉熟悉，婚礼那天主要还得仰仗咱们亲友团。"

袁青那个不长眼的，或者说就是心里不痛快的，还说个没完了："咱们公司那么多兄弟姐妹，未必就操持不好一个婚礼？"

高禾汉看了看袁青："小青！"

袁青不说话了，但整个过程摆着一张冷脸。那边安然和倪平平实在看不下去了，就开始插科打诨，安然说："平平，你知道不，移动公司是不是发不出工资了？"

倪平平说："不会吧，移动公司那么有钱。"

安然说："可是我昨天去啊，看到那些小姐个个脸上就一样表情，那表情都在说一句话——嘿，我是一张发不出工资的脸。"

倪平平说："你也别这样，要体谅人家，工作累嘛。再说了，脸冷不一定代表心冷嘛，只要心还是热的，你就不要吹毛求疵了好不好啊。"

安然说："累？谁工作不累啊？我分析啊，是脸上化妆品涂太厚了，影响表情肌自由伸展。"

倪平平说："不是我说你安然，咱们以后也得注意一下了，不能随意使用表情肌，动不动就张开嘴哈哈大笑，眼角纹、嘴角纹，都这么笑出来的。没事就不要笑了，说话也把嘴张小点。"

安然说："这世界上有这么多高兴事，有什么理由不笑啊？你说得不对，我觉得，要是一个帅哥站在面前，移动公司小姐肯定就忘了表情肌和表情纹的事了。主要是性别问题。下次需要办什么，我带个帅哥去，雄性荷尔蒙或许能管用一点。"又转向安平，"姐，你看我带唐谛去怎么样？"

戈美丽急了，看那边袁青气得脸都发青了，这俩姑奶奶你一句我一句越说越来劲，还想把安平再扯进来，安平那张大喇喇的嘴再加入进来，这三个女人还能让谁活啊？戈美丽拽了拽安然："我好像眼睫毛进眼里了，难受死了，都是那倪平平，非让我涂什么睫毛膏。快出去帮我弄弄。"

到了走廊，戈美丽掐一把安然的胳膊，说："适可而止啊！"又忙不迭地给倪平平发短信："再不闭上嘴，婚礼不让你参加。"

安然说："瞧你忙的，就怕得罪了那姑奶奶。放心吧，我们浅尝辄止，不会太过分的。给她个下马威，别让她觉得你好欺负就行啦。"

那两个小孩，十二岁的高粱完全能听懂女人们绵里藏针的那些话，但道行还是浅，不敢插嘴露怯自找没趣，就把炮火对着加戈，把对他的称呼由"牧草"改为"本大爷"了。加戈口口声声本大爷长本大爷短的，高粱就做出一副恍然大悟状："哦，原来你姓本呀。"

加戈说："我才不姓本呢！百家姓里没有本！"

高粱说："你怎么知道？你会背百家姓？"

加戈说："我到六岁的时候就会背了！"

高禾汉时不时地让高粱像个姐姐样，让着弟弟，戈美丽就摆着手说怕什么，都是孩子，让他们玩去。

安然和倪平平改变战略，颇有大家风范地夸起袁青，什么眼影画得好啦，打扮得很有王菲范儿啦，身材长得像鲁豫啦。有些是往好里夸，有些是往坏里夸，比如身材像鲁豫，连高粱都听出来了，说："小姨，你身材还真像鲁豫，太瘦了，知道现在流行怎么形容你这样的吗——没料。"

要说安然和倪平平损她吧，人家明明把她跟王菲比，还夸眼影画得好；要说是真夸吧，还又把鲁豫的身材扯进来。而且人家俩人表情还都特别诚恳，简直有点情意绵绵的劲儿，搞得袁青不好发作，只好拍高粱一巴掌："取笑你小姨呢？知道鲁豫的名言是什么吗？人瘦才美。"

"就是，你小孩子不懂，那叫骨感美。现在明星们都争做纸片人呢，这是时尚。哎，袁青，你怎么减肥的，传授一下经验，我就是怎么也减不下来。"倪平平说。

女人们貌似真诚地叽叽喳喳开始交流减肥塑身经，气氛立时融洽起来。总之，庆祝晚宴有惊无险地过去了。饭后安然和倪平平各自开车离去，高禾汉一车拉了戈美丽、安平、加戈、高粱、袁青五个人，一起回山语世家。他和高粱已经搬过来了。

戈美丽给加戈洗了澡，安顿他睡下，正跟高禾汉发着短信互道晚安呢，安平过来了。她说："美丽，我有一件事不太明白，袁青怎么也跟着来山语世家了？"

戈美丽说："老高那边房子那么大，房间有的是，还没袁青住的地方啊？"

"不是，我的意思是，那袁青不是高禾汉的小姨子吗？"

"是啊，怎么了？"

"小姨子住姐夫家，这像话吗？"

"有什么不像话的呀？不都是亲戚嘛。"

"你傻呀？袁青今年多大？"

"好像听高禾汉说，三十二了。"

"都这么大了，条件还不错，怎么说也是高禾汉公司里的财务主管，白领，怎么还没嫁出去呢？"

"不知道啊。高粱四岁就没了妈，你算算，那时候袁青也就二十四，刚大学毕业没多久，听高禾汉说，袁青特别疼爱这个从小没了妈的外甥女，加上老高他妈身体不好，所以，高粱基本都是袁青一个人带大的。你想啊，高粱小的时候也离不开爸爸，为了照顾高粱，袁青可不就像他们自家人一样吗。"

"可这高粱现在都十二，初中生了，还住校，已经是大姑娘，能照顾自己了，袁青就不应该还死拽着不撒手吧？"

"人都是有感情的嘛！像自家人一样常来常往的，习惯了呗。"

"不对，我还是觉着不对。自古以来姐夫和小姨子的关系就不好处理，我可提醒你啊，多长个心眼。那袁青一晚上挂着一张石板脸，摆明了是不欢迎你。将来你搬过去了，她要是还整天进进出出，摆那么张脸给你看，那可真是要命的事。跟你说，当局者迷旁观者清，袁青那副样子，我觉着啊，是在吃醋。"

"不会吧？"戈美丽觉得有点可笑，"姐你是不是受了徐言言她妈的刺激，得了受创伤后精神紧张障碍啊？"

"不听老人言，吃亏在眼前！"安平一字一顿恶狠狠地说，"我就是让你长点心眼，不要把世界都想象得那么美好。多长个心眼不好吗？没事当然更好，有事的话，至少提前有了思想准备，能减轻受伤程度不是吗？"

虽然戈美丽觉得安平的疑神疑鬼有些滑稽，但女人那点小心思却活络起来了。安平走后她又控制不住地给高禾汉打了个电话，谁知道却是袁青接的。袁青在那边说："戈美丽啊？我姐夫已经睡了，你有什么事吗？"

戈美丽说："没事没事，我就是想问问他，婚礼那天让加戈穿白色西装还是黑色西装好。"

袁青说："黑的白的有那么重要嘛，一个二婚。"说完就挂了。

这一夜可把戈美丽折腾坏了，开始想自己消化，可是消化了半天也没成，还是深更半夜过去敲安平的门，把打电话的事说了一遍。安平说："我说得怎么样？还说我疑神疑鬼呢。你再给他打电话！"

"太晚了吧？"戈美丽迟迟疑疑的，"老高今晚酒也喝得不少，或许真的已经睡了。"

"那他的手机凭什么袁青说接就接呢，这也太随便了吧？"

"是啊，我以前和安志在一起的时候，他的电话我都不随便接。"戈美丽又难受起来了，"这可怎么办呢。你说他俩真会有什么关系吗？"

"难说。"

"那老高直接和袁青结婚不就完了，还来找我干吗？"

"你傻啊？和小姨子结婚，不影响老高的形象吗？他在商界还混不混了？要是混得好，给市政部门的什么形象工程送点赞助，说不定将来还要到政界里混去呢。"

"不对，我相信老高。"

"那你就踏踏实实回去睡觉。"

"我还是有点不相信。"

"那就保留你的怀疑，要么现在打电话，要么明天再问，但一定得问清楚了，趁仪式还没办。"

戈美丽辗转反侧一夜。第二天，星期六，按照事先约好的，高禾汉一早就过来接她和加戈，先把加戈送到安志那里，然后跟戈美丽一起回乡下老家。戈美丽离婚的事一直瞒着在乡下的父母，为免不必要的麻烦，她和高禾汉商量好了，周末一起回去，带着结婚证。这样的话，一次性做做思想政治工作就行了，而且，木已成舟，俩老的也就只能认了这个姑爷。

路上戈美丽有些沉默，高禾汉问她："昨晚累了吧？"

戈美丽说："还行。"

高禾汉又问："情绪不高？"

戈美丽说："没睡好。"

"失眠了？高兴的吧？"

"我后来给你打电话了。"

"是吗，我可能睡着了，喝了点酒，头晕。"

"也没什么大事，我让袁青转告你，你什么意见？"

"唔……可能袁青忘了。什么事？"

"也没什么，我就是昨天睡不着，问你婚礼那天是给加戈准备黑色礼服还是白色礼服。"

"白的搭你的婚纱，黑的搭我的西装，都行，肯定都帅。"

戈美丽郁郁的，看高禾汉也没有要解释的意思，还是忍不住问了："昨晚袁青在你们家睡了啊？"

"是啊，家里有她的房间。"

"她自己没房子吗？"

"有。袁青袁红父母去世早，俩人又差了十多岁，袁红跟我结婚的时候，袁青还上着高中呢，就搬过来一起住。后来上了大学，寒暑假也都是回来住。毕业后袁青先是在杭州一家外企工作了两年，她姐去世后，为了照顾高粱方便，她就辞了职，回到烟台。从高中起，家里就一直有她的房间。现在也还是，有时候高粱去她那里住，有时候她到我这里住，完全看她和高粱的兴致。"

"哦。古代有很多姐姐带着妹妹出嫁的，袁青这是现代版的随姐出嫁啊。"

"可以这么说吧。"

"那你们关系处得一直这么好啊，连手机都帮忙接？"

"有时候我喝了酒睡得太沉，担心是业务电话耽误事，袁青就帮我接一接。这种情况不多。"

"哦，那袁青的身份就是公司财务主管兼你的助理吧？"

"在公司她是我的财务主管，在家她就是我妹妹。公司那边我有助理，男的。"高禾汉颇有深意地看了眼戈美丽，"是不是袁青接手机，你不高兴了？以后你搬过来，我喝醉酒的时候，你帮我接手机啊。"

戈美丽赶紧说："不是那意思，你看我像爱吃醋的人吗。"

听高禾汉这么一解释，戈美丽又觉得事情很简单，不像昨天夜里安平分析得那么复杂。她没把袁青在电话里那句"二婚"说给高禾汉听，心想还是多一事不如少一事吧，自己还没过门呢，就不要搬弄是非了。

老家是一个名叫槐花洲的小镇，戈美丽父母一共有五间房，老两口住后面的三间，前面两间临街房出租给了一对做蛋糕生意的夫妻。为了不至于太突兀，半路上戈美丽打了个电话，用了一共不到十句话大致把情况说了说。

老戈接的电话，完了把事复述给老伴老王，老王当时还以为老戈跟她开玩笑呢，老戈说："你是老糊涂了吗？我拿闺女的婚姻开玩笑？"

老王想想也是，就埋怨老戈怎么没把事情了解得详细一点，老戈说："美丽都把新姑爷带回来了才给咱们打电话，你想，她就是不愿意告诉我们到底怎么回事才这样的啊！"

也是啊，老王同意老戈的分析，就说："那我给美丽打电话问问。哪有这样的事啊，离了婚，把新姑爷就这么带回来了？接不接待还是我说了算吧？"

老戈把老王喝住了："孩子不容易！美丽那性格，单纯，心眼好，不到万不得已是不会走到离婚那步的。不告诉咱们，是怕咱们担心，尤其怕你那心脏病发作。你就别挤对孩子了。"

可老王心里压不住，就打电话给安志。安志支吾半天，狠狠心，说："妈，都是我不好，我犯了错，美丽才和我离了婚。"

"犯了错？什么错？你们俩人一直感情挺好的，犯点错就至于离婚吗？"

"算了，我招。我犯了作风错误，跟我以前一个女同学好。我上学的时候就暗恋她，其实这十多年来，我们一直瞒着美丽在偷偷交往，也就是鬼混。我们已经鬼混很多年了，最后让美丽发现了。妈……"

"别叫我妈，你这个小兔崽子！"安志还没说完，就让老王咆哮着打断了。

"大妈。看来我以后只有资格叫您大妈了。您不要责怪美丽，都是我不好，她走到今天这一步都是我逼的。我是混账，王八蛋，挨千刀的……"

老王已经把电话啪一声挂了，说："老头子，买酒买肉去，我要招待新姑爷。"

"安志怎么说？"老戈一看老王态度大变，就很纳闷。

"别跟我提那小兔崽子，他干了对不起美丽的事！"

老王吩咐老戈去买东买西，但是，毕竟只是一个小镇，资源匮乏。老王说："我恨不得家里现在开着农场，我好好地杀鸡宰羊，慰劳一下我那可怜的闺女。"

饭还没做好，高禾汉和戈美丽就到家了。高禾汉两手提着好几个大袋子，厚实实的见面礼可是跟往常安志来大不一样。戈美丽父母的性格是这样，她爸稳重，看问题准、远，她妈性子急，看问题浅，爱咋呼，但心眼巨好。戈美丽之所以迟迟不敢把离婚的事告诉他们，主要是不想跟她妈费那些唇舌。

按照老王的性子，戈美丽做好了进门就挨炮轰的思想准备，所以，进门以后非但没闻到火药味，还闻到炖鸡炖排骨味了，不禁感到忐忑，不知道老王那高压锅和电饭锅里都焖的是什么机关。

老戈态度不卑不亢的，倒是没被那闪着亮光的小车和厚实实的见面礼给惊着，表现得极其淡定，颇有镇长遗风。老戈以前干过槐花洲镇长。

老戈和高禾汉喝茶聊天，戈美丽也在旁边转来转去，老王把她叫到厨房去了。"我能把你放到锅里炖着吃了吗？这么躲着我，死丫头。"

"我还真怕您把我炖着吃了。"

"我有那么可怕吗？"

"您一直这么可怕，没人告诉您啊？"

"干吗的？"老王冲里屋努努嘴，"看着倒是挺排场的一个人。"

"做生意的，经销红酒，世界各种名牌，开了个公司。"

小镇上的人判定一个人有没有钱，就认公司这俩字，只要一听谁谁或谁谁的亲戚啦女婿啦在外边开公司，那没错，有钱人。

老王高压锅里炖着鸡，电饭锅里炖着排骨，切了一堆菜，正在洗一条鱼，边洗边说："愣着干吗，就等着吃现成的？"

戈美丽终于忍不住了："妈，不对啊，您怎么一句都没骂我？我还带了耳塞呢，准备等您开口骂的时候，偷偷塞到耳朵里。"

"我怎么就那么爱骂人？你妈我虽然性子急了点，脾气暴了点，却是个明是非的人！安志那小子干了见不得人的事，你就是不离，我也得逼你离。"

"安……志……"戈美丽快速反应一下，就知道她妈肯定给安志打电话了，"安志怎么跟您说的？"

"他倒是脸皮厚，把自己那点丑事全抖搂出来了。说他跟女同学好，鬼混十来年了，瞒着你，后来还是让你发现了。"

"哦。他还说什么了？"

"还能说什么？后悔呗，让我别责怪你，什么的。哼，后悔就对了，我闺女，他打着灯笼能找着吗？"

戈美丽心情复杂地帮老王做饭，觉得安志为了帮她解围把自己说得那么不堪，也真是难为他了。其实直到现在，他和毛橘在同学聚会及毛橘烟台之行这两件事上到底有没有过过度交往，在戈美丽这里也是扑朔迷离没有确据，但戈美丽可以肯定的一点是，安志说的那些鬼混十多年的话，都是没影的事。

"就是，您闺女，还不是像您啊。"

"少来拍马屁，我批评安志并不说明就肯定你、鼓励你！哪有这样的啊，刚离婚才半年就又结了，你当这是过家家玩吗？

"谁说过家家玩了？我是认真的。你知不知道再婚有多难啊，还带着个孩子。所以，遇到合适的，就结呗，时间不是问题。"

"还能耐了，学会先斩后奏了。我要不是看在这次错是安志犯下的，看我能认你这个闺女才怪。你爸好歹也是这个镇上有头有脸的人物，你说，你这唱得一出一出的，不是让他在街面上抬不起头吗？"

戈美丽一句都不敢多说，生怕把老王刺激得心脏病发作。何况，场面比她预想得要和谐多了，她之前是预备好在电闪雷鸣中落荒而逃的。

当然，也不排除高禾汉本人及那辆车、那些礼物的强大气场。小镇上的人虚荣心比城里人可是强多了，女儿都快四十了，离婚又找了个这么有钱的，老王其实心里挺高兴的，所谓的抬不起头，跟这些硬件一比，就可以忽略不计了。

租他们家房子的年轻夫妇也得到了高禾汉的馈赠，他后备箱充分准备了随时送人的礼品。年轻夫妇既做蛋糕又做桃酥和喜饼，等戈美丽俩人吃了饭，下午要走的时候，那对夫妇已经神奇地赶工做出了一堆喜饼，让他们拿回去分给亲戚朋友尝尝。

回去的路上戈美丽长吁一口气："怎么样，这一关不是那么难过吧？"

高禾汉说："你以后别吓我了，害得我准备了一肚子求婚的话没派上用场。"

戈美丽咯咯笑着说："那你就说给我听呗！"

高禾汉说："新婚之夜我说给你听。"

23

九月三十号转眼就到了。这一天戈美丽一早就让倪平平押着去做美容，倪平平让美容店里的服务员给她把黑头去一去。

戈美丽问："什么是黑头啊？"

倪平平说："真老土。就是你鼻头和它两侧汗毛孔里的脏东西。"

"哪有什么脏东西啊？"

"多着呢，你是没注意看。"

美容店里的服务员先是给上了一种不知道什么膏，搓揉半天，然后用一种据说叫暗疮针的细针，在戈美丽鼻子两侧像挑刺一样鼓捣，还真挑出一些有点白又有点黑的不明物质。倪平平告诉她："这就是黑头，毛孔长年累月的堵塞物。你现在毛孔都堵死了，再不清理，会把毛孔越堵越大的。而且，鼻子黑黑的，多难看啊。"

"我这么些年都没清理毛孔，也没见鼻子变成黑的呀！"戈美丽反驳。

"别狡辩了。总之，从明天开始，你就要适应高太太的新身份了。要会花他的钱，而且花得讲究。否则，你就是看不起自己的男人。"

"怎么叫会花啊？"

"就是拿他的钱来做做美容啦，去去黑头啦，买买高档护肤品名牌衣服名牌鞋名牌包包啦什么的。以后不要去三站市场买衣服了，要把自己打扮得高雅一点。还有，以后吧，得学会跟男人索要，像你这个LV的包包，不就一万来块钱嘛，该要就得要，不能光等着男人送。男人有一种虚荣心你必须得学会让他满足，你跟他撒着娇地要东西，他给了你，会很高兴的。"

高禾汉昨天晚上送给戈美丽一个LV女包，给的时候也没说什么，戈美丽不知道它所值几何，还以为就一个普通女包呢。今天倪平平一眼瞄上去就惊叫道："LV！戈美丽，你终于要变成一个有品位的女人了！"

"什么V？"戈美丽傻乎乎地反问。

"LV！"倪平平把包上的商标指给戈美丽，"明星们的御用品牌你都不知道？"、

"不知道。我也没觉得它比我昨天背那个好多少呀，就是比我那个新，皮子没磨损。"

"戈美丽呀，你让我怎么说你好，真让我哭笑不得。你知道这包多少钱吗，还拿来跟你那破包比，还皮子磨不磨损的。再说了，你昨天背那包也不是皮子的呀，充其量PU就不错了，能不磨损吗？都那样了还背，不是丢高总的脸吗？人家高总是怕你明天还背那包，才送你这个的！真要让我笑掉大牙了，不识货呀。"

"到底多少钱啊？"

"我跟你说吧，保守地估计，至少在一万五千到两万之间。"

"啊！"戈美丽倒抽一口凉气，"我不吃不喝大半年工资呀！"

"所以说，知道人生和人生有多不同、能不同到什么程度了吧？你这要是跟明星们一比，才哪到哪啊？人家拿的那些LV，都十几万几十万，不仅仅如此，人家还收藏限量版呢。"

倪平平不说这包的价格倒也罢了，一说一万多，戈美丽就有点郁闷了。她犹豫了半天，对倪平平说："这个包，高禾汉还送了袁青一个。"

"袁青？高总小姨子？"

"嗯。"

"真的？"

"骗你干什么。昨天我去他家归置我和加戈的房间，他亲手把包送给我和袁青的。"

"一样的？"

"款式稍微有点差别。"

"这么贵的包，姐夫送给小姨子，这什么意思啊？"

"我还没跟你说呢，上次，就我们领证那晚，袁青住在老高家。他们家不论怎么搬家，都给袁青留个房间。她姐姐等于是带着她嫁给老高的。那天晚上我给老高打电话，还是袁青接的。不过，第二天老高跟我解释了，说平时偶尔他喝多了睡得沉，袁青会帮他接接电话什么的，怕耽误业务。但我心里还是有点疙疙瘩瘩的，尤其是知道这个包这么贵。"

"是有点让人不舒服。那个袁青，说实话，我也不喜欢，吊着一张脸，谁欠她几百万似的。不行，你得跟老高说，让袁青少去。就算老高把她当亲妹妹看，妹妹和嫂子整天见面，也会有矛盾的。"

"我怎么说呀？总不能刚过门就赶人家走吧？"

"得讲策略嘛！不能硬赶。至于怎么赶，得你过门后根据实际情况随机应变，现在说都是纸上谈兵。"

"我真是没信心嫁过去。"

"怎么没信心？嫁！仗来了就打，有什么呀！再说了，有你后边这强大的团队呢！你那前任大姑子小姑子都不是省油的灯，我更不是，就我们仨，一个礼拜去你家闹腾一次，也够那袁青喝几壶的。"

婚纱和加戈的礼服都是几天前就取回来的，加戈礼服准备了黑白两套，黑色典礼时穿，白色晚宴时穿。高粱的衣服，袁青明确说了，她准备。意思就是说，高粱是我外甥女，我们高家人，跟你戈美丽无关。

其余也没什么事了，婚礼上的一切事宜都交给安然公司忙活，她那里有一个专门忙婚礼的小分队。下午戈美丽早早接了加戈，带回新桥西路，包了一顿饺子，给家里打扫了一遍卫生。

安志下班回家一进门，就夸张地说："我还以为家里来田螺姑娘了呢。"

戈美丽说："你就把我当田螺姑娘呗。"

安志鄙夷地说："你？田螺大嫂还差不多。"

戈美丽煮饺子的时候，听到安志在客厅那里对加戈谆谆教导："小子，明天对你妈来说是个很重要的日子，你千万要听话，啊！你就跟着大姑，她让你干什么你就干什么，别去烦你妈，你妈明天是主角，不能让任何人抢了风头。"

"主角是什么意思？"

"就是，明天所有的人都是为了观赏你妈去的，你妈每说一句话、每走一步路，那些人都看着呢。他们不看别人，就看你妈。"

"哦，明白了，是不是跟大家都去南山公园看大熊猫差不多？"

"有那么点意思吧。那个，小子，从明天开始，你的旧生活就翻篇了，新生活扑面而来……"

"翻篇是什么意思？扑面而来是什么意思？"

"书，你知道吧？"安志拿来一本书，演示给加戈看，"你看，我看完了这一篇，要看下一篇，就这样，一下，翻过去了吧？这就叫翻篇。生活翻篇的意思就是呢，你以前是跟我和你妈住，从明天开始要跟你妈、高叔叔一起住，这种生活是不是和以前不一样了？是下一篇内容了，对啦，这就叫翻篇；扑面而来呢，就是……风，你知道吧，外面要是有风，你下楼，走到楼洞口，是不是觉得它一下子扑到你脸上了？对呀，面就是脸的意思。新生活扑面而来呢，意思就是，你跟你妈、高叔叔在一起生活的日子就像风，一下子都吹到你脸上了。"

"那多冷啊！"

"没事，儿子，要区别对待。春风呢，它不冷，温暖；夏风呢，热。你可以吃雪糕解决一下问题；秋风和冬风吹起来的时候，你可以戴口罩啊！把它挡在脸外！"

戈美丽把饺子端出来，说："我跟你说啊，你的教育方式还是有问题，这都什么乱七八糟的？"

"怎么了，浅显易懂。我都跟儿子说了，你明天就放心把他交给大姐，回头我再打电话跟大姐叮嘱一下。这小子太皮了，别到时候管不住，上蹿下跳的，坏了你的好事。"

"明明可以好好说出来的一句话，怎么在你口腔里一加工，就变得这么难听呢？"

"难听吗？我觉得挺好啊，这叫幽默。唉，中国人啊，就是天生缺乏幽默细胞。一个极其不幽默的民族。不可爱。"

"听这意思，好像你不是中国人似的。"

"我有中国人的血统，有外国人的良好素质，嘿，嫉妒吧？"

这时候加戈忽然接过话来："爸爸是两栖动物。"

戈美丽忽然鼻子就酸酸的了。心想，安志整天嘴里一嘟噜一嘟噜的怪话，以后是难听到了。

饭后安志陪加戈玩，戈美丽洗碗；之后，加戈自己玩，戈美丽把安志叫到餐厅说话。

"我妈那天打电话给你，谢谢啊。"

"谢什么？"

"要不是你把什么都揽到自己头上，我妈还不定怎么严酷对待我呢。"

"是不是跟我通完话后，她把对我的深刻仇恨都转化成对你的怜惜和对那家伙的殷勤招待上了？"

"你怎么知道？"

"你妈，过去也是我妈，这么多年了，我能不了解吗？那脾气，那性格，我知道怎么对付。"

"所以得谢谢你。"

"不过，事嘛，得一分为二地看，你谢我，应该，也不应该。"

"什么意思啊？"

"应该谢的意思呢，就是我安志光明磊落，在你急需要得到你妈支持的关键时候没有落井下石。你知道，这个世界上没几个像我这样的好人。你想想，我只要死不承认自己有错，你妈还得严酷对待你；说你不应该谢我的原因是，我只不过说了实话而已，没什么可谢的。"

"实话？你指的这个实话，是什么意思？"

"那还能有什么意思。就是我跟你妈承认的那些。"

"哪些？跟毛橘鬼混很多年？"

"是。事到如今，我还是都跟你承认了吧，其实这么多年，我跟毛橘一直没断了联系。我不是经常去济南出差吗，济南到天津挺近的，我只要去济南，就会去天津跟她会面。现在济南到天津有动车了，就更方便了，下午五点半开，七点半就到了，俩小时。"

"姓安的！你给我说清楚，你们具体是怎么回事，是毕业后就一直联系，还是后来？"

"当然不是毕业后了，要是毕业后就有联系，我还跟你结婚啊？就是……咱俩也结婚了，毛橘也结婚了，她结婚后找了个有暴力倾向的老公，婚姻不幸福，我们不知怎么就联系上了，然后，我经常去看她，然后，这次同学聚会东窗事发……就这么个过程吧。"

"你这个骗子！"戈美丽拿起餐桌上的一个竹杯垫就扔安志，"是谁指天咒地说跟那贱女人没发生关系的？"

"淡定！你以后就是有钱人家阔太太了，动不动就河东狮吼怎么能行？在我这里丢丢人也就罢了，让姓高的看多了你这副德行，当心人家休了你。你以为世上每个男的都像我这样，面对一张十年如一日的乏味面孔还能有这忍功？"

戈美丽强迫自己冷静下来："好，安志，你行，你狠。我还是得谢谢你，在幸福生活扑面而来的前夕，还能通过观赏你丑恶的一面来确认我选择的明智。"

这时候正好高禾汉发短信来了："我还在酒店忙着，确保明天给你一个万无一失的婚礼。你要不要过来验收一下？"

戈美丽回复："不用了，你全权负责。"

回完短信，戈美丽趾高气昂地告诉安志："我丈夫让我去酒店验收。那个什么，你明天确定不去参加我的婚礼？"

"为了不玷污你的完美形象，我就牺牲自己的形象，不去了。"

"你不去，怎么就牺牲形象了？"

"怎么不牺牲啊？我本来想大大方方地以前夫的名义，去给你们送上全世界最真诚的祝福，我那形象该有多大度、多高大啊！可惜，你婚礼现场那些嘉宾们没眼福喽。"

"我得马上走，否则，饺子就吐出来了。"戈美丽拉着加戈义无反顾地走了。

安志没开阳台灯，躲在黑暗里看着戈美丽和加戈走出小区，自言自语道："爷们儿，你今晚发挥不错。"

十月一日，戈美丽度过了忙乱、幸福、恍惚、疲劳的一天。从凌晨两点化妆师上门开始，直到十月二日凌晨两点，才终于把婚礼流程进行完毕。

"老高，这就是我少女时代憧憬的婚礼吗？婚纱，美酒，狂欢，誓言……天啊，童话原来就是这样的！"戈美丽把自己摔在她和高禾汉的婚床上。

"是啊，就这样啊。像做梦吧？"

"像。一个很长很累的梦。不对，皮影戏！"

"怎么是皮影戏呢？"

"可不就是皮影戏嘛，台下一大帮子观众，你和我就是台上的两个小皮影，后面安然啦等等那些人拿绳子牵着咱俩，让动胳膊就动胳膊，让动嘴巴就动嘴巴。我现在是不是应该问问安然，接下来该动什么部位了？"

"老婆，不用问了，皮影戏结束了。我告诉你现在该动什么部位了，想不想听？"

"你在想坏事。"戈美丽呵欠连天，嘟嘟囔囔地说。

"没呀，我想告诉你，现在该动眼皮了，把它们轻轻地合上；然后动鼻子，呼吸；然后，如果你还不足够累的话，可以动动脑细胞，做一两个梦。"

"好吧。"戈美丽已经进入半睡状态了，自言自语，"戈美丽，你可千万别动嘴啊，一动就打呼噜。"

一早，戈美丽就很自觉主动地起床做家庭主妇应该做的事：给全家人准备早餐。什么煎蛋啦面包啦牛奶啦稀饭啦，形形色色准备了一桌子。高粱吃一口煎蛋，说油太多了；吃一口面包，说不是全麦的；喝一口牛奶，说味不对；喝一口稀饭，说太稀了。戈美丽说："你还想吃什么，我去给你做？我做饭可快了。"

"不了，没胃口。"高粱起身走了。

高禾汉说："回来！"

戈美丽拉一下高禾汉："她不想吃就算了，昨天在酒店可能吃得不少，大鱼大肉的都不好消化，女孩子怕胖。"

袁青呢，倒是不走，一张石板脸一直戳在戈美丽面前，戳到大家都吃完饭为止。戈美丽没话找话跟她说："袁青，昨天你穿那件衣服，平平夸了半天，问你在哪买的。"

袁青说："韩国。"一句话把戈美丽堵了半天。

就着这么一张脸吃饭，也真是让人没胃口，戈美丽在心里反复念叨："打仗，打仗！"她只能把这当成打一场没有硝烟的战争。

国庆节是高禾汉他们公司最忙的时候，所以，别人放假，他却马不停蹄地跟袁青上班去了。戈美丽洗了碗，开始收拾卫生。加戈还不太适应新家，高粱又对他爱答不理的，就不太高兴，一个人歪在沙发上看少儿频道，说："真无聊。"

戈美丽讨好加戈："儿子，想看什么节目，我给你找。喜羊羊与灰太狼？"

"好吧。"

加戈正看着喜羊羊与灰太狼呢，高粱过来拿起遥控器啪一下转到江苏卫视，加戈说："你没看见我正在看少儿频道吗？"

高粱说："幼稚。我要看非诚勿扰。"

加戈说："妈妈，姐姐不让我看喜羊羊与灰太狼！"

高粱说："小孩，就知道哭哭啼啼找妈妈。"

戈美丽跑过来，哄加戈："儿子，喜羊羊与灰太狼你反正也看过好几遍了，咱就发扬一下风格，让给姐姐看，好不好？"

加戈扭来扭去："不！"

戈美丽把嘴凑到他耳朵上面，说："回头妈妈去买碟给你看，乖，咱不告诉姐姐，听话啊！"

高粱说："嘀咕什么呢，神秘兮兮的。"

戈美丽说："不嘀咕什么，我做他思想工作呢。儿子，咱跟姐姐一起看非诚勿扰，妈妈单位那王娜阿姨整天说非诚勿扰有多么好看，妈妈也想看看到底怎么好看。"

高粱撇撇嘴："切，连非诚勿扰都没看过，还是不是地球人哪。"

三人一起看非诚勿扰，加戈看不懂，为了戈美丽许诺给他的碟在忍着；高粱对这个节目已经很熟悉了，不觉得有多好笑，就剩下个戈美丽，头一回看，开心得不得了，不停地发出惊呼声，"这主持人真是搞笑啊！""这男嘉宾整个一个傻帽。""还有外国人啊？""俩人这就成了啊？"

高粱忍不住了，说："您真不是地球人，还不赶紧回火星去，地球太危险了。"

戈美丽说："这又是哪个节目的台词？"

高粱轻蔑地说："周星驰的电影。"

说完起身走了。

戈美丽在后头问："不看了？还没演完呢！"

高粱说："不看啦！我也不知道是看电视好还是听您说笑话好。"

加戈朝高粱背影伸伸舌头，又朝戈美丽竖起食指中指表示胜利，戈美丽却茫然极了，自言自语："费劲巴拉地讨半天好，一点没讨对地方。"又问加戈：

"我是不是很落伍？"

加戈说："妈妈，你是世界上最漂亮的妈妈。"

戈美丽说："你别说了，我知道你这句话是冲着我的许诺去的。"

很快就要到中午了，戈美丽问高粱想吃什么，高粱眨巴着眼想了想，说："我也没什么主意，您等会儿啊。"这丫头跑到书房去上起网来了，在360浏览器主页上点了一个美食网站，唰一下出来很多美食照片，翻了会儿，说："就这个吧，毛血旺。"

戈美丽说："咱能不能换一个？"

"怎么了？"

"这个吧，太复杂了，阿姨做不好。"

"是不会做吧？"高粱做出一副大度状，"没事，不会做很正常，要不咱来这个吧，口水鸡。"

"口水鸡啊？"

"怎么，这个也不会？阿姨，人家网上可是写着呢，这个是百姓家常百道菜呀，家常菜您都不会？"

戈美丽狠狠心，说："这个嘛，可以会。你把它点开，我看看都需要什么料。你给我支笔，对，还有纸。好，三黄鸡一只，不超过一斤；辣椒面二勺；花椒一小把；酱油、醋、糖、蒜、盐、葱、鸡精、芝麻。"

完了戈美丽就拿着这张纸片购物去了，回来好一顿忙活，下午一点才吃上饭。十二点的时候高禾汉来电话问吃饭没，高粱接的，说："阿姨在做口水鸡，还没熟。"

高禾汉说："阿姨真能干，口水鸡也会做。"

高粱说："在网上把做法打印下来了，拿着在厨房照本宣科呢。"

高禾汉问："怎么想起做口水鸡了？"

高粱说："我要求的。"

高禾汉说："不是我批评你，这可以算是无理要求了！咱在家里吃点普通易操作的家常饭就行了，你想吃口水鸡，我带你们去饭店吃啊！下次不许这样了！"

半下午戈美丽又问高粱晚饭吃什么，高粱说："你自由发挥吧，中午那口水鸡的确是很一般。"

"第一次做嘛，又是川菜系，难免一般。下次我就会了，等着瞧吧。"

做饭的事过去了，晚上袁青又给了戈美丽一个下马威。和高禾汉一起从公司回来后，袁青回自己房去了，大概是换衣服什么的，戈美丽赶紧把饭菜摆上桌。不久大家就听见她在房里尖叫一声，以为发生什么不测了，排着队往她房里跑，加戈还去洗手间把笤帚拿上了。进去以后，发现也没出什么事，没有狮子老虎蛇老鼠蟑螂什么的，只有袁青一个人站在房间地上喘粗气。

"怎么了袁青？"戈美丽上前去问道。

"你说怎么了！谁动我房间了？"

"我呀！我就给你把睡衣折了折，被子床单整了整，书给你放回书架上，别的什么都没动。怎么，丢东西了？"

"非要丢东西呀？你知不知道尊重别人的隐私权啊？"

"知道啊！我没动你别的东西啊！"

"卧室是一个人最私密的地方了，你知不知道不能随便进别人卧室？更何况还随便动别人的睡衣和卧具！我有洁癖你知道吗？"

高粱插话进来："阿姨，你也动我的卧室了。"

高禾汉斥责高粱："大人说话小孩别插嘴，到外面洗手准备吃饭！"又转向袁青，"小青，你嫂子是一片好心，看你工作忙，给你收拾一下卫生，别小题大做，啊！"完了又安抚戈美丽："小青她是有点洁癖，你没见她在公司呢，保洁人员动桌子都不允许。别往心里去啊，走走，吃饭了。"

高禾汉把戈美丽连抱带拖地带出去了，边走边小声说："对不起啊，忘告诉你她有洁癖的事了，让你受委屈啦。她就那样，你别跟她一般见识，啊，老婆。"

一声"老婆"，就把戈美丽俘虏了。戈美丽又在心里高呼："打仗，打仗！没有硝烟的战争！"

国庆节长假余下的五天，戈美丽都是在心里高呼着"打仗，打仗！"度过的。十月七日终于到了，下午高禾汉把高粱送回学校，小丫头要在学校呆五天才能回家；十月八号，晚上高禾汉自己回来的，戈美丽问他："袁青呢？"

高禾汉说："回她自己家住去了，我跟她说了，等周末高粱回来了再来。我是为了让你休息休息，这一大一小俩女人可把你给累坏了吧？"

戈美丽一听袁青也要五天才能回来，高兴坏了，说："我今天不做饭了，都快做恶心了，你带我们出去吃吧，好不好？"

高禾汉带娘俩出去吃了一顿，然后戈美丽让高禾汉把她送到倪平平那里。高禾汉笑说："吐苦水去吧？去吧去吧，减减压。女人有死党真是好，男人就没有这样的亲密朋友。"

戈美丽把她这六天的经历原汁原味地说给倪平平听，倪平平说："我看你这灰头土脸的样，像艰难跋涉了雪山草地似的。"

两人又去做美容，放松。倪平平说："照目前情况来看，你就这样坚持住了，反正那俩女人周末才在你眼前晃悠。余下五天你把高禾汉伺候好了，再找机会修理那俩，重点是石板脸。一定要把高禾汉伺候好了，记住了啊。男人要是痴迷哪个女人，一阵枕边风就可让他和全世界做对。"

对倪平平这套谆谆教诲，戈美丽当然不能苟同，她做人的底线和倪平平不一样。听着她叨叨，也只是左耳朵进右耳朵出。主要是为了跟她叨叨一下，让自己心里舒畅点。

24

国庆节这几天安然可是忙坏了。操持戈美丽和高禾汉的婚礼，前前后后那一大摊子事刚忙完，十月三号，唐谛又给了她一个难题：让她帮忙陪唐谛的父母。

唐谛的父母在牟平。唐谛约安然的时候正是十月三号当天早上，安然说："我不去！你爸妈来，跟我有什么关系？"

唐谛说："怎么没关系啊？哦，你请我帮忙配合你演戏给你姐看，我那么够意思就配合你，还配合你到前嫂子婚礼上公然亮相，现在需要你配合一下，你就不干了？你这不是卸磨杀驴吗？"

安然说："怎么这么说呢？当初我请你时，也不是拿刀逼着你的吧？再说了，你是男的，我是女的。"

"女的有特权啊？"

"不是，我要是名誉受损了，将来怎么办？"

"将来？什么将来？你不是不婚族吗？还担心什么名誉问题？"

"话不能那么说啊！要是人家都知道我见你父母了……哎呀，反正以后不好混了。"

"那你的意思是，咱俩的伪恋人关系到此为止？"

"别呀！我姐现在无所事事，整天就盯着我哪！"

"你说我要挟你也好，恐吓你也罢，总之，你就给我一句话，去不去见我父母？我跟你实说了吧，他们俩这次来就是见儿媳妇的。我要是不带一个骗骗他们，他们就要让邻居家那个傻不愣登的幼儿园老师跟我定亲。"

"哈！找个县城幼儿老师也不错啊，肯定朴实可靠。"

"你就别埋汰我了成吗？哥们，拜托，做个好人！"

"好吧好吧！我牺牲小我，成全大我！但是，为什么你到火烧眉毛了才告诉我？"

"他们也是上了大巴才给我打的电话呀大姐！我还措手不及呢，本来打算这几天自驾游，猎猎艳的，唉。"

"就你那破驾驶技术，还自驾游呢。国庆节满大街都是你这样的二半吊子司机，你也不怕把你那新车给剐坏了。"

唐谛用他那二半吊子技术，载着安然去汽车站接父母。汽车站和三站市场交叉路口那里交通混乱之至，安然指挥得浑身冒汗，唐谛才把车在停车场停下。"哎哟我的上帝啊，我现在终于知道用什么方法能把一个人折磨疯，就让他去坐一个二半吊子司机开的车。"

"要想尽早结束这种折磨，你就这几天当我的跟车教练，一口气把我培养出来，怎么样？我可是为你好。"唐谛笑嘻嘻地说。

"可真有点恬不知耻的样子。"安然撇撇嘴。

"干不干？不干的话，伪恋人关系就终止。"

"好吧好吧！你这是百分之百的绑架勒索！"安然咬牙切齿地说。

两人在出站口接着了小县城来的客人。女客人有着典型的小县城作风，一上来就挽着安然的胳膊闺女长闺女短的，那个热情劲，直让安然身上起小米粒。在唐谛的暗示下，安然皮笑肉不笑地叫了声叔叔阿姨，算是打了招呼，接着唐谛就施展他那要命的驾驶技术，载着三人去海边兜风。

滨海路倒是比市里交通状况好一些，主要是整条路都限速六十公里，所以车流少多了，但即便这样，唐谛也开得跌跌撞撞，安然对他一会儿循循善诱一会儿恶声训斥，县城女客人在后面看着是喜上眉梢，不停拽拽男客人的裤腿，意思是，瞧这小两口，多好啊。

余下的几天，安然整个地把自己搭进去了，身份是唐谛的伪恋人、县城客人的伪准儿媳、唐谛的陪驾教练。他们开着车东奔西走，足迹遍及威海、蓬莱、石岛、龙口，内容包括旅游、吃饭、吃饭、旅游。

到最后一天，唐谛的驾驶技术得到长足进步，敢一边开着车一边给安然讲笑话了，说一个学驾驶的学员，女的，摸手档没摸对地方，教练在副驾上冲她吼：

摸我大腿干什么？还有一个学员，遇到突发情况时慌得把方向盘扔了，张着两手问教练：怎么办呀怎么办呀！

两人在前面笑得前仰后合，唐谛父母在后面听着是心花怒放。十月七号，老两口恋恋不舍地走进汽车站进站口，安然冲唐谛说："赶紧的，请我去好好泡个温泉，再吃顿好的，补偿补偿！我长这么大没这么累过。"

结果，唐谛又开车载安然去了栖霞艾山泡温泉。下午回来的时候，走的是一条两边大片果园的公路，景色美不胜收，两人下车买了很多新鲜苹果和秋枣。唐谛说："你看，为了补偿你，我是无所不用其极啊。"

安然说："这还差得远呢！跟你说，你花钱去雇，都不一定能雇来我这么好一个演员！我演得多像啊，你看，把你爸你妈骗得，心里乐开了花了都。"

"但你忘了一个自然规律，任何事情都有好坏两面。你把他们骗得乐开了花，知道他们回去后会干什么事吗？"

"什么事？"

"给你缝被子。就那种绸子面的，上面绣着一条龙一只凤。至少得缝个八铺八盖。"

"八铺八盖？"

"是啊！我们老家结婚时都是四铺四盖，就是四床褥子四床被子。但我妈看你那眼神，那喜滋滋的样子，至少得弄个八铺八盖。"

"我天！演过火了是吧？"

"可不！吃饭时还往我嘴里喂饭，你说，我妈她能不回去准备铺盖吗？"

"那我可不管！我的任务完成了，铺盖送来，你爱和谁盖和谁盖。"

"傻，那被褥可都是我妈一针一线手工缝制的，棉花都是托人去四川那边买的新棉花，地里现摘现买的！又柔软又暖和，你花钱都不一定能买着我跟你说。"

"你怎么知道的？"

"我妈惦记儿媳妇都快惦记出病了，这八铺八盖的宏伟计划不知跟我叨叨几万遍了都。跟你说，那棉花说不定现在已经从四川发车了。"

"你赶紧另得了，找着那个跟你一起盖棉花被的，咱俩的伪恋人关系就散伙，到时我就说你把我踹了。大不了我姐再逼我，我再找合伙人。"

"算了，再找合伙人还得花时间磨合，就我一个吧，别找了。"

"什么意思啊你？"

"没什么意思啊！"

"我怎么听着话不对啊？"

"什么不对，我的意思是，在我妈的八铺八盖还没运来的时候，咱俩还继续合伙，运来以后再说。"

七天长假过去，安平肯定是要过问进展情况的，安然那是滔滔不绝，把唐谛父母来、她如何跟唐谛一起陪着到处吃喝玩乐天花乱坠地讲述了一遍。

安平说："那就别拖了，让唐谛父母挑个好日子，办了吧？"

安然一听急了："你不是说给我们半年时间吗？这还不到呢！闪婚有隐患的！"

安平说："半年？那得到什么时候？"

安然算了算，说："明年二三月份。"

安平说："那就这样吧，我做主，到春节你们必须给我定下来。再不结婚还能生得出孩子吗？现在卵巢早衰的现象那么普遍，化学物质啦、大气污染啦、食品添加剂啦，都把人弄得不正常了。对了，你跟那个什么武博达，彻底掰扯清楚了吧？"

安然说："清楚啦！哎呀，真是，要不是看你更年期，我哪能这么听你摆布啊。"

其实安然和武博达吧，并没掰扯得那么清楚。国庆节前，也就是九月三十号，安然在戈美丽婚礼酒店忙到半夜，武博达在外面一直等着。出来以后，一起回了安然那里。

安然知道武博达那天为什么等到那么晚，一是两人好多日子没在一起了，应该是欲火中烧了，二呢，国庆节期间，武博达肯定是要陪老婆孩子的，七天长假，应该是来个小旅游什么的，那么晚约安然，就是这七天我不能陪你的意思。安然这么聪明，又跟武博达交往了三年，能不清楚这些？

那天武博达纠缠安然的时候，发现安然有点意兴阑珊心不在焉。武博达问："怎么了？"

安然想了想，说："我姐给我介绍男朋友了。"

武博达说："哦。干什么的？"

安然说："软件工程师。"

武博达说："哦，不错。"

武博达用了两个"哦"，来说明自己在这件事上没有发言权。但是他又问安然："你会离开我吗？"

这个问题挺不好回答的，安然想了想，反问武博达："这个问题，就好比我问你，你会为了我离婚吗？"

武博达就不说话了。

然后就是国庆节。七天里武博达没有电话和短信，安然也觉得无所谓。她在内心里已经把九月三十号那晚当成她和武博达的最后一晚了。所以，要说没掰扯清的话，其实也掰扯清了，说掰扯清了吧，又很含糊。

大婚后的戈美丽十月八号就上了班，为免引人注意，一整天都让王娜随手关门。王娜问："今天跑来干吗呀？你有婚假的呀！"

戈美丽说："再婚也有婚假啊？"

王娜马上上网百度，告诉戈美丽："再婚者和初婚者法律地位相同，婚假待遇一样，只是，再婚者不享受晚婚待遇。意思就是说，再婚者有三天婚假可以休。真傻，不休白不休。"

"算了，不休了，不是说人事调整就要开始了吗？风声鹤唳草木皆兵的，休也休不踏实。"

"你担这个心干吗？咱们科不会有什么变动，不跟你说了吗，咱们科是全单位最精简的一个科。我都打听过了，上面给咱们档案科的定编是三个人，一个科长，两个科员。"

"真的？消息可靠？"

"爱信不信。"

王娜说得信誓旦旦，不由得戈美丽不信。那可是个消息渠道很广的通灵人物。但是仅仅过了三天，残酷的现实就摆在戈美丽面前了：他们科定编二人，一个科长一个科员。留下的是王娜，走人的是戈美丽。戈美丽的新工作岗位只有一个选择：一线车间服务窗口。

科长是这样跟戈美丽说的："这次不是单独调哪一个人、哪一个岗位，上面新给的编制少，机关有四分之一人员都要到一线去。所以，不要有情绪，只是工作岗位不同而已。"

戈美丽泪都快出来了："那凭什么走的是我呀？我比王娜哪差啊？"

科长说："调整方案是领导定的，我也就比你早接到通知一个小时。美丽啊，有些话我不便跟你说，我们科长呢，有时候不如科员知道的事多、不如科员神通。总之，还是服从组织分配，啊。"

科长也是老油条了，话里的意思戈美丽明白，无非就是影射王娜的。其实从网上看到人事令的时候，戈美丽就知道王娜是暗中做手脚了。但那女人居然假惺惺地嘘寒问暖："这怎么回事啊？科长怎么说？"

"怎么回事？人事令上不是明写着了吗？你不会是想告诉我你突然不认识汉字了吧？"

"不是，我的意思是，怎么这么突然？"

"是吗？突然吗？对你来说真这么突然？"

"当然了！"

"你不是告诉我，咱们科定编三个人吗？怎么又变成两个了？"

"是啊，明明可靠消息说是三个的啊！"

"王娜，要是咱们科一共四个人，你是不是就要告诉大家，新定编是四个了？"

"美丽，我都听不懂你想说什么了。我知道你情绪不好，换了我，我就高高兴兴地去，都四十了，悠荡着干呗。"

"说得好听，让你去服务窗口、穿制服、三班倒，整天陪着笑脸还得提防被投诉，你能高高兴兴地悠荡着干？你怎么素质那么高啊？"

"我这不是在宽你的心吗！再说了，你怕什么啊，有那么个有钱的老公，不干了又怎么样？要我说，你就是想不开，要是我，我早辞职在家当阔太太了。"

"王娜啊王娜，你可真会装，也不怕上帝隔着天花板听到你肚子里那个小算盘的哗啦声。"

"什么意思嘛美丽，好像是我把你调走了似的，我也没那个权力啊！"

"对啊，你是没那个权力，但你有本事把自己留下啊！"

"你真是冤枉我了，我之前也什么都不知道，真的！"

戈美丽气呼呼地一边说一边乒乒乓乓开抽屉，搜检自己的私人物品，什么卫生巾啦零食啦。王娜脸皮还真是厚，被奚落成那样了，居然还能过来像没事人一样要帮戈美丽收拾东西。

　　"你别在我这晃悠了，拜托，到别的地去待会儿，我现在需要屋子里充满寂静。"

　　王娜很听话地到其它办公室待着了，戈美丽继续收拾东西。收拾了半天，越想越来气，把卫生巾啦零食啦那些东西一股脑划拉到纸篓里，然后把电脑清理了一下，一键恢复到计算机中心当初发电脑时的原始状态，就背着自己的包离开了。

　　对于戈美丽来说，这是一个异常严峻和混乱的时刻，她自从大学毕业就在这个单位工作，算起来，到九月一号为止，整整十四年了。期间还算安稳，没经历下岗等特殊事件，所以这次转岗可谓毁灭性打击。

　　戈美丽回到山语世家自己家，头晕目眩地坐在露台上。不一会儿安志来电话了："在哪呢？"

　　"家。"

　　"哪个家？"

　　"山语，自己家。"

　　"怎么说话有气无力的？你等着啊，我这就过去。"

　　戈美丽想说你过来干吗呀多不方便，但实在是头晕目眩没什么力气，就不管了。手机一会儿响起短信提示音，一看，美容店来的，介绍一款新到的按摩膏，结尾：祝您今天有个好心情。

　　戈美丽气呼呼地把手机关掉。还好心情呢，她今天的心情跌入历史以来最低点。

　　没多久安志就来了，戈美丽肩上披着一条冬天用的大围巾，抖抖索索地过来开门，安志问："怎么了这是？"

　　"冷。"

　　安志摸摸戈美丽的额头，烫，就说："你赶紧去屋里躺下，量体温了没？"

　　"没。"

　　家里有体温计，安志找着体温计，过来就往戈美丽腋下放，戈美丽挣扎着说："干吗你？"

"都老夫老妻了也不是没见过，你都这样了，老老实实躺着吧！"

一量体温，三十七度八。"走走，去医院。"

"不去，没力气。你给我买药去。"

家里没有药，安志又跑出去买药，回来给戈美丽吃上。

"你来干什么呀？"戈美丽问安志。

"看看你，不放心。"

"是怕我想不开自杀吧？"

"说实话，有点担心。你这人我了解，死要面子。工作岗位是其次，主要是你心理上承受不了这一变故，觉得一个做了十多年机关的，忽然要站在服务窗口，脸上下不来台。"

"换了你，你不纠结啊？哦对，你也换岗位了。唉，总觉得论资排辈下一个老干部科科长就是你了，没想到煮熟的鸭子还是飞了。"

这次的人事令可真是有史以来最长的一份文件了，安志也在名单里，他的新工作岗位是老年活动中心。领导找安志谈话时，充分肯定了他的一大优点：耐心。对那些唧唧歪歪成天找事的老干部，安志从来没有不耐烦过，深得那些老家伙之心。所以领导说，这个老干部活动中心嘛，琐事一定很多，这是咱们局的示范中心，必须得有一个真正热爱老干部工作并且很有经验的同志来挑起重任，想来想去，最合适的人选就是你了。

"哼，领导忽悠同志们是很有一套的。"戈美丽替安志不平。

"是啊。虽然封了我一个活动中心主任，我也知道，这是被彻底搁置起来啦。呵呵，你知道分给我两个什么兵吗？干事是一个怀孕五个月的，司机就是刚做了心脏手术那个老曲。以后啊，我就是活动中心那一亩三分地的土皇帝啦，我还身兼数职啦，主任兼干事兼司机，你瞧我这岗位，多重要。"

"真服了你。你以后就完全是那些老同志的小跑堂了，还这么自得其乐。"

"我这人吧，从小就有个乐观的毛病，在人生很多个关键时刻我都曾试图摆脱掉它，但不幸的是，直到现在它还如影随形地跟着我。"

"你就别贫了，我现在一点也不想笑，就想哭。"

"那就哭吧，来，靠着我。"

安志挪过去，挨着戈美丽坐下，把戈美丽的头扶起来搁到自己腿上，说："没什么啊，咱们这只是革命同志的安慰，多多少少得有一点接触，我会注意分寸的。"

戈美丽痛痛快快地哭了一顿，愁肠百结地问："明天人事科要派人把我们送到新工作岗位上去，我怎么办？我过不了那一关的！那简直比当众扇我两巴掌还难堪。"

"我知道我知道，你过不了那一关，这我比谁都知道。让我们想想办法啊。请病假？"

"总不能请一辈子吧，这不是个办法啊！"

"我去给你做饭，边做边想办法，你放心，饭做好了，办法也肯定就有了。你先别急，别再把自己急出个好歹的。"

吃饭的时候，戈美丽问："办法想好了没有？"

安志说："我说出来你别觉得突然啊，因为我了解你这种墨守成规的人。你就没想过，明天干脆不去过那一关？人活这一辈子啊，得过很多关，但有些关卡值得为之付出性命，而有些关卡呢，仔细想想根本就不值得去过。你在这单位也呆了十多年了，工资两千，朝九晚五，其实没意思透了。服务窗口那边动不动就加班加点，稍有不慎就扣工资，我觉得，没必要去受那煎熬。"

"你那意思，我不干了，像倪平平那样？"

"为什么就不能那样？要我说，平平那才是一个潇洒之人呢。人活一世其实就应该潇潇洒洒、随心所欲，他妈的。"

"你怎么变成这样了？你以前最怕生活有改变的。"

"婚我都离了，什么改变我接受不了啊？"

安志的这个提议倒是忽然像把戈美丽的天窗给推开了似的，她边吃边说："我从小就被灌输了这样一个人生模式——上学，考学，毕业，分配，工作，退休。压根就没有中途改变的概念。真活成木偶人了。"

但是，真要在快四十岁的时候改写自己的人生观念和道路吗？这无论如何都是一件破费犹疑的事。戈美丽这个纠结啊，越纠结越发烧，都打起摆子来了。

下午四点半，戈美丽让安志去接加戈。这才想起被关掉的手机，赶紧让安志把手机给拿了过来。

要是戈美丽知道关机会引发一系列不必要的麻烦，她就是接到全世界祝她好心情的问候，也不会去关机的。可世界上的巧合恰恰就是这么发生的：首先，倪平平打电话到单位约戈美丽去美容，恰恰是戈美丽离开单位回到家的那个时候。王娜恰恰刚从别的办公室回到档案科，正拉开戈美丽抽屉偷窥呢，电话响了，她接起来，实事求是地告诉倪平平戈美丽已经调走了；倪平平打戈美丽的手机，恰恰这时候戈美丽收到那条祝她心情好的短信，关了机；倪平平此后就不停地打啊打，一直关机，下午倪平平打给高禾汉，问他知不知道戈美丽调动的事，高禾汉说不知道，接着他也打戈美丽的手机，关机；高禾汉处理完公司的事回到家，戈美丽不在家，他想来想去，忽然想到戈美丽兴许在自己家，就拿着钥匙过去了。钥匙一共六把，戈美丽拿了一把，安平拿了一把，其余四把都放在高禾汉家里。

然后，恰恰安志要去接加戈，高禾汉一推门，正撞在安志头上。高禾汉一看，说："我还以为家里进贼了呢。"

安志有点尴尬，摸着头，说："我正好要去接加戈呢。美丽病了，发烧，在床上，你去看看吧。她转岗了，心情不好。"

戈美丽拿着手机，说："早上接到一条广告短信，心烦，就关了手机，刚打开。你给我打电话了？"

"是啊。平平给我打电话，说了你转岗的事。"

"真是好事不出门、坏事传千里，这才不到一天，满世界都知道了。"

"没事美丽，你们那工作，除了体面，也没什么可留恋的，你想去新岗位就去，不想去就在家呆着。咱自己的生活，把握在自己手里，不用别人来把握。"

"刚才安志也是这个意思，说那单位，也体现不出什么人生价值。"

高禾汉微微皱了一下眉，说："美丽，以后吧，遇到困难了不要不好意思跟我说，咱们是两口子，有困难一起分担才是，对不对？"

戈美丽说："对不起啊老高，我就是回来想躺一躺，安志在单位看到调令，他知道我这人容易偏激，怕我自杀，所以才跑来看看。我哪有那么脆弱啊。"

高禾汉说："那行吧，我回去，让安志来照顾你？"

戈美丽拧高禾汉一把："别添乱了你，走吧，回家。"

戈美丽乖乖地跟着高禾汉回家，第二天去单位办离职手续。除了倪平平，有史以来戈美丽是第二个吃螃蟹的人，那些早就在这单位待够了而又无处可去的同事，都嫉妒得不行。但手续不是说办就办的，得一级一级往上报，然后批准，才能办理。"那行吧，我先交接吧。"昨天上午就该交接的，但戈美丽实在不爱搭理王娜，今天心平气和的，连刺激王娜的话都懒得说了。交了柜子和办公室钥匙，写了交接单，跟王娜两人都签上字，完事了。感觉就像又签了一份离婚协议。

王娜少不了又吹捧戈美丽一通，戈美丽潇洒地说："姐姐我华丽转身一骑绝尘了啊，你好好护住这一亩三分地。"

王娜问："那你将来有什么打算？"

戈美丽脱口而出："开个店啦什么的，不太累、开着玩的那种。"

实际上在王娜问她之前，她还没那想法，也不知道怎么就脱口而出了，仿佛那计划早在脑海里酝酿很久、就等着某件事情把它催生出来似的。

这念头一经萌发，就像火似的越烧越旺，扑都扑不灭。戈美丽索性打车去"安的衣柜"，问安平她当初是怎么想起要开店的。安平说："就跟徐言言那丫头随口一说呗，然后就遏制不住了。你不知道我那几天跟神经质了似的，不开店就不能活了的感觉。"

戈美丽说："现在我充分体会到你当初的感觉了。"

跟安平不同，戈美丽想开一间书吧。

25

戈美丽遭遇挫折时躲到自己家并且有安志相伴疗伤，要说高禾汉对此没一点想法的话，那显然不可能。但高禾汉是什么人？小不忍的事他是不会去干的。所以，基本上，戈美丽和安志之间那些口水仗，在高禾汉和戈美丽之间是看不到的。

不仅看不到，高禾汉还积极履行一个做丈夫的责任，帮戈美丽筹备开一间书吧。资金、人脉、创意，哪一样都得精细打算，而这些对戈美丽来说太难了。她也就能在创意上提供一点个人趣味上的建议，比方给店取名字、室内基本格局和色调等。其实戈美丽最早上大学时的愿望是开一间书店，平时逛街最留意的并不是服装店啦饭店啦，而是各种书店书吧，仿佛知道早晚有一天会干上这个行当一样。

调研、选址、装潢、进书，开一间书吧比开一间服装店要复杂多了。这一套流程从十月中旬开始，到十一月下旬终于进行到尾声，又做了一些其他方面的准备工作，元旦，位于鲁东大学对面的"小书房"正式开业了。

开业那天，场面甚为壮观，高禾汉请了他一些生意上的朋友来助兴，高级轿车在门口摆了很长一溜。安然带着唐谛、倪平平带着她那个发型师男友、安平则和齐桂花老彭彭湃安志一起，都送了大礼。

王娜也来了。这女人脸皮可真够能跑火车的，戈美丽自从离开单位，就不停地接到她请吃饭的电话，到第五次的时候，戈美丽无可奈何地说："你真是属于抗挫型的，越挫越勇。"只好赴约了。

以后这王娜是隔三差五电话短信，戈美丽回忆一下，这么多年来她和王娜相处的时间居然也不比和安志相处的时间少，感情还是有的。再想想，单位就那么个形势，不是你死就是我活，她王娜也没办法。

"小书房"格调那是没的说，在烟台还找不到能与之媲美的。书籍、音乐、碟片、小礼品，都有，却并不显得驳杂；还内设了一个休闲咖啡座，中上等咖啡豆，一台自动咖啡机把香浓的咖啡源源不断地制作出来。店员一共四名，都是高禾汉给找的，至少中文毕业。文字功底不能输，这是起跑线问题。另外，懂市场、会收银、对咖啡有研究。总之，全能型人才，让戈美丽感到自己急需要充电。

元旦那天，参加完"小书房"开业典礼后，齐桂花去安平店里坐了一会儿，安平给她挑了一身衣服春节时穿。齐桂花告诉安平，她已经让老彭把大厨和小保姆都辞了。

"为什么呀？又挑人家毛病了是不是？你这老太太，要求太高了。"

"跟你说吧，我始终就不习惯生人在家里进进出出，在我眼前晃来晃去。"

"怕人家偷你们家的钱啊？锁好不就完了？"

"谁怕偷钱啦？再说了，谁敢偷啊？我就是受不了生人。"

"那倒也不难理解。当初我也是一个生人过门，彭湃都生出来了，你还受不了我呢，足足过了得有五六年吧？才把我当自家人了。你这老太太就是难处，谁跟你一块也得磨合上五年再说。"

"我老太太年纪一大把了，不一定还能不能活上五年呢，所以，不跟那些生人磨合了，还是自己一个人清清静静过吧，哪天眼一闭腿一伸，一辈子的任务就算完成了。"

"您一个人能行吗？"

"把饭菜弄到锅里做熟了，这个我还能干。没事，我孤老婆子这么些年跟你在一起，福也享得够多了，我知足了。就是赶上过节的时候，没顿像样的菜，觉得不像过日子，心里头难受。你看今天吧，元旦，凯歌要在外面有事，彭湃那小子也不回来吃。唉，谁摆着现成的女朋友不陪，回来陪我这个孤老婆子呢。"

安平听出老太太的弦外之意了，就说："老太太，别在这给我装可怜啦，我去给你做顿像样的菜还不行？"

半下午安平就到了彭家，和老太太一起包了白菜馅饺子。过去每年元旦他们家都吃白菜馅饺子。然后做了一桌丰盛的菜。正做着呢，老彭回来了，安平说："妈说你要在外面吃饭，怎么回来了？"

齐桂花赶紧给老彭使眼色，老彭说："哦，客户又取消了。"

接着齐桂花又偷偷摸摸给彭湃打电话，让他回来后别说漏了嘴。

彭湃是带着赵宁一起回来的，回来后就冲到厨房抱住安平一个劲地嗅，说："唉，终于闻到久违的烟火气了。"

安平往外一伸头，看见赵宁，脸就抹搭下来了。彭湃说："今天这个日子，你可千万别冲我们家赵宁甩脸子啊，我们家赵宁一看您在家，吓得都快尿裤子了。您说您找这么一个儿媳多好啊，不用调教，指定对您千依千顺，您说一她不敢说一点五。"

安平扑哧一声笑了："她跟我没关系，她是你媳妇，我充其量就是她前婆婆。"

彭湃察言观色："这么说，有余地了？"

安平嗔怒道："自己的事自己做主吧。家里真把大厨和保姆辞了？"

彭湃说："可不是嘛！奶奶跟谁也处不到一块儿，人家大厨都说了，什么刁钻的客人都伺候了，就是伺候不了我奶奶，人家服了。小保姆也是，说有一次发现我奶奶偷偷翻人家的包，把人家当贼防。还人身攻击，说人家小保姆罗圈腿太难看了。我爸要再给奶奶找，奶奶说什么也不要了。"

这么一听，安平的心就揪起来了，毕竟是几十年的婆媳。而且现在过很多日子才能见上一面，每次见了安平都发现老太太又佝偻了几分，挺让人心疼的。过了几天，听彭湃说老彭外出了，安平就回去帮老太太做了顿饭，收拾了一下房间。第二天老太太下午三点就打电话，汇报说她已经到菜市场买回菜了，等着她回去做。安平又去了。

之后老太太每天都故伎重演，安平说："您又对我产生依赖感了，这样不好，得及时把它掐死在萌芽状态中。"

老太太说："都长成大树了，还萌什么芽啊。"

安平说："我不管，反正我就伺候你到老彭回来。"

老彭回来后，安平就不再去了。老彭到店里去感谢安平，安平说："没什么可谢的，我是冲着老太太，又不是冲你。家里没个人，彭湃那小子也整天不着家，万一老太太有个好歹的，后悔都来不及。"

老彭说："是啊，真是个难题。"

安平说："要不你抓紧找个后妻回去伺候她。"

老彭说："她跟谁都处不来，就跟你行。这辈子我要是还找后妻，就找你，别的谁也不找了。"

安平说："说什么怪话呢，我是前妻，不是后妻。"

老彭说："前妻后妻一块当了，省事。"

服务员小朱从外面买午饭回来了，老彭没再往下说，回去了。

元旦那天被绑架的除了安平，还有安然。她被唐谛绑架到牟平，被迫看了传说中的八铺八盖绸子被面。唐妈妈整个人比那些被面还喜庆，眼巴巴地期待安然给个好评，安然却说："现在都不兴手工做被子了，商场里什么样的都有，鸭绒的，七孔棉的，又轻快又暖和。"

唐妈妈一点都不含糊："喜欢商场里的是吧，好说，咱买，一样买一床。"

安然一听，怕了："那这些被面怎么办？"

唐妈妈说："将来给我孙子做小被子小褥子。小孩子的还是自己做好，暖和。"

太雷人了，安然朝唐谛做个苦瓜脸，唐谛幸灾乐祸地说："凡事有果必有因啊！"

他的意思是，安然当初就不该跟他确立什么伪恋人关系糊弄自己姐，现在好了吧，吃到自己种下的苦果了。

更要命的是，唐妈妈晚饭后相当庄重地给了安然一个黄灿灿的金镯子，说是她婆婆也就是唐谛奶奶送她的，是古代传下来的，她现在有接班人了，要交差了。

安然吓坏了，说什么也不要，说这太贵重了。唐谛在旁边帮她妈推波助澜："给你你就收着吧，我嫉妒得眼都发绿了，我妈也不给我，你傻不傻呀，"又小声对着她耳朵说，"你先收下，回头再说。"

先收下，回头再说，听着好像是安然只要暂时保管这个烫手的山芋就行了。回到烟台以后，安然把镯子拿出来："呶，藏好了啊，这可是你们家的传家宝，金的！"

"不是送给你了吗？你好好收着吧。"唐谛说。

"什么叫送给我了？你当时不是让我先收下，回头再说吗？"

"是啊，你这不是收下了吗？瞧瞧，这成色！现在的黄金哪有这成色！还有，我可跟你说啊，这镯子不知历经多少朝代，吸纳日月之精华、宇宙之灵气，可不是一般的镯子啊！"

"有你说那么玄吗，我只看到它土得掉渣。谁要是戴这么笨这么难看的金镯子上街，准被认为是神经病。"

"你就是不识货。不要紧，你先收着，你不识货，你儿媳妇肯定识货。"

"姓唐的，你可越说越不像话了啊，我儿媳妇跟这只金镯子没什么关系。咱俩是伪恋人关系，你没发烧吧？"

"好好，那这样吧，镯子是你从我妈手里接下的，这么贵重的东西，怎么也得值一万块了，我可不敢随便接收。改天等我找到它真正的主人了，咱们再正式办理移交手续。除非你现在就想解散咱们之间的那个关系。"

安然只好先把镯子收下了。

收下镯子是小事，随时都可奉还，大事是，唐谛这边根本就没有为镯子找主人的迹象，镯子的老主人已经给唐谛准备了聘礼，要按照牟平那边的风俗习惯，到安然家下聘礼了。

老安家上辈已经没人了，安平作为大姐，应该充当这样的角色，她当然也乐意充当。那天唐谛安然又被叫到安平家吃饭，唐谛吃着饭把他妈的意思一说，安平饭都吃不下了，巴不得马上就能收到亲家的聘礼。

但安然不乐意了，事情发展到这种地步，再下去简直无法控制了。她把筷子往桌上一拍，说："我有话说。"

安平说："你有话你就说呗，干嘛，拍惊堂木啊，要审案子啊？"

安然说："姓唐的，我现在正式宣布，咱们的伪恋人关系终止。"

又转向安平："姐，我和唐谛是演戏骗你的。要不是因为你处在更年期，情绪极端不稳定，我何至于受此要挟？我不管你更年期过没过去，我受够了，不干了。"

"怎么回事，啊？我怎么没听懂？唐谛，你说说，怎么回事？"

"姐，是我们不对，主要是没想到事情会发展得这么快。"

安平看看这个看看那个，说："你们以为感情是闹着玩的，怎么玩都行啊？你们玩我不要紧，要紧的是把自己玩了知道吗！整天号称情感专家，我看叫情感玩家才对！走走，都给我走，别戳在这让我鄙夷。"

走出楼洞，安然就埋怨唐谛："都是你！你妈那么想儿媳妇你不知道吗？你还敢答应我玩这个游戏？"

唐谛站住了："哎我说安然，是谁请我吃饭求我演戏的？我妈想儿媳妇不对吗？我都三十五了，她还不该想想儿媳妇啊？"

安然也站住了，从包里翻出金镯子，塞到唐谛怀里："拿走拿走，我们之间的伪恋人关系从此刻开始不复存在。"

说完噔噔自己走了。

从那天开始他们不再联系，平时没事就乱发的那些短信也都停下了。两天过后安然觉得挺寂寞的，就给武博达发短信："武哥，干吗呢？"

武博达回复："上班呢。最近怎么样？"

安然答："老样子，你呢？"

武博达说："也老样子。改天请你吃饭？"

安然说："好啊。"

稀汤寡水、有盐没味的短信，过后安然很有些后悔。

又过了几天，周末，安然在开发区长江路等红灯时，忽然一转头看见武博达的车。他旁边副驾上坐着一个女孩，正拿一面小镜子补妆。安然饶有兴味地看着女孩矫揉造作的样子，回忆起自己当初勾引武博达的时光，不禁笑了。她恶作剧地摁了几下车喇叭，武博达转过头来，脸色有点尴尬。安然把车窗放到底，冲他伸出两个大拇指，然后，绿灯亮，安然一骑绝尘了。

此后武博达再没来过电话或短信，安然也就把这一页翻篇了。没什么惆怅，更没什么眷恋。倒是时不时地想起唐谛来，心里会有点说不出来的感觉。有一次她经过科技市场，特意停下来进去了，远远看到唐谛在店里跟一个顾客说话，想了想，还是没过去。

元旦过后下了一场几十年不遇的大雪，唐谛有一天忽然来短信：我妈病了，在毓璜顶医院，想见你一面。她已知你我的事，不用再演戏，不知你是否方便。

安然不假思索就答应了。买了点壮骨粉之类的东西，急匆匆去了。唐谛在住院部楼下等着呢，见了安然，说："对不住啊，这是最后一次了。"

安然说："假客气什么呀，这次算我义务奉献。"

唐妈妈这次患的是重感冒，主要是诱发了她从小落下的气管炎病，在牟平打了好几天吊瓶不见好，反而越来越喘不上气，最后只好转院。

老太太从来到烟台就念叨着安然，唐谛骗她说安然到外地去了，老太太非刨根问底几天回来，唐谛随口说了句："得四五天呢。"他以为他妈用不着在医院住上那么多天，谁知道还真一住就是五天。

第五天老太太问："安然该回来了吧？"

唐谛又骗她说："还没呢。"

老太太说："那你给她打个电话，我要和她说说话。"

这么下去真不是个办法，唐谛见他妈病也好得差不多了，就干脆告诉她了："我和安然其实不是那种关系，我怕您真让我跟邻居家那什么幼儿老师定下，所以就拉安然帮我一块演戏骗您。"

唐妈妈很受打击，怎么也没想到儿媳妇是假的。病恹恹地躺了半天，越躺越想安然，问唐谛道："安然现在有男朋友吗？"

唐谛说："不知道。我们也有段时间没联系了。都怨您，太心急了，又是送镯子又是要下聘礼的。"

唐妈妈眼泪汪汪地说："我那不是看着这丫头怪喜欢的？唐谛，你跟我说，她喜不喜欢你？"

"我也不知道。安然那人，跟别的女孩子不一样。她是不婚族，宣称一辈子不结婚。"

"哦，那就是说，她有可能喜欢你。那你喜欢她吗？"

"妈，这还用问吗，我要是不喜欢她，当初能答应和她一起演戏吗。只不过，演着演着演砸了。要不是您心急，我们俩慢慢演，说不定就假戏真做了。"

"你给她打个电话，让她来看看我，啊？就说我怪想她的。"

安然还买了一束康乃馨，两手都没闲着。唐妈妈一看安然病就好了："安然，我都知道了。咱们做不了一家人，以后当亲戚走动也行，就是不知道你嫌不嫌弃我这个老婆子。"

安然说："看您说哪去了，虽然是假的，但情分是有的，您说对不对？我以后会经常去看您的。"

唐妈妈见安然只是幌子，真实目的是制造机会给儿子。唐谛送安然去停车场取车，问安然："最近挺好？"

安然说："挺好，你呢，有新女朋友了没？"

唐谛说："正在努力。"

安然说："有了告诉我一声啊，我请你们两口子吃饭。"

唐谛说："那是一定的。"

回到病房后，唐妈妈埋怨儿子："怎么不跟安然一起吃午饭，回来干吗？"

唐谛说："老话您都忘了？心急吃不了热豆腐，您又着急了不是？我心里有数，您甭管了。"

唐爸爸也说老伴："你就别操那么多心了，儿子的事让他自己忙去。"

唐妈妈说："让他自己忙，我什么时候能抱上孙子啊？"

唐谛说："一个要做不婚族的人，都坚持三十五年了，你以为一天两天的能把人家改变过来啊？那也太容易了吧！放心吧老妈，你儿子就爱啃硬骨头，你说的那个像小绵羊一样的幼儿老师，不是我的趣味。"

唐妈妈这次住了七天院，第七天早上办理了出院手续，唐谛开车把他俩送回牟平。返回烟台的路上接到安然电话："出院了？"

"是啊，早上刚办的手续。"

"怎么也不告诉我一声？害我来扑个空。"

"你去了？"

"是啊！还炖了汤呢，真是的。"

"哎哟，那真让你破费了。我没想到你今天又去了。那就只好劳烦你替我那没口福的妈把汤喝了吧。"

"你在哪儿呢？"

"还在牟平呢。"

"什么时候回来？"

"嗯……不一定。"

"不会是要跟那幼儿园老师相亲吧？"

"嗯……我挂了啊，谢谢你来看我妈。"

其实那时候唐谛已经到公司了，公司在莱山区，离牟平也不算远。唐谛在院里停下车，打开CD听了一会儿歌。CD还是安然帮他刻的，都是安然自己喜欢的歌，有一首郝蕾的《氧气》，特别好听，两人一开车就听这歌，安然还给唐谛讲她如何如何喜欢郝蕾那特立独行的劲儿。

唐谛停下车听歌的时候，安然正气呼呼地提着保温桶往停车场走。她本来以为唐谛会说"我去把汤喝了吧"之类的话，没想到却不是，好像人家压根就没把那汤当回事。"哼，不就一个幼儿老师嘛。"安然把这归罪于那个没见过的幼儿老师。

毓璜顶医院买卖特别好，两年前新建了一个五层立体停车场，收费巨贵，还早早就停满了。安然九点钟来的时候已经没地方了，只好在外面排队等，等了大约一个小时才停进去。结果，人没看着，汤没送出去。

安然越想越来气，就在停车场外面路上打算连汤带保温桶送人。很多农村打扮的病人家属在外面买饭，包子啦稀饭啦什么的。安然瞅准一个还算顺眼的妇女，过去把保温桶递给她，说："送给你了，里面是乌鸡汤，早上刚炖的。"

妇女还带了个脏兮兮的小孩，小孩一听乌鸡汤，馋得直咽唾沫，他妈妈却用狐疑的眼神看着安然。安然不得不解释说："我要看的病人今早出院了，所以，这汤用不着了。"

谁想到妇女竟然拉着小孩走了，边走边回头看安然，好像安然提着一桶毒药似的。把安然气坏了，连汤带桶干脆扔进垃圾桶了事。

这一天，好像老天爷专门跟安然过不去，先是把车从车位往外倒的时候蹭了右屁股，后来又在毓璜顶公园门口那个邪里邪气的路口跟一辆小面包发生接吻事故，安然跳下去就跟开小面包的家伙理论。

小面包是个流里流气的家伙，下来就冲安然嚷嚷："怎么了怎么了？雪天路滑，我愿意跟你的车接吻啊？想打架是吧？"

安然长这么大还没让这么一个脏兮兮的家伙在大庭广众之下指着鼻子骂过，一时竟然语塞。很多人都围拢过来看热闹，小面包更猖狂了，说："女的怎么了，女的就有优势，可以随便骂人啊？你再骂一句试试，信不信我会在你这张漂亮的脸上留点纪念？"

安然气得直哆嗦，脑子一片混乱，拿出手机来就要打电话，又不知该打给谁。小面包说："报警啊？报，使劲报。"

安然拨通过去认识的一个道上朋友："我现在在毓璜顶公园门口，给你十分钟，赶紧过来，带上家伙。"

小面包笑得两肩乱颤："找黑社会啊？我还没见过黑社会什么样呢，今天要开开眼了。"

过了十分钟光景，又一辆小面包开过来，下来四个男的，每人手里拿把刀。小面包一看彻底蔫了，说："还来真的呀？兄弟们，我错了，我是王八蛋，我上面还有八十岁老母呢，饶了我吧！大姐大姐，您高抬贵手，高抬贵手，行行好，您是观世音菩萨。"

结果那天，围观群众不知谁打了110报警，安然和小面包、四个黑衣刀客一起被请到了派出所。

警察呼啸而来的时候，正好让安平看到了。加戈这两天也感冒，每天到医院打吊瓶，戈美丽忙不过来，安平就过来打个帮手，送送饭，替替班什么的。

安平不知道怎么回事，吓得不行了，抖抖索索地拿出手机来，不知该打给谁，最后打给了老彭。

26

那几个带刀的兄弟挺委屈的，刀上半滴血都没沾，就混了个治安处罚。老彭给安然和四个兄弟交了罚金，吓唬他们说："我这幸亏来得快，又认识里面一个人，否则，聚众斗殴最长可以刑拘三十天，知道吗？还遗憾没伤人？伤了人的话你就得劳教去了。治安处罚已经是最轻的了。"

"你哪认识的这些黑社会？"安平质问安然。

"哪叫黑社会呀，你没见他们拿的是什么刀，西瓜刀。砍不坏人的。"

"甭管什么刀，在派出所眼里那都是凶器！还砍不坏人，你给我把西瓜刀我试试能不能砍坏人？"

"姐啊，你就别火上浇油了，我今天够倒霉够窝火的了，我们斗殴的时候，我的包都让人顺手牵羊给牵走了知道吗？幸好手机还在，否则现在水母网上肯定已经有新闻了：某女子手机被盗，数百条暧昧短信曝光，对象涉及某某高官什么的。"

安平回头跟老彭说："老彭，谢谢你啊，你回去吧。"

"说说吧，到底怎么回事，你跑医院那边干什么？"

"还不都是因为你？介绍了唐谛给我，还摆脱不掉了呢。他妈来烟台住院，说是想见我，我就去看她。嘿，你们那唐谛也真够有礼貌的，今天早上出院也不告诉我，我辛辛苦苦提着一桶鸡汤去，扑了个空。"

"哦，那你就把气撒到无辜的人身上？人家交警都说了，小面包没责任，责任在你！"

"反正都是你们害得我这样！你告诉那个唐谛，以后没事不许再招惹我。"

"好，行行，我告诉他，让他这辈子下辈子都别再烦你，"安平当场就打电话给唐谛，"唐谛，我妹妹今天去医院没见着你妈，生气了，开着车撞人，还找了几个小流氓跟人斗殴，给带到派出所了。不过现在已经让我们保出来了，她让你想一个让她满意的赔罪方式。"

"你干吗呀？"安然去抢安平的手机，安平已经利索地藏起来了，"跟你们说过，玩感情就是玩自己，应验了吧？主动给人做汤去送，还嘴硬！你要是再不开化，别怪我以后真不管你了，告诉你，不是吓唬你。别以为全世界男人都会无限期地等着你。"

"你说对了！你们那个唐谛八成已经跟牟平那个幼儿老师相亲了。"

"苦果！哼哼，就该让你尝尝苦果是什么滋味，你整天吃蜜桃吃太多了。我不跟你说了，你跟你自己酿造的苦果一起呆着吧，我得去医院，加戈病了，美丽不知急成什么样了呢。"

在去医院的路上，安平给唐谛打电话："真跟幼儿园老师相亲了？"

唐谛说："那个……这个……您说呢？"

"我说啊，不可能。我还不知道你对安然那点心思？"

"连您都看出来了，安然也早就识破了吧？"

"识破什么呀，识破的话她就不会气成那样了。我跟你说，她这回可是气得不轻。平时号称什么情感专家、智慧女人，遇到感情一样变傻、智商归零。连我都能看出你这欲擒故纵的小伎俩，她愣是没看出来，判断力真是降到出生的时候了。这是个好机会，不容错过，否则，你等她智商一点点恢复上来，再想跟她斗，玄。"

"那我怎么抓住这机会？姐给我指点一下迷津。要不我给她赔罪去？"

"别！刚才我那是当着她面演戏呢，你现在千万不能赔罪，要继续欲擒故纵战略。杀人要杀死，知道吗？"

"怎么个杀死法？"

"你不要去赔罪，她要是问你，你就说，挺忙的，你妈让你和幼儿老师登记领证，你手头有个活在赶，赶完就奉命领证去。"

"这……有点冒险吧？"

"我的妹妹我了解，那是一个骄傲惯了的女人，就得给她下猛药，药轻了不行。她的软肋在哪你知道吗？她不能容许自己失败，尤其是败给一个小县城的幼儿老师。"

"其实我也是这么想的。试试看吧，这招要是不灵，就说明安然对我的确没那感觉，我也就死心了。"

"对！这叫什么，叫激发爱的潜意识，我从书上看的，咱就这么办。"

安然的确是嫉妒了，吃醋了，智商归零了。尤其是安平打电话要唐谛赔罪以后，唐谛竟然迟迟没有行动，这无论如何让安然无法淡定。她给唐谛发短信："我都进去一回了，这个人生中抹不去的污点可是你造成的，连个歉意都没有，不够爷们儿吧？"

唐谛过了十分钟才回复过去："抱歉哈，忙着呢。有个动画游戏得赶工，六季，一千集呢。"

"不仅仅是赶这个工吧？"

"还有点其它的家事。"

"什么家事啊？你妈不是病好了吗？"

"是啊，那老太太，病好了事就来了，急着把金镯子赶紧套到别人手腕上。给我下死命令了，春节必须得一家四口人一起过。"

"你那个幼儿老师，怎么样？"

"挺好的一个姑娘。"

"我听这意思，春节是打算你四人一起过吧？"

"差不多吧，要是没意外情况的话。"

"那倒不错，离得近，在你们家墙上擂几下她就从那边颠颠跑过来了，多方便哪。"

"是挺方便的。不跟你说了啊，忙去了。我妈来住院给你造成的一系列麻烦，对不起啊！"

"对不起就完了？日后谁还敢要我这么个有污点的人啊？"

"没事，到时候你如需要解释，我一定不遗余力。不对呀，你不是不婚族吗？"

"婚不婚族跟你没关系。"

安平在医院里接到唐谛电话，听完情况汇报后指点唐谛："静观其变，我看这小妮子现在智商快成负数了，继续努力，到春节还有二十天，成败在此一举。"

戈美丽在旁边听着，觉得挺有趣，问："什么事啊？"

安平就把安然和唐谛的事前前后后说给戈美丽听，戈美丽笑得直不起腰了："过去安然是你的精神导师，我看以后她还怎么敢当此重任。"

安平说："导师？以后她是不用指望了。一个女人在婚姻里吃一次亏，她一下子就能变成导师的导师，哼。她那算什么导师啊，一套一套的全是纸上谈兵，水中望月，空中楼阁。毛主席的发现对呀，实践是检验真理的唯一标准。毛主席太伟大了。"

"什么呀，那是人家马克思发现的。"

"哦，马克思啊。管他姓马还是姓毛，都很伟大。怪不得人家能当领袖呢，是不是啊。"

"姐，你先看着加戈，我去取片子。上午医生让拍了个片子，看看肺有没有什么情况。"戈美丽让安平陪着加戈打吊瓶，自己去取片子了。过了好一会儿，才拿着片子回来，声都变了，带着哭腔："肺炎，要住院！"

"啊？要住院？那就赶紧住吧，别把孩子耽误了。是不是应该告诉安志一声啊？"

戈美丽六神无主，给安志打电话："安志，加戈得肺炎了，要住院。"

"你别哭，镇静点，怎么回事？"

"医生说了，因为遭遇几十年不遇的大雪，气温变化反复，造成新一轮流感病毒发作，重点感染对象是老人和孩子及体质弱的人。我还以为加戈这次和以前一样，吃吃药打打吊瓶就好了呢，谁知道发展成肺炎了。"

"别急别急，我马上过去。"

安志急三火四地赶过来，办了住院手续。床位紧张，被安排在走廊里，戈美丽哭哭啼啼地说："这怎么行啊，在走廊里？"

安志说："在走廊里能有张床就不错了，你没看医院多少病人？"

都安顿好以后已经是晚上了，安平和安志在医院里守着，戈美丽回家取东西。回家以后看到高粱和袁青都在，戈美丽一拍头："哎呀，我忘了今天是星期五！老高你不是在青岛的吗？"

高禾汉正在沙发上看报纸，说："提前回来了。你去哪了？我给你打了半下午电话。加戈呢？今天吊瓶怎么打得这么晚？"

"是吗？"戈美丽从包里拿出手机，"哦，你看，它也跟着捣乱，没电了。不是吊瓶打得晚，上午拍了个片子，肺炎，住院了。我得赶紧收拾点东西回去。"

"那快收拾，现在谁在医院守着呢？"

"安平和安志。"戈美丽在卫生间里把洗涮用具都收拾在一个塑料袋里提着出来，才发现高禾汉脸色不太好，就说："以为你在青岛，我这手机又没电了，要不然就打电话给你了。"

"我姐夫去青岛了，不还有我呢吗？"袁青说，"你干嘛不给我打个电话呀？"

"不是怕你忙吗？"

"什么忙不忙的，我们都是外人是吧？"

"你看袁青，你这话说的，老高出差了，你要是也不在，公司怎么运转哪。"

高禾汉插进来说："别忘带上充电器。"

戈美丽又收拾了一些加戈和自己的衣物、拖鞋什么的，高禾汉开车送她回医院。路上戈美丽看高禾汉脸色还是不太好，问："怎么了，生气了？"

高禾汉说："没。生意上的事。"

"生意怎么了？"

"一两句说不清楚。像禁酒令什么的，都对生意有影响。你就别操这个心了，这是男人的事。"

两人去了医院，高禾汉一看住在走廊里，说他认识医院一个副院长，就找人去了。安志说："还是有钱好啊，加戈，好好当你的富二代啊。你妈的选择是对的，要是跟着我，你这辈子不用指望混个富二代当当。"

加戈说："我不当富二代，我要跟你。高粱老是欺负我，她小姨也坏，骂我妈是拜金女、攻心女。"

安志问："你怎么知道的？"

加戈说：“高粱告诉我的。她说，我小姨说了，你妈就是个拜金女、攻心女，看上我爸的钱了才嫁给我爸的。”

戈美丽说：“加戈你别乱说，袁青不会这么骂我的。”

加戈说：“就骂了就骂了！高粱还说了，他爸其实喜欢的不是你，而是他妈妈的影子。”

戈美丽问：“影子？什么意思？”

加戈说：“我也不知道，反正高粱就这么说的，说是她小姨说的。”

安平说：“他小姨子这不是从中作梗破坏你们夫妻关系吗？”

戈美丽说：“她那人整天木着一张脸，也不知都想些什么，怪里怪气的。没事，她爱说什么就说去，我不跟她一般见识。”

安志阴阳怪气地说：“唉，富人家的日子不好过呀。”

戈美丽说：“谁说的？我觉得挺好的，用不着你来杞人忧天。”

正斗着嘴，高禾汉回来了，告诉戈美丽：“床位确实紧张，我都跟他们说好了，下一个床位空出来，就安排加戈住进去。”

安志说：“那是，人家在里面住得好好的，咱总不能把人家挤出来，是吧。谢谢你了啊！”

高禾汉说：“谢什么，这是我分内的事。”

戈美丽说：“就是。他这几天在青岛，今天下午刚回来。”

安志说：“没事，你生意忙，尽管忙你的去，这边有我呢，怎么说我也是孩子他亲爸，是吧。”

高禾汉笑笑，做出一副很大度的样子：“那当然了，血缘关系谁也改变不了。”

安志说：“这样吧，姐，高总，美丽，你们都回去，我一个人在这守着。咱这儿地方太挤，这么多人拥在走廊里，恐怕护士也不同意。”

戈美丽对高禾汉说：“你先回去吧，高粱还在家呢，我这几天也照顾不了她。把我姐也顺便带回去，她今天折腾这一天也够受的了，又跑派出所又跑医院的。”

高禾汉和安平两人走了，戈美丽开始炮轰安志：“你什么意思啊，会说话吗，什么亲爸不亲爸的，这不是找事吗？”

256

安志说："我说错了吗？我就是加戈亲爸！加戈病了，谁着急啊，他能着急吗？"

戈美丽说："人家怎么不着急？你去给我找找床位试试？"

安志说："哼，我看你也就在我面前能耐，在人家那一家子人面前只有低声下气的份儿。"

戈美丽说："谁低声下气了？我跟你说，我在那家里是一个标准的女主人！"

安志说："女主人？影子女主人吧你。哎，我不明白，为什么高粱她小姨说你是影子？"

戈美丽没好气地说："我也不明白！"

他们两人在医院里聊高禾汉，袁青跟高禾汉则在家里聊戈美丽。袁青说："没事的时候看不出来，有事就看出来了，戈美丽还是找前夫，不找你。"

高禾汉说："他是孩子亲爸，找他也对。"

袁青说："姐夫，你对加戈跟亲爸也没两样啊！她戈美丽呢，都忘了今天星期五了！要不是我不放心，到学校里去看看，今天都没人接高粱回家！我就不知道你喜欢她哪里。"

"小姨，你不是说她是我妈的影子吗？我爸就喜欢这个吧？是吧，老爸？"高粱插话道。

"高粱，这话可不许随便乱说！什么影子不影子的，小孩子懂个什么？"高禾汉教育完高粱，又说袁青，"小青，以后这种话不能随便跟高粱说，她还是个孩子呢。"

"孩子什么呀，初潮都来过了，是吧，高粱？"袁青笑说。

"是吗？"高禾汉吃惊地看了一眼高粱。

"当然了，我还能撒谎啊？你自己问高粱。"

高粱一脸很骄傲的神情："你以后不要动不动说我是孩子了，我什么都懂，还有你们大人那些什么感情啦婚姻啦，有什么难懂的呀？"

高禾汉一方面替女儿感到高兴，一方面心里对戈美丽产生了一点看法：高粱初潮都来过了，戈美丽却不知道，虽说是个后妈吧，也不能这么粗心哪。

其实根本怨不得戈美丽，高粱是在学校时发现自己来初潮了的，她大概知道怎么回事，又打电话给袁青，袁青去超市给她买了些卫生巾送去，教给她怎么用。等周末从学校回家，身上早就利索了，戈美丽怎么能知道？况且，袁青动不动就在高粱耳朵旁吹风，说戈美丽的坏话，说她是冲着高禾汉的钱去的，高粱也就什么都不跟戈美丽说。

第二天一早，一个病人出院了，加戈被安排搬进了病房，戈美丽给高禾汉发个短信："有床位了，谢老公！"

高禾汉回："我去替一下你？"

戈美丽说："不用，咱俩分工，你照顾高粱。"

半上午高禾汉在公司让人订了饭，然后开车去医院。他走的时候大概十点半，到医院十一点，停车花了半小时，往住院部大楼走的时候十一点半，心想应该不会晚。上午副院长也给他打电话了，告诉说床位已经安排好，所以他知道是几号病房，也没给戈美丽打电话，就直接过去了。

结果，高禾汉走到门口，透过门玻璃看到那一家三口正吃着呢。床头柜搬了出来，上面摆了好几个饭盒，加戈坐在床上，戈美丽坐在凳子上，拿一把勺子正往他嘴里喂。安志蹲在地上，边吃边看电视，戈美丽踢他一脚："就知道看电视，倒水！"安志说："倒水就倒水呗，踢我干什么呀！"戈美丽又踢他一脚，安志说："孩子，你看见没，将来千万不能找个这样的媳妇，悍妇。"戈美丽说："你还说？"安志说："不说了不说了，再说我肋骨就断没了，这一会工夫已经断两根了。"加戈咯咯笑，说："妈妈，还踢！"戈美丽笑看着安志说："看见没，儿子跟我是一伙的。"

高禾汉在门口看到这里，转身走了。他订了饭就匆匆赶过来，自己也没吃呢，就把饭带回公司，一个人坐在办公室里吃。下午袁青来，看到茶几上一溜饭盒，问怎么回事，高禾汉没说。

虽然高禾汉没说，但袁青也猜着了个七八分。

加戈住了十天院，出院以后戈美丽把他带回自己家，对高禾汉说："这次感冒病毒很顽固，医院里有个小孩开始是来治拉肚子，结果感染上感冒，最后也发展成肺炎了，都治好回家了，没几天又犯了，回来住第二次院，都花好几万了。我看还是别让加戈住家里了，高粱放寒假了，别把她传染上。"

戈美丽说得也有道理，高禾汉说不出什么来。这样一来，袁青就天天住这边了。有天戈美丽回去了一趟，高禾汉和高粱都不在，袁青正指挥家政工擦玻璃，看见戈美丽进来，也不说话。戈美丽去卧室找自己的一套睡衣，找不着，忽然想起好像放洗衣筐里了，就到卫生间去找，却发现洗衣筐里没有。

戈美丽出来问袁青："袁青，看见我洗衣筐里的睡衣了没？"

袁青说："扔了。"

戈美丽说："扔了？为什么？"

袁青说："你那不是从医院带回来的睡衣吗？不知带了多少病毒呢。再说了，放在洗衣筐那么多天，都快臭了。"

戈美丽气得不行，忍住了，转身去厨房撕了一个保鲜袋，从储面罐里挖了一些面，提着出来。袁青看了一眼，问："干吗呀？"

戈美丽说："加戈想吃饺子，那边没面了。"

袁青说："你是不是想把这个家也搬过去呀？"

正好这时擦玻璃的女工问袁青杂物间玻璃要不要擦，戈美丽顺嘴说："当然擦了。"

袁青却接过来说："不用擦了。"

家政工站在地上看看袁青看看戈美丽，不知道听谁的。戈美丽冲女工大声嚷嚷道："我说让你擦你就擦！不知道我是谁是吧，我是这家的女主人！"

袁青倒是很淡定地轻轻一笑："想不想看看我姐的相片？"

自从戈美丽认识高禾汉，无论在什么地方就没见过袁红的相片，包括合影都没见过，她一方面感激高禾汉对她的尊重，另一方面又时时觉得好奇。袁青这么一说，她就跟进袁青的卧室。袁青打开书桌一个锁着的抽屉，拿出一个大影集，说："自己看吧。"

不看则已，一看那些相片里的女人，戈美丽一下明白"影子"的由来了。她长得跟袁红太像了。假如袁红现在还活着，把她、袁红、袁青三个人放在一起让别人看，百分之百大家都会说她和袁红才是两姐妹。

"你别以为我姐夫喜欢的是你。跟你说实话吧，自从我姐认识了我姐夫，我就爱上他了。我姐出车祸以后，我把自己整个的青春搭上去了，这么多年了都没打动他的心，就凭你？你有什么呀？年轻、容貌、气质、财富，你有哪样啊？你就有这张酷似我姐的脸！我还告诉你，这个家我会替我姐看好的，你就别有什么指望了！"

那天戈美丽走出家门的时候脑子一片空白，面都忘了拿。回到家她就给倪平平打电话，哭得惊天动地的，倪平平开车就跑来了，问她："你这是怎么了？加戈不是好了吗？"

戈美丽说："我到现在才知道，高禾汉为什么找我，原来是把我当成袁红的替身！"

倪平平说："你先别哭，慢点说，到底怎么回事？"

戈美丽就把关于影子的事说了一遍。倪平平想了想说："这事的确挺伤人自尊心的。不过我觉得你还是不要钻牛角尖，说不定高禾汉并不是因为你长得像袁红才喜欢你的呢？"

"不可能！我有什么呀？一个奔四的普通女人，我自己都看不上我自己！"

"那退一万步说，就算高禾汉是因为你长得像他前妻，真想开了有什么呀？他前妻已经不在人世了，你跟一个死人争什么风吃什么醋呢？"

"就因为她是一个死人，我才受不了！我是一个大活人哪，可在他眼里我就是他那已经死了的妻子，你知道吗，我就是一个活死人！"

"你说你非要较这个真干什么？管他脑子里怎么想的呢，你自己知道自己是个大活人不就完了？"

"我能不管吗？我要的是他真心喜欢我！"

"你真是傻啊，现在这年头，你指望谁能真心喜欢谁呀？就算喜欢，那也不过是三分钟的劲儿。再说了，你已经是二婚了，折腾什么呢？还是明智一点，把精力好好攒起来，用来对付那个袁青。我看那青是又欠修理了，你现在马上给我擦干眼泪，我陪你去修理修理她，再打电话把安然叫来，我还就不信了。"

戈美丽心里也不是一个乱字可以形容，稀里糊涂就让倪平平又给拉回家了，路上倪平平还给安然打了电话让她赶紧过来。

结果，半小时以后高禾汉跟高粱回家后面对的场面就是，他小姨子鼻孔里塞着纸球躺在沙发上，客厅里乱七八糟，脏水桶滚倒在地板上，污水流了一地，抹布扔在灯架上，窗户大开着，风嗖嗖地往里灌，几张报纸给刮得满天飞，地上还洒了很多面粉。

高禾汉第一反应是家里遭劫了。

27

"一切纯属意外"，这是戈美丽给高禾汉的说法。

可不是吗，世界上还有这么匪夷所思的意外吗？倪平平和戈美丽到家以后，直奔那袋忘在餐桌上的面就去了，袁青起身拦住："干吗呀？抢劫呀？你谁呀？"

倪平平说："你少给我呀呀呀的！我谁？你别假装不认识！我是你姐夫和你姐夫现任妻子的红娘！"

袁青说："咱们见过吗？我好像不认识你这么没礼貌的人。原来是媒婆呀，我说呢，谁能给我姐夫找这么一位。"

倪平平说："找这么一位是你姐夫的福气！当然，是不是你的福气那就另说了。"

袁青冷笑："呵！笑话，也得看我稀不稀罕。"

倪平平大喇喇地在沙发上坐下："哎，我就不明白了，你一个小姨子，整天住在姐夫家里，像话吗？你住也就住了，还来干涉内政、说三道四，累不累呀？自己的事都操持好了吗？"

"十分抱歉地告诉你，这就是我自己的事。"

"哦，那我得建议你去看看心理医生了，你很不正常。据我分析，你目前至少有抑郁症、强迫症、焦虑症等心理疾病症状，这对一个处于特殊年龄的女人来说极为不利。你今年得有四十七八了吧？"

"对不起，我再有两月正好满三十三。"

"哦！看起来足有四十七八的样子了！告诉你，这都跟你那些心理疾病有关，你还别不信。"

"你骂谁呢？你才有病！"

"我骂你了吗？你哪只耳朵听见我骂你了？我好心好意为你好，有没有点良心啊？你到你姐夫公司随便找个人问问，看谁敢说你像四十七八？要是我没猜错，他们肯定整天说你像二十七八，骗死你。"

两人正斗着嘴，安然急匆匆地来了，问："怎么了，出什么事了那么急地让我来？加戈呢，是不是又发烧了？"

袁青一看这阵势，说："干吗呀，今天是策划好了集体打劫来的是吗？"

安然问戈美丽："到底怎么回事啊？"

戈美丽说："也没什么事，平平，咱们走吧。"

袁青还不干了："就这么走了？怎么也得说声对不起吧？"

这时候擦玻璃的女工从地下室上来了，一看戈美丽回来了，多了两个，并且气氛不太对，就嗫嗫嚅嚅地跟袁青说："都擦完了，我是不是可以走了？"

倪平平不干了："你过来！我跟你说，这一位才是这家的女主人，你别搞错了好不好？你看什么看？没听懂啊？是不是想问我那一位是不是小三？告诉你，她不是，连小四小五都不是。"

袁青说："我不是，你是吧？你是小三还是小四小五？或者小六小七？"

安然挥挥手让清洁工走："我们在闹着玩呢，你干完活就走吧。"

家政工说："钱还没给呢。"

戈美丽的包放在自己家，就去平时放零用钱的抽屉里拿钱，一拉抽屉，里面的钱都没了，就说："怪了，钱呢？"

袁青说："我拿了。"

戈美丽愣在那里。倪平平说："呵呵，真正打劫的在这呢。"

安然从自己包里拿钱给了家政工，把她打发走了，问："姐，抽屉里多少钱？"

戈美丽说："具体我也不知道，反正总是有个几千块在里面。"

安然转头问袁青："我哥不给你开工资吗？"

袁青说："谁哥？"

安然说："这是我嫂子，我叫他哥，不行吗？"

袁青鼻子掀了掀，说了个字："切。前嫂子吧。"

安然说："你切什么切？你就不是前小姨子了？你前姐夫要是不给你开工

资，你找他要去，跑人家家里来拿钱，你有没有点基本的做人准则和法律观念？我告诉你，这可以告你盗窃。"

袁青说："怎么，你们来车轮战是吧？我是不是可以告你们私闯民宅呀？"

倪平平说："你要不要脸？私闯民宅的是谁呀？我们是这家女主人的朋友，你算干什么的呀？"

戈美丽一看局面有点失控，就到餐桌上拿起面袋子："加戈还一个人在家呢，咱们赶紧回去吧。"

袁青大喝一声："把面给我放下！"

戈美丽一哆嗦，面袋子还真又搁桌上了，把倪平平气的呀，过去劈手拿起来："这是你的面！哆嗦什么呀？"

然后，意外就发生了。家政女工让家里那阵势吓坏了，走的时候把水桶忘在地板上，里面还盛着半桶黑呼呼的脏水。袁青从沙发上站起来，往餐桌那边走，打算去阻止那袋面，一下把水桶绊倒了，整个人直愣愣地往餐桌扑过去；倪平平一惊一闪身，面袋子扑地飞到半空，安然下意识地去扑救面袋子，没救着，面袋子掉下来，砸着餐桌上的一个电热水壶，电热水壶本来不是放在餐桌上的，但因为家政工擦玻璃，搞得到处都很脏，袁青就把它挪到餐桌上，烧了一壶水，准备冲咖啡喝，还没冲呢，一壶水都倒在戈美丽右手上了。

那个袁青，刚好鼻子撞到餐桌上，当时就流血了。戈美丽疼得直哭，安然对袁青说："自己从被子里撕团棉花堵住你那肮脏的血，然后，想好回头怎么跟你前姐夫解释。"

然后，安然负责留在家里陪加戈，倪平平开车拉戈美丽去毓璜顶医院了。

高禾汉从袁青那里没得到多少信息，只知道戈美丽带着安然倪平平来家大闹了一场，等他打电话给戈美丽，才知道戈美丽受伤比袁青还重。当时戈美丽正在医院处理，已经起了好几个水泡，医生要用消毒针刺破水泡，戈美丽吓哭了，问人家可不可以不刺，医生说："你想感染是不是？"

戈美丽说："我对疼特别敏感。"

医生说："谁对疼不敏感？"

倪平平说："唉，给你手，疼狠了就掐我手得了。"

高禾汉来电话后，戈美丽让倪平平帮她接，倪平平一看是高禾汉，没好气地说："我的手都快让戈美丽掐出血了！"

"怎么了？你让她接一下。"

"不方便，医生正给她刮骨疗伤呢！"

"到底发生什么事了，今天怎么都跟血干上了？你们怎么把袁青弄成那样的？"

倪平平把来龙去脉讲完以后说："高总，想当初我帮你追戈美丽，是想让你一个人娶她，不是让你带着个小姨子娶的，你们家这小姨子对你一直有感情，你不会不知道吧？这种不清不楚的日子，还有法过下去吗？你是不是不知道女人嫉妒狠了会怎么样啊？会丧心病狂的，什么事都可以做出来的！"

放下电话后，倪平平对戈美丽说："那袁青也真能做出来，只说是咱们闹她去了，没说你也挂彩了。老高拜托我照顾你，完事把你送回去。"

医生把戈美丽手背上的大水泡都刺破了，剪去泡皮，又用碘伏消毒创面，戈美丽疼得差点大哭。完了又不知涂了什么药，用两层纱布包扎好，最后用绷带吊了起来。

戈美丽说："不用吧大夫？还要吊着？"

医生说："患肢要制动，而且不能下垂。不给你吊起来，你能保证不下垂吗？"

倪平平说："那肯定保证不了，太难了。"

出了医院，戈美丽说："我这样子没法见人了。我店里那几个小孩要是知道这是四个女人斗殴的结果，以后我还有什么威信管理他们？"

倪平平说："没事，我告诉他们你是在街上见义勇为了。"

戈美丽说："那还不如直接说我自己不小心烫着了呢。"

倪平平说："你呀你，不是我说你，活得真是一个累！要是我，我就说，是跟小三搏斗时伤的，有什么呀？正当防卫呀！"

回家后，居然加戈已经吃上饺子了，倪平平惊奇地问安然："不会吧？你包的饺子？"

安然说："怎么了，不行啊？"

倪平平说："别逗了，你要是会包饺子，我就敢给你做头发，你信不信？"

安然说："不敢跟你赌。我临时雇了个厨师，出来吧，闪亮登场一下！"

居然是唐谛从厨房出来了，手里还拿着把铲子，腰里扎着戈美丽的围裙。倪平平说："哦，这是你雇的厨师呀？"

唐谛和安然的故事，倪平平并不知情，但在"小书房"开业那天见过唐谛，知道是安然的朋友，当下就开始猛夸唐谛："如今这年头，找个会做饭的男朋友那真是难于上青天啊，安然，你哪儿找的？"

戈美丽朝倪平平使了个眼色："平平，你可不要瞎说，唐谛不是安然男朋友，你不是知道的吗，安然是不婚族。"

"哦，对了，我忘这茬了，"倪平平心领神会，捏一个饺子放进嘴里，"哎哟，我的天哎，这么好吃的饺子！安然，要是我，就冲这饺子，我也立马改成结婚族，坚决、肯定、毫不犹豫的！"

加戈已经吃饱了，偷偷跑到戈美丽书房玩电脑去了，大人们坐下开始吃。戈美丽右胳膊吊起来，没法吃饭，倪平平说："祸由我起，让老天爷惩罚我好了，我喂你？"

戈美丽说："你别让我身上起小米粒了好不好？我还是练习左手拿筷子吧。"

正吃着呢，安平回来了，进来就找饺子："给我留了没？"

大家七嘴八舌地说："有呢有呢，这么多，够你吃的。"

安平说："呵呵，安然，行啊，把唐谛请来了？你这不是耽误人家唐谛吗，人家不是正跟幼儿园老师谈着恋爱吗，你可真是不懂事。"

安然说："没事，他要到春节时才开始谈恋爱。是不是唐谛？"

安平和唐谛偷偷交换了一下眼神。下午大闹那一场以后安然到戈美丽那里去照顾加戈，加戈一看面没拿回来就不干了，非要吃饺子。安然没办法就给安平打电话，让她无论如何回来救场。安平推三阻四的，说这会儿正是生意忙的时候。

放下电话后安平就给唐谛打过去了："我记得你说你会做饭的是吧？"

唐谛说："是啊。"

安平说："会包饺子不？"

唐谛说："太会了！"

安平说："我不管你会不会，不会也要装会，反正，现在赶紧去山语世家，戈美丽家，帮安然包饺子去。别说是我找你的啊，你明白？"

唐谛哪能不明白呢。马上开车往那边去，边去边给安然发短信："在干吗呢？"

安然回："怎么说呢，一把辛酸泪。买菜买面呢。"

唐谛说："干吗辛酸？"

安然说："我们家小祖宗非要吃自己家包的饺子，这不是难为人嘛。我一个现代女性，和面弄馅不是长项啊。"

唐谛回："这里有一个会包饺子的现代男性，需要他挺身相助吗？"

安然说："看在你毛遂自荐的积极性上，来吧。"

唐谛的饺子赢得了众口一词的赞美，饭后这个得到赞美的人又主动洗碗去了。大家都替安然惋惜，倪平平说："这么一个又不是宅男又具备宅男所有优点的男人，你竟然眼睁睁看着他投身幼儿园老师的怀抱？"

安然说："我那是不出手，出手的话还有幼儿园老师的份儿？"

倪平平说："求求你快出手吧，否则，眼睁睁看这么一个人从你身边溜走，我于心不忍啊！"

那边安平和戈美丽就唱反调，安平说："平平，你不知道就别乱撮合，我妹妹人家是现代女性，不婚的！什么都可以含糊，这个信仰问题不可以含糊，哪怕全世界最优秀的男人从身边溜走，也得坚持。"

戈美丽也说："像人家唐谛这样的男人，三十五岁还未婚未育，自己有公司，还会包饺子，这等极品男人，安然都不动心，我敢保证，以这样的修为，安然以后不会对任何男人动心的。安然，我奉你为不婚教主，真的，我特别佩服你，这辽阔的胸怀，哪像你，平平，整天纠结于男男女女、小情小调。还有我，也得严重自责。唉，我要不是那么急于再嫁，至于这样吗，混成一个伤病员。安然，我要是离了，你把我纳入麾下，我以后再也不结婚了。"

大家又回头来纷纷安慰戈美丽，倪平平说："乱说什么呢，这点小伤，咱们轻伤不下火线。"

安然也说："就是啊，下也得下得更壮烈点，把那袁青彻底修理了再下。"

戈美丽黯然神伤："算了，我不打算再上这战场了。说实话，高禾汉这人，在二婚男人里论一论的话，也算一个极品了，但没想到，这极品的背后有那么多附属物。"

倪平平说："这就是婚姻的属性！你跟一个人结婚，就意味着跟很多的附属物结婚。其实，那些附属物才是造成很多婚姻破裂的主要原因。你得正视现实。再说了，你就当个影子又怎么样呢，我觉得这不是纠结所在。"

戈美丽叹口气："你们都不了解我的精神洁癖。对我来说，袁青不是纠结，影子才是我真正的纠结所在。我宁愿他不那么爱我，也不愿他把我当成一个影子爱着。"

倪平平说："你应该有化影子为真实的毅力，有排除万难争取胜利的决心。"

戈美丽说："在他心里，袁红永远是第一，我永远是候补，根本不可能化影子为真实。"

安然说："那即便你永远是个影子，未必就不能成为一个照样开开心心的影子啊？"

戈美丽说："别人可能会不在乎自己是个影子，而照样开开心心地活着，我不行，我坚决不做别人的影子，只做我自己的影子！"

安平说："美丽呀，你有志气，这我欣赏，但咱们总该面对现实吧？你已经离过一次了，难道还想再离吗？不说别的，对孩子也不好啊！"

戈美丽说："就因为离过一次了，我才什么都不怕了。"

倪平平说："哎，你疯了吧？真要离啊？不是说着玩的？"

一家子人正围攻戈美丽呢，高禾汉来了。安平说："行了，大家都回去吧。加戈，妈妈手受伤了，不能照顾你，你跟大姑过去睡。"

高禾汉碰碰戈美丽胳膊，问："疼不疼？"

戈美丽不说话。

高禾汉说："我都知道了，袁青从小就那脾气，不让人，让你受委屈了。"

戈美丽说："没事。这只是一场突发的、非本意的客观事件。一切纯属意外。"

高禾汉说："你不生气就好。"

戈美丽说："袁青也这么嫉妒袁红吗？"

高禾汉说："美丽，咱不提袁红行吗？"

戈美丽说："为什么不提？既然我是她的影子，那她就是我，我就是她，有什么不能提的？"

高禾汉说："我承认，袁红的去世对我打击很大，我一直忘不了她；我也承认，你长得很像袁红，这是我最初对你产生感情的动因。但是袁红已经不在了！"

戈美丽眼里涌出泪花："我可不可以说，你欺骗了我？你要的是袁红的影子，不是我戈美丽！"

高禾汉说："那有什么分别吗？"

戈美丽说："有！我难以想象，你跟我一起做爱的时候，脑子里想的是袁红！"

两人沟通了半天，也没沟通出个结果。戈美丽让高禾汉回去，说自己需要冷静几天，考虑一下。

那几个走了的都不放心，倪平平第一个打电话来探问情况，少不了把戈美丽一顿斥责，说她是榆木疙瘩，不开化，认死理。

安然和唐谛一起走的，唐谛说："难道你不觉得应该为了这顿饺子而请我喝个咖啡？"

安然说："请就请，有什么大不了的，请一顿少一顿。"

两人去了雕刻时光，边喝咖啡边聊戈美丽的事，安然问唐谛："你怎么看我前嫂子沦为影子爱人这件事？你觉得她是应该放弃还是应该坚持下去？"

唐谛说："世上很多事都是因人而异。比方说，换了倪平平，她可能会安之若素地坚持下去。甚至都不用坚持这样勉强的字眼。我这里并不存在批判的意思，只是想说，这也是一种达炼的人生观，一种混世智慧；但对于另外一部分人来说，比方说你前嫂子，她可不管什么混世智慧，只知道一心一意遵从自己内心的需要来生活，她有她自己的一套现世逻辑，并时时保持恪守之心。这当然也是一种有益身心的做派。所以，无所谓选择上的对错，一切只要遵循当事者本人的内心需要，就是正确的。"

安然说："要是我姐听到你这番话，当场就能把我情感专家的帽子摘了，给你戴上。"

唐谛说："怎么样，服我吧？咱是上得厅堂下得厨房，你说咱什么不行？"

安然说："说你胖还喘起来了是吧？"

唐谛说："我很谦虚的，轻易不喘。偶尔的，偶尔的。"

聊着聊着，唐谛手机来短信了，安然问："幼儿老师来的吧？"

唐谛光是嗯嗯，不正面回答。

安然冷眼看着唐谛回短信，开始讥讽加打击了："不用吧？好像天底下就你一个人谈恋爱似的，谁没谈过几十回恋爱啊？"

唐谛回完短信，说："哦？听你这意思，也谈上了是吧？"

安然说："我告诉你，我发现一个痛心疾首的道理：拒绝真的是一件很累人的事，你不知道啊，我是整天疲于应付。"

唐谛说："敢跟你谈的，得是什么样的男人啊，心脏得有多强大呀！"

安然说："这你就甭操心了，你不强大，自有人强大。"

唐谛说："谁说我不强大了？我跟你伪恋人都当过了，你说分手我就分手，我今天还能这么泰然自若地跟你一起喝咖啡，还帮你包饺子，世界上还有比我强大的男人吗？我真是佩服死我自己了。"

安然说："用词准确点好不好，是伪分手，不是分手！因为我们从来就没开始过！你小东西又动了！"

唐谛说："什么小东西？"

安然说："手机！你那幼儿老师是不是成天查你岗呢？真要命，男人是看得住的吗？你不会真想跟这样一个女的结婚吧？我觉得你应该冷静冷静，好好权衡一下。"

唐谛说："我当然要权衡了，还有十多天时间呢，够我用的了，你好好应付你那些追求者吧，别操心我的事了。"

其实短信是安平来的，问唐谛这边什么情况，嘱咐他继续下药。

安平就是个操心的命，把加戈哄睡了，给唐谛发短信，又给安志打了个电话，忧心忡忡地说了说戈美丽的情况。

安志说："我就知道，富人家日子不是那么好过的，她倒好，就怕嫁不出去那样子，急吼吼地就嫁过去了，现在怎么样，应验了吧？才几天呀？"

安平说："你就别说风凉话了，好歹她也是你前妻，好歹你们俩还有个孩子。我琢磨着啊，要是美丽跟高禾汉离了，你们俩就干脆复了得了。加戈在那个家里也不是很开心，高粱那丫头整天跟他打仗。他现在还小，很多事不太懂，慢慢长大了，懂事了，会有心理阴影的。"

安志说："复婚那么容易啊？你以为过家家玩呢？"

安平说："你跟我说实话，你跟那个姓毛的女同学，现在到底什么关系？"

安志说："姐，美丽不相信我，你也不相信我？我和毛橘从头到尾就没什么事！是，当初我暗恋她，那次同学聚会见面后，她挨老公揍，给我打电话，我是去了她家，可我们没发生什么越轨的事！你想想，她都吃安眠药了，洗胃了，我们能发生什么事？我就是在她家住了一晚上，安慰安慰她而已。当然，说了些忆往昔的话。可我忆忆往昔又怎么了，谁没有个青春症结呢？"

"那她来烟台那次呢？"

"这事我也跟你招了吧，她来烟台，其实不是跟单位一起来旅游，而是自己来的。她说单位的人已经回去了，她自己又留下来多呆两天，实际上是骗我的，我也是跟她一起去了长岛以后才知道的。要说我之前还晕晕乎乎的话，她在长岛向我表白，我一下子就吓醒了！我就礼貌性地陪她在长岛玩了两天，而且很认真地跟她说了，让过去的一切都成为回忆。你弟弟我不是一个混不吝！"

"那为什么你当时不跟美丽说清楚？你要是说清楚，你们不就离不了了？"

"我敢说真话吗？我要是说毛橘是专门为了看我才来的，加上她手里又有毛橘发那几条短信，我不是更说不清楚了？你又不是不知道她那认死理的劲儿。"

"那美丽说她带高禾汉回老家，美丽她妈打电话给你，你都承认了，说你和毛橘保持关系很多年了，这又是怎么回事？"

"我那还不是为了戈美丽不惜牺牲自己的光辉形象？她那个妈我太了解了，比她还认死理，我要是不那么说，她妈当场就能把戈美丽和姓高的骂出门去。戈美丽那么死要面子，还不得跳河去呀？"

安平说："这么说，都是误会？"

安志说："当然了！绝对误会！但是，都是说不清楚的误会。姐啊，我自从经历这件事，明白了一个痛心疾首的道理：误会打败婚姻！"

安平恨不得现在安志就在眼前，让她踹上两脚："你可真是傻，干吗不解释呀？"

安志说："有些误会解释不清的，所以，只好清者自清，任由它去。"

挂了电话，安志还是给戈美丽发了条短信：

"听说你光荣受伤？"

"恭喜你，你幸灾乐祸的机会来了。"

"错！我并没把这当成一件娱乐大事，我只有对你的同情和关心。"

"那就谢谢了，我很好，比很好还好。"

"一个吊起胳膊的很好的女人，要不要我帮忙？擦地做饭洗衣服，都行。"

"不用了，我生活还能自理。"

"在这特别需要关心的时候，一个人可以选择孤独，也可以选择不孤独。我建议你选择后者。"

"我选择前者。左手发短信不灵活，你请便吧！"

安志放下电话，自言自语："都这样了还能保持那么高贵的自尊心，铁女人哪！"

28

接下来几天，安志每天都去戈美丽家当长工。加戈自从病了就再没送幼儿园，戈美丽吊着胳膊也不能安心休息，还得去"小书房"照看生意，安志只好把加戈带到老年活动中心。单位每年寒暑假都办儿童乐园，家里有小学一年级到五年级学生的家长，都可以把孩子送园，单位美其名曰解决职工后顾之忧。儿童乐园设在老年活动中心，老少同乐，安志便利用手里的特权，把加戈当成小学生带了过去，整天和那帮子老干部们混在一起，学下棋，打扑克牌，省了戈美丽不少精力。

下午下班后，安志就带着加戈回戈美丽家，先做好饭等戈美丽回来吃，吃完再洗碗、擦地、洗衣服，给加戈洗澡什么的。

几天下来，安志就把自己封为戈家长工了。

戈美丽说："没人掐着你脖子让你来。"

安志说："我儿子在这呢，我不来，谁照顾他？指望一个吊着胳膊的伤病员？"

戈美丽说："那你把你儿子带到自己家，不也一样照顾吗？"

安志说："我照顾儿子，顺便照顾一下你，因为你是儿子他妈，万一你有个什么闪失，我儿子怎么办？"

戈美丽说："呸！谁有闪失？我不就给烫了一下，能有什么闪失？"

安志说："那可难说，你根本就不知道烫伤有多危险。往轻了说，疼，肿，很多天不能自理；往重了说，如果创口化脓感染，那就很麻烦了，有生命危险的知道吗？还有，化脓感染就会留下瘢痕，说的好听是瘢痕，说的不好听，那就是毁容你知道吗？到时候你整只右手皱皱巴巴的……唷，不敢想。不过也有办法，你一年四季戴手套就行了。"

戈美丽说："你都听谁说的，医生怎么没说这么严重？"

安志说："医生金口玉言，多半个字都不说，你指望从医生那里听到什么呀？我从网上查的！跟你说，我查阅了大量资料，所以才不惜冒着名誉风险跑来给你当长工的！我现在是单身男青年呢，别忘了。"

听安志这么一说，戈美丽吓坏了："我真能留下瘢痕？"

安志像个医生一样："那得看有没有感染。"

戈美丽眼巴巴地看着安志："前天去换药了，没感染。"

安志说："那也不能掉以轻心，反正，不能活动那只手啊。要是有红肿发痒的感觉，你就赶紧告诉我。"

戈美丽惊慌失色地说："现在就有发痒的感觉！"

安志说："网上说发痒红肿就是感染的症状，别害怕了，有你前夫在呢，咱们去医院，医生有办法。"

去医院一检查，果然轻度感染。又一轮消毒，上药，抗生素也用上了。回家后戈美丽说："由衷地谢谢你了，要不然，感染厉害了，真要毁容了。坏了！安志，我是瘢痕性体质呀！肯定要留瘢了！"

戈美丽生加戈的时候，到要生了，加戈就是不入盆，最后没办法，只好剖腹产，戈美丽直到现在下腹还爬着一道疤痕。

安志安慰戈美丽："没事，咱们是小创面。你以为我每天来给你当长工是瞎当啊？你知道我做饭都讲究到什么程度吗？什么辣椒啦蒜啦葱啦姜啦酱油啦黑木耳啦，我都不往菜里放，没发现是吧？"

戈美丽说："我说呢，你做那些菜都味同嚼蜡，我都没好意思打击你。辣椒不能吃我知道，因为是刺激性食物，黑木耳和酱油为什么不能吃啊？"

安志说："不懂了吧？黑木耳和酱油这些东西含深色素多呀，容易促使色素斑形成。要多吃水果啦绿色蔬菜啦鸡蛋啦瘦肉啦什么的。"

"你这都是网上查的啊？"

"是啊！跟你说了，不能指望医生，人家一天得看多少病人啊。"

"多亏家里来了你这么一个蒙古大夫。"

"这荣誉称号得来不易呀，蒙古就蒙古吧，管用就行。"

这一感染，戈美丽的绷带又短期内撤不下来了，春节眼见逼近了，还是有点着急。安志找了家政公司来把卫生彻底收拾了一遍，"都这个时候了，找个家政公司比治你这烫伤还难。"安志找来人就上班去了，戈美丽在家指挥他们干活。

自从上次高禾汉来过之后，两人还真就互相冷静起来了，戈美丽没联系过高禾汉，高禾汉也一直没来过电话或者短信。最初几天戈美丽心里还比较平静，经历了这么多事，她并不觉得再离一次婚有什么不堪，但是高禾汉一直保持沉默，又让她心里有点失重。

过了一天，戈美丽去毓璜顶医院换药，在自动扶梯上看到高禾汉，当时她正在上行，高禾汉下行，两人看着彼此有好几秒钟没反应过来，之后高禾汉又乘扶梯上来了。

什么叫意外？戈美丽这些日子是深刻体会这个词的含义了，突发的、非本意的客观事件，不由人掌控，这就是意外。就在她的手被烫伤之后第三天，高禾汉和袁青两人按照往年惯例，在春节前走访客户，其实无非就是送礼而已。那天两人要去鲁西南几个城市，所以换开了一辆商务车，拉了一些装着海产品的保温箱。这个冬天也是邪，上一场几十年不遇的暴雪刚刚化个差不多，他们出发那天又是个雪天。路滑，那辆商务车刹车有点问题，但平时高禾汉不太开，所以也不知道，就出事了。好在把别的车躲过去了，撞在一棵大树上。

高禾汉只是有点皮外擦伤，袁青当时没系安全带，整个人扑到挡风玻璃上，把挡风玻璃都撞碎了。

距离车祸到戈美丽和高禾汉在医院偶遇，也有近十天时间了。戈美丽这才明白为什么高禾汉一直没联系自己。

"袁青现在怎么样了？"

"昏迷三天，已经脱离危险，转到普通病房了，还好，没留下什么后遗症。"

"你怎么不告诉我呢？"

"你自己也还受着伤呢，帮不上什么忙，反倒跟着着急。怎么样了你？"

"有点感染，没什么大事，每天来换药，再有十天八天的估计就彻底好了。我去看看袁青吧？"

"行，你们俩说说话，我在这等着，一会儿顺道送你回去。"

袁青躺在病床上，正输着液，鼻子里插着氧气管。戈美丽问："怎么还插氧气管呢？不是脱离危险了吗？"

袁青说："每天吸氧十五分钟，例行的，其实不吸也行。"

戈美丽说："袁青，你不知道你现在看起来有多好看和可爱，真的，不是哄你开心。"

袁青说："是不是原来我身上那股子不易接近、跟全世界为敌的劲儿都没了？"

"嗨，不是那意思，你原来也没那么不好。"

"得了吧，我知道我原来有多不好。其实我也知道那样不好，但就是拧不过来。唉，经过这次生死劫，我忽然悟透啦。你想不想知道我车祸后的神秘感觉？我现在相信宇宙是很神奇的，人世只是其中的一个层，还有很多其他的层，真的，不是迷信。"

"有那么玄奥啊？那你说，我听听。"

"但你得给我保密，因为这听起来真的很玄，要是我听人这么说，准会认为那人脑子坏掉了。我跟高粱都没说过，你是第一个听众。"

"获此殊荣，不胜荣幸啊！你就快讲吧，急死人了。"

"跟你说，当时车祸发生后，我就感觉有人在拽我的两只脚，我想跑，可是跑不动。接着就有一个身着古装的人，在后面押着我，不知要带我去什么地方。我记得我们上了一艘船，船下面的水都是黑色的，没有波浪，也不流动。接着船驶进一个闪着磷光的洞穴，有个首领一样的人，还有个账房先生一样的人，手里拿着个账本样的东西，看看我，再看看账本，然后跟首领模样的人低语。他们反复商量了一阵，后来让那个押我进来的古装人又押着我上了船，开始往回驶。黑色的河水像一块巨大的无边无际的黑石头一样，怎么也驶不到头，我是又冷又饿，饥寒交迫。也不知道驶了多少年，终于看到河岸了，古装人冷不防拽起我的脚，砰一下把我扔到岸上，我一睁眼，就发现自己躺在医院里了。"

"我听明白了，你这是去了阴间一回。黑色的河知道那叫什么河吗，冥河。押你的人是小鬼，首领是阎罗殿殿主，账房先生是管生死簿的。他们认为你阳寿未尽，所以又把你送回来了。你这趟经历可以叫做死而复生记。"

"美丽，你信不信？"

"究竟有没有阴间和冥河这些东西，我不敢说。但我敢说，你在生命处于弥留之际时，会发生幻觉，这些也许可以用幻觉来解释。但是说实话，科学也有解释不了的事物，宇宙浩瀚无穷，玄奥无边，永远有未知之谜存在。"

袁青说："不管怎么说，经历了这场劫难，我相信业报和因果是存在的。我决心以后信佛啦，一心向善。"

戈美丽说："你真是变了啊！"

袁青说："以后我不会再挤兑你啦，放心吧。"

戈美丽叹口气："听你描述了这场阴间之行，我也开窍了许多。我和你姐夫的问题，不是你挤对的结果，我们……怎么说呢，只被安排了这么一场短暂的缘分，现在，我也要乘船返回啦！"

袁青说："不是吧？我烫了你的手，可没烫你的脑子啊！"

戈美丽说："你不觉得这两场意外都是偶然，也是必然吗？我烫了手，你出了车祸，都是一个分界线，就像冥河河界。但我并不是在这里鼓吹迷信，我只是打个比方而已。我们的很多纠结，都随着细菌啊什么的，给卸掉啦。袁青，其实你才是一个对爱情执著的女人，我算不上。要是高禾汉懂得珍惜，他应该珍惜的是你。"

回去的路上，戈美丽和高禾汉一路无语，很多话梗着，又觉得都懂得，没必要说。下车时戈美丽说："你那边年底本来就忙，袁青又住院，要是高粱愿意，让她上我这来住吧，跟加戈也可以一起玩。"

高禾汉说："行。"

戈美丽说："明天我们去把手续办了吧。"

高禾汉说："好吧。"

戈美丽说："袁青是个值得珍惜的好姑娘。她姐就是车祸去世的，她大难不死，这一切冥冥中都是有预示的。"

高禾汉说："我知道。她昏迷那三天，我也思考了很多。"

回家以后，戈美丽收到高禾汉的短信："不再考虑考虑了吗？"

戈美丽回道："凡事都要有个结局。合汉，谢谢你给我的一切。这是一个美丽经过。"

第二天，两人去把手续办了。中午最后一次吃饭，两人都掉了泪。戈美丽含着泪花笑着说："离婚证很轻，情意很重啊。"

第三天，戈美丽正在店里给店员开会，打算布置一下好给大家放假过春节，高禾汉公司里的法律顾问来了。按照高禾汉的意思，"小书房"网点房被高禾汉正式买下来，送给了戈美丽，而且，要戈美丽准备自己的身份证，高禾汉要把山语世家带花园那套房子过户给她。

戈美丽给高禾汉打电话："你的一切我都不要，因为那本来就不是我的。"

高禾汉说："不要让我觉得负你太多。离婚前你我都没提财产分配的事，但不证明我高禾汉是个没良心的人。我会让律师给公司估价，给你你该得的那部分。"

戈美丽说："那就这样，网点房我收下，就当是你不负我的证明，你那套花园房我不能接受。"

下午回家后戈美丽思绪万千，打电话给倪平平，问："我该不该要那套花园房？"

倪平平说："笨蛋，要啊！按照法律规定，他所有财产都是你们俩人的共同财产，你应该找律师评估他的公司。"

戈美丽说："在你眼里除了钱就没别的了是吧？结婚为了钱，离婚也为了钱？那跟把自己卖了一场有什么分别？我就猜到以你的人生观不会给我多么好的建议。"

倪平平说："你还是心有不甘，左右摇摆。要是你自己铁定了要做一个高尚的视金钱为粪土的女人，还来问我干什么呀？"

戈美丽说："废话，谁跟钱有仇呀？我左右摇摆一下不行啊？但我摇摆归摇摆，还是有一个基本前提的：君子爱财取之有道。"

放下电话后，安志蹑手蹑脚地说："我可不可以给你那颗摇摆不定的心加个砝码？"

戈美丽白他一眼："你没上班啊？打哪冒出来的，幽灵一样？偷听我打电话，有没有点道德底线？"

安志说："今天到下面几个小单位去走访慰问，回来时我就半道下车了，刚才在阁楼上呢，可不是有意偷听你电话的。哎，我可不可以发表一下我的人生观？"

戈美丽说："说吧。但我猜你也和你那同学倪平平是一个人生观。"

安志说："这下你就错了。我赞同你那句话，君子爱财取之以道。人家奋斗那么些年的公司，凭什么要给你一半？"

戈美丽说："你这话我就不爱听了，什么叫凭什么给我一半啊！凭我是他老婆，法律规定的，怎么了？"

安志说："那你的人生观不是和倪平平一样吗？"

戈美丽说："谁说一样了？是你的说法有问题！"

安志说："好好，我的说法不对。但我的意思总是对的吧，咱们喜欢钱，这没错，谁不喜欢钱谁那是脑子缺根神经。但是，咱得有底线，是吧？且不说你跟他结婚几个月就离，然后分了一半家产，别人会怎么议论你，就你自己花着那钱也不是滋味啊，是不是？咱不能拿感情当买卖呀。要我说，网点房给你你就收下，那毕竟是你们婚后的共同财产，你一心扑在上面，付出了很多心血，所以，收下也不用心里有愧疚，完全可以光明磊落地收，对吧？但是我觉得，收下那个就可以了，人家跟你结婚的时候，一把把这房的贷款全给付清了，几十万哪，也可以了，对得起你。你现在是无债一身轻，还落了个网点房，就算以后不开小书房了，靠租金也可以过着锦衣玉食的生活了。"

戈美丽说："难道我非要靠这些？我自己就不能奋斗出锦衣玉食的生活？"

安志说："你看，你又抬杠。你能，你当然能了，现在你不就是一个飒爽英姿的女强人吗？谁敢否认你这一点啊？"

戈美丽说："安志，不是吧？你以前可是一个见了小便宜就沾的人，怎么人生观改得这么大？"

安志说："我向来就是这样的一个人，大是大非面前绝对立场正确，光明磊落！"

戈美丽说："行了，我知道怎么做。"

安志说："那还愁眉苦脸干什么？快过年了，应该喜气洋洋才对。"

戈美丽说："我能喜气洋洋得起来吗，怎么跟加戈姥爷姥姥交代？"

安志说："这的确是个问题。正月初三要回娘家的啊！你说要是我吧，豁上我这张脸皮还能帮你演演戏圆圆场，人家高总可跟我不一样，你总不能要求人家还跟着你回去演戏装女婿吧？"

戈美丽说："就算他肯，我也不会要求他这样做的，起码的尊重还是要给人家的。"

安志说："我倒有个建议，你不妨把加戈姥姥姥爷接来过春节，他们来了以后，你再找机会好好跟他们解释，大过年的，他们也不会跟你过不去。顺便也好让加戈姥姥帮你洗洗澡，我都闻着你身上有异味了，你得有多少天没洗澡了？"

戈美丽说："洗什么澡，胳膊一直吊着，怎么洗？"

安志说："男女授受不亲，我也不能帮你洗，所以，还是把老两口接来吧。"

戈美丽又犯愁了："怎么接？没车没司机的。这都腊月二十六了，春运高峰期，让他们俩坐公共汽车肯定不现实。"

安志说："得了，我让安然开车帮你接去，够意思吧？"

戈美丽说："切！找安然还用你？我和安然的关系，不比你和她的关系差。"

戈美丽打电话跟加戈姥爷姥姥说好了，这才跟安然说。安然说她店里正忙着，年底了，很多单位都在评先进啦积极分子啦什么的，在她那儿订奖品的特别多。"我让唐谛去帮你接吧。"

唐谛开车去槐花洲把加戈姥爷姥姥接到了烟台，安志很自觉，说："我就不方便在场了，把你移交给二位老人啦。"

戈美丽讥讽安志："这么急，是要去天津吧？"

安志说："嗯哪，去天津，今晚的车票，都买好了。"

戈美丽还以为安志真去天津了呢，第二天，安平知道加戈姥爷姥姥来了，过来问个好，正好赶上餐厅吊灯有一只灯泡坏了，安平问："安志呢？他们单位放假了，让他来帮你修修。"

戈美丽说："他不是去天津了吗？"

安平说："去什么天津哪，今天上午还在我店里瞎转悠呢。"安平犹豫了一下，说："美丽啊，有些话，我不知道该不该跟你说。"

戈美丽说："你说吧，咱俩不是酒友吗，有什么不能说的？"

安平就把那次跟安志之间的交谈原汁原味说给戈美丽听了，就是安志同学聚会和毛橘来烟台，还有安志大包大揽把离婚责任往自己头上揽那些事。戈美丽听了，半天没说话。

在加戈姥姥的帮忙下，戈美丽终于洗了个澡，出来坐在沙发上畅快地说："把一身污泥都洗掉了，干干净净过个年。"

加戈姥姥问："高禾汉怎么都要过年了还在外面忙，连个面都不照？"

戈美丽说："事到如今，我就跟你们二老招了吧，我又离了。"

加戈姥姥眼一黑，捂着胸倒在沙发上。把加戈姥爷和戈美丽忙得是团团转，喂了急救药，给安志打了电话，让他赶紧来。等安志赶来的时候，老太太已经恢复正常呼吸，正在抹泪呢。

安志说："您就别生气了，婚已经离了，您再生气，也于事无补不是吗？气坏身体多不划算呀？再说了，闺女是您自己养的，您还不了解？她离婚自有离婚的道理。最难受的其实不是您二老，而是她自己，您也看见了，手给烫成那样，澡都没法洗，还得跟您撒谎是自己不小心烫的，还不是怕您生气？她也不容易，您说是不是？谁没事愿意整天离着婚玩？"

戈美丽说："怎么说话呢，谁离着婚玩？"

安志说："我这不是在帮你解释吗？真是。"

加戈姥爷把安志叫到阁楼上，让他说说到底怎么回事。安志就把他知道的大概说了一下，加戈姥爷说："美丽这个性，要是不离，就不是美丽了。"

安志说："还是您了解自己闺女，思想工作还是您来做吧。"

加戈姥姥在楼下唉声叹气："你们都小吗？有这么拿婚姻当儿戏的吗？安志不是个东西，高禾汉也不是个东西，你也好不到哪去！"

戈美丽说："您就别逮谁骂谁了，我们三人谁都没错，有些事没法跟您说，有代沟。"

加戈姥姥说："他安志跟别的女人乱搞，也没错？"

戈美丽说："他其实跟那女的没什么关系，都是误会。"就把那些事都跟加戈姥姥说了一遍。

加戈姥姥说："我头都听大了！甭管你们有错没错，反正都是没责任心、胡来！你给我找车，我跟你爸要回去过年，不在你这儿添堵！"

老太太倔劲上来了，非要回去。还是加戈姥爷这个当过镇长的老干部淡定沉着，几句就把老太太镇压住了："孩子不是你生的？她就是老了也是你的孩子！孩子犯了错当老的没一点责任吗？孩子正是难受的时候，还得惦记着我们的情绪，也不容易，你就不能拿出个长辈的风范来，给孩子点安慰？老太婆，顺顺气，时代不同了，他们的生活观和咱们不一样了，你得适应。"

大家都忽略了加戈，加戈这时问了一句："妈妈是不是要和爸爸结婚了？哦，我终于可以见到妈妈和爸爸结婚啦！"

安志说："小子，别乱说，你爸你妈不是那么随便的人，不会说离就离、说结就结的。"

戈美丽说："当然了。好马不吃回头草。"

29

腊月三十。

安然是最早给大家发短信拜年的人，内容是：各位亲朋，安然在牟平男友家给你们拜年；同时敬告，只接受祝福，不接受一切问询。

短信大约是六点钟就发的，唐谛妈和唐谛在包饺子，唐谛爸在厨房挥刀弄铲炒菜，就安然什么都不会，索性先发制人，借拜年机会把自己这一消息发布出去，封大家的嘴。

她是昨天晚上才答应唐谛回牟平的，唐谛发短信给她：本人明天回牟平，早上七点会在楼下恭候大驾10000秒。

腊月三十早上七点，唐谛准时把车开在安然楼下候着。安然在阳台上站着看了一会儿，就回去收拾行李。她买了新衣服新靴子，很快就收拾好了，加上洗漱用具，一共两个袋子，放在门边，然后，趴在窗台上看风景。

安然家在四楼，看唐谛的车很清楚，但唐谛看不清楚她。九点四十七分，一万秒过去了，唐谛把车发动起来，缓缓地掉头，这时候安然提着袋子出现在后视镜里。唐谛下车，接过袋子，说："迟到了二十秒。"

安然说："二十秒是下楼时间。"

唐谛说："我的错，忘给你追加下楼时间了。"说完，从口袋里掏出那只金镯子。

安然说："拜托，又把这暴发户般的玩意拿出来了，我怕我手腕子承受不了，太重了。"

唐谛又从另一个口袋里拿出一个小盒子，打开，说："钻戒，这个轻。"

安然说："你怎么确定我会在一万秒的时候下来？"

唐谛说："你要是不下来，它今晚就套在幼儿老师的手指上了。"

安然伸手就去打唐谛，唐谛说："我错了我错了，你要是一万秒后不下来，我就先去退了钻戒再回牟平。"

路上唐谛问安然："说真的，这几天不好过吧？"

安然说："有什么不好过的，过得好极了。"

唐谛说："别硬撑了，我是干什么的？软件设计师，你脑海里那些沟沟壑壑，虽然九曲回肠、纤陌纵横，也难不倒我。"

安然恐吓说："你敢不敢把车在路边停一下？"

唐谛说："说真的，我不敢停。你知道那一万秒我是怎么过来的吗，我这一停，你一下车，那煎熬就白受了。"

安然这才心满意足地跟唐谛回了牟平。

安平是第一个接到安然短信的，她当时正在厨房煮饺子，彭湃把手机给她送进去，说："谁这么早就给您发短信哪？男的女的？"

安平说："什么时候轮到你来盘问我的私生活了？"

彭湃说："好好，我不盘问。我爸都不盘问，我就更不管了。"

安平看完短信，饺子也不管了，跑到客厅跟齐桂花说："您相信吗，我妹妹这个不婚族到男朋友家过年去啦！"

齐桂花说："哎唷，好事啊！我说，安平，过完春节你和凯歌也去办了吧？"

安平说："好端端地说着安然呢，您又拐到我头上，来给您包顿饺子就该知足了。"

齐桂花从腊月二十九就跑到安平店里软磨硬泡，说别人家从小年就开始忙活了，什么熏鱼啦灌香肠啦蒸饽饽啦，我这老太太也干不了，家里什么都没准备，大年三十这顿饺子怎么着也得吃上吧。

安平说："平时您要是馋了，我可以随时去给您包顿饺子，大过年的，我去不合适。"

齐桂花说："有什么不合适的？我说合适就合适！我老太婆过了这个春节还

不知道明年春节能不能过上，你就这么忍心？"

安平说："您就会鼻涕眼泪的来打动我，知道我心软，可真够狡猾的。但我这次不上您的当了，我一个人过，清清静静的，多好。"

齐桂花没辙了，回去搬救兵，彭湃摆明态度他不插手，说这事连奶奶您都不应该去，最应该去的是我爸。

于是老彭下午去了安平店里，四处看了看，问："还不放假啊？"

安平说："小朱已经让我打发回家了，我再过俩小时就放假。"

老彭说："放了假跟我一起回家吧，妈一直叨叨着家里什么都没准备。明天还是老规矩，我跟彭湃两人负责早晨往门上贴福字，然后当你和妈的司机兼搬运工，咱们去超市采购过年物资，行吗？"

安平说："你们三人过吧，我就不去了。"

老彭说："我知道你的想法。不管你以后回不回那个家，但是这个春节，我希望咱们在一起过，还跟过去一样。春节这特殊的日子，如果没有你，我不敢想象那个家会是什么样子。经历了这么多，我明白了一个道理：有些人、有些习惯，就像骨中的刺，已经长在里面了，是无法拔出来的；要弄出来，就得手术，手术就得流血，说不定还会危及生命。"

安平最终还是跟老彭回去了，腊月三十这天一大早，趁太阳还未升起来，老彭父子俩在家里的门上、安平家门上、公司门上、安平店门上都贴了福字，然后四人去超市购物，中午做了隔年菜，下午开始包饺子、做菜。一切都是沿袭了二十多年的流程，但今年进行起来，滋味跟往常别有不同，安平时不时地就想掉掉眼泪。

吃饭的时候安平接到徐言言短信：大妈春节快乐！

安平眼睛湿润了，给徐言言回道：你和你爸你妈也春节快乐！

徐言言回道：我妈已在天堂。

安平回：祝她在天堂快乐。

不一会儿安志和戈美丽的短信也到了，一前一后发的。安志也跟安平一样，说要自己过春节，加戈姥爷说："不跟儿子一起过春节，算什么老子？"加戈姥姥也说，家里还有一大堆活呢，你不干，打算让谁干哪？

戈美丽绷带已经解下来了，她是瘢痕体质，留疤是不容置疑的。为此戈美丽难受得哭了一场，安志说："别哭别哭，咱现在医学发达，办法多着呢，实在不行就去做植皮，保证你植皮后皮肤比高粱的还嫩。"

高粱已经在戈美丽家住好几天了，她跟加戈还是时不时地拌嘴，但两人转眼就忘了，又好做一团。戈美丽右手不方便这些日子，都是高粱和加戈两人替她上农场收菜，高粱叫加戈"牧草"，加戈就时不时地说，农场为什么没有高粱种子呢？安志很认真地说，过完春节我给他们打电话，让他们把种子库里加上高粱种子。

高禾汉和袁青在毓璜顶医院过了春节。腊月三十晚上医院给病人每人免费发放一份饺子，袁青尝了一个说不好吃，正在这时候，安志和高粱提着两个饭盒来了，高禾汉说："我们正在议论医院包的饺子不好吃呢，你们俩可真是雪中送炭啊。"

安志说："我在单位干的就是这活，冬天送温暖夏天送凉爽，这冷不丁一放假，没有温暖可送了，还真是浑身不得劲呢，所以，得谢谢你们给我这个机会，要不然放完假回单位我都不会干活了。"

高禾汉说："你们俩还没吃是吧？"

安志说："为了给你们送饺子，我们吃完中午饭就开始包了，包完就先给你们送来了。"

高禾汉说："那你们赶紧回去吧，别让老人等太久了。"

安志说："那行，你们吃着，我带高粱回去了，加戈急吼吼地等着放鞭呢。"

高粱趴在袁青耳朵边说："小姨，她再也不会回我们家了。不过我有时觉得她还挺不错的。"

医院零点的时候在院子里放鞭炮，袁青躺在床上看礼花一朵一朵地飞上天；高禾汉站在窗前看，两人都沉默着。高禾汉给戈美丽发了条短信："东风夜放花千树，更吹落，星如雨。快乐，此时此刻！"

戈美丽也站在露台上看安志带着加戈和高粱在楼下放礼花，她给高禾汉回道："往事已成烟，燕过云天，无须优雅笑红颜。快乐，此时此刻！"

手机又响，戈美丽一看，竟然是安志在楼下发的："曾经有一份幸福摆在眼前，我没有珍惜，等失去的时候我才后悔莫及，人世间最痛苦的事莫过于此。如果上天能够给我一个再来一次的机会，我会问那个人：你愿意跟我这个微民，重新开始一段微幸福生活吗？"

图书在版编目（CIP）数据

微幸福时代 / 王秀梅著. —— 南昌：百花洲文艺出版社，2012.7
ISBN 978-7-5500-0328-6

Ⅰ.①微… Ⅱ.①王… Ⅲ.①长篇小说 – 中国 – 当代 Ⅳ.①I247.5

中国版本图书馆CIP数据核字(2012)第160720号

微幸福时代

王秀梅　　著

出 版 人	姚雪雪	
特邀编辑	万仁荣	
责任编辑	赵　霞　胡青松	
美术编辑	方　方	
制　　作	张诗思	
出版发行	百花洲文艺出版社	
社　　址	南昌市阳明路310号	
邮　　编	330008	
经　　销	全国新华书店	
印　　刷	江西新华印刷集团有限公司	
开　　本	155mm×220mm　1/16　印张　18	
版　　次	2012年10月第1版第1次印刷	
字　　数	200千字	
书　　号	ISBN 978-7-5500-0328-6	
定　　价	33.00元	

赣版权登字　05-2012-72
版权所有，侵权必究

邮购联系　0791-86895108
网　　址　http://www.bhzwy.com
图书若有印装错误，影响阅读，可向承印厂联系调换。